LA NARRADORA

GRANTRAVESÍA

TRACI CHEE

LA NARRADORA

Traducción de
Mercedes Guhl

GRANTRAVESÍA

ESTO ES UN LIBRO.
BUSCA EN TU MENTE AL LEER Y SEGURO DESCUBRIRÁS EL ENIGMA OCULTO.
OBSERVA BIEN Y DIVIÉRTETE.

Ésta es una obra de ficción. Nombres, personajes, lugares y sucesos son producto de la imaginación del autor o se usan de manera ficticia. Cualquier parecido con personas reales, vivas o muertas, negocios, empresas, eventos o lugares es completamente fortuito.

LA NARRADORA

Título original: *The Storyteller*

© 2018, Traci Chee

Traducción: Mercedes Guhl

Imagen de portada: © 2018, Yohey Horishita
Fotografía de la joven: © Nabi Tang
Diseño de portada: Kristin Smith-Boyle
Mapas e ilustraciones de interiores: © 2016, Ian Schoenherr
Elementos fotográficos (o imágenes): cortesía de ShutterStock

D.R. © 2019, Editorial Océano, S.L.
Milanesat 21-23, Edificio Océano
08017 Barcelona, España
www.oceano.com

D. R. © 2019, Editorial Océano de México, S.A. de C.V.
Homero 1500 - 402, Col. Polanco
Miguel Hidalgo, 11560, Ciudad de México
www.oceano.mx
www.grantravesia.com

Primera edición: 2019

ISBN: 978-607-527-967-1

Reservados todos los derechos. Ninguna parte de esta publicación puede ser reproducida, almacenada o transmitida por ningún medio sin permiso del editor. Cualquier forma de reproducción, distribución, comunicación pública o transformación de esta obra sólo puede ser realizada con la autorización de sus titulares, salvo excepción prevista por la ley. Diríjase a CEDRO (Centro Español de Derechos Reprográficos, www.cedro.org) si necesita fotocopiar o escanear algún fragmento de esta obra.

Impreso en México / *Printed in Mexico*

Para Papá,
confío en que estarías orgulloso de mí

al confín OCCIDENTAL

OCÉANO SEPTENTRIONAL

OCÉANO DE RIPERIN

DELIENE

Montes Szythianos

KEN

SHINJAI

ALISSAR

CENTRO

Muralla del Viajero

Sierra de la Cresta

Corabel

TIERRA CORABELINA

ESTRECHO CALLIDIANO

JAHARA

Epigloss

MAR DE SIAMET

PARANA

Epidram

Montes Kambali

KIMBA

OLOIN

Pilares Nube

MAR CENTRAL

Islas Paraíso

Lágrimas de Kibana

DANIVAR

Kelebrandt

VESPER

La Corona Rota

Bahía de Tsumasai

Bahía de Batteram

YARAME

KIBANA

ROKU

INSULAS HERMANAS y otras islas

ORONTE

La Perla Abandonada

Braska

OXSCINI

OCÉANO MERIDIONAL

al HIELO ETERNO

al confín del NORTE

Islas GORMAN

OCÉANO SEPTENTRIONAL

OCÉANO CANDARA

UMLAAN

SHAOVINH

Umlari

LICCARO

BAHÍA DE EFIGIA

CAI

al confín ORIENTAL

HYE

QIN

VRITHI

Karak

HAVEN

BRANDAAL

Anarra

Roca del Muerto

MAR DE ANARRA

JIHON

CHAIGON

OCÉANO DE CHAIGON

MAR INTERIOR DE CHAIGON

MASERIN

AKAPÉ

EVERICA

BAHÍA DE ZHUELIN

Mae

KELANNA

Ian Schoenherr © 2016

Una vez

Érase una vez, pero no siempre será. Éste es el final de toda historia.

Érase una vez un mundo llamado Kelanna, un lugar maravilloso y terrible, de agua, barcos y magia. La gente de Kelanna era igual a ti en muchos aspectos. Hablaban, trabajaban, amaban y morían, pero eran muy diferentes respecto a algo muy importante: no sabían leer. Jamás desarrollaron la escritura, nunca habían inscrito los nombres de sus muertos en piedra ni en bronce. Los recordaban por medio de sus voces y sus cuerpos, repitiendo nombres y hazañas y arrebatos de amor, con la desesperada ilusión de que así los muertos no desaparecerían por completo del mundo.

Porque cuando uno moría en Kelanna, cuando los ritmos del corazón y los pulmones vacilaban y se detenían del todo, uno ya se había ido. Lo ponían en una balsa, sobre una pila de troncos y piezas de carbón, astillas y ramas secas, y lo enviaban ardiendo hacia el mar.

Y ése era el final. En Kelanna no creían en almas ni en espectros ni en espíritus que caminaran junto al finado, luego de que un amigo, una hermana o un padre hubieran muerto. No creían que uno pudiera recibir mensajes de los difuntos, pues éstos no eran capaces de hablar. Los muertos simplemente dejaban de existir.

Salvo en las historias.

En Kelanna, toda vida era una historia, un relato para ser recordado y repetido.

Algunas no tenían gran alcance. Existían sólo en una familia o en una comunidad reducida de creyentes, que las contaban entre susurros para que sus seres queridos no cayeran en el olvido.

Otras eran tan poderosas que llegaban a cambiar la manera de ver el mundo.

Érase una vez una lectora, la hija de una asesina y del hechicero más poderoso que el mundo hubiera conocido en muchos años, y crecería para superarlos a ambos en grandeza.

Sería aún muy niña, apenas de cinco años de edad, a la muerte de su madre, y tan sólo nueve para el asesinato de su padre, y su infancia estaría teñida de violencia. Crecería hasta convertirse en una fuerza formidable en medio de un mundo también formidable, y un día llegaría a ser la responsable de cambiar el rumbo de la guerra más mortífera que se hubiera visto en Kelanna. Derribaría a sus enemigos con un simple movimiento de mano. Vería hombres ardiendo en el mar.

Y llegaría a perderlo todo.

A sus padres, a sus amigos, a sus aliados.

Al joven que amaba.

Érase una vez un muchacho con una cicatriz en el cuello, como una gargantilla. Llegaría a comandar un ejército tan grandioso que segaría a cualquier enemigo que se cruzara en su camino. Sería incontenible, y llegaría a conquistar las Cinco Islas en un sangriento enfrentamiento conocido como la Guerra Roja.

Sería todavía joven cuando esto sucediera, y moriría poco después de su última campaña... en soledad.

Érase una vez un narrador de historias, un forajido de dientes rotos, que insistía en que haría cualquier cosa con tal de figurar en una historia de tanta grandeza y alcance. Pero después de la Guerra Roja, se arrepentiría de cada palabra que había pronunciado.

CAPÍTULO 1

Suave y fina como tela de araña, resistente como el hierro

Sefia se enderezó en medio de la oscuridad de la enfermería, sobresaltada por un sueño que no recordaba del todo.

El barco se mecía y sacudía, y los frascos de ungüentos y las botellas de tónicos entrechocaban unos con otras en las estanterías. Afuera, la lluvia salpicaba los portillos y difuminaba la vista de las olas, tan altas como colinas.

Una tormenta. Debían haberla alcanzado durante la noche.

Sefia se estremeció y plegó las rodillas contra su pecho. En los cuatro días transcurridos desde que habían llegado al *Corriente de fe*, había tenido el mismo sueño una y otra vez. Se encontraba de vuelta en la casa de la colina y, desde la habitación secreta del sótano donde se guardaba el Libro, se colaba tinta, inundándolo todo, y las oscuras olas se extendían por el suelo para tomarlos por los tobillos y arrastrarse por las pantorrillas. En su sueño, Lon y Mareah la rescataban, la lanzaban fuera a través de la puerta. Pero siempre demoraban demasiado en salvarse ellos, para lograr escapar del pozo de tinta que crecía y los arrastraba hacia las negras profundidades mientras gritaban.

El destino. Sus padres habían estado destinados a morir jóvenes, y su futuro había quedado registrado en el Libro con

15

todo lo que había sido y llegaría a ser, desde el aleteo de una libélula hasta el fulgor de las estrellas en lo alto.

En alguna parte del Libro figuraba el pasaje en el cual su madre había enfermado.

En otra, los párrafos que describían la tortura a la que había sido sometido su padre.

Todo eso había sido escrito, de manera que terminaría por suceder.

Pero se habían resistido a que fuera así. Habían traicionado a la Guardia, la sociedad secreta de lectores a la cual habían jurado fidelidad absoluta. Habían hurtado el Libro, el arma más poderosa de la Guardia, para proteger a su hija de su propio futuro. Habían huido.

Al final habían sido derrotados, pero se habían resistido.

De la misma manera en que Sefia debía resistir y luchar ahora. Luchar y ganar porque, de lo contrario, perdería a Archer a manos del destino.

Él se encontraba a su lado, acurrucado bajo las cobijas, con el cabello revuelto, los dedos estremeciéndose en su sueño. Siempre dormía tan poco... pues el recuerdo de las personas que había matado lo acosaba.

Se sentía roto, fracturado, le había dicho. Todo el tiempo se sentía el mismo muchacho de pueblo que había sido antes de que los inscriptores de la Guardia lo raptaran y, a la vez, un animal, una víctima, un asesino, tan ruidoso como el trueno, el muchacho de las leyendas, con una sed de sangre insaciable.

Un relámpago hendió la lejanía, pulsando como venas en el cielo inquieto.

Como si reaccionara a eso, el cuerpo de Archer sufrió un espasmo, y su boca dejó escapar un jadeo sin palabras.

Sefia se alejó un poco.

16

—Todo está bien, Archer. Estás a salvo.

Abrió los ojos. Por un momento pareció tener dificultades para salir de su sueño, como si le costara reconocer quién era y dónde se encontraba.

Pero el instante pasaba. Como siempre. Y entonces...

La sonrisa. Ésa que se explayaba en su rostro como el amanecer que se extiende con rapidez sobre el agua: sus labios, sus mejillas, sus ojos dorados. Cada vez era como si viera a Sefia por primera vez, y su expresión se empapaba a tal punto de esperanza que ella anhelaba ver eso mismo una y otra vez, por el resto de sus días.

Por un instante, la tormenta cesó. Por un instante, el barco quedó inmóvil. Por un instante, el mundo entero de Sefia se transformó en algo luminoso, suave y tibio.

—Sefia —murmuró él, acomodándole un mechón de cabello tras la oreja.

Ella se inclinó, atraída como un colibrí a una flor, y su boca se plantó suavemente en la de él.

Archer se entregó al beso, respondiendo a los labios de ella y a sus manos que no se quedaban quietas, como si su contacto fuera mágico y lo hiciera gemir y arquearse y anhelar más.

Entrelazó los dedos en el cabello de Sefia, como si necesitara tenerla más cerca, como si nunca se saciara de ella, pero al intentar enderezarse, dejó escapar un quejido de dolor y se llevó la mano al costado malherido.

—Lo siento —dijo ella.

—No lo sientas —sonrió, apoyado en sus codos—. Yo no me arrepiento.

Las mejillas de Sefia se sonrojaron cuando hizo a un lado la cobija para examinar los vendajes. La doctora ya había cosido los puntos y vendado la herida dos veces: primero cuando llegaron, con Archer semiinconsciente, con el tajo abierto y aterradoramente profundo debajo de las costillas; luego, cuando Archer había desgarrado la sutura al querer ayudar a Cooky a arrojar un balde con cáscaras de papa por la borda. Sefia no quería imaginar las recriminaciones si la doctora tenía que hacer todo una vez más.

—Estoy bien —aseguró Archer, tratando de alejarla.

—Estuviste al borde de la muerte.

—Sólo al borde —se encogió de hombros. Le había contado de la pelea con Serakeen, donde había percibido olor a pólvora y sangre. Un golpe de magia que había barrido a los lugartenientes de Archer, Aljan y Frey, hacia el muro del callejón antes de dejarlos caer, inconscientes, sobre los guijarros. La resistencia que había opuesto el hueso cuando Archer le cortó la mano de un tajo a Serakeen a la altura de la muñeca.

—Debí estar allí —dijo Sefia, y no era la primera vez que lo decía. Si hubiera estado, lo habría protegido. Ella conocía la misma magia que Serakeen, la que la Guardia llamaba Iluminación, y quizás habría podido enfrentarse a él en una pelea. *Al fin y al cabo*, pensó amargamente, *soy la hija de una asesina y del hechicero más poderoso que el mundo hubiera visto en muchos años.*

No, no quería creer en ese futuro. No se convertiría en un arma en una guerra por el control de las Cinco Islas. No tenía intenciones de perder a Archer, el muchacho al que amaba.

—Estás aquí ahora. Eso es lo que importa —dijo él en voz baja—. Sin ti, seríamos incapaces de rescatar a Frey y a Aljan.

Sus Sangradores, sus amigos, lo habían seguido a la pelea con Serakeen, y éste todavía los mantenía cautivos. El apren-

18

diz de Soldado de la Guardia, que los padres de Sefia conocían como Rajar, había sido hacía un tiempo amigo y colaborador de Lon y Mareah. Todos ellos habían orquestado la guerra que supuestamente cobraría la vida de Archer.

¿Cuántos errores de sus padres tendría que rectificar Sefia? Los había amado, ¡pero habían dejado tantos entuertos a su paso!

—Frey y Aljan estarán bien —dijo.

—¿En verdad lo crees?

Ella recorrió el brazo de Archer con sus dedos, por encima de las quince quemaduras que marcaban sus muertes en los ruedos de pelea de los inscriptores, y tomó su mano.

—Sí —afirmó.

El plan era volver con los Sangradores, organizar un rescate y encontrarse de nuevo con el *Corriente de fe* en Haven, una isla en una zona remota del Mar Central... uno de esos lugares a los que uno sólo podía llegar si se le indicaba cómo hacerlo. Reed había establecido ese refugio meses atrás para acoger forajidos en fuga del alcance cada vez mayor de guerra. Si Sefia y Archer llegaban allá con los Sangradores, tendrían un lugar para esperar a que el combate, y también el destino, pasaran de largo. Si llegaban a Haven, Archer viviría.

Pero antes necesitaban el Libro. Sefia no podía Teletransportarse hacia los Sangradores sin tener una idea clara de dónde estaban, y sólo el Libro, con sus infinitas páginas de historia, podía proporcionarle esa información.

Lo había escondido en el lugar más seguro que se le había ocurrido: el puesto de mensajeros de Jahara. El gremio de los mensajeros lidiaba con todo tipo de secretos, desde delicados paquetes hasta información que incriminaba a otras personas, y jamás habían defraudado la confianza de nadie. Eran

19

respetados y poderosos, y mientras el Libro estuviera en sus manos, nadie lo tocaría.

Ni siquiera la Guardia, esperaba ella.

El *Corriente de fe* iba camino a Jahara ahora, sólo restaban unos pocos días de viaje. Pronto tendría el Libro, y sería capaz de encontrar a los Sangradores y de organizar un rescate. Unos cuantos días. Frey y Aljan sólo debían resistir unos días más.

Archer llevó la mano de Sefia a sus labios.

—¿Qué haría yo sin ti?

—Es algo que ya nunca tendrás que averiguar —lo besó de nuevo, y ese beso fue una promesa de vientos huracanados y mar abierto; de tenderse con las piernas entrelazadas en una playa de arena de blanca con sólo el firmamento por techo; de días plácidos y aliento cálido y piel húmeda y años enriquecidos como el vino e inconmensurables como el mar.

Cuando se apartó, tuvo la satisfacción de ver sus ojos dorados cargados de deseo, con un "sí", se pasó la lengua por los labios, "para siempre", y la acercó de nuevo a él.

—Lo lamentarás si te desgarras los puntos.

—Si eso sucede, se habrán roto haciendo lo que más deseo, habrá valido la pena —tiró de ella hacia la cama, a su lado, ahogando su risa con besos hasta el delirio.

Y entonces sonó la alarma.

Archer gruñó y se recostó de lado, aprisionando a Sefia entre la mampara y su cuerpo.

—Es la campana, todo el que escuche debe acudir, manos a la obra.

Él acarició su cuello.

—Estoy herido, ¿recuerdas?

—¡Pero yo no!

20

Antes de que Archer pudiera responder, la puerta se abrió y Sefia dejó escapar un chillido cuando Marmalade, que ahora encabezaba los cantos del turno de babor, asomó la cabeza en la enfermería. Tenía puesto el impermeable, y la capucha echada sobre su cabello color miel.

—¡Hey! —gritó cuando vio a Sefia mirando por encima del hombro desnudo de Archer—. ¡Dejen esas cosas para otro momento!

—¡Eso es lo que pretendo! —contestó ella, haciéndole un gesto a Archer, quien se limitó a sonreír descaradamente.

Marmalade puso los ojos en blanco. Se habían hecho amigos jugando a la Nave de los necios con Horse y Meeks, y la chica los había desplumado una vez tras otra, a todos menos a Archer.

—Bueno, bueno, ya me levanto.

—¡Oh! Archer… —dijo la marinera, con la mirada vagando por el cuerpo del muchacho, de su pecho a su cintura, hasta el punto donde el pantalón del pijama empezaba, en las caderas— ¡qué lindo!

Sefia lanzó una almohada a través de la enfermería, y Marmalade la esquivó, volvió al corredor y cerró la puerta, entre risotadas.

Mientras Sefia se revolvía entre las cobijas, buscando su ropa, Archer la imitó.

—Estás herido, ¿recuerdas? —dijo, con un dejo sarcástico.

—No lo estoy —embutió los pies en las perneras de los pantalones y soltó un respingo cuando sintió el dolor que había desatado el abrupto movimiento—. Al menos, no tanto para quedarme aquí.

—Claro que no —Sefia parpadeó, invocando su magia y, al instante, el cuerpo de Archer, la cama, las mamparas

21

desgastadas de la enfermería, e incluso los portillos y la mar gruesa que se veía por ellos, quedaron cubiertos por espirales doradas en flujo continuo.

El Mundo Iluminado.

Si el Libro era un compendio escrito del pasado, el presente y el futuro, el Mundo Iluminado era la encarnación viva de éste: un océano de luz y movimiento que subyacía al mundo de las texturas, los olores y los sabores. Con suficiente tiempo y entrenamiento, los Iluminadores como Sefia podían traspasar las manchas rutilantes para ver sucesos del pasado o mover objetos por el aire.

Una vez, hacía mucho tiempo, el más especial de los talentos permitía reescribir el mundo mismo. Pero a pesar de las destrezas de Sefia, eso era algo que estaba más allá de su poder.

Encogió los dedos alrededor de las finas hebras de oro, y las fibras del Mundo Iluminado se llenaron de ondas y curvas que cayeron sobre Archer y lo empujaron suavemente de nuevo a la cama.

—¡Ay! —gritó.

De paso, le echó una cobija por encima de la cabeza.

—Aquí te quedas —se arrebujó en su impermeable, miró hacia arriba y abrió los brazos. Bajo sus manos, las ondas de luz se separaron como si fueran cortinas. Los detalles del lugar en el que se encontraba quedaron atrás cuando usó su magia para ver más allá, a través del techo hacia la cubierta principal, donde los forajidos corrían de un lado a otro, el diluvio caía del cielo y las velas aleteaban enloquecidas en medio de la tormenta. Pero no hizo caso a eso. Para Teletransportarse necesitaba ubicar un lugar que le resultara tan conocido como si lo tuviera grabado a fuego en la memoria.

22

Ah, sí, allí estaba: el borde del alcázar, donde solía sentarse a leer el Libro en su primer viaje en el *Corriente de fe*.

Con esa imagen fija en su mente, movió las manos y se transportó a través del Mundo Iluminado, fuera de la enfermería, a través de los maderos del barco para aparecer en la cubierta, con la lluvia sobre el rostro y los pies resbalando en las planchas mojadas.

Marmalade la tomó por el brazo:

—Te mereces un siete sobre diez por esa entrada —dijo.

—Necesito mejorar el momento de tocar el suelo de nuevo —Sefia parpadeó para despejar el mundo de luz de su vista, y quedó a oscuras en medio de la tormenta con los demás marineros. Por encima de sus cabezas, largos chorros de agua escurrían de las velas, como carámbanos de hielo.

La campana calló cuando el Capitán Reed apareció en el puente, y se veía tan indómito como el mar, con los faldones de su abrigo revoloteando tras de sí y los ojos como zafiros destellando bajo la sombra de su sombrero de ala ancha. Para marcar mejor su entrada, un relámpago hirió las nubes a sus espaldas y crepitó al disiparse.

—Diez sobre diez, por el espectáculo de luces tan dramático —murmuró Sefia.

Marmalade soltó una carcajada, que ahogó cuando el primer oficial la fulminó con la mirada de sus ojos grises y apagados.

—Percibí este naufragio en las aguas durante la noche —comenzó el Capitán con su voz curtida por la intemperie—. Pensé que serían forajidos, así que nos acercamos para averiguar.

Según la leyenda, el Capitán Reed era el único hombre en el mundo capaz de hablar con las aguas, que le contaban todo tipo de cosas sobre las mareas, las corrientes, las criaturas del fondo abismal. Algunos decían que incluso habían llegado a

23

contarle cómo moriría: con un último aliento de aire marino, una pistola negra en su mano y un diente de león blanco flotando sobre el puente.

Sefia miró por encima de la borda. El mar estaba lleno de cajones y barriles despedazados, vacíos, retazos de velamen y cadáveres, cuyo cabello se mecía alrededor de sus cabezas, con las olas como algas. En las aguas oscuras, los uniformes rojos se veían del mismo tono amoratado que los vendajes manchados de Archer. En medio del naufragio había dos botes salvavidas atestados de supervivientes.

Casacas Rojas, los soldados de la armada de Oxscini... había Casacas Rojas en las aguas.

Una vez, agazapada en los límites del bosque con su tía Nin, Sefia había temido a los soldados de la Armada Roja. Pero eso había sido cuando no podía imaginar algo peor que ser aprendida por las autoridades. Ahora sabía que en el mundo había cosas peores que los Casacas Rojas... Serakeen, la Guardia, la guerra.

—No serán forajidos —continuó Reed—, pero no vamos a dejarlos aquí esperando a su muerte.

—¿Y qué hay del *Crux*? —preguntó alguien.

Sefia miró alrededor, pero no había ni rastro del gran barco pirata dorado que los había estado acompañando.

—El *Crux* siguió camino a Jahara para hacer todos los arreglos de aprovisionamiento —respondió el Capitán Reed. Y luego, con un ademán de la cabeza, soltó sus órdenes—: A ver, vayan a hacer algo de provecho allá abajo.

No hubo vivas ni coro de aclamaciones, pero Sefia sintió una oleada de determinación que corrió entre todos a medida que Meeks y el primer oficial empezaron a mandar a la tripulación a los botes salvavidas.

Ella misma fue a dar al primer bote, junto con Reed y la doctora. El remo se sentía resbaloso entre sus manos, a medida que las olas hacían chocar los cadáveres contra el casco de la embarcación.

Hubiera querido Teletransportarse, habría tomado menos tiempo. Pero necesitaba un referente claro para hacerlo, un recuerdo detallado o una vista despejada, y no podía ver entre la lluvia y las olas para hacerse una idea definida de lo que tenían delante.

Al acercarse, uno de los Casacas Rojas le lanzó un cabo y ella tiró y tiró hasta que ambos botes quedaron enlazados. La doctora hizo a un lado a Sefia con brusquedad y abordó el otro bote, repleto de heridos, junto con su maletín negro.

Los soldados de la Armada Roja estaban malheridos y mojados, el olor a enfermedad se adhería a ellos como hongos. Debían llevar ya varios días a la deriva.

—¡Por todas las sentinas inundadas! —exclamó el que había arrojado el cabo—. Tienes que ser la misma, ¿cierto?

Sorprendida, Sefia parpadeó para secarse la lluvia que escurría por sus pestañas. El soldado era con mucho uno de los jóvenes más guapos que hubiera visto, con esos ojos verdes, la mandíbula marcada, un mechón que se encrespaba mojado en medio de su frente. Sus rasgos eran tan bellos que bien hubiera podido superar a Scarza, el segundo al mando de Archer, con su cabellera plateada, si no fuera por la expresión estupefacta en su simétrico rostro.

—¿Nos conocemos? —preguntó ella dudosa. Estaba segura de que recordaría un rostro como ése.

Un chico de cabeza redonda y ojos estrechos apareció a su lado. Fue tan repentino, casi cómico, que ella por poco suelta una carcajada.

—No lo creo —respondió él—. Estabas inconsciente en ese momento.

—¿Que yo qué?

—Desmayada y perfectamente inconsciente —explicó el segundo muchacho con total naturalidad—, en el muelle del Jabalí Negro.

Sólo había estado en ese muelle, en la ciudad de Epidram, en la costa nororiental de Oxscini, una vez en su vida. Archer y ella se había metido en una celada. Hubo una pelea y ella había perdido el sentido. Después, él le contó que Reed y su gente habían aparecido para salvarlos. ¿Acaso estos Casacas Rojas también se encontraban allí?

—Suboficial —dijo el capitán detrás de ella.

Todavía sin salir de su asombro, Sefia lo vio estrechar la mano de ambos muchachos. Los caminos de todos debían haberse cruzado hacía tres meses, como estrellas fugaces en el cielo nocturno. ¡Qué casualidad que ahora se reencontraran!

Sólo que las casualidades no existían, como tanto les gustaba decir a los miembros de la Guardia.

Este encuentro no era una simple coincidencia, sino obra del destino, una red más suave y fina que una tela de araña, pero resistente como el hierro, que los iba apresando a Archer y a ella más y más a cada instante.

—Ahora soy guardiamarina, capitán —dijo el primer Casaca Roja, arreglándoselas para esbozar una sonrisa bajo la copiosa lluvia—. Guardiamarina Haldon Lac.

26

CAPÍTULO 2

La segunda aventura de Haldon Lac

Desde que la gente tenía memoria, las Cinco Islas habían estado en guerra. Había combates entre provincias, levantamientos en las colonias. Hasta los reinos más estables tenían una larga historia de enemistades sangrientas y asesinatos políticos que agregaban interés a la monotonía de las crónicas más pastorales de tiempos de paz.

Para cualquier nacido en Oxscini con sangre en las venas y amante de una buena batalla, como el guardiamarina Haldon Lac, la guerra era fuente de orgullo. Ella traía gloria al Reino del Bosque y a su majestad la reina Heccata, y larga vida y reinado a esta soberana. Expansión, conflictos, rivalidades. Ésta había sido la forma de vida a través de más generaciones de las que alcanzaba a contar.

La guerra con el reino de Everica llevaba ya cinco años, cuando do el enemigo, el Rey Darion Stonegold, hizo un movimiento sin precedentes: convenció a Liccaro, el débil y empobrecido reino justo al norte, a unirse a su gesta en contra de Oxscini. Convirtió una legión de forajidos en corsarios. Formó la Alianza, la primera unión entre reinos en toda la historia de Kelanna.

Para combatir la fuerza combinada de los dos reinos orientales, la reina Heccata había comisionado a una nueva

27

flota marina. La mayor parte del personal militar apostado en Epidram, al nororiente de Oxscini, había sido enviada al mar, y entre ellos se encontraban Haldon Lac, Indira Fox y Olly Hobs, un trío que se había hecho inseparable desde que casi lograran aprehender a Hatchet y sus inscriptores en el muelle del Jabalí Negro. Habían sido asignados a la fragata *Tragafuegos*, y su misión era peinar el Mar Central en busca de embarcaciones de la Alianza.

El día en que la flota dejó el puerto había sido el más feliz de toda la vida del ahora guardiamarina Lac. Hubo un desfile, y una multitud ondeó las banderas carmesí de Oxscini bordadas de dorado. Aunque su fragata se veía insignificante al lado de los navíos más grandes de la flotilla, Haldon Lac estaba seguro de jamás haber visto una nave más majestuosa que la *Tragafuegos*: su casco escarlata, las crujientes velas blancas, los cañones negros como el ébano. Hinchó el pecho mientras se inclinaba sobre el barandal para mirar a los tristes jovencitos que les decían adiós mientras se alejaban hacia el poniente, rojo como la pasión.

Pero el resto de este primer viaje de Lac había estado lastimosamente por debajo de sus expectativas. Nadie les había hablado, por ejemplo, de la suciedad que encontrarían, del tedio con esos largos y fastidiosos turnos de guardia, interrumpidos de vez en cuando por la vista de una vela en el horizonte.

Ni tampoco les dijeron que cuando finalmente se divisaba un barco enemigo, la cacería podía tomar horas y, casi siempre, la presa podría escapar al caer la noche, al apagar todas sus lámparas para deslizarse sin ser vista en la oscuridad.

O tal vez sí les habían dicho algo al respecto, pero el guardiamarina Haldon Lac había decidido sólo prestar atención a las historias de grandes botines y magníficas batallas navales.

28

En cualquier caso, una noche Lac fue despertado del sueño por la campana del barco. Habían estado siguiendo a una nave de la Alianza y, para su sorpresa, no había escapado por la noche. De hecho, la *Tragafuegos* prácticamente la había alcanzado. Pronto estarían en posición de entrar en batalla.

La tripulación despejó el lugar donde habían estado sus hamacas y sus baúles, aseguraron los postigos de las troneras, desamarraron los grandes cañones de veinticuatro libras, y sacaron las cajas de munición. Mojaron los pisos para prevenir que una chispa pudiera encender los maderos cubiertos de brea y llenaron tinas con agua de mar para usarla en caso de incendio.

Lac daba saltitos cumpliendo sus tareas, intercambiando sonrisitas conspiradoras con Fox y Hobs, invadido por una mezcla chispeante de emoción y miedo. Esto era lo que había estado esperando: aventura, un objetivo, la gloria.

Fox y él estaban al mando de las cofas de artillería del palo trinquete y del mayor. Desde los tiempos en Epidram, Fox lo había alcanzado en rango, y ahora era la más eficiente de los guardiamarinas. Lac no tenía inconveniente en admitir que ella lo merecía. Trabajaba más que él. Era más rápida, más hábil y más valiente. Al paso que iba, rápidamente llegaría a ser teniente.

Lac la encontró al pie del palo mayor antes de que ella trepara a su puesto.

—¡Nuestro primer combate! —declaró él, a pesar de lo obvio que resultaba decirlo.

Fox le dio un golpecito en el hombro.

—No es el primero.

—¿Te refieres a esa emboscada fallida en el muelle del Jabalí Negro? —frotó el lugar donde había recibido una herida de bala en ese entonces, un logro de su ingenuo intento por aprehender a Hatchet y a su cuadrilla criminal—. Fui un tonto.

Ella le sonrió con esa sonrisa de coyote salvaje que él había llegado a adorar.

—Un tonto valiente, querrás decir. Es como la marca personal de tu audacia.

—¿Una marca personal de mi audacia? En realidad es el olor que emana de mí. Mi fragancia personal, más que mi marca.

Fox rio.

—Si salimos vivos de esta guerra, podrías venderlo embotellado. Podrás distinguir el aroma de cuellos almidonados y pólvora entre los componentes de esa fragancia.

—¿A qué te refieres con eso de "si salimos vivos"? —preguntó Lac.

A la escasa luz, los ojos grises de ella relampaguearon como cuarzo ahumado, él la vio levantar una de sus cejas perfectas. A pesar de que no le gustaba admitirlo, esas cejas le producían envidia.

—Nunca se sabe —dijo ella.

La actividad en la cubierta fluía y se arremolinaba alrededor de ellos: el cascabeleo de los cañones que eran colocados en su lugar, el chasquido de las balas que se cargaban en las cámaras, el zumbido ansioso de las voces, las palabras de ánimo.

Con audacia, como un tonto, le puso la mano en un hombro.

—Esto sí lo sabemos. Tenemos la certeza.

—¿Qué dices?

—Somos los héroes, ¿cierto? —dijo, guiñando un ojo—. En las leyendas, los héroes siempre salen con vida.

—¡Pero qué tontería! —ella lo tomó por el brazo—. Pero es una linda tontería.

30

—Antes, audacia tonta, y ahora un lindo comentario tonto… será otra variedad de mi fragancia personal.

Con una risotada, Fox se balanceó para trepar al aparejo con tal gracia que Haldon Lac quedó atónito unos instantes, pensando en lo afortunado que era de conocerla. Llegaría a teniente antes de que terminara el viaje, de eso estaba completamente seguro.

La miró subir hasta la cofa, y desde allí ella se asomó para brindarle su sonrisa de coyote salvaje y lo saludó con la mano.

—Es nuestro turno, señor —dijo Hobs, materializándose de pronto a su lado.

Lac se sobresaltó y llevó las manos al pecho en un gesto dramático. Pero le alegraba la compañía. A decir verdad, y eso de admitir la verdad no siempre le agradaba, detestaba subir a la cofa. Odiaba la manera en que la cubierta parecía alejarse bajo sus pies y en que tenía que parar para cerrar los ojos, y enganchar los brazos entre las cuerdas, como si pudiera caerse al instante siguiente.

De milagro, Lac llegó arriba, tembloroso, hasta la plataforma donde lo esperaban sus gavieros. Debía verse más asustado de lo que se sentía, porque Hobs le dio una palmadita en el hombro acompañada de una sonrisa amplia en su regordete rostro:

—No se preocupe, señor.

Algunos de los gavieros rieron, y él tuvo el buen reflejo de sonrojarse.

—No es cosa del otro mundo —dijo Hobs—. Todos estamos preocupados. Todos tenemos algo que temer.

Los gavieros estuvieron de acuerdo, y lo manifestaron mientras cargaban sus fusiles con munición.

—Muerte, captura, ahogamiento… —Hobs fue enumerando con los dedos.

31

—Fuego enemigo —agregó uno de los hombres.

—Metralla —dijo otro.

—Empalamiento.

—Una caída —se aventuró a decir Lac, mirando hacia abajo, a la cubierta que se mecía con las olas.

Hobs asintió con su cabeza casi esférica.

—Así se hace, señor.

Con un suspiro, Lac miró hacia el palo mayor, donde Fox estaba en la cofa con sus gavieros. Se preguntó si ella le temería a algo.

Hubo una pausa de calma.

Y luego la embarcación aliada se lanzó a su encuentro, ondeando banderas azul y oro en los penoles. Se vio un fogonazo brotar de uno de sus cañones.

—¡Atención, preparados! —gritó la capitán de la *Tragafuegos*.

Un disparo impactó la proa de la fragata y astilló el rojo casco. Un estruendoso rugido brotó entonces de las gargantas de la tripulación... un sonido del cual el guardiamarina Haldon Lac sólo había oído hablar en las leyendas... un rugido lleno de furia y orgullo y sangre.

Los grandes cañones tronaron. Las balas navegaron entre el humo. Los hombres gritaban. La *Tragafuegos* se mecía entre las olas y disparaba una descarga tras otra. En las cofas, los gavieros tomaron los falconetes, y enviaron sus perdigones de hierro a las filas enemigas. Tomaron sus fusiles y las bocas de los cañones hicieron resplandecer el aire. En medio del humo, los soldados de la Alianza se agazaparon ante el fuego de Lac y sus gavieros.

Durante más de una hora, continuó el combate: las descargas de artillería, los alaridos de los heridos, los dos barcos

32

que navegaban en círculos, como tiburones en un enfrentamiento.

Y entonces, una serie de cañonazos brotaron del buque de la Alianza.

—¡Fuego enemigo! —gritó alguien.

La *Tragafuegos* se sacudió. Los maderos se quebraron. El palo mayor tembló. Un gran crujido hendió el aire con la fractura del palo mayor. Gritos de terror recorrieron el barco al ver que la vela mayor se agitaba, carente de aire. El mástil estaba por desplomarse.

—Allí está Fox —dijo Lac en un susurro horrorizado.

A su lado, Hobs asintió:

—Lo sé, señor.

Pero nada podían hacer desde el trinquete para socorrer a su amiga. Sin más remedio observaron a los hombres treparse al aparejo. Las pilas de armas empezaron a volcarse.

Con lentitud, el largo poste de madera empezó a caer. Las velas temblaron en el aire.

Y luego ella apareció, entre el velamen flojo, corriendo por los penoles mientras el mástil se inclinaba hacia ellos.

—¡Fox! —gritó Lac. Corrió al borde de la cofa de trinquete y se agarró de las cuerdas del aparejo para inclinarse por encima del caos que había abajo.

Fox llegó al extremo del penol y saltó, moviendo brazos y piernas, y con una mano tendida.

La palma de esa mano fue a dar justo en la de Lac. Los dedos de ella se hundieron en la piel de éste. Lac cerró la mano y sostuvo a Fox, que quedó colgando. Abajo, diminutos Casacas Rojas gritaban y se movían en todas direcciones como hormigas.

Lac se las arregló para esbozar una sonrisa que esperaba parecer desenfadada.

33

—¿Qué te dije? —preguntó—. Héroes, nada más ni nada menos.

Fox sonrió.

Pero entonces hubo una explosión sanguinolenta en el pecho de ella. Una mancha. El reporte de un fusil distante.

Y Fox pendió sin vida de su mano.

Al principio él no consiguió entenderlo. No comprendía por qué de pronto ella pesaba tanto, por qué no hacía un esfuerzo para levantarse hacia la cofa.

No fue sino hasta que Hobs le ayudó a levantar el cuerpo hacia la cofa que Lac se dio cuenta de que Fox estaba muerta.

No.

No se suponía que las cosas fueran así. Se suponía que él la depositaría sana y salva en la cofa del trinquete, que ella se pondría en pie, se masajearía el hombro resentido y sonreiría con esa sonrisa de coyote salvaje.

Hubo otra andanada de descargas desde la cubierta de artillería, y las explosiones los iluminaron desde abajo. Frente a ellos, el timón del barco aliado se rompió. En la popa, los vidrios estallaron en pedazos. El enemigo estaba acabado.

En otras circunstancias, los Casacas Rojas habrían lanzado vítores.

Pero no habían salido victoriosos.

Detrás del enemigo impactado, se veían sobresalir las monstruosas formas de barcos de tres puentes que surgían de la noche… cascos azules, erizados de cañones, la borda delineada con lámparas que parecían cientos de ojos llameantes.

La Alianza. La fuerza conjunta de la armada de Everica de Stonegold y los piratas de Liccaro, de Serakeen.

Lac se desplomó de rodillas y acunó el cuerpo de Fox entre sus brazos. No se suponía que las cosas terminaran así.

Se suponía que ella saldría ilesa, que un día llegaría a comandar su propia nave, algún día... pues había demostrado ser lo suficientemente veloz, valiente y lista... comandaría su nave con Hobs y Lac como sus lugartenientes.

Se suponía que vivirían todavía muchos años, felices y juntos, y que contarían esta historia, su segunda aventura, una y otra vez, tantas veces que se convertiría en leyenda y dejaría de pertenecerles para pasar a ser el relato de las hazañas de héroes remotos.

Pero Fox estaba muerta.

Y la flota de la Alianza se cernía sobre ellos.

Abajo, la capitán de la *Tragafuegos* gritaba con voz desesperada y desafiante. La tripulación golpeaba la cubierta con los pies, con las culatas de sus fusiles y con los puños, mientras los descomunales buques de guerra de la Alianza despedían descargas de artillería cual dragones azules con aliento de fuego en la noche.

En la cofa del trinquete, el guardiamarina Lac apretó sus labios contra la sien de Fox.

—Se le extraña tanto —dijo alguien.

Parpadeando, Lac levantó la vista de su taza de té con bourbon, para encontrar a Horse, el carpintero de a bordo, que lo miraba con sus tristes ojos separados a través de la concurrida cabina principal, donde había logrado acomodar su ancha espalda entre la chica de cabello negro y el muchacho de la cicatriz que había visto en el muelle del Jabalí Negro, y que ahora conocía como Sefia y Archer.

Que se encontraran aquí y ahora, en el *Corriente de fe*, con Lac y Hobs, era un giro del destino que Fox habría encontrado curioso y divertido a la vez.

35

Si Fox estuviera allí.

La lluvia seguía cayendo a torrentes afuera, mientras el cocinero y la camarera del barco se abrían paso entre el nudo de piernas y codos, para volver a llenar las tazas. Cooky era un hombre delgado, pura piel y músculo, de cabeza calva y una catarata de aros de plata bordeando la curva de sus orejas. Aly, la camarera, lo hacía ver diminuto a su lado, pero había algo en su actitud que invitaba a pasarla por alto con facilidad, aunque Lac no tenía idea de cómo alguien podría ignorar su bellísimo cabello rubio tejido en dos largas trenzas que bajaban por su espalda. Ambos parecían haber encontrado el ritmo perfecto para trabajar, turnándose para una cosa o la otra, entretejiendo sus pasos sin tropezar en el atiborrado espacio.

A Lac le recordó el trabajo con Fox.

—Y entonces, ¿qué sucedió? —preguntó Meeks. Lac lo reconoció también, del muelle del Jabalí Negro y de las leyendas. El segundo oficial era un famoso narrador de historias, una de esas personas que podían mantenerlo a uno en vilo durante horas sin nada más que su relato. Y pensar que semejante hombre estaba atento a lo que contaba el humilde e insignificante guardiamarina Haldon Lac…

Fox le habría dicho que no debía permitir que semejante cosa se le subiera a la cabeza.

Tragó con dificultad unas cuantas veces antes de poder hablar de nuevo.

—El trinquete se desplomó tan pronto como la Alianza empezó a dispararnos. La mitad de mis hombres cayeron de inmediato y yo… yo no… el peso era demasiado y… —su mirada encontró a Hobs, cuyos ojos brillaban tenuemente a la luz de las lámparas— solté el cuerpo de Fox, y cayó al mar.

—Ambos la perdimos —dijo Hobs.

Con lo que quedaba de su té, Lac describió la manera en que la *Tragafuegos* había repelido el ataque mientras había podido, pero que al final no había tenido más opción que izar la bandera blanca.

La rendición había sido dolorosa. Desde el punto de vista de Lac, los de Oxscini jamás se rendían. Era una desgracia para su reino, para su reina, para la larga línea de Casacas Rojas que lo antecedía. Pero la Alianza no había hecho caso de las reglas de batalla y continuó disparando contra la *Tragafuegos*.

—Incluso bajo fuego —siguió Lac, limpiando las lágrimas de rabia que brotaban de sus ojos—, la capitán mantuvo la cabeza fría. Nos dio a Hobs y a mí el mando de los botes y nos ordenó abandonar la nave. No debimos haber... no debimos huir, pero era una orden, ¿cierto? Estamos condenados a seguir órdenes, ¿no es así? Embarcamos a los heridos y nos marchamos. Con la *Tragafuegos* cubriéndonos de la vista de la Alianza, escapamos mientras nuestro barco seguía recibiendo descarga tras descarga.

—Y entonces hubo una explosión tan deslumbrante que fue como si las aguas mismas se incendiaran. La *Tragafuegos* ardió como yesca. La capitán tomó una lámpara y la llevó al polvorín, donde detonó lo que quedaba de nuestras provisiones de pólvora. Más valía destruir la fragata que permitir que cayera en manos de esos bandidos. La capitán no era una cobarde.

Y su sacrificio había rendido fruto. Los botes habían logrado escapar y habían estado intentando encontrar el camino de regreso hacia la flota de la Armada Real desde ese momento.

—Pero yo no tenía la menor idea de dónde nos encontrábamos —confesó Haldon Lac.

—Es que tiene pésimo sentido de la orientación —explicó Hobs—. No es uno de sus fuertes.

Lac se mordió el labio. Fox tenía un sentido de orientación infalible.

—Estamos a cuatro días de Jahara —dijo el Capitán Reed desde el lugar donde se había sentado, contra las ventanas de atrás, para escuchar con atención—. Tienen suerte de que vayamos en esa dirección en este momento.

Jahara era una isla más o menos neutral cerca de la costa meridional de Deliene, el reino vecino de Oxscini, hacia el norte. Si Lac conseguía llegar a la embajada de su reino, los Casacas Rojas recibirían ropa y alimento, y los enviarían con la Armada Real, donde se les asignarían nuevos puestos o, quizás, ascensos.

Bueno, no a todos.

Lac sentía los ojos tan inundados de lágrimas que le ardían. Debía estar haciendo un gesto extremadamente desagradable, porque el Capitán se enderezó.

—¿Qué te pasa, muchacho?

—Que… le dije a Fox que seríamos héroes…

—¿Y te parece que lo que ella hizo no fue heroico? —el Capitán rio, pero no había en su carcajada ningún dejo de burla—. Hey, Meeks, dime si ese salto no fue una hazaña digna de héroes.

El rostro del segundo oficial se abrió en una sonrisa de dientes rotos.

—Claro, Capitán. De cosas como ésa se componen las leyendas.

—Pero murió —se le quebró la voz a Lac, cosa que lo avergonzó.

—Así es, muchacho —con una gracia envidiable, el Capitán se abrió camino por la atiborrada cabina y, con todo y su pesadumbre, el guardiamarina Haldon Lac no pudo evitar notar lo extremadamente guapo que era, y lo cómodo que se notaba en su propio cuerpo. Rellenó la taza de Lac con el contenido de un botellón de cristal—. Todos los días muere algún héroe.

Lac se encontró mirando fijamente los tatuajes de Reed... calaveras, serpientes marinas, un hombre con una pistola negra, y un *maelstrom* girando vertiginosamente en el pliegue interno del codo, de la vez que arrebató el Gong del Trueno a su archirrival, el capitán Dimarion.

—Lo más importante —continuó el Capitán Reed— es que tú sobreviviste.

—¿Por qué?

El Capitán se sirvió un poco de licor y entrechocó su vaso con el de Lac.

—Porque son los supervivientes los que deciden quiénes son héroes. Y quiénes villanos.

Cuando avanzó la noche, desplegaron un mapa sobre la mesa del comedor, y Reed y los demás se agruparon alrededor. Hacia el occidente estaba Oxscini, el amado reino boscoso de Lac, con sus pequeñas islas hacia el sur. Esas islas eran la razón por la cual nadie jamás había logrado conquistar Oxscini. Nadie había alcanzado la destreza náutica necesaria para llegar al corazón del Reino del Bosque.

Hacia el oriente estaban Everica y Liccaro, los dos reinos que formaban la Alianza.

Y entre esas dos mitades del mapa, más cerca de Oxscini de lo que Lac quería pensar, Hobs señaló un punto en el Mar Central.

—Aquí fue donde nos enfrentamos con la flota de la Alianza, señor.

La Alianza se estaba aventurando a navegar hacia occidente, extendiéndose por toda Kelanna como una mancha.

—Eso es lo que busca la Guardia —afirmó Sefia—. Primero Everica, después Liccaro y Deliene, y Oxscini y Roku al final. Si todo sigue conforme a sus planes, no pasará mucho tiempo antes de que conquisten los cinco reinos.

—Pero ¿por qué? —preguntó Lac.

—Para lograr la estabilidad y la paz —su voz irradiaba desprecio—. Creen que al tener a Kelanna bajo su control, la convertirán en un mundo mejor.

—Lograr la paz gracias a la guerra —dijo Hobs—. Si me piden mi opinión, diría que es una curiosa manera de actuar.

—Oxscini opondrá resistencia, pero Roku... —Reed señaló el más pequeño de los reinos, un grupo de islas que, al igual que buena parte de Kelanna, había formado parte alguna vez de los extensos y dispersos dominios de Oxscini— no representará mayor desafío.

—¿Qué es la Guardia? —preguntó Lac.

Sefia lo miró con recelo. En ese momento, ella lo hizo pensar en Fox, que lo miraba justamente de la misma manera al comienzo de su amistad. Pero fue Archer, el muchacho con la quemadura alrededor de la garganta, quien respondió. Sus ojos dorados relampaguearon a la luz de la lámpara como los de un gato.

—Son los verdaderos villanos.

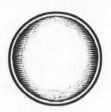

CAPÍTULO 3

Cerca del corazón

El *Corriente de fe* atracó en Jahara bien pasada la medianoche, cuando incluso las tabernas más sórdidas y los garitos de apuestas del puerto central estaban cerrando, pero Archer y Sefia permanecieron despiertos en la cabina principal, planeando sus siguientes movimientos con el Capitán Reed.

—En la mañana los llevaré al puesto de los mensajeros para recuperar el Libro —dijo Reed, caminando a zancadas a lo largo de las vitrinas que cubrían las paredes—. El primer oficial se encargará de reabastecer el barco, y Meeks buscará un guía para los Casacas Rojas.

Archer se sintió un poco decepcionado. En los últimos cuatro días había trabado cierta amistad con los soldados de la Armada Real de Oxscini, en especial con Lac y Hobs, y esperaba acompañarlos hasta la embajada de su reino.

Pero su prioridad era el Libro. Y también Frey y Aljan y sus Sangradores que, al igual que él, una vez habían sido raptados y entrenados para matar por la Guardia. Él era quien los había rescatado, quien les había dado un propósito en la vida. Todos se habían unido en su misión de manera tan orgánica, tan bellamente mortal, para dar caza a los inscriptores en Deliene. Después, los había abandonado al llegar a Epigloss,

41

y sólo había regresado con la promesa de más venganza y derramamiento de sangre, para conseguir que Frey y Aljan cayeran prisioneros de Serakeen.

Era necesario corregir sus errores para compensarlos, protegerlos, tal como debía haber hecho desde el principio.

—¿Y luego se irá? —preguntó Sefia, interrumpiendo sus pensamientos.

El Capitán Reed tamborileó en un ritmo de octavos sobre una vitrina vacía.

—Así es.

El *Corriente de fe* y el *Crux* cargarían provisiones para luego partir en busca del Tesoro del Rey, el mayor botín en la historia de Kelanna. Siglos atrás, el Rey Fieldspar de Liccaro había confiscado todas las riquezas de su pueblo y las había ocultado en las cavernas que había bajo su reino. Los cazadores de tesoros habían transmitido relatos de generación en generación, que hablaban de los laberínticos túneles, las pirámides construidas con lingotes de oro y plata, las cámaras desbordantes de gemas. El contenido de una sola de las cuevas bastaría para saciar la ambición más desbocada.

Sin embargo, Archer sabía que la avidez profunda que asomaba en los ojos azules de Reed tenía como blanco uno y sólo uno de los objetos en ese tesoro: el Amuleto de la Resurrección, ese talismán mágico que permitía engañar a la muerte. Había estado perdido por generaciones, enterrado en algún recoveco de las cavernas. Pero si lo encontraba, le daría la inmortalidad que había deseado durante años.

Cuando uno anhela algo de semejante manera, durante tanto tiempo, no permitirá que nada lo detenga, ni siquiera una guerra.

—Ojalá ustedes vinieran con nosotros —dijo el Capitán, sacando una tira de papel de su bolsillo—, en caso de que necesitáramos que nos leas algo.

Al igual que el resto de la tripulación, Archer había memorizado el contenido del papel, que era una copia del poema inscrito en la campana del barco del Rey Fieldspar. Suponían que había sido miembro de la Guardia, pues era la única manera en que podía haber escrito esa única clave que tenían sobre la ubicación del tesoro.

Los valientes y audaces encontrarán el oro de Liccaro
donde los sementales se arrojan sobre el oleaje.
Donde el áspid acecha, el corazón baja la guardia,
y el agua será la que muestre el futuro viaje.

Reed pensaba que ese acertijo los llevaría a cuatro diferentes puntos —comenzando por el lugar llamado Corcel, un promontorio de roca en la forma de dos caballos salvajes en el lado más apartado de Liccaro— que les revelarían la ubicación del Tesoro del Rey.

Pero Archer y Sefia no estarían allí para verlo.

—Les he estado enseñando a leer a Meeks y a Theo —comentó ella.

Reed resopló.

—Meeks y Theo podrán ser listos, pero nada comparado contigo.

Ella se encogió de hombros.

—No puedo dejar a Archer, Capitán.

Por debajo de la mesa, Archer encontró la mano de ella. Sefia entrelazó sus dedos con los suyos.

—Y yo no puedo abandonar a los Sangradores —dijo él.

43

Sus Sangradores. *Su* responsabilidad.

—Lo sé, muchacho —suspiró Reed—. Son tu tripulación.

Una vez que Archer y Sefia tuvieran el Libro, ella los Teletransportaría adonde estaban los Sangradores, en Epigloss, la ciudad hermana de Epidram, en el noroccidente de Oxscini, y allí rescatarían a Frey y Aljan. Después, se embarcarían en el *Hermano*, la nave de los Sangradores, para viajar a Haven, lugar en el cual aguardarían el regreso del *Corriente de fe* y el *Crux* que, mientras tanto, seguirían con su búsqueda del tesoro.

Ese refugio de forajidos se encontraba bajo el control de las dos únicas personas que cualquier ladrón o bandido respetaría: Adeline, la Ama y Señora de la Misericordia, quien le había regalado a Reed el revolver de plata y marfil de igual nombre, e Isabella, la armera que lo había fabricado. Las dos eran leyendas vivientes.

—Haven se encuentra aquí —Reed señaló en el mapa de Kelanna, aún desplegado en la mesa, un punto en el Mar Central, rodeado por las Cinco Islas.

Las Cinco Islas que supuestamente Archer conquistaría.

Justo antes de morir.

No, pensó él. Llevaría a los Sangradores a Haven, y allí nadarían y cultivarían la tierra a la sombra del viejo volcán de la isla. Escucharía todas las historias de Sefia y la besaría cada mañana, y le construiría una casa en los árboles. Dejarían que la guerra pasara de largo a su lado, como un pilar en el agua. Y todos, todos ellos, seguirían vivos.

Se oyó un golpe repentino en la puerta. Archer, sobresaltado, se puso en pie con un gesto de dolor por el abrupto movimiento. No se había desgarrado los puntos en varios días, pero una punzada ocasional le recordaba que, por el momento, ese hilo de sutura era lo único que lo mantenía en una sola pieza.

Tocó con cuidado su vendaje, mientras Dimarion, capitán del *Crux*, entraba en la cabina principal. Era como un rey, pensó Archer. Un tirano que creía que cualquier cosa en la que posaba la mirada le pertenecía, por el simple hecho de haber puesto sus ojos en ella.

Dimarion se dirigió con su bastón de mango incrustado de rubíes al Capitán Reed, que detuvo al punto su ir y venir.

—Me hago cargo de reabastecer tu barco con las mejores provisiones que puedan conseguirse en Jahara y, amablemente, pago parte de todo eso, ¿para que ni siquiera se molesten en avisarme que ya atracaron?

Reed se inclinó sobre el borde de la mesa, con una sonrisa traviesa:

—No quería perturbar tu sueño reparador.

Dimarion soltó una risotada:

—Mi querido capitán, los malvados nunca dormimos —luego, al ver a Archer junto a la mesa, cruzó la cabina en tres rápidas zancadas.

Para ser un hombre de su tamaño que se apoyaba en un bastón, tenía un paso bastante ligero. No era de sorprender que ninguno lo hubiera oído acercarse. Archer adelantó una pierna por encima de la banca para saludarlo.

—Sefia —el capitán pirata le hizo una pequeña reverencia.

Archer había estado tan gravemente malherido cuando él y Sefia se Teletransportaron al *Corriente de fe*, que no se le había permitido ninguna visita. Pero Dimarion había exigido una audiencia con Sefia en el *Crux*. Ella había permanecido horas allí, contándole su historia, desde la traición de sus padres a la Guardia hasta el momento en que Archer había formado su banda de Sangradores, y además la manera en que había aprendido la magia del Libro.

—Capitán —lo saludó ella con frialdad, y sin responder a la reverencia.

Entonces, el pirata se volvió hacia Archer. Lo observó de la misma manera en que un joyero examinaría un diamante. Su mirada se detuvo en la cicatriz irregular que rodeaba el cuello de Archer, la que le habían producido los inscriptores, la misma que tenía cada uno de los Sangradores, la que se les daba a todos los candidatos de la Guardia... ésa que lo convertía en el muchacho del que hablaban las leyendas.

El muchacho con el ejército incontenible.

—Desde hace tiempo quería echarte un vistazo —dijo Dimarion—, pero el Capitán Reed insistió en tenerte encerrado, como uno más de sus trofeos.

Archer pudo sentir que Sefia se crispaba a su lado. ¿Estaba utilizando su Visión en Dimarion? No lo sorprendería que ella lo lanzara al otro lado de la cabina si le parecía una amenaza.

O si la fastidiaba.

—¿Y ahora que ya tuvo su vistazo? —preguntó Archer.

El capitán Dimarion resopló.

—No me parece que tengas pinta de asesino nato.

Asesino nato. Eso decían los inscriptores de él. Pero no había nacido siendo tal cosa: ellos lo habían llevado hasta ese punto, lo habían moldeado hasta que había dejado de ser el guardia de faro que era para convertirse en Archer, cabecilla de los Sangradores, legendarios por lo que les habían hecho a los inscriptores en Deliene, cuyas hazañas de eficiencia en combate y crueldad se difundían con rapidez a otros reinos.

Y él lo había decidido así. Tal vez no al principio, pero sí, al fin y al cabo, él había buscado las peleas, había anhelado las muertes, se había transformado en lo que era ahora.

Estoy atrapado, pensó. Atrapado por el destino. A menos que Sefia y él lograran eludirlo.

Dimarion seguía observándolo, como a la espera de que la sed de sangre lo invadiera, como una especie de niebla rojiza.

Archer ya sabía de qué manera podía incapacitar al pirata. La fuerza bruta del capitán Dimarion, junto con su bastón, eran algo a tener en consideración, pero Archer era más veloz, incluso con el vendaje en el costado, y en su mente ya había imaginado formas de golpear las débiles articulaciones del otro, esas viejas heridas que sería sencillo volver a lastimar. Pero la violencia no era un truco que exhibiera para complacer a un público curioso.

Para Archer, la violencia era algo horrible que le producía vergüenza.

Y, al mismo tiempo, era algo precioso, para llevar cerca del corazón.

En vista de que Archer no respondía, Dimarion volteó hacia Reed.

—Podrías ofrecerme una bebida, ¿sabes? Pero imagino que semejante muestra de hospitalidad es demasiado para ti —tomó el botellón de cristal de una mesita lateral, y se sirvió una medida de tres dedos de licor antes de sentarse en uno de los sillones, que hizo ver como un trono enjoyado en lugar del deslucido terciopelo de siempre—. Tengo información.

Hizo una pausa. Parecía esperar a que aplaudieran o le dedicaran una reverencia.

Archer se sentó.

Sefia bostezó.

47

Con un suspiro de resignación, el capitán pirata tomó un pequeño sorbo de su bebida y se relamió los labios antes de declarar que el Rey Solitario, Eduoar Corabelli II, había muerto.

—Envenenado —explicó—. Se suicidó, al igual que su padre, en la misma sala que él.

Deliene, el Reino del Norte al cual Jahara en los últimos tiempos se había sometido, se encontraba ahora sin gobernante, por primera vez en muchas generaciones. De manera conveniente, los nobles de las cuatro provincias del reino ya habían acordado quién sería el regente que lo reemplazaría.

—Arcadimon Detano —dijo Dimarion—. Consejero y amigo del difunto rey, por lo visto.

—¿Y nadie se opuso? —preguntó Sefia.

—La decisión fue unánime —el pirata golpeteó su copa con un meñique enjoyado—. ¿Te sorprende?

—A mí me sorprende —interrumpió Reed—. Gorman debió pelear por la corona.

Gorman era la región septentrional de los territorios de Deliene. Kaito, el segundo al mando de Archer, su hermano de armas, era de allí.

Kaito. Archer cerró los ojos. A veces aparecía en sus sueños: unas veces estaba trazando planes de batalla en el suelo. O lanzándose a un torrente helado, en medio de gritos de júbilo. También aparecía ensangrentado y agresivo. O muerto en el piso, con la bala de Archer alojada en el espacio entre sus ojos. En ocasiones conversaban. Unas veces, Kaito lo perdonaba, otras no. Y Kaito le decía que estaba fracturado por dentro, que jamás volvería a ser de una sola pieza, no importaba cuántas vidas consiguiera salvar.

O cuántas acabara.

Sefia apretó su mano con firmeza, para confirmarle que estaba allí, con él.

Archer abrió los ojos de nuevo, con la vista empañada por las lágrimas.

Kaito Kemura, hijo de una líder de Gorman, era la persona más belicosa que Archer hubiera conocido. Si la gente de su región era como él, se habría separado de Deliene antes que doblar la cerviz ante un regente indigno.

—Supongo que todo es obra de esa Guardia de la cual me contaste —dijo Dimarion a Sefia.

Ella asintió.

La Guardia. Ese nombre hacía que a Archer le ardieran los puños. La Guardia era la responsable de su rapto, de la manera en que lo habían desfigurado, de ponerlo en la ruta que lo llevaría a sellar su destino. De haber podido, los habría eliminado a todos, con gusto.

Pero combatir a la Guardia implicaba luchar contra la Alianza, y pelear con ésta requería unirse a la guerra. Y marchan a su muerte.

—¿Y Arcadimon Detano es uno de ellos? —preguntó Reed.

—Sabía que tenían un agente en Deliene —agregó Sefia, con voz más baja de lo normal—, pero nunca oí que pronunciaran su nombre.

Archer restregó sus ojos.

—De manera que ahora controlan tres reinos.

—Sí —susurró ella.

Eso reducía el número de los reinos que quedaban por someter a la Guardia a sólo dos, y planeaban conquistarlos en un conflicto que los padres de Sefia habían denominado la Guerra Roja.

49

La guerra que se suponía que Archer ganaría. La que antecedía a su muerte.

Haven, se recordó a sí mismo. Él planeaba estar en Haven. Con Sefia y los Sangradores.

—Muy bien —Dimarion terminó su copa y se levantó. De pronto pareció que la cabina a su alrededor se hubiera encogido—. No los sorprenderá enterarse de que Arcadimon Detano hará un anuncio mañana. Aquí, en Jahara, a mediodía.

—¿Mediodía? —Reed murmuró una maldición.

El capitán pirata le sonrió con complicidad.

—Lo habrían sabido antes si hubieran venido a verme en cuanto pisaron tierra.

—Se unirá a la Alianza —dijo Archer. Eso es lo que él haría si… no, no podía estar pensando de esa manera. Podía haber sido un asesino. Podía convertirse en una leyenda antes de cumplir los diecinueve, pero no era un comandante, ni un conquistador. Y no tenía el menor deseo de morir.

—Por supuesto —descruzando los brazos, Reed se volvió hacia Dimarion—. ¿Consideras que podremos cargar los barcos y zarpar antes del anuncio?

El capitán pirata se encogió de hombros con delicadeza.

—Si no lo intentamos, jamás saldremos de aquí.

Se fueron a dormir poco después y, tras unas breves horas de sueños inquietos, Archer y Sefia se reunieron con el resto en la cubierta del *Corriente de fe*. Aún no amanecía. El sol estaba justo por debajo del horizonte. A esa hora temprana, esa sección del puerto central estaba desierta; los barcos que servían como vivienda y los que navegaban de un lado a otro permanecían en silencio, salvo por los crujidos de sus maderos.

50

La docena de Casacas Rojas que habían rescatado se encontraban nerviosos embutiendo sus uniformes en costales. Con la certeza de lo que diría el anuncio del regente, no querían llamar la atención más de la cuenta.

Flotaba entre ellos una energía tensa que a Archer le recordó a los Sangradores a la espera de la batalla.

Pero si todo marchaba según los planes, nunca volvería a llevar a nadie a batalla alguna.

—¿Cómo es posible que usted no necesite un guía? —preguntó Haldon Lac enderezándose los puños de la camisa.

—Estamos con el Capitán Reed, que no necesita guías —Archer intercambió una mirada de complicidad con Sefia. Meeks les había dicho lo mismo la primera vez que habían estado en Jahara, hasta lograr meterse en la pelea de la Jaula como si hubieran podido acabar con los inscriptores sólo pidiéndoles que se detuvieran.

—Cuentan que puede saber adónde debe ir tan sólo por el ruido del agua contra los pilotes de los muelles —agregó Sefia.

La perfecta boca de Lac se abrió en una mueca de asombro.

—¡No puede ser!

Ella puso los ojos en blanco.

Archer le dio un golpecito en el hombro al guardiamarina. Haldon Lac tenía la perspicacia de un pedrusco, cosa que irritaba a Sefia, pero la estupidez del muchacho enternecía a Archer.

—Pero ¿y cómo es que el agua sabe adónde quiere ir el Capitán? —preguntó Hobs. Era un personaje curioso, que siempre hacía preguntas graciosas, pero absurdamente lógicas sobre por qué las aves nunca se desorientaban en el mar y si el primer oficial era capaz de oír hasta las astillas que com-

51

ponían el *Corriente de fe*, o si el trozo de madera debía tener un tamaño mayor para poder comunicarse con él.

A Archer también le agradaba Hobs.

—Quizá se comunica mentalmente con las aguas —declaró Lac—. He oído hablar de cosas semejantes.

—¿Has oído hablar de ellas en tu mente? —preguntó Sefia.

El chico se vio desconcertado. Archer se sintió un poco mal al verlo, pero a veces sus comentarios eran una clara invitación a la burla.

—En realidad —comenzó Reed que llegaba para unirse a ellos, con su abrigo y su sombrero de ala ancha—, lo que hago es silbarles.

—¡Capitán! —con una pequeña venia, Haldon Lac trató de ofrecer unas palabras de despedida, pero Reed lo guio rápidamente por la pasarela, y los demás Casacas Rojas lo siguieron, riendo por lo bajo. En el muelle, el guía de Meeks los miró de arriba abajo y suspiró.

—Hasta nunca —murmuró Sefia.

—Me agradaban.

—Eres mejor persona que yo.

—Eres mejor de lo que reconoces —Archer la tomó de la mano y se internaron en Jahara, con sus pasos resonando sobre las pasarelas flotantes de madera.

Pronto recuperarían el Libro. Luego se Teletransportarían hasta donde se encontraban los Sangradores, para rescatar a Frey y Aljan. Y una vez que estuvieran todos juntos de nuevo, viajarían a Haven. Y él sería libre.

● ● ●

52

Sefia y Archer siguieron al Capitán Reed que los guiaba sin equivocar el camino entre los muelles y embarcaderos ruinosos, junto a boyas de vidrio atadas con cordeles, y viejas embarcaciones medio hundidas, con la cubierta sumergida y tan sólo los mástiles asomando por encima de las olas, hasta llegar a un inmenso almacén con la insignia de las alas negras del gremio de los mensajeros sobre la entrada.

Sefia había estado allí antes, y esa vez también se había sentido intimidada por el frenesí que se respiraba en tan enorme lugar. El interior estaba atiborrado de mensajeros apurados cada uno en su tarea, de vigilantes del gremio con alas de bronce bordadas en su ropa y de clientes nerviosos susurrando rumores mientras daban vueltas como pollos en un gallinero abarrotado.

Las especulaciones alrededor del anuncio del regente estaban en boca de todos en el momento en que Sefia, Archer y Reed tomaron su lugar al final de la fila.

Se habían divisado barcos de guerra hacia el sureste. Deliene se uniría a la Alianza. Se convertiría en una guerra de tres reinos contra Oxscini. Contra los Casacas Rojas.

La guerra contra los rojos, la llamaban.

La Guerra Roja.

La jugada final que la Guardia había planeado a través de generaciones, y que cambiaría el mundo.

—El siguiente —gritó alguien, y se acercaron al mostrador, donde la mensajera con la cual Sefia había dejado el Libro se encontraba sentada ante una ventanilla con barrotes.

—¿Nombre? —preguntó la mujer mecánicamente.

—Cannek Reed —respondió el Capitán.

Con un movimiento de cabeza, la mensajera miró al techo, rebuscando en su increíble memoria. Mensajes y paquetes se

53

entregaban a través de un sencillo sistema de preguntas y respuestas. Si uno podía responder la pregunta, podría recibir cualquier cosa que otra persona hubiera dejado.

Luego de un momento, la mujer miró de nuevo al frente y preguntó:

—Tras el *maelstrom*, ¿por qué no decidió quedarse en tierra, si había sabido que moriría en el mar?

La pistola negra. El diente de león blanco. La explosión del barco.

Reed miró a Sefia. Una sonrisa irónica cruzó sus labios.

—Tenía la posibilidad de decidir entre controlar mi futuro o que éste me controlara a mí.

Eran las mismas palabras que él había pronunciado cuando ella se había enterado de la verdad con respecto al Libro: que era un registro de todo lo que había sido y todo lo que algún día llegaría a ser.

De alguna manera, las palabras habían adquirido un nuevo significado ahora que ella sabía que tenía que cambiar el destino.

La mensajera asintió, satisfecha con la respuesta de Reed, y se retiró a una de las salas traseras en las que se almacenaban los paquetes.

—¿Aún lo cree, Capitán? —preguntó Sefia.

—Más me vale —rio—. Volveré al mar cuando terminemos aquí, ¿cierto?

En cuestión de minutos, la mensajera había regresado con un paquete rectangular, envuelto en papel y atado con un cordel.

Sefia lo recibió, tras deslizar una moneda a través del mostrador, y apretó el Libro contra su pecho. Lo sintió tan familiar, como una parte de sí que se hubiera perdido durante

54

todo ese tiempo y que ahora le permitía ser ella en toda su extensión.

Pero al meter el Libro en su mochila, captó una silueta que le resultó conocida en el almacén.

El muchacho tenía más o menos la edad de Archer, con rizos sueltos y grandes ojos que parecían casi como de búho tras sus grandes anteojos... Tolem, el aprendiz de Administrador. Lo había visto sólo una vez durante su temporada con la Guardia, pero no había olvidado la manera en que los anteojos parecían resbalarse continuamente por su nariz, y el gesto constante que él hacía para regresarlos a su lugar.

Y tampoco había olvidado a su Maestro, quien caminaba junto al chico con una gracia sobrehumana. El hombre era delgado como un riel, con facciones inquietantemente simétricas, a excepción de una cicatriz lechosa en medio del ojo derecho. Con sus ropas de confección perfecta y un alfiler en la corbata, se veía tan irreal como un cuadro en medio de los desaliñados mensajeros y los clientes preocupados.

—Dotan —murmuró. ¿Qué estaba haciendo allí? ¿Acaso la Guardia había descubierto dónde estaba oculto el Libro?

A casi nada le temía, pero ver al Maestro Administrador hizo que sintiera un escalofrío. Este hombre, el encargado de los venenos, la tortura y los calabozos de la Guardia, la odiaba. La odiaba con tal intensidad que mientras estuvo en la Sede Principal, había podido sentir su mirada posada en ella, su maldad tan fuerte como un hedor. Y ahora la miraba de frente.

—¿Alguien de la Guardia? —preguntó el Capitán Reed, entrecerrando los ojos. Movió los faldones de su abrigo, desenfundó su revólver azul de cañón largo, el nuevo, Cantor, en homenaje a Jules, su antigua líder de cantos, y disparó.

La gente gritó. Junto a Dotan, Tolem se agazapó.

El Maestro Administrador, en cambio, se limitó a levantar la mano, detuvo la bala en medio de su trayectoria y la hizo caer al piso.

Reed soltó una maldición. Todavía no se había enfrentado con nadie de la Guardia y no sabía de qué eran capaces sus miembros.

Dotan levantó uno de sus delgados dedos y, con una voz más penetrante que cualquiera que Sefia hubiera oído antes, gritó:

—¡Vigilantes, protejan su gremio!

¿Vigilantes? Sefia parpadeó en medio del asombro. Sólo alguien del gremio podía dar órdenes a sus vigilantes. A menos que... la Guardia controlara el gremio... ¿Y sería así sólo en Deliene? ¿O en toda Kelanna?

Mientras lo pensaba, vigilantes de gran tamaño, con alas de bronce bordadas en la ropa, se metieron a empujones entre la multitud que se iba dispersando. Archer se enfrentó a una de ellas, la desarmó y la dejó tendida de espaldas en el suelo, para luego arrebatarle su cachiporra y dejar a otro vigilante sin sentido con un par de golpes rápidos.

Pero no fue tan veloz para esquivar el ademán de Dotan en el aire. La magia lo atrapó por los tobillos y lo derribó al suelo.

Eso hizo que Sefia saliera de su distracción. Ver a Archer en peligro la obligó a hacerse cargo de la situación.

—¡Corre! —gritó, poniéndolo de nuevo en pie. Parpadeó para atraer su magia e hizo a un lado a un vigilante tras otro mientras corría hacia la salida junto con Archer.

Se arriesgó a mirar atrás y vio que el Maestro Administrador cruzaba el almacén como si fuera flotando sobre una nube, y Tolem trotaba a su lado.

Y el Capitán Reed se encontraba frente a ellos, disparando a Cantor una y otra vez, vaciando las cámaras del revólver mientras Dotan desviaba cada uno de los proyectiles.

—¿Qué está haciendo, Capitán? —Sefia palmoteó en el aire para enviar una explosión de magia a los Administradores.

Dotan empujó a su aprendiz a un lado, para ponerlo fuera de alcance, y recibió todo el impacto de la magia de Sefia. Los Administradores no se caracterizaban por su habilidad en combate. Salió despedido hacia atrás, contra una pared, y allí cayó gimiendo.

Al lado de Sefia, Archer se había apoderado de otra cachiporra y estaba luchando contra vigilantes que duplicaban su estatura. Su costado herido se veía oscuro por la hemorragia… debía haberse rasgado los puntos en la refriega, pero parecía no sentirlo mientras giraba, esquivaba golpes y atacaba, con una luz salvaje brillando en sus ojos.

Mientras Reed cargaba nuevas balas en el tambor de su revólver, Sefia lo tomó por el brazo.

—¡Vámonos! Quizá pueda reconocerlo por las leyendas y entonces sabrá que el *Corriente de fe* está atracado en Jahara.

Si la Guardia controlaba a los mensajeros, entonces tenía mucho más poder en Jahara de lo que ella había pensado. Dotan podría bloquear la salida del *Corriente de fe*. Peor aún, si llegaba a saber dónde estaba atracado, podría hundirlo.

Al oírla, el Capitán entró en acción. Volteó en busca de la salida, golpeó a un vigilante en plena cara con Cantor y, al mismo tiempo, Sefia hizo a otro a un lado.

Algo la impactó por la espalda y la hizo caer al suelo de frente. Su boca se llenó de regusto a sangre porque los dientes le abrieron un labio.

Miró sobre su hombro para ver a Tolem con las manos en alto. Sobre su aterrado rostro, vio que tenía los anteojos torcidos.

Tras él, Dotan estaba nuevamente en pie. Un pequeño frasco de vidrio relumbraba en su mano.

Maestro en venenos.

Sefia no tenía idea de los efectos del contenido del frasco, pero sabía que no podría tratarse de nada bueno.

Se puso en pie con dificultad y tomó a Archer por la cintura. Sintió su camisa húmeda y caliente por la sangre de la hemorragia.

—¡Capitán, aférrese a mí! —gritó.

El frasco estaba dejando los dedos de Dotan. Lo vio flotar a través del almacén, empujado por la fuerza de la magia del Administrador. En su interior, un líquido negro y espeso pugnaba por salir, como si quisiera romper el cristal.

Y entonces Sefia sintió el brazo de Reed que la rodeaba, y desplegó sus manos.

El Mundo Iluminado pasó veloz ante ella... la red de muelles flotantes y botes que formaban el puerto central, las siluetas de mástiles y velas, todo delineado en brillante dorado... hasta que encontró el único lugar en Kelanna al que podía escapar una y otra vez... y en ese momento Archer, Reed y ella desaparecieron, se esfumaron del puesto de los mensajeros, para reaparecer apenas un segundo después en la cubierta del *Corriente de fe*.

58

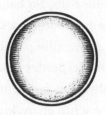

CAPÍTULO 4

Ya no un rey

Ed no podía evitar tocar la zona de su dedo medio, donde antes había usado el anillo del sello que lo identificaba como Eduoar Corabelli II, rey de Deliene. Pero la única parte de esa vida que permanecía con él ahora era ese círculo de piel pálida, que con rapidez se iba oscureciendo bajo el sol, de la misma manera que el resto de su cuerpo.

Y a pesar de eso, seguía tratando de darle vueltas al anillo.

A pesar de eso, seguía teniendo que recordarse que ya no era un Corabelli.

Que ya no era rey.

En cambio, estaba sentado anónimamente en la parte alta del anfiteatro de Jahara, contemplando la intensa cinta azul del Estrecho Callidiano y la franja oscura de tierra firme más allá. A lo largo de las graderías de piedra, atestadas de gente, había soldados con el uniforme blanco y negro de Deliene apostados a intervalos regulares.

Era casi mediodía.

Arcadimon haría su anuncio muy pronto.

Ed lo vería. Había transcurrido tan sólo una semana desde que se habían despedido, desde que Arc había salvado la vida de Ed simulando su muerte, pero cada día se había sentido como un siglo desde entonces. Ed había perdido la cuenta de las veces en que había pensado regresar a Corabel y abrir de par en par las puertas del castillo para lanzarse a los brazos de Arc y besarlo hasta hacerlo perder el sentido.

Se movió a un lado en el momento en que un grupo de más de diez personas se sentó en los lugares próximos al suyo.

—No sé para qué vinimos aquí —dijo uno—. En este momento podríamos estar en la embajada de Oxscini.

¿Oxscini? Ed los miró de nuevo. En los últimos días había escuchado rumores sobre líderes de ese reino que habían sido retenidos por las autoridades de Jahara para interrogarlos. Había oído que algunos de ellos no habían regresado. Había visto a los barcos mercantes de Oxscini zarpar en silencio hacia el sur, o cambiar sus banderas para evitar llamar la atención. La embajada había estado acogiendo personas, pero si las tensiones continuaban, esos refugiados ya no podrían salir.

—Todo se debe a que alguien extravió a nuestro guía —dijo otro.

—Puede que yo haya perdido a nuestro guía —dijo uno con el que los demás parecían estar molestos. Tenía unos rasgos muy bellos, con ojos verdes y una firme quijada que con los años dejaría de ser tan notoria, y un tono bravucón que a Ed le resultó admirable y gracioso—, pero lo cierto es que fue un feliz accidente. La Armada Real apreciará que seamos testigos de lo que está por suceder.

No sólo eran de Oxscini, sino soldados, Casacas Rojas. Y no tenían idea.

Se escuchó un rumor de emoción cuando una fila de heraldos levantó sus trompetas e hizo sonar una serie de notas en el frío aire invernal.

Alguien anunció la llegada del regente.

60

La multitud vitoreó.

Arcadimon Detano se dirigió al centro del anfiteatro. Parecía como si lo hubieran arrancado del cielo de la noche con su uniforme negro y plateado, y la corona de marfil de los regentes lucía como una media luna sobre su frente.

—¡Pero qué guapo! —dijo el Casaca Roja de los ojos verdes, con la mirada fija en Arc, que pedía la atención de todo el público y silenciaba su aplauso con un movimiento de su mano enguantada.

Después, Arcadimon abrió la boca, y su fuerte voz llevó a Ed a sentir que se encontraban cara a cara y no separados por cien metros. Se estremeció. Había casi olvidado el embriagador timbre de la voz de Arc.

—No es coincidencia que me encuentre el día de hoy aquí, en el más glorioso centro del comercio de toda Kelanna —comenzó Arcadimon—. Si bien, técnicamente es parte de Deliene, Jahara es una isla gobernada no por una cabeza sino por varias, y durante años ha sido un experimento de neutralidad y unificación. Para nadie es sorpresa que declare que este experimento ha tenido un éxito cada vez mayor.

Sus palabras fueron recibidas con un sonoro aplauso. Arc siempre se había caracterizado por ser un maravilloso orador. Y a pesar de todo lo que había sucedido en el pasado —que Arc le hubiera revelado que su misión era ocupar su trono, que hubiera decidido salvarle la vida, que Ed tuviera que exiliarse de Deliene, el reino que su familia había gobernado durante generaciones—, a Ed le tranquilizaba saber que había cosas que no cambiaban.

Cuando los vítores menguaron, Arcadimon continuó:

—Jahara es próspera. Jahara es estable. Jahara está en paz. Jahara es lo que el resto del mundo quisiera ser. Lejanos

61

están los días de las enemistades sangrientas y las guerras civiles. Lejanos están los años del imperialismo de Oxscini, bajo el cual tanto sufrieron Jahara y Deliene. Lejanos están los días de la división y la discordia.

Los Casacas Rojas se erizaron al oír hablar del imperialismo de Oxscini, y se quedaron con expresión pétrea mientras el público de Jahara se volvía cada vez más entusiasta en su aplauso.

—Deliene ha permanecido indiferente al conflicto de Oxscini por demasiado tiempo. Y es que no se trata de una disputa por unas antiguas colonias de Oxscini en Everica, como algunos de ustedes podrían pensar, sino una lucha por el futuro mismo de las Cinco Islas...

—No —murmuró Ed—, no lo hagas, Arc.

No envíes mi reino a la guerra.

—La reina Heccata es bárbara y salvaje...

Un rugido de protesta de los Casacas Rojas hizo que perdiera las siguientes palabras de Arcadimon.

—... Oxscini continuará su reinado de terror y violencia, como siempre lo ha hecho...

El muchacho de los ojos verdes se puso en pie de un salto.

—¡No puedo creer que haya podido considerarte guapo!

Otro chico a su lado abucheó a Arcadimon. Tenía la cabeza afeitada y curiosamente redonda.

Unas cuantas personas delante de ellos les hicieron señas para que se callaran.

Abajo, Arcadimon seguía hablando.

—La Alianza aspira a un nuevo futuro, un futuro mejor. Nos encaminamos a una nueva era, en la cual estaremos unidos, con apertura hacia los otros reinos y en paz por primera vez en miles de años. Ésta es la visión del Rey Darion Stonegold. La misión de la Alianza. Ni Deliene ni Jahara se interpondrán en el camino del progreso y la paz. Nos uniremos a la Alianza del Rey Darion Stonegold.

No. Ed cubrió sus ojos con las manos. Habría sido ingenuo de su parte ignorar las señales, pero no había querido creer que Arcadimon realmente llegaría a hacerlo. Así como no había querido creer que Arcadimon pudiera matar a su primo menor, Roco, para eliminar cualquier reivindicación al trono por derecho de sangre. El Arcadimon que Ed conocía jamás... Pero ¿qué tanto conocía a Arc en realidad?

—Hoy somos más grandes que ayer. No somos un reino, sino tres. Nos hemos unido. Somos fuertes. Y juntos derrotaremos a la reina Heccata y a la amenaza de Oxscini que nos acecha a todos.

Cuando Ed levantó la vista, los Casacas Rojas estaban en pie, y los primeros dos encabezaban el canto del himno de Oxscini.

Corazones rojos que no se romperán,
Rojo fuego por nuestras venas correrá.
En batalla, humeantes los cañones;
Roja, la bandera que por siempre ondeará.

A su alrededor, todos los observaban. Los guardias uniformados se dirigían hacia ellos.

—¿Acaso no oyeron? —preguntó Ed tomando al primer Casaca Roja por la mano—. Ahora están en guerra. Van a hacer que los encarcelen.

El muchacho parecía horrorizado. Las palabras del himno se marchitaron en sus labios.

—¿Qué hago ahora? —preguntó.

Ed miró alrededor. De sus épocas como rey, conocía los túneles secretos del anfiteatro porque Ignani, la capitán de su

63 TAN

guardia real, lo había obligado a aprenderlos y a simular su huida a través de ellos, hasta que estuvo segura de que sabría utilizarlos para escapar en caso de un ataque.

Los guardias de Deliene ya habían desenvainado sus espadas.

Ayudar y apoyar la huida de los Casacas Rojas no era una mala manera de aprovechar esos túneles.

—¡Síganme! —dijo Ed, tirando del primer Casaca Roja para llevarlo con él. Esperaba que los otros vinieran detrás. Corrieron entre la multitud y empujaron a las personas del público hacia los guardias. La gente gritaba alarmada mientras se hacía a un lado.

—Ésta es una guerra —decía Arcadimon allá abajo—. Una guerra a la antigua. Una guerra para poner fin a las generaciones de violencia que nos han precedido. Una guerra contra la reina Heccata y sus Casacas Rojas.

Mientras Ed guiaba al grupo hacia una escalera, miró por encima de su hombro. En el centro del anfiteatro, Arcadimon levantó la mirada.

Sus ojos se encontraron.

La intensidad de su anhelo era tan grande que Ed estuvo a punto de jadear sonoramente. Habría sido capaz de bajar corriendo para estrellarse contra Arc con una fuerza tal que nada ni nadie pudiera separarlos.

Pero entonces, Arcadimon pronunció las palabras que llevaron a Ed a dar media vuelta y bajar corriendo las escaleras con los Casacas Rojas.

—La Guerra Roja —dijo con voz hueca.

La mente de Ed no paraba de dar vueltas mientras guiaba a los Casacas Rojas por los oscuros pasillos del anfiteatro, tanteando el camino por escaleras oxidadas y túneles tan estrechos que debían recorrerlos de perfil, mientras las telarañas acariciaban sus rostros.

Arc lo había visto. Sabía que se encontraba allí.

Pero no creía que fuera a delatarlo. "Si se enteran de que aún vives", le había dicho, "ellos nos matarán a ambos".

—Perdón, ¿está seguro de que vamos por buen camino? —preguntó uno de los Casacas Rojas—. Juraría que ya habíamos pasado por aquí —Ed reconoció la voz del hombre de los ojos verdes, tan preocupado por su apariencia.

—Estoy completamente seguro —respondió Ed.

—¿Y cómo lo sabe?

—Quizá puede ver en la oscuridad —ése había sido el de la cabeza redonda.

La idea era tan absurda que Ed no supo si sonreír o refunfuñar.

—Tuve que aprender de memoria estos túneles de niño —dijo. Y ahora los estaba utilizando para proteger del peligro a los enemigos de Deliene.

Ed sacudió la cabeza. Deliene tenía enemigos. Deliene estaba en guerra.

—¿Y para qué? —preguntó el de los ojos verdes.

—¿Acaso le teme a la oscuridad? —respondió Ed. Se sorprendió, pues no era un comentario que Eduoar Corabelli II habría hecho.

Pero ya no era Eduoar Corabelli, ¿cierto? La idea le produjo un estremecimiento de dicha.

—¡Por supuesto que no! —exclamó el soldado.

—En realidad, Lac le teme al polvo y la mugre —agregó el de la cabeza redonda.

Se oyó un tenue coro de risotadas de los demás.

65

—Hobs, como el oficial de rango superior entre todos, quisiera mantener algo de mi autoridad, y no estás ayudando ni un poco.

—El problema no son el polvo y la mugre —dijo Ed, a punto de unirse a las carcajadas—, sino las arañas.

Su comentario fue recibido con un jadeo de espanto.

Y esta vez rio.

A veces lo sorprendía la manera en que se sentía más ligero desde que había dejado atrás su nombre. Era como si ya no tuviera que vivir con una maldición pendiendo sobre su cabeza como el hacha del verdugo.

Era libre.

Pero también estaba vacío… carente de propósito. No tenía una corte a la cual escuchar, no había disputas por arbitrar ni tratados por negociar. Sentía como si hubieran sacado todo de su interior y no fuera más que la funda del que era antes, vagando sin rumbo por el puerto central.

Por un rato siguieron tanteando su camino a lo largo de las paredes, posando los pies en la oscuridad, hasta que Ed encontró la salida. Detrás, Lac tropezó con él.

—¿Ya llegamos? —preguntó el muchacho—. ¿Estamos en la embajada de Oxscini?

—¿Dónde? —Ed negó con la cabeza, a pesar de que los Casacas Rojas no podían verlo—. Los túneles no llevan a la embajada. ¿Qué te hizo pensar…? No importa. Estamos en la entrada occidente del anfiteatro —pegó la palma de su mano a la pared, buscando la palanca que sabía que estaba allí.

—¿Y luego nos llevará a la embajada?

Ed hizo una pausa. Había estado en la embajada muchas veces antes. Luego de la semana anterior explorando la ciudad, era probable que pudiera llevarlos hasta allá sin tener que contratar un guía.

Pero en tiempo de guerra, las cosas cambiaban.

Deliene no había estado en guerra desde antes de la Peste Blanca, cuando el tatarabuelo de su tatarabuelo había subido al trono, pagando el precio de miles de vidas y una maldición para su linaje, pero Arcadimon había terminado con esa historia de paz.

"Tienen un plan para Deliene en el que tú no estás incluido", le había dicho.

Ed habría podido descubrir su presencia durante el anuncio. Habría podido reclamar su trono y evitar que Deliene fuera a la guerra. Una parte de su ser todavía creía que debía haberlo hecho.

Pero se había limitado a permanecer en pie mientras la nueva bandera de la Alianza, con tres franjas, una azul, una dorada y una blanca, para representar los tres reinos aliados, era desplegada ante sus ojos.

Se dijo que amaba a Arcadimon, el joven que le había arrebatado la corona y el corazón. Confiaba en él. Tenía que creer que Arc tenía en la mira los intereses y el bien de su reino.

No, ya no era su reino. Ya no.

Ya no era Eduoar Corabelli. Habría espacio para ser otras cosas, pero ya no un rey. Y así debía ser si quería que Arc sobreviviera.

En la oscuridad, encontró la palanca, que se sintió fría contra su piel.

—Ahora Jahara está en guerra con Oxscini —declaró—. No van a permitir que nadie entre o salga de la embajada.

—Y entonces, ¿cómo volveremos a casa?

Empujó la palanca. Se oyó un ruido sordo entre las piedras cuando la puerta se abrió. No podía evitar que Deliene entrara en guerra, pero esto sí podía hacerlo: rescatar a un puñado de Casacas Rojas, a pesar de que no eran sus súbditos (*Porque ya no tienes súbditos*, se recordó).

—Voy a buscar la manera de subirlos a un barco rumbo a Oxscini —dijo.

Por desgracia, decir que los sacaría de Jahara era más sencillo que hacerlo.

Tal como Ed había predicho, la embajada estaba cerrada. Todas las embarcaciones de bandera roja estaban atracadas, y se les había prohibido zarpar. Todas las naves con viajes programados al Reino del Bosque serían retenidas temporalmente hasta que sus capitanes y tripulaciones pasaran por un interrogatorio.

Pero poco a poco Ed ideó una forma para que los Casacas Rojas abandonaran la isla.

Tenía algo de dinero que le había quedado tras vender la barca en la que había escapado de Corabel, y lo utilizó casi todo para sobornar a los oficiales del puerto a fin de que permitieran que unos cuantos pesqueros pequeños con tripulación de Oxscini zarparan, y para pagar a los guías a fin de enterarse de qué embarcaciones hacían ondear banderas que no les pertenecían.

Como rey, jamás había hecho cosas tan turbias.

Pero ya no era rey, y eso le gustaba. Por primera vez en toda la semana, se sentía útil. De nuevo tenía un propósito en la vida, así fuera temporal.

Fue colocando a cada uno de los Casacas Rojas. Aceptaron viajar como grumetes a cambio del pasaje. Pagaron por el

68

espacio para colgar una hamaca entre los cajones de la carga. O fueron metidos a hurtadillas en compartimentos ocultos.

Cuando llegó el atardecer, el dinero se había terminado y aún quedaban dos Casacas Rojas por acomodar: Haldon Lac, quien carecía del más elemental sentido común, y Olly Hobs, que era una fuente inagotable de preguntas peculiares.

Los demás Casacas Rojas les habían ofrecido su lugar muchas veces a lo largo del día, pero Lac y Hobs se habían rehusado repetidamente. Lac argumentaba a voz en cuello que era su deber como oficial de mayor rango encargarse de que todos se embarcaran con destino a casa, y Hobs no ofrecía explicaciones, sólo se encogía de hombros.

Cuando un par de faroleros pararon a su lado, encendiendo las lámparas que bordeaban los embarcaderos, Lac se dejó caer sobre una pila de redes de pesca y apoyó con gesto teatral un brazo sobre su frente:

—¿Qué vamos a hacer ahora? —se lamentó.

Hobs se desplomó a su lado.

—Haremos lo que siempre hacemos.

—¿Y qué es lo que siempre hacen? —preguntó Ed, sentándose entre los dos.

Hobs hizo una pausa.

—No lo sé muy bien, pero, si acaso sé cómo somos, y creo saberlo, Lac hará algo muy teatral y yo responderé con una observación astuta, y Fox… bueno… ella nos habría criticado a ambos para luego acompañarnos.

Lac dejó caer el brazo, y a la luz del crepúsculo sus facciones se vieron llenas de tristeza.

—Ah —dijo, sin la extravagancia habitual con la que hablaba—, Fox.

—¿Quién es Fox? —preguntó Ed.

69

—Era nuestra amiga —dijo Hobs.

—Ya no está con nosotros —agregó Lac, sin más rodeos.

—Lo siento —Ed sabía bien lo que era perder a alguien. Debido a la maldición que pesaba sobre su familia, había perdido tías y tíos, madre y padre, incluso a su primo menor, Roco, a causa de su débil corazón, hasta que sólo había quedado él.

Se hizo un breve silencio.

—¿Sabes que hoy he pasado casi todo el día sin pensar en ella? —pregunto Lac—. Hace una semana, no transcurría ni una hora sin querer pedirle ayuda o desear mostrarle algo que sabía la haría sonreír...

—Y qué sonrisa tenía, señor —añadió Hobs cuando la voz de Lac se apagó.

—De las más bonitas —concordó Lac—. Pero creo que desde esta mañana no había cruzado por mi mente.

Hobs negó con la cabeza.

—Por la mía tampoco.

—Se siente casi como si la estuviéramos traicionando, ¿cierto? Como si no guardáramos lealtad a su recuerdo.

Pensativo, Ed miró al norte. Desde la parte sur del puerto central no se podía ver la costa de Deliene, pero podía imaginar que empezaban a encenderse las luces de Corabel. Se preguntó si Arc ya habría regresado al castillo, si se estaría quitando los guantes al atravesar el patio mientras las primeras estrellas asomaban en lo alto.

—Fox habría dicho que deslealtad es no regresar con la Armada Real —sostuvo Hobs, interrumpiendo los pensamientos de Ed.

—Jamás has pronunciado palabras más ciertas, Hobs —Lac se puso en pie de un salto, con la gracia de un atleta, y se las arregló para terminar en una gallarda postura a pesar de que

70

una de sus botas se enredó en las redes—. No nos vamos a dar por vencidos. Encontraremos el medio para regresar a casa. Honraremos la memoria de Fox al volver a nuestro reino y a nuestra reina.

—Muy teatral —dijo Hobs—, y yo ya hice una observación astuta. Ahora necesitamos que alguien nos critique.

Al mismo tiempo, los dos Casacas Rojas miraron a Ed, a la espera.

—Quién, ¿yo? —preguntó.

—Fulmínelo con la mirada —dijo Hobs esperanzado.

—Dígale que guarde silencio —anotó Lac.

—Puede reprendernos como mejor le parezca.

Ed negó con la cabeza.

—No voy a reprenderlos.

—Oh —interrumpió Hobs, casi decepcionado—, imagino que las cosas cambian.

—Pero sí les diré que uno no consigue volver a casa sólo por decirlo —se puso en pie y rebuscó en su bolsillo las últimas monedas de cobre. Había partes más sórdidas del puerto central en las que aún no habían probado suerte, más capitanes de mala reputación con los cuales no habían conversado. No se daría por vencido aún—. Vengan, tengo una idea.

—¡Espectacular! —Haldon Lac le ofreció una sonrisa que reflejaba una dicha tal que Ed no pudo evitar responder de la misma manera. El Casaca Roja no sabía si el plan surtiría efecto, ni siquiera sabía cuál era el plan, pero parecía que la sola esperanza le bastaba. Quizás Ed podría aprender de él, algo sobre la dicha y la esperanza.

Con sus últimos zenes de cobre, Ed contrató a una guía para que los llevara por las pasarelas a esa hora del anochecer. Pasaron por peleas de gallos y garitos donde se apostaban

71

grandes sumas, vieron personajes turbios en negocios aún más turbios.

—No vamos a terminar muertos en algún callejón, ¿cierto? —preguntó Lac en un susurro.

Delante de ellos, la guía rio por lo bajo. Un anuncio de hierro forjado que colgaba de la puerta de una taberna chirrió al vaivén de la brisa de la tarde.

—Espero que no —murmuró Ed en respuesta.

—Si acabamos muertos en un callejón, lo bueno es que no tendremos que recuperar los cuerpos, de lo contrario, jamás los encontraríamos —opinó Hobs.

—Otra observación astuta —dijo Ed, sopesando las palabras. Había sido más mordaz de lo acostumbrado, pero al ver la sonrisa de aprobación de Lac, decidió que no le importaría seguir conduciéndose así.

—Unos puntos por el sarcasmo —replicó Hobs—. Creo que está aprendiendo.

La guía los llevó hasta un barco que afirmó que procedía de Epidram, aunque esa tina flotante ahora enarbolaba la nueva bandera de la Alianza con franjas azul, dorada y blanca.

Ed confiaba en que la información que les proporcionaba la guía fuera confiable. Si no, bien podrían arrestarlos.

Con certeza alguien lo reconocería si eso sucedía. Y Arc perdería la vida.

—Al mando está un capitán que antes fue Casaca Roja —dijo la guía cuando Ed depositó la segunda mitad del pago en su mano abierta. Y con eso quedó con sólo un par de monedas y un bolsillo lleno de pelusa—. Su nombre es Neeram, y no se les ocurra llamarle "señor", o "señora". Si no es "capitán", más vale que cierren el pico.

—Señor —dijo Hobs, tirando sin parar de la manga de Lac—, ¿reconoce ese barco?

72

Haldon entrecerró los ojos para ver mejor.

—Pues... si reconocer implica no asociarlo con algo conocido...

—Es el *Balde de hojalata*, del muelle del Jabalí Negro.

—Ahora se llama *Exhorto* —la guía embutió su paga en una bolsita raída y se alejó por el embarcadero hasta desaparecer entre las sombras.

Ed miró de nuevo el barco gris. No sabía qué implicaciones tenía el muelle del Jabalí Negro para los Casacas Rojas, pero el hecho de que conocieran el barco era una casualidad increíble.

—¡Qué accidente tan feliz! —gritó Lac.

—¿Es un simple accidente? —preguntó Hobs, entrecerrando los ojos—. ¿O algo a propósito?

—¿Y de quién sería el propósito?

—Tan sólo decía...

Y mientras los Casacas Rojas se dedicaban a discutir la naturaleza de la suerte y las coincidencias, Ed suspiró. Aunque había estado con ellos apenas un día, sabía que los echaría de menos cuando partieran. Pero les había hecho un favor. Y con eso también había hecho algo en contra de las decisiones de Arcadimon, aunque él jamás se enteraría.

—Bueno —dijo—, tengo dos monedas y absolutamente nada más. ¿Creen que pueden lograr que los embarquen sólo por sus lindas caras? Estoy seguro de que aceptarán cuatro brazos bien dispuestos al trabajo por una buena causa.

—No tengo la menor duda —declaró Haldon Lac con una de sus deslumbrantes sonrisas—, pero esperaría que nos tomaran a los tres.

—¿A los tres? —Ed estuvo a punto de negarse. ¿Irse de Jahara?

—Ven con nosotros, Ed.

73

—No puedo —¿qué pasaría con Arcadimon? ¿Con Deliene? No podía abandonarlos, no en este momento en que tanto lo necesitaban.

—Me parece que sí —dijo Lac, tomando la mano de Ed—. Yo creo que, además, lo necesitas.

—Casi tanto como te necesitamos nosotros —agregó Hobs—. Por el sarcasmo y esas cosas.

Ed miró su mano, la que Lac sostenía. A la luz de los faroles aún podía ver la línea más clara del lugar donde antes usaba el anillo con el sello.

Ya no era un Corabelli. Ya no era rey. No tenía el poder para evitar que Deliene se uniera a la Guerra Roja, ni de salvar a Arcadimon. No lo necesitaban.

Pero estos Casacas Rojas, con todo y lo ridículos, inútiles y de buen corazón que eran, sí.

Y se dio cuenta de que él también los necesitaba. Le estaban dando la oportunidad de reinventarse y, por primera vez en mucho tiempo, le gustaba esa faceta que veía en su ser, eso en lo que parecía estarse convirtiendo. Alguien útil. Capaz. Con un toque de humor ácido que le habría agradado a Arc.

—Mira —dijo Lac—, sucede que tengo olfato para los momentos importantes, y creo que éste, con todo y que no lo parezca, lo es. Si vienes con nosotros, te prometo no defraudarte… aunque por ahora no podamos ofrecerte más que nuestra amistad.

Ed no se molestó en mirar hacia el norte, sabiendo que no vería las luces de Corabel en el horizonte. En lugar de eso, apretó la mano de Lac.

—La gloria es para personas más importantes que yo —entonces, con una sonrisa, añadió—: pero me vendrá bien la amistad, y las bromas.

74

CAPÍTULO 5

Epigloss

El *Corriente de fe* era un torbellino de actividad. Los forajidos habían entrado en acción para cargar bultos de arroz y bloques de mantequilla envueltos en papel, ánforas de aceite, cajas de municiones y barriles de pólvora, vinagre en botellas de vidrio con tapón de cera, atados de cañas de bambú, rollos de lona para velas, barriles de agua, y demás provisiones que Dimarion había conseguido para entregar esa mañana. Debían zarpar en busca del tesoro antes de que Dotan y la Guardia los encontraran.

Marmalade, la mejor corredora que les quedaba ahora que no tenían a Jules, se apresuró a la siguiente caleta para avisar en el *Crux* de lo que había sucedido en el puesto de mensajeros, mientras que la doctora arrastraba a Archer a la enfermería para ocuparse de sus heridas.

Sin un instante que perder, Sefia se despidió de Reed y la tripulación. Meeks le pidió que regresara con una buena historia. Horse, con esa sonrisa amplia que siempre la hacía sentir mejor, le entregó un pequeño paquete de ganzúas para reemplazar las que se habían perdido, y la levantó en medio de un abrazo quiebracostillas.

—Ten mucho cuidado, Sefia.

Mientras bajaba por la escotilla, metió la mano en su mochila, para apoyar la palma sobre la dura superficie del Libro.

Una parte de su ser sabía que no podía confiar en éste como lo había venido haciendo. El Libro podía ser un registro del tiempo, desde los orígenes del mundo hasta su remoto final, pero ya antes había manipulado la verdad y a ella, al prometerle seguridad y protección y entregarle nada más que zozobra.

A causa del Libro, habían perdido a Versil, el risueño hermano de Aljan, a manos de los inscriptores.

Y a Kaito poco después.

A causa del Libro, ella había abandonado a Archer y a los Sangradores, pensando que así impediría que se convirtiera en el muchacho de las leyendas. Pensando que así lo salvaría.

Pero sólo había conseguido que Archer resultara herido, que Frey y Aljan fueran capturados y que ahora la Guerra Roja los tuviera cercados, y la Guardia les pisara los talones. Parecía que estaban más cerca que nunca de cumplir su destino.

Pero ella tampoco podía hacerlo a un lado simplemente. El Libro había sido la única constante en su vida a lo largo de casi ocho años. Ya estaba allí cuando perdió a su padre. Lo tenía cuando perdió a Nin. Había sido fuente de consuelo, conocimiento y poder. A pesar de las muchas veces que la había traicionado, ella no podía evitar atesorarlo.

En el corredor, se detuvo al oír la voz de Archer desde la enfermería:

—Pero, doctora...

—No, Archer —la voz de la mujer era firme—. Te conozco. Si te vas, terminarás encabezando ese rescate y, en el estado en que te encuentras, vas a conseguir que te maten, o a alguien más. ¿Eso es lo que quieres?

—Sabe que no.

—Entonces, deja de actuar como si lo quisieras, y quédate aquí a recuperarte.

Sefia se correa a la correa de su mochila, y se pegó a la pared para que la doctora pasara por el corredor. Era alta y seria, y asomaba los ojos por encima del borde de sus anteojos. Inmovilizó a Sefia con una mirada y con un sonoro crujido cerró su maletín negro.

—Queda recluido en la enfermería hasta que pueda quitarle los puntos. Si quieres que permanezca en una sola pieza, lo dejarás aquí cuando te vayas.

—Sí, doctora.

—Hablo en serio, Sefia.

—¿Y usted cree que yo haría algo que pudiera lastimarlo? —preguntó Sefia—. Daría el mundo entero por él.

La expresión en el rostro de la doctora se suavizó.

—Lo sé. Y él haría lo mismo por ti. A veces me parece que ustedes dos compiten por ver cuál se sacrifica más para salvar al otro —le dio un apretoncito en el hombro con una de sus delgadas manos morenas, y se alejó por el corredor para subir a cubierta y terminar de clasificar las provisiones.

Archer estaba sentado en un extremo de la litera cuando Sefia entró en la enfermería. Estaba sin camisa, y el vendaje de su costado se veía limpio de nuevo.

—¿Te lo dijo la doctora? —preguntó.

—Sí —empezó a meter en su mochila los cuchillos y las nuevas ganzúas—. Lo lamento mucho.

—Íbamos a ir todos juntos a Haven —jugueteó con el trozo de cuarzo en su cuello—: tú, yo y los Sangradores.

—Y así será. Pero no podemos esperar a que te recuperes. Frey y Aljan llevan más de una semana en manos de la Guardia.

77

Archer siguió frotando el cuarzo.

—¿Y qué pasa si me necesitan?

—Yo te necesito. En una pieza. Es por eso que debes quedarte aquí —puso las manos en sus hombros—. Una vez que los hayamos rescatado, volveré, y pronto estaremos en Haven sin nada más por hacer que tendernos en la playa hasta que termine la guerra.

Con un movimiento veloz, la tomó por la cintura y la atrajo hacia sus brazos, entonces le murmuró:

—Espero que tengamos algo más que hacer.

Ella inhaló y percibió su olor a polvo y lluvia. Dejó que la besara desde el cuello de su camisa hasta la barbilla, al tiempo que las manos de él trepaban por su espalda hacia la nuca.

—Tendremos todo el tiempo del mundo para hacer lo que se nos ocurra —dijo—. Quizá podríamos quedarnos en Haven para siempre, si los forajidos nos lo permiten.

Las manos se Archer se quedaron quietas.

—Dilo una vez más.

—¿Si los forajidos nos lo permiten?

—Para siempre —tomó aire, como si esas palabras fueran un encantamiento.

—Para siempre —repitió ella y, como si fuera un cuento de hadas, selló el encantamiento presionando los labios de él con los suyos.

Luego se separaron, y ella extrajo el Libro de su mochila y abrió la funda protectora. Poco a poco, fue exponiendo las páginas de canto dorado, las bisagras doradas, y el símbolo ⊗ en la cuarteada encuadernación de cuero.

El símbolo de sus enemigos.

El símbolo que la había llevado a Archer.

Y a Archer hacia los Sangradores.

Sefia se sentó en la litera junto a él. Las mejores y las peores cosas que le habían pasado en la vida estaban inextricablemente unidas a ese símbolo. Al Libro. Y al destino.

Los broches dorados crujieron cuando ella los liberó para poner el Libro en su regazo. Las hojas parecían adherirse unas a otras, como si no quisieran cooperar, o como muestra de que el Libro sabía que ella no confiaba más en él.

Bajando la vista, Sefia comenzó a buscar la ubicación de los Sangradores entre las frases. La tinta parecía formar remolinos al mirarla, para luego organizarse en figuras como mástiles, cubiertas, un barco rojo con detalles blancos en la borda: el *Hermano*.

—Los encontré —murmuró.

Con un suspiro, cerró el Libro. Tenía lo que necesitaba. No podía arriesgarse a seguir leyendo, no podía correr el riesgo de que el Libro le mostrara algo que pudiera hacerla seguir con la lectura, no podía arriesgarse a que la atrapara de nuevo.

Trazó el símbolo ⊜ una vez. Dos líneas curvas para Frey y Aljan, otra para los Sangradores. La línea recta para ella. El círculo para lo que tenía que hacer: vencer al Libro. Vencer al destino. Lo que sus padres no habían conseguido.

Porque el destino era condicional. Si Archer lograba reunir seguidores y conquistaba con ellos las Cinco Islas durante la Guerra Roja, moriría.

Pero si no hacía ninguna de esas cosas, viviría.

—Hora de partir —dijo.

Mientras guardaba el Libro en su mochila, por si acaso, Archer le dio un beso.

—Vuelve —dijo.

—Siempre volveré —replicó ella.

79

Luego, se levantó y parpadeó. El Mundo Iluminado surgió a su alrededor cuando levantó los brazos, y así, hizo un sendero entre el mar de luz, y con un movimiento de las manos se Teletransportó desde la enfermería hacia la cubierta del *Hermano*... donde se vio parada en medio de un aguacero.

Era un aguacero torrencial, apocalíptico. Los cielos se retorcían como si quisieran librarse de toda el agua que pudieran contener. Definitivamente había regresado a Oxscini; sólo en el Reino del Bosque llovía de esa manera.

A medida que el agua se colaba entre su ropa, se preguntó con amargura si, de haber leído un poco más, el Libro le habría advertido de esto.

Se preguntó si el Libro se estaría vengando de su falta de confianza al no advertirle.

Parpadeó para sacudirse el agua de las pestañas, y estudió la costa, con sus edificaciones de colores brillantes. Tenía que ser Epigloss, la ciudad hermana de Epidram, a un mes de viaje de Jahara. El hecho de que pudiera llegar en un abrir y cerrar de ojos era algo que aún le maravillaba.

—¿Hechicera?

Sefia se volvió, para toparse con un muchacho que la miraba debajo de su capucha. Tenía rizos rojizos mojados que se adherían a su rostro.

—Hola, Griegi —dijo ella.

No les había avisado cuando se fue. Se fue, sin más. Por Archer, para salvarlo. Había pasado dos meses con ellos en el camino y no les había dado una disculpa, no se había despedido. ¿La perdonarían por eso?

—¿En verdad estás aquí? —tiró de ella para envolverla en un gran abrazo mojado—. ¿De dónde vienes?

Con una sonrisa de alivio, Sefia respondió al abrazo. Griegi daba los mejores abrazos... rodeaba y envolvía más allá del momento en que uno ya sentía que quería separarse, y se mantenía así algún tiempo, como si uno fuera la única persona que existía para él.

Retrocedió de pronto, con sus ojos color avellana muy abiertos.

—¡Archer se fue! Él...

Pero antes de que pudiera terminar la frase, los demás Sangradores los rodearon, tras descender de sus puestos de vigía o subir desde donde se encontraban, bajo cubierta. Al igual que Griegi, algunos parecían contentos de verla de nuevo, y tocaban su brazo o su mano, pero otros se mantuvieron a cierta distancia y la miraban con recelo por debajo de sus impermeables.

—¿Qué estás haciendo aquí?

—¿Dónde has estado?

¿Por qué había regresado después de tantas semanas? ¿Cómo había regresado?

—Sefia —la tenue voz de Scarza se abrió paso por encima del ruido, y un silencio se fue extendiendo entre los Sangradores, que lo dejaron acercarse a ella. La lluvia golpeaba su corto cabello plateado y escurría siguiendo las bellas líneas de sus rasgos. Se veía cansado, mayor, como si hubiera vivido muchos más años que los veintitantos que decía tener, pero su agotamiento se esfumó cuando una sonrisa marcó los hoyuelos en sus mejillas—. Tenemos mucho que contarnos.

Poco después, estaban todos instalados en la cabina principal, que se había convertido en una especie de taller, inundada con retazos de cuero y papel, carretes de hilo y frascos de pegamento. Griegi repartió tazas humeantes que llenaron el lugar con aroma a café, cardamomo y canela. Algunos de los mu-

81

chachos hablaban en susurros entre sí. Otros la miraban recelosos desde sus asientos. Sefia cerró los ojos y respiró hondo; el olor del café de Griegi y el sonido de las voces de los demás la hacían recordar las mañanas alrededor de una fogata, con la neblina que empezaba a levantarse entre las colinas de la comarca del Centro de Deliene.

"Tu casa, tu hogar, es donde tú decidas", le había dicho Nin alguna vez. Durante mucho tiempo, Sefia había pensado que no tenía hogar, que lo había perdido, que sólo podía ser una casa en una colina con vistas al mar, una mujer con manos milagrosas... pero al mirar alrededor en la cabina principal, se dio cuenta de que no tenía un hogar sino muchos.

Archer. El *Corriente de fe*. Los Sangradores.

Esperaba que con el paso del tiempo la perdonaran.

Mientras se acomodaban alrededor de la estufa de hierro, les preguntó si todavía tenían una varita de madera que se encontraba entre las cosas de Archer. El primer oficial del *Corriente de fe* se la había dado hacía unos meses, para contactarlos si era necesario. Había un vínculo mágico que unía al primer oficial con los árboles que constituían el *Corriente de fe*, y los maderos le servían como ojos, a pesar de ser ciego, y oídos. La varita provenía de los mismos árboles y, con ella, Sefia podía hablarle al primer oficial como si estuviera a su lado.

A una orden de Scarza, Keon, el muchacho flacucho de la costa sur de Deliene, salió a buscarla, aunque primero lanzó una mirada fulminante en dirección a Sefia.

En ausencia de Archer, era evidente que Scarza había ocupado el puesto de líder. Este joven de cabello plateado siempre se había mostrado seguro de sí mismo, bajo control, pero era muy callado, y la destreza de Archer en combate lo opacaba, así como la personalidad desenvuelta de Kaito.

Ahora, al verlo liderar a los Sangradores, Sefia se preguntó qué habría sucedido en el tiempo en que Scarza había sido el líder. Tal vez a Archer no lo habría consumido el deseo de cazar inscriptores. Tal vez Kaito seguiría con vida.

Cuando Keon regresó, se inclinó ante ella y le tendió la varita como si la tuviera en un cojín de satín y no en sus callosas manos.

—*Hechicera* —dijo, pronunció la palabra como un insulto.

—Basta —atajó Griegi, haciéndolo retroceder.

—Nos abandonó.

—Pero regresó.

A regañadientes, Keon permitió que Griegi tirara de él para acomodarlo a su lado, pero siguió mirando de mala manera a Sefia mientras rodeaba al cocinero de los rizos con un brazo a modo de protección.

Entre sus dedos, la varita se sintió lisa y suave, conocida, y aún olía a menta y a ungüentos. Sintió la mirada de los Sangradores puesta en ella. Levantó la varita y le susurró:

—Ojalá pueda oírme. Por favor, dígale a Archer que logré llegar con los Sangradores y que pronto estaremos todos juntos.

Tenía cierta esperanza de que la varita se entibiara en sus manos, que vibrara o que hiciera cualquier otra cosa. Pero no dio la menor señal de que el primer oficial hubiera recibido el mensaje.

Encogiéndose de hombros, Sefia le entregó la varita a Scarza, que la dejó con cuidado sobre sus piernas.

—Entonces —dijo, dirigiéndose a ella con un ademán de la cabeza—, empieza por el principio.

Sefia les contó todo: cómo se había ido para salvar a Archer, cómo había negociado con Tanin para mantenerlo fuera de la guerra, cómo sus padres habían traicionado a la Guardia para cambiar el destino que a ella le esperaba, cómo se había Teletransportado adonde estaba Archer para pelear contra sus captores...

—De manera que eso fue lo que sucedió —dijo Scarza, frotándose el brazo izquierdo, al cual le faltaba la mano y parte del antebrazo—. Cuando vimos que Frey y Aljan no regresaban, organizamos un ataque a la taberna.

Habían hallado evidencias de una pelea... una puerta astillada, pisos de barro empapados de sangre, el olor acre del vino derramado.

—Pues sí —intervino Sefia. Debían haber llegado luego de que ella se llevara a Archer—. Fui yo quien lo hizo.

—¿Pero dejaste a Frey y a Aljan? —preguntó Keon con brusquedad.

—Shhh —Griegi tomó su mano—. Deja que cuente su historia.

Cubrió su taza con los dedos, y explicó que no supo que Frey y Aljan habían sido apresados hasta que ya era demasiado tarde. No podía Teletransportarse de regreso si no tenía el Libro para guiarla, así como lo había necesitado para llegar hasta los Sangradores. Pero ahora estaba de regreso. Quería ayudarles a rescatar a Frey y a Aljan. Después traería a Archer desde el *Corriente de fe*, y todos juntos zarparían hacia Haven, la isla oculta en el Mar Central, que ya era el hogar de más de setenta naves de forajidos que se habían visto obligadas a dejar las aguas a causa de la Alianza.

—Nuestro líder —susurró alguien—. Tendríamos a nuestro jefe de regreso.

—Allá podremos vivir todos —dijo Sefia—, lejos de la Guerra Roja.

Los Sangradores permanecieron en silencio.

84

—¿Qué pasa? —preguntó ella.

—Hay un problema. La taberna estaba sola cuando llegamos, pero encontramos una nota —Scarza le entregó un trozo de papel—. Keon lo descifró.

El muchacho delgado asintió.

—Aljan me estaba enseñando a leer, luego de que nos abandonaste.

Sefia se mordió el labio sintiéndose culpable. Les había enseñado a todos los Sangradores a leer unas cuantas cosas. Todos podían reconocer las frases que tenían tatuadas en los brazos. Pero Aljan había sido su mejor alumno. Y ahora lo habían capturado.

El pergamino crujió entre sus dedos al abrirlo.

El Libro a cambio de los Sangradores.
Astillero Viridian.
Luna en cuarto menguante.
Medianoche.

—2

Dos, la Segunda Asesina, el nuevo puesto que ocupaba Tanin.

Tanin, que le había prometido a Sefia que nada ni nadie tocaría a Archer. Tanin, que había mentido. A pesar de sus promesas, la Guardia había ido tras Archer.

Pero era Sefia la que había confiado en ella, quien deseaba creer que Tanin la respetaba (que incluso la quería) lo suficiente para mantener su promesa.

—Es mañana por la noche —dijo Sefia.

Scarza se frotó los ojos.

—Lo sabemos.

Ya habían explorado el astillero del que hablaba la nota, con la esperanza de liberar a sus amigos antes del intercambio, pero no habían podido encontrar rastro de ellos en el lugar.

Sefia dobló la nota de nuevo.

—Es muy probable que Tanin los Teletransporte en el último momento, si es que los lleva.

Con timidez, Keon sacó el libro falso que había estado confeccionando en su taller provisional, pero el cuero de la encuadernación no era del mismo color, las manchas no estaban exactamente en los mismos lugares, el metal que había usado para recubrir las esquinas no era del mismo tono dorado un tanto deslavado. Podría engañar a Tanin durante cosa de unos segundos, a la luz escasa, pero unos segundos no bastarían para escapar.

—Todo el asunto es una trampa —dijo Sefia, moviendo la cabeza a un lado y a otro.

—Una trampa en otra —reconoció Scarza—. Pero sin ti, sin el Libro, ¿qué más podíamos hacer?

Sefia jugueteó con la correa de su mochila, que estaba en el piso a su lado, chorreando agua. Entregar el Libro significaría renunciar a Archer. Con el Libro, la Guardia podría encontrarlo sin importar dónde se escondiera, y arrastrarlo a su guerra. Y no entregarlo significaría renunciar a Frey y a Aljan.

Pero Sefia podía utilizar el Libro. Con él, podía encontrar a Frey y a Aljan dondequiera que Tanin los tuviera ocultos, y evadir todas las trampas que la mujer pudiera tenderle.

El problema era que el Libro mismo era una trampa, y Sefia ya había fracasado en varios intentos de evitarla. Aun ahora, sentía que estaba atrapada… pero una minúscula parte de su ser se alegraba de tener una excusa para abrir las páginas del Libro de nuevo.

86

—Bueno —dijo—, ya me tienen aquí ahora, y tenemos el Libro. Vamos a rescatarlos.

La sombra de una sonrisa flotó sobre los labios de Scarza. Algunos de los demás gritaron vítores.

—¿Y luego iremos a Haven? —preguntó Keon con recelo—. ¿Todos?

Sefia paseó la vista entre Keon y los demás.

—Todos.

Antes de salir con los otros, Keon se acercó a ella y la hizo a un lado. Por debajo del flequillo de su cabello ondulado y dorado por el sol, le dirigió una mirada endurecida.

—Griegi jamás te lo dirá, pero rompiste su corazón cuando te fuiste. No lo ilusiones si estás pensando en abandonarnos de nuevo.

Ella tragó saliva:

—No lo haré.

La dejó en la cabina con el Libro, Sefia trató de pensar en la manera más segura de obtener la información que necesitaban. Trató de pensar en las trampas que podían estarla aguardando.

Las preguntas sobre el futuro eran peligrosas. Eso lo había aprendido por las malas, cuando perdieron a Versil y a Kaito.

Pero preguntar por un lugar parecía algo más inocuo. O al menos, eso esperaba.

Afuera, el aguacero continuaba.

Tomó aire, recorrió los bordes del Libro con los dedos, como hacía siempre que estaba por abrirlo.

—¿Dónde tiene Tanin presos a Frey y a Aljan en este momento?

Y entonces, después de tomar otro sorbo del café de Griegi para aguzar sus sentidos, abrió el Libro y comenzó a leer.

87

Doblemente traicionada

Tanin se movió con languidez a lo largo del pasillo de paredes enchapadas en fina madera. Sus dedos iban recorriendo los frisos tallados con caballos salvajes, los cascos en alto, los dientes expuestos, crines y colas agitadas por un viento inexistente. En cada extremo del breve corredor había un guardia, cada uno alerta y bien armado, manteniéndose equilibrados con facilidad en el balanceo del barco.

—Hay otro guardia adicional en cada uno de los camarotes —dijo su lugarteniente, Escalia, que caminaba a su lado. Era una mujer tan alta y ancha que parecía forzar los límites del angosto pasillo. Otros habrían podido sentirse empequeñecidos ante su enorme presencia, pero Tanin se había visto obligada a arrodillarse frente a Stonegold, ese pomposo e inflado remedo de Rey, de Director, y se había prometido que se sacaría el hígado antes de volver a bajar la cabeza ante cualquier otra persona.

—Uno por cada uno de los prisioneros —terminó Escalia.

Sin decir palabra, Tanin abrió la puerta del camarote más cercano y miro en su interior. La estancia, que ya se veía empequeñecida por el guardarropas, la litera y un pequeño lavabo, parecía aún más reducida con el prisionero encadenado a una silla, en el centro del lugar, y el guardia parado a su lado, bloqueando la luz que entraba por el único portillo.

Con el rostro oculto bajo una capucha negra, el prisionero volvió la cabeza hacia ella. Sus cadenas tintinearon levemente.

Como tenía la cabeza cubierta, ni la misma Tanin podía saber si era uno de los dos Sangradores o uno de los señuelos.

Perfecto.

El guardia le hizo un saludo a Tanin, y ella no respondió y cerró la puerta de nuevo.

—¿Satisfecha? —preguntó Escalia. Los dientes de oro de la mujer brillaron a la tenue luz que se filtraba por la escotilla en un extremo del pasillo.

—Difícilmente —susurró Tanin. Al oír su voz quebrada, se llevó los dedos al pañuelo que llevaba en la garganta, el que ocultaba la cicatriz que Sefia le había dejado la primera vez que se encontraron.

No estaría satisfecha hasta tener el Libro en sus manos.

Hasta que hubiera matado a Stonegold, esa víbora hinchada que la había desplazado.

Hasta que fuera Directora de la Guardia nuevamente.

—Ahora, vístanlos a todos de igual manera —dijo—, y así se verán todos idénticos.

—Así se hará, señora.

Con el Libro, Sefia estaba en posición de ventaja. Si era lista, y lo era, tanto como su padre, si había llegado a dominar la Teletransportación, el nivel más alto de la Iluminación, con sólo observar a Tanin, vería claramente que les habían tendido una emboscada en el astillero. Detectaría los trucos de Tanin y sería capaz de ver a través de sus artimañas.

Una chispa de admiración (¿o quizá de orgullo?) brilló en lo hondo del pecho de Tanin, pero la extinguió al instante.

Dos veces la habían traicionado, la chica y su familia. No volvería a caer.

Sefia era su enemiga y su objetivo, sólo eso.

A pesar de todos sus talentos, tenía una debilidad de la que sus padres carecían. Lon y Mareah jamás habrían regresado para rescatar a sus amigos capturados. Lon y Mareah habrían asimilado la pérdida y escapado.

Pero Sefia no era así. Había ido a buscar a la Cerrajera. Había vuelto por el muchacho.

Era sentimental. También iría por sus amigos.

Tanin se asomó para revisar al prisionero del siguiente camarote, oyó el crujido de sus cadenas y sonrió. No se había mantenido como Directora de la Guardia durante más de veinte años sin algo de talento e inteligencia.

Conseguiría superar a Sefia y al Libro.

Y entonces ambos le pertenecerían.

CAPÍTULO 6

Encontrar la pelota

Sefia jamás había estado más convencida de que el Libro tenía su propia agenda. Tal como había dicho Scarza, Tanin había tendido una trampa dentro de otra, pero no era la única que estaba intentando atrapar a Sefia.

El Libro era un instrumento del destino. Quería convertirla en la lectora de las leyendas, destructora de ejércitos. Y quería que Archer se convirtiera en el muchacho que conquistaba toda Kelanna, tributando su vida para ello. Haría lo que fuera porque ese futuro terminara por suceder.

Y se dio cuenta de que así había sido durante años. No se había limitado sencillamente a predecir la muerte de sus padres, sino que les había dado justo la información que los haría decidirse a traicionar a la Guardia, de manera que ésta, cuando Sefia tuviera nueve años, se encargara de torturar y asesinar a su padre, dejando su cuerpo en el piso de la cocina para que ella lo encontrara.

Tampoco se había limitado a anunciar a Archer su futuro, sino que la había llevado a creer que, si lo dejaba, él volvería a su pueblo, con su familia y la chica que había amado, y estaría a salvo. Pero al obrar así, ella había terminado precisamente en este punto… justo en la trampa.

91

Ahora quería algo más, algo que la acercara más a su destino. Pero no sabía qué.

Y no tenía mucho tiempo para averiguarlo.

Hubiera querido no tener que correr el riesgo, pero ella era la única esperanza que tenían Frey y Aljan. Los Sangradores no podían venir con ella. Tanin no estaba en Epigloss, ya que no había oído el sonido de la lluvia alrededor de su barco, y Sefia no podía Teletransportarlos a todos hasta allá y luego de regreso sin emplear más tiempo del que tenían.

En la mesa de la cabina principal, dibujó un diagrama tosco del corredor para que los demás lo estudiaran: puertas cerradas, prisioneros encapuchados, guardias fuertemente armados.

—Es como el juego con tres vasos y una pelota oculta bajo uno de ellos —dijo Scarza, señalando cada uno de los seis camarotes, tres en el lado de babor y tres en el de estribor—. Si yo fuera ella, cambiaría a los prisioneros de camarote cada tantas horas.

—Será cuestión de suerte y adivinación si están amordazados —dijo Keon mientras ponía un juego de dardos con somnífero en una funda para que Sefia los escondiera en su manga.

—No habrá necesidad de adivinar —respondió ella deslizando un cuchillo afilado en una vaina que tenía en la cintura—. Podré usar la Iluminación.

—Más vale que estén amordazados, hechicera —agregó Griegi, que traía una bandeja de frituras azucaradas—, porque si te equivocas, podrían avisar a gritos a todo el barco.

Mientras trataban de predecir qué otras trampas podría haber tendido Tanin para Sefia, Keon improvisó un mecanismo con una sarta de botellas de ácido y un percutor de revólver, para destruir el Libro en caso de que Sefia fuera capturada.

Pasara lo que pasara, la Guardia no debía poseer el Libro.

92

Tanin no debía obtener el Libro. Con cuidado, Sefia lo empacó de su mochila junto con las botellas de ácido, que envolvió en guata de algodón para que no se quebraran accidentalmente.

Llevó a Scarza a un lado y le transmitió las instrucciones del Capitán Reed para llegar a Haven: la posición del Sol y las estrellas, los colores del agua, las señales que les mostrarían el camino. Si algo llegaba a salir mal, también tendrían que ponerse a salvo en puerto seguro.

Afuera, el cielo se oscureció. La lluvia continuaba martilleando el barco.

Cuando al fin Sefia estuvo lista, Scarza bajó la cabeza y cruzó los antebrazos sobre su pecho, el saludo de los Sangradores. Originalmente había sido idea de Kaito, inspirado en las antiguas costumbres de las islas Gorman.

Los demás lo imitaron.

Las palabras tatuadas en los brazos de todos ahora parecían hostigarla: "Estábamos muertos, pero ahora hemos resurgido". Así describían lo que les había pasado... Habían sobrevivido al entrenamiento de los inscriptores y a los ruedos de pelea. "Lo que está escrito siempre termina por suceder", la manera en que solían lanzarse a la batalla, creyendo que el Libro guiaba sus fuerzas.

Y así era, pensó Sefia. Sólo que además los guiaba hacia otra cosa: la Guerra Roja, la muerte de Archer.

—Que regreses sana y salva —dijo Scarza.

—Que regreses —añadió Keon deliberadamente. Griegi lo golpeó con el codo, pero el muchacho sólo se encogió de hombros—, con Frey y Aljan.

Sefia no respondió. Scarza y ella habían hablado ya de la posibilidad de que Frey y Aljan estuvieran muertos, y toda esta

93

artimaña de los seis camarotes y los prisioneros encapuchados sólo sirviera para apoyar la ilusión de que seguían vivos.

Parpadeó, y el Mundo Iluminado saltó a la vida ante sus ojos... un paisaje destellante de luz y tiempo y poder, en cambio permanente. Entrecerró los ojos y aleteó con las manos entre las partículas doradas, que formaban volutas alrededor de sus dedos como motas de polvo.

¿Dónde estaba el corredor que había visto en el Libro?

Barcos, mares, frondas selváticas y flores nocturnas parecieron pasar a su lado veloces... y entonces lo vio: un pasillo oscuro y angosto, con caballos salvajes tallados en las paredes, con seis puertas y dos guardias vigilando en cada extremo.

—Adiós —les susurró a los Sangradores y, levantando los brazos, se Teletransportó desde el *Hermano* a ese corredor.

Aterrizó de cuclillas y lanzó dos dardos somníferos de los que tenía en la manga.

Volaron sin hacer ruido.

Por unos momentos, se asombró al sentirse como su madre, la Asesina.

Uno de los dardos impactó en el centinela de la escotilla. El otro se clavó en la pantorrilla del otro guardia.

Cayeron de inmediato, con tal rapidez que Sefia no alcanzó a usar su magia a tiempo para recibirlos antes de que se desplomaran.

Se quedó inmóvil, atenta a los sonidos que llegaran de cubierta.

Nada. El barco seguía en silencio, a no ser por las pisadas de los que estaban de guardia.

Y ahora, el juego de encontrar la pelota. Respiró hondo, se puso en pie y miró las puertas: tres en un lado del corredor, tres en el otro.

94

A medida que el Mundo Iluminado fluía en olas a su alrededor, el tiempo pareció correr en sentido contrario y los prisioneros caminaron hacia atrás para salir de unos camarotes y meterse en otros, una y otra vez; sus caminos se habían cruzado y descruzado tantas veces en el día anterior que le resultaba imposible rastrear a uno solo, y menos a los seis.

Los segundos de vacilación parecieron siglos. Quizá Frey y Aljan no estaban allí.

No, un momento. Ahí.

Dos días antes, uno de los prisioneros había intentado escapar y se había arrojado contra los guardias; la capucha dejaba ver su barbilla.

Tenía la piel morena y el cuello marcado con quemaduras.

Aljan.

Sefia sonrió.

El océano de luz bañó el pasillo mientras ella lo rastreaba en los dos días siguientes, en los cambios de un camarote a otro.

Al final, parpadeó de nuevo, haciendo a un lado la magia. Estaba en el camarote de en medio en el lado de babor.

Abrió la puerta y al mismo tiempo lanzó un dardo al interior, que se clavó en la mujer parada detrás del asiento, y la desplomó.

Detrás de ella, por el portillo, Sefia tuvo un vistazo del claro de luna sobre aguas azul turquesa, una media luna casi perfecta de arena blanca, y un antiguo cono volcánico que se elevaba a lo lejos. Se permitió una sonrisa. Había estado en lo cierto, el barco de Tanin no estaba en Epigloss.

Avanzó con los pasos silenciosos y acechantes que había aprendido como cazadora, y se acercó al asiento.

—¿Aljan? —susurró.

No hubo respuesta. Tal vez estaba amordazado.

Con cuidado, levantó la capucha que cubría el rostro del prisionero.

—Aljan, es…

Pero no era Aljan.

Era un muchacho, sí. Estaba marcado, sí. Pero se lanzó contra ella con tal velocidad que apenas tuvo tiempo de esquivarlo. La atrapó por la pierna y la derribó al suelo.

Hizo un gesto, pensando en el Libro en su mochila. ¿El algodón habría sido suficiente para impedir que las botellas de ácido se rompieran?

Tiró un lance con su cuchillo y cortó la manga del muchacho, que dejó ver la piel con cicatrices que había debajo.

Su brazo tenía quince quemaduras paralelas, como el de Archer. Había matado a otros quince muchachos para los inscriptores, como Archer. Había llegado a la Jaula, al igual que Archer.

Pero, a diferencia de Archer, la Guardia se lo había llevado.

El muchacho era un candidato. Su estómago se revolvió. ¿Cuántos tendría la Guardia?

Él le torció el tobillo con tal crueldad que Sefia gritó de dolor. Soltó el cuchillo y el muchacho se lo arrancó de las manos, luego le hizo un corte en la palma antes de que ella pudiera parpadear y lanzarlo lejos con un movimiento del brazo.

Fue a golpearse contra el borde de la litera. Se oyó un fuerte crujido seguido de un gruñido.

—¿Quién anda ahí? —gritó alguien desde el siguiente camarote—. ¿Qué pasa?

Sefia se puso en pie. Conocía esa voz.

96

Era Frey.

El muchacho se paró y se abalanzó sobre ella de nuevo. Sefia trató de mandarlo lejos por el aire, pero él esquivó su magia y arremetió contra ella, con su cuchillo centelleando en la mano.

Ella le lanzó un dardo de los que guardaba en la manga.

El candidato se agachó. No le pasó ni cerca, así de rápido era. Casi tanto como Archer.

Pero el dardo lo distrajo lo suficiente para que ella alcanzara a salir del camarote hacia el corredor y cerrara la puerta tras de sí.

Se oyeron pisadas en cubierta mientras corría hacia el camarote de Frey. El guardia de adentro ya estaba abriendo la puerta, pero Sefia lo empujó hacia atrás, al diminuto guardarropas, y golpeó su cabeza contra la pared.

—¿Frey?

—¡Sefia!

Sefia corrió hacia la silla y le retiró la capucha a Frey, a la vez que trancaba la puerta con el cuerpo del guardia inconsciente, instantes antes de que alguien más golpeara afuera.

—Mis cadenas tienen un candado —dijo Frey, haciendo un ademán con la cabeza por encima de su hombro. Su rostro de pómulos marcados exhibía hematomas y la rala barba crecida, y su negro cabello salía de las trenzas.

—¿Te lastimaron? —preguntó Sefia rápidamente.

—Unos cuantos golpes y cortadas —los ojos cafés de la chica brillaron, demostrando que no la habían derrotado. Faltaba mucho para eso—. Sinceramente, creo que lo peor era no poder afeitarme, pero mírame y dime si este rostro no es tan bonito con pelos como sin ellos.

97

Eso hizo sonreír a Sefia. Sacó las ganzúas del bolsillo interno de su chaleco, y se arrodilló detrás de su amiga para tomar el candado.

—¿Sabes dónde está Aljan?

El metal se sentía pegajoso en su mano, como si lo hubieran embadurnado con brea. Pero era un simple detalle que ella podía sortear sin problemas.

—No, nos han mantenido separados. Y Archer...

—Archer está bien. Siento mucho no haber podido venir antes. Yo...

—Pero viniste —el candado se abrió, las cadenas se aflojaron, Frey se puso en pie, y le dio un ligero apretón de manos a Sefia—. Eso es lo que importa.

Otro golpe sordo se oyó en la puerta, mientras Sefia ponía un par de cuchillos con mango de hueso en manos de Frey.

—Lamento que no sean navajas plegables —dijo.

Con una sonrisa traviesa, la chica los hizo girar en sus dedos.

—Servirán.

—Hay un candidato allá afuera —dijo Sefia—. Tal vez más.

—¿Un candidato? —los Sangradores jamás usaban esa palabra para referirse a sí mismos.

—Tiene la marca, pero no es uno de nosotros. Creo que la Guardia se lo llevó antes de que...

Frey entrecerró los ojos.

—Déjamelo.

La puerta cedió y empujó al guardia inconsciente al centro del camarote.

Sefia parpadeó, preparando su magia, pero había algo extraño con su Visión. Las corrientes doradas parecían dete-

98

nerse y vacilar, encendiéndose y apagándose, como si fueran focos eléctricos a punto de fundirse.

¿Qué le hizo Tanin a ese candado?

—¿Lista? —preguntó Frey.

Sefia asintió y abrió la puerta un momento antes de que el candidato se abalanzara a través del umbral. Frey cayó sobre él de inmediato, armada con sus mortales cuchillos. Detrás de él, en el corredor, había más muchachos con cicatrices en el cuello, y las puertas de los camarotes estaban todas abiertas.

Sefia se agazapó en el corredor mientras Frey peleaba con el primer candidato, se empujaban uno a otra contra las paredes, buscando con sus cuchillos zonas de piel descubierta. Sefia cerró los puños y atrapó a dos de los centinelas con su magia.

Podría matarlos.

Si ellos tuvieran la oportunidad, la matarían.

En esos momentos de duda, la Iluminación se debilitó. Los candidatos se liberaron de su magia y se abalanzaron hacia ella.

Los interceptó de nuevo, en pleno salto, y esta vez no vaciló.

Les rompió el cuello.

Tras ella, Frey clavó uno de sus cuchillos en el costado del primer candidato y lo golpeó con tal fuerza en su quijada se derrumbó.

Por un instante, su expresión se tiñó de arrepentimiento.

Después, recuperó su cuchillo y se unió a Sefia en el corredor, con el resto de sus enemigos.

—¡Aljan! —gritó Frey.

—¡Frey! —la voz de Aljan llegó desde el camarote de en medio, del lado de estribor.

Estaban bajando más guardias por la escotilla, en el otro extremo del corredor. Con un movimiento, Sefia los alejó.

99

Y entonces su magia se desvaneció por completo. El mundo, que antes se había visto encendido por mareas doradas, se oscureció.

Sefia parpadeó, tratando de invocar su sentido del Mundo Iluminado. Y consiguió verlo apenas lo suficiente para sacar del camino a otro grupo de guardias.

Después, se apagó de nuevo.

Ambas se apresuraron para llegar al camarote de Aljan, donde Frey rápidamente despachó al guardia y empezó a formar una barricada en la puerta mientras Sefia retiraba la capucha del muchacho. Él la miró con los ojos entrecerrados, y un tajo ancho y profundo sangró en el lado izquierdo de su rostro, cubriendo la pintura blanca que se ponía en el extremo de las cejas en honor a su hermano muerto.

—Hechicera —dijo—, ¿dónde está Fr...?

—Aquí —dijo Frey, alejándose de la barricada para acariciar su mejilla. Él cerró los ojos y respondió a la caricia con un beso en la mano que tenía contra su rostro.

Sefia examinó el candado que anudaba las cadenas de Aljan en su espalda. El metal brillaba con algo viscoso, a la luz del portillo. *Está envenenado.* Tenía algo que interfería con su capacidad para servirse de la Iluminación, y con su posibilidad de escapar.

Una trampa dentro de otra.

Una serie de disparos atravesaron la puerta. Frey soltó una maldición cuando uno le arrancó un trozo de oreja.

Sefia sacó la cobija de la litera de un manotazo, y la utilizó para sostener el candado mientras trataba de abrirlo. Segundos después, lo logró, y Aljan quedó libre de sus ataduras.

Se levantó y Frey le arrojó un cuchillo.

100

—¿Cómo vamos a salir de aquí? —preguntó Frey, retrocediendo hacia el centro de la estancia cuando la puerta empezó a combarse por el arremetida desde el corredor.

Pero antes de que alguno pudiera responder, la puerta se desprendió de los goznes. Sefia y los Sangradores se acurrucaron para protegerse de las astillas que volaron por el camarote.

Allí, en el umbral, estaba Tanin.

Con el cabello salpicado de hebras plateadas que caía por sus hombros, era una visión.

Un monstruo surgido de las profundidades del mar, con la piel tan pálida como huesos blanqueados al sol.

—Mátenlos —ordenó con voz ronca.

La mente de Sefia giró enloquecida. Tenía que hacer algo. A su lado estaba la mochila, cargada con el Libro y las botellas de ácido.

Se oyó el chasquido de las armas aprestándose para disparar.

En un solo movimiento, Sefia saltó para plantarse delante de Frey y Aljan, blandiendo la mochila a modo de escudo.

—Esperen —gritó Tanin.

Al oír su orden los candidatos se detuvieron. Sefia suspiró, pero aún le faltaba huir con Frey y Aljan.

—¿El Libro está verdaderamente ahí? —preguntó Tanin, y su áspera voz se oyó casi dulce—. ¿Lo trajiste, a pesar de todo?

—¿Tú qué crees?

—Sefia, ¿qué estás haciendo? —susurró Frey por detrás.

No tenía idea. Sin su magia, no tenía la menor oportunidad de hacer algo. Parpadeó, pero las luces del Mundo Iluminado se veían tenues y titilantes, y se desvanecieron aún más

101

rápido cuando trató de mirar en las corrientes, en busca de una vía de escape.

Tenía que sacarlos de allí. Debía llevarlos a un lugar seguro.

—Creo que podría acabar con ustedes sin dañar lo que sea que tienes en esa mochila —Tanin levantó una mano.

Durante un instante, Sefia presenció de nuevo la muerte de Nin. Un movimiento de dedos de Tanin. El cuello fracturado. El cuerpo vacío.

No de nuevo.

—¡Aférrense a mí! —gritó Sefia. Sintió a Frey tomarla de la cintura y tirar de Aljan hacia ambas. Él dio un traspié, pero se agarró de la pierna de Sefia mientras ésta abría los brazos.

Los candidatos dispararon. Lanzaron sus cuchillos. Ráfagas de fuego y acero destellaron en la oscuridad del camarote.

Las paredes del lugar titilaron. El piso pareció retroceder bajo los pies de Sefia. Por unos instantes, pudo sentir una brisa fresca en sus mejillas.

Pero su magia falló de nuevo y ella, junto con Frey y Aljan, permanecieron en el camarote, con Tanin.

Transcurrió el tiempo suficiente para que Sefia pudiera ver los grises ojos de Tanin abrirse de sorpresa, y triunfo.

Suficiente para que las balas los alcanzaran.

El dolor perforó su hombro, su muslo, un flanco de su cabeza.

¡No!, pensó Sefia, tirando de todos a través del Mundo Iluminado.

Bajo nubes semejantes a humo en la oscura noche, se encontraron abordo del Corriente de fe. Aljan se desplomó a un lado sujetándose el pecho, mientras la sangre escurría entre sus delgados dedos de artista. Frey corrió a su lado, pidiendo ayuda a gritos.

102

Sefia se tambaleó hacia atrás y su pierna herida cedió bajo su peso. Cayó sobre el piso de la cubierta, y la tripulación del *Corriente de fe* se arremolinó alrededor.

—¿Sefia? Sefia, estás herida.

—¿Son ésos Frey y Aljan?

—¡Doctora! ¡Doctora!

Sin hacerles caso, parpadeó. El Mundo Iluminado pareció brillar un momento y luego desapareció. Parpadeó de nuevo, tratando de invocarlo, luego de tanto tiempo de haber logrado verlo con facilidad.

Pero su magia se había esfumado.

CAPÍTULO 7

Impotente

Sefia pasó horas limpiándose el veneno de Tanin de las manos... lavándolas, restregándolas hasta que los puntos de su hombro le dolieron y empezó a sangrar a través de las vendas. Pero el veneno había obrado. El Mundo Iluminado estaba clausurado para ella. Por primera vez en años, estaba envuelta en oscuridad.

Pálida y sudorosa por el agotamiento, flexionó los dedos y miró las cutículas sangrantes, las zonas maltrechas en las palmas. No era capaz de detener balas. No podía Teletransportarse.

—Scarza y los Sangradores estarán esperando nuestro regreso —susurró. Estarían en el *Hermano*, atentos a los sonidos de la lluvia, a la espera de que apareciera junto con Aljan y Frey. Pensarían que había fracasado en su intento. Pensarían que los había abandonado de nuevo. Keon jamás la perdonaría—. Y no vamos a llegar.

—Entonces, ellos vendrán a nosotros —dijo Archer, tendiéndose en la litera a su lado—. Les dijiste dónde estaba.

—Pero todavía nos queda un mes de viaje hasta llegar al Tesoro del Rey. ¿Quién sabe cuándo zarparemos hacia Haven? ¿Y qué pasa si... si algo sucede?

105

La Alianza podía atacar. Ese mismo día, mientras navegaban ligeros en dirección noreste, hacia Liccaro, el *Corriente de fe* y el *Crux* se habían visto obligados a desviar su rumbo velozmente al divisar navíos azules en el horizonte.

Los Sangradores podían caer en manos de la Alianza.

¿Quién podía saber qué les reservaba el destino?

Sefia aún tenía el Libro, en su mochila, al otro lado del camarote, y la treta del ácido ya estaba desmantelada, con las botellas debidamente empacadas en cajas. Pero el Libro no le había advertido del veneno, sino que había querido que perdiera sus poderes.

Eso significaba que era parte de su destino. Siempre había pensado que su suerte dependería de la magia, y que por eso su padre le había prohibido aprenderla. Pero quizás aquello de que "destruiría a sus enemigos con un movimiento de su mano" no tenía que ver con la Iluminación sino con una orden superior. Un chasquido de dedos y una palabra de ataque.

"Mátenlos."

Sefia sintió un escalofrío al recordar el tono glacial de la voz de Tanin.

Sabía que era su enemiga. Había torturado y asesinado a su padre. Había matado a Nin. La había traicionado para llegar hasta Archer. Pero siempre había querido tener a Sefia como aliada, como amiga, como miembro de su familia y, en el fondo, ella nunca había pensado que Tanin quisiera hacerle daño.

Los ojos le ardieron y hundió el rostro en el hombro de Archer para llorar contra su manga.

—Está bien, ya —murmuró él, acariciándole el cabello—. Lo conseguiste. Los rescataste.

106

—¿Lo conseguí? —Sefia levantó la vista para mirarlo. El rostro de Archer era un borrón ante sus ojos anegados por las lágrimas—. ¿Aljan logrará sobrevivir?

Había visto tanta sangre, tanta, cuando Horse levantó al muchaho entre sus enormes brazos.

—La doctora dice que la bala no tocó su corazón.

—¿Pero vivirá?

Archer no respondió. El Sangrador aún no había recuperado el sentido. Frey estaba con él, en la enfermería.

—Si muere... —Sefia se ahogó en sus palabras. Era como si estuviera de nuevo en la oficina de Tanin, bajo el suelo de Corabel.

Nin le gritaba que huyera.

Tanin levantaba su mano.

El cuello de Nin se quebraba.

Nin abría desmesuradamente los ojos. Pero no veía por ellos. Caía al suelo. Estaba muerta. Había muerto.

Y Sefia gritaba... insignificante, débil, impotente.

Apretó sus manos enrojecidas e inflamadas, disfrutando del dolor.

—No puede morir. No puedo permitir que nadie muera porque mi fuerza no fue suficiente... porque...

Porque yo no soy suficiente. No había tenido lo necesario para salvar a Nin. Puede ser que tampoco para salvar a Aljan. ¿Qué pasaba si tampoco era suficientemente capaz de salvar a Archer?

Él la atrajo suavemente a su lado.

—No te he seguido por tu fuerza, sino porque eras valiente, lista y buena. No creí en ti por tu magia, sino porque eres compasiva y recursiva y demasiado terca para rendirte —besó su cabello—. No te amo por tus poderes, sino porque eres

107

una buena amiga y mejor compañera y, por mucho, la mejor persona que he conocido —la tomó por la barbilla—. Sefia, tú bastas y sobras.

Ella estalló en sollozos.

Él creía en ella. La amaba. Pero ahora, sin sus poderes, Sefia sabía que iba a decepcionarlo.

Luego de que Sefia lloró hasta quedarse dormida, Archer se deslizó sin hacer ruido por el corredor, para asomarse a la enfermería. Nada podía ver de Aljan, a excepción de las figuras que sus piernas formaban bajo las cobijas, y a Frey sentada junto a la litera, dormitando. Se había afeitado, pero en su quijada se percibían los rastros de moretones, y tenía la oreja vendada. Se veía preocupada, a pesar de estar dormida.

Cuando Archer empezó a cerrar la puerta, ella despertó y comenzó a parpadear.

—Lo siento —susurró Archer—. No pretendía despertarte.

Los ojos marrón de Frey se enfocaron en él, y por unos momentos temió que fuera a golpearlo. Al fin y al cabo, era culpa de Archer que los hubieran capturado. Había sido por su sed de venganza, de sangre.

Pero cuando se levantó de la silla, fue a abrazarlo.

—Me alegra que esté bien, jefe.

Jefe. Sonrió.

—Lo mismo digo. ¿Cómo está Aljan?

Con un suspiro, Frey lo liberó del abrazo y volvió a sentarse.

—Sin cambios.

Archer entró en la enfermería. Bajo las sábanas, Aljan se veía pálido y ceniciento, como su hermano gemelo el día que lo habían amortajado para poner su cuerpo en la pira funeraria. Tenía marcas blancas recién pintadas. Seguramente Frey había pedido pintura.

—Lo siento —dijo Archer de nuevo, y esta vez no se refería al hecho de haberla despertado.

Frey levantó la vista y respondió encogiéndose de hombros:

—Lo sé.

Pasaron un rato en silencio, oyendo la dificultosa respiración de Aljan. Frey empezó a trenzarse el cabello, formando y deshaciendo las trenzas mientras observaba a Aljan, a la espera de señales de movimiento.

Al final, habló de nuevo:

—La doctora dice que no regresaremos.

Archer asintió. Había querido pedirle a Reed que volviera a Jahara, para así navegar hacia Epigloss, donde estaban los Sangradores. Pero la Guerra Roja había estallado. Si el *Corriente de fe* volvía a Jahara ahora, o a Oxscini, era probable que jamás llegaran al Tesoro del Rey.

Y Aljan no se recuperaría sin descanso, ni atención médica adecuada.

Así que continuaron rumbo a Liccaro, alejándose con rapidez de los Sangradores a cada minuto que pasaba.

De los Sangradores de Archer. Ahora sabía que no podría dirigirlos al combate sin avivar ese deseo de violencia que ardía siempre en su interior, como las brasas, pero esperaba guiarlos hacia un lugar seguro.

Ahora sólo le quedaba esperar que pudieran llegar a Haven sin él.

—Archer —dijo Frey en voz baja, interrumpiendo sus pensamientos—. En el barco de Tanin había... candidatos.

Se enderezó. Candidatos era el término que usaba la Guardia para referirse a los muchachos marcados que compraba a los inscriptores, los que entrenaban para convertirse en soldados, los que esperaban que ganaran la Guerra Roja, antes de que Archer surgiera como cabecilla de los Sangradores.

Pero Archer iba camino a Haven. Todos se dirigían a Haven. Al menos, los que él había alcanzado a rescatar a tiempo.

—Me enfrenté a uno —continuó Frey.

Archer recordó las peleas en jaulas en las que se había visto obligado a participar. Recordó los muchachos que había asesinado, empalados, decapitados, apedreados y muertos a golpes de sus puños desnudos.

Recordó a Kaito. Se vio con él, a galope tendido a través de la región del Centro de Deliene, escuchó el alborozo de sus risotadas resonando a su lado. Se vio peleando con él bajo la lluvia. Se vio disparándole en la frente, como a un perro.

Dio un respingo al recordarlo.

—¿Cuántos?

—Por lo menos doce, que yo pudiera ver. Pero estaba oscuro y el corredor era demasiado estrecho para que cupieran más. ¿Quién sabe cuántos más tendrá la Guardia?

Sefia había dicho que la Guardia estaba en busca del joven de las leyendas desde que su padre había concebido la idea de los inscriptores, hacía casi treinta años. Podían tener cuarenta candidatos. O más de cien. De pensar que andaban por ahí, peleando a nombre de la Guardia... Archer sintió deseos de romper algo con sus propias manos.

Frey trazó las palabras que subían en espiral por su antebrazo izquierdo: "Estábamos muertos, pero ahora hemos resurgido". El grito de batalla de los Sangradores.

110

—Mientras peleábamos —contó—, no podía dejar de pensar en que ésa habría podido ser yo, o que podría haber sido Aljan, o cualquiera de nosotros, si Sefia y tú no nos hubieran encontrado primero.

Los dedos de Archer se encaminaron a su garganta, y delineó la dispareja piel de su cicatriz.

Los candidatos eran como él. Podrían haber sido Sangradores. Podrían haber sido hermanos. Pero él no había sido capaz de rescatarlos.

—Ya sé que es demasiado tarde —dijo Frey—, pero ojalá hubiera algo que pudiéramos hacer.

Archer asintió.

¿Y qué podían hacer? Los candidatos le pertenecían a la Guardia. Y él iba en busca del tesoro. Iba camino a Haven. No podía salvarlos.

Y no podía detenerlos.

Durante los días que siguieron, vieron señales de la Alianza una y otra vez. En su litera, Sefia de pronto oía el grito de "¡La Alianza, la Alianza!", que desencadenaba un frenesí de acción… el tamborileo de los pasos en cubierta, el crujido del casco del barco… y el *Corriente de fe* y el *Crux* se escabullían rápidamente.

En esos días, Aljan recuperó la consciencia, y Archer sacó a hurtadillas a Sefia de su camarote para ir a verlo.

El muchacho sonrió cuando entraron. Su cuerpo larguirucho a duras penas cabía en la litera, y a pesar de ello se veía tan pequeño allí tendido; los moretones se iban desvaneciendo poco a poco.

Frey dejó a un lado el tazón de caldo de algas, hongos y hueso que le había estado dando a cucharadas a Aljan, para

111

cederle el asiento a Sefia, mientras que Archer se arrodilló junto a la litera.

—Lo siento —dijo Archer.

—No tienes que disculparte.

—Fue mi culpa que...

—Yo también quería acabar con Hatchet —Aljan tosió débilmente, y Frey le dio unos cuantos sorbos de agua de una taza de madera. Antes de apartarse de nuevo, se levantó para darle un beso en la frente, pero, en el último momento, él levantó la barbilla y atrapó la boca de ella en la suya.

Ella se retiró, poniendo los ojos en blanco, pero tenía las mejillas sonrojadas de satisfacción.

Sefia le sonrió, y Frey soltó un breve suspiro. Luego, con mano diestra, volvió a Sefia de espaldas a ella y empezó a peinarla: sus dedos enrollaron y trenzaron los negros mechones.

Aljan se acomodó en la almohada con una risita complacida, pero recuperó la seriedad cuando siguió hablando.

—Tal vez no tenía tantas ganas de acabar con él como tú, pero quería hacerlo. Luego de la muerte de Versil, yo... quería liquidarlos a todos, a todos y cada uno, y tú no habrías podido impedirlo por más que hubieras querido.

—Pero...

—Y... si hubiera ido sin ti, habría terminado muerto. Así que no te disculpes por haberme mantenido con vida.

Sefia vio que Archer pasaba saliva varias veces.

—Hatchet está muerto —dijo él tras una pausa.

Otra sonrisa, esta vez de amargura, apareció y se esfumó en labios de Aljan.

—Bien.

El muchacho cayó dormido poco después, y Archer ayudó a Sefia a regresar a su litera.

112

Con las heridas en el hombro y el muslo aún cicatrizando, la habían confinado a su camarote. Allí pasaba los días atenta a la actividad en cubierta, tratando de no pensar en el Libro que guardaba en su mochila.

El Libro podría indicarle cómo recuperar sus poderes.

Si es que podía recuperarlos.

—No me había dado cuenta de lo mucho que me apoyaba en ese Libro —le comentó al primer oficial cuando fue a visitarla un día—, de lo mucho que confiaba en él...

El hombre se encogió de hombros, tanteando la madera del barco en busca de grietas.

—No sabías mucho de magia cuando te conocimos —dijo—. No la necesitas ahora.

—Cuando nos conocimos, no tenía idea de que me estaría enfrentando con el propio destino.

Él encontró una grieta, y aplicó una mezcla de aserrín fino y aceite de linaza, luego la aplanó con una espátula.

—Todavía te queda tu inteligencia, niña. ¿O también la perdiste cuando regresaste?

Sefia hizo una mueca desagradable.

El oficial limpió la espátula y, sin voltearse, añadió:

—No me mires así.

Ella sonrió con timidez. No importaba cuánto tiempo pasara con el primer oficial, siempre se olvidaba de que él era capaz de percibir una cantidad increíble de cosas que sucedían en su barco.

—Sí, señor.

Le dio una palmadita al madero, y cruzó el camarote en dirección a la puerta.

—Tu plan es bueno. Pero tomará más tiempo ponerlo en acción.

113

Se mordió el labio.

—Eso es lo que me temo. La Guerra Roja ya comenzó. Siento que se me acaba el tiempo para poner a Archer a salvo, en Haven.

—Nadie en este barco quiere involucrarse en esa guerra. Aparte de Haven, no hay lugar más seguro para Archer que este barco.

A pesar de todo, Sefia seguía dudando.

A medida que Aljan se recuperaba, Archer pasaba cada vez más tiempo con él y Frey. Sefia los oía reír en la enfermería, por el corredor. ¿Acaso el Libro había querido que todos quedaran recluidos en el *Corriente de fe*?

Para empezar, había sido el Libro el que había impulsado a Archer a formar su grupo de Sangradores. Le había proporcionado guerreros que lo seguirían a la batalla y, aunque eran apenas veinte, su destreza era tal que despertaban gran temor. Rumores de su fortaleza y crueldad se habían extendido de reino en reino.

"Un gran ejército", decían las leyendas.

A pesar del reducido número.

¿Sería que Frey y Aljan terminarían por convencer a Archer de encabezar de nuevo a los Sangradores? ¿Para llevarlos a qué objetivo? No tenían razón alguna para unirse a la guerra; en cambio, tenían miles para escapar a Haven.

El Libro podía decírselo.

O podía atraparla de nuevo.

Trató de no pensar en eso.

Transcurrieron dos semanas escabulléndose como ratas al solo vistazo de un barco de la Alianza en el horizonte. A Archer le quitaron los puntos. A Frey y a él les asignaron un turno para montar guardia, ya que fue necesario

114

redoblar la vigilancia, y se envolvían en pieles para protegerse de las bajas temperaturas. Al llegar a la curva más septentrional de Liccaro, viraron hacia oriente, avanzando frente a playas desiertas y acantilados costeros de caliza roja que Sefia sólo podía ver desde los portillos cubiertos de escarcha.

Pasaba la mayor parte del día metida en cama, recuperándose de las heridas de bala. Las horas se hacían menos mirando los contornos del Libro, metido en su mochila que colgaba de un gancho en la pared.

Todo el conocimiento. Toda la historia. Todas las respuestas que buscaba.

Todavía estaban a semanas de viaje hasta Corcel, el primer hito geográfico del acertijo para hallar el tesoro, cuando Sefia oyó los gritos en cubierta.

—¡Archer!

Su mirada se separó de la mochila. Vio un cuerpo que caía frente a los portillos.

—¡Hombre al agua!

Se enderezó en la cama de inmediato.

Archer. En esas aguas heladas.

No le importó que la doctora le hubiera prohibido dejar su camarote. Tampoco le importó que sus heridas aún estuvieran cicatrizando.

Saltó fuera de la cama y corrió por el pasillo. Subió rápidamente por la escotilla y estaba ya casi en la cubierta principal cuando el dolor aguijoneó su pierna herida. Colapsó y golpeó su frente contra los escalones.

No veía bien, pero eso no la detuvo.

—¡Archer! —gritó, llegando a cubierta con dificultad. Parpadeó, pero la magia no acudió a ella.

Necesitaba sus poderes. Necesitaba llegar hasta él. Tenía que sacarlo del agua. Se tambaleó hasta llegar a la borda, y parpadeó una y otra vez, hasta que su vista se empañó por las lágrimas.

Pero no había logrado ver ni un atisbo del Mundo Iluminado.

—¡Archer!

Alguien la tomó por la cintura. Alguien la cargó para alejarla de la borda: Horse.

—Frey ya lo tiene, Sefia —su voz resonó a través de su cuerpo—. Frey lo tiene, y ya pescamos a Frey.

Con una delicadeza extraña en alguien de su tamaño, el enorme carpintero limpió sus lágrimas y sus mejillas con el pañuelo amarillo que usaba alrededor de la frente, mientras los demás marineros sacaban a Frey del agua, empapada y temblorosa, y con ella, a Archer. Estaba atado a ella con una soga, y se veía empapado, sus dientes castañeaban y en sus pestañas se estaba formando hielo.

Pero estaba vivo. Gloriosamente vivo.

De momento.

Mientras los demás llevaban a Frey y a Archer a la cabina principal para arroparlos con pieles secas, con piedras calientes envueltas en cobijas, y para darles uno de los bebedizos reconstituyentes de Cooky, Sefia luchó por zafarse de los brazos de Horse.

—¿Qué pasa, Sefia?

Ella negó con la cabeza, y se tambaleó de regreso a la escotilla. Una parte de su ser sabía que el destino no tenía planeado que Archer muriera ahogado, que tenía planes más importantes para él. Una parte de su ser sabía que ella no debía darse por vencida.

116

Pero había estado muy cerca de perderlo.

De regreso en su camarote, sacó el Libro de la mochila y le quitó la funda protectora. Las curvas del símbolo ⊜ en la portada parecían sonreírle.

Acarició los bordes del Libro, y susurró:

—¿Cómo puedo recuperar mi magia? —y al sentarse en la litera, las páginas se abrieron sin esfuerzo entre sus dedos.

El veneno se llamaba "tiniebla", debido a la oscuridad que se experimentaba cuando el Mundo Iluminado se esfumaba, y era una de las creaciones de Dotan. La preparaba en pequeños lotes que guardaba en fermentación en el gabinete herbolario, en el corazón de la montaña donde se asentaba la Sede Principal. Como Tanin había usado lo último que quedaba para atrapar a Sefia, estaba preparando otro lote ahora mismo, en caso de que volviera a requerirse.

No tenía antídoto. O bien el daño que el veneno había hecho al organismo se curaba con el tiempo y la magia volvía, o, si la dosis había sido suficientemente alta, los poderes se perdían para siempre.

"Espera", le dijo el Libro. "Espera y verás."

Pero ella no tenía el lujo del tiempo. Necesitaba saber si había alguna manera, cualquiera, de recuperar sus poderes. Necesitaba un mentor, alguien que pudiera indicarle lo que debía hacer. Cerró el Libro, acarició las hojas de canto dorado y bajó los párpados. Necesitaba a su padre. A Lon, el que rompía las reglas desafiando al destino. Lon jamás habría permitido que un poco de veneno lo detuviera. Lon jamás habría permitido que la magia se le escapara.

Abrió los ojos y se inclinó de nuevo sobre el Libro.

—¿Qué habría hecho mi padre, si estuviera en mi lugar?

117

Las leyes de los muertos

Érase una vez un mundo llamado Kelanna, un plano de océano salpicado de islas y pequeños barcos que dejaban estelas como si garabatearan frases en las aguas. Era un mundo maravilloso y terrible, lleno de criaturas tan gigantescas y antiguas como las montañas; de selvas indómitas y cambiantes que florecían y se marchitaban y florecían de nuevo, y de gente semejante en muchas cosas a ti, que vivía su vida bajo el curvo firmamento que encerraba su mundo como una cúpula de cristal.

La mayoría de los habitantes de Kelanna creía que todo ello era cuanto existía. Una corta vida. Durante un breve tiempo, trágicamente breve, hablaban y trabajaban y amaban y morían. Y cuando morían llegaba el final. Sus cuerpos eran incinerados; sus nombres, olvidados.

Pero algunos de ellos, una triste minoría de valientes, se preguntaban qué habría más allá del confín de su mundo, más allá del domo del cielo.

La respuesta, como lo sabes y como descubrió el Capitán Reed y su tripulación cuando viajaron al remoto occidente, a las aguas salvajes más allá de las corrientes conocidas, era oscuridad.

Aguas oscuras sin fin.

Era el lugar de los descarnados, el mundo de los muertos, donde todas las almas que alguna vez habían dejado Kelanna se reunían y se fundían, empujando la barrera invisible que dividía eternamente su mundo del otro, vibrante y viviente, que tanto amaban y lloraban y añoraban.

En Kelanna, la muerte era algo permanente. El cuerpo era incinerado, y el alma partía hacia la negrura infinita para nunca más volver.

Sin embargo, esto no impedía que la gente tratara de subvertir la muerte de cualquier manera que se les ocurriera.

Una joyera, aterrada al pensar en el abismo, confeccionó una gargantilla de diamantes que mantendría su corazón latiendo, previniendo que sus órganos se deterioraran, que su cabello se marchitara y que su piel se volviera flácida, aunque eso también la condenó a una vida desgraciada.

Para atar a su amada al mundo de los vivos, un herrero forjó el Amuleto de la Resurrección.

Un forajido hizo de su vida un relato fabuloso, tan digno de ser contado y repetido, para que su nombre jamás se desvaneciera de la memoria.

Kelanna podía ser un mundo en el que reinaba la magia, las inconsistencias, las excepciones, pero nadie podía quebrantar las leyes de los muertos, no de la manera en que más desesperadamente pretendían hacerlo.

Cuando alguien moría, ya jamás podría regresar, sin importar cuánto lo extrañaran, sin importar cuánto quisieran ver o abrazar a esa persona, o hablar con ella de nuevo.

Nadie recibía mensajes de los muertos.

CAPÍTULO 8

Deseos peligrosos

El Capitán Reed encontró a Sefia volcada sobre las páginas, repasando cada palabra como si fuera un código que debía descifrar.

—¿Tienes que hacer eso? —preguntó.

Sefia levantó la vista, sobresaltada, con sentimiento de culpa.

—No.

Se sentó en la silla a su lado y apoyó los codos en las rodillas.

—Desde mi punto de vista, el Libro es un arma, igual que el Verdugo —señaló con un ademán el revólver negro que colgaba de su cintura. Decían que estaba maldito, hecho de acero y malas intenciones, porque cada vez que lo desenfundaban acababa con una vida, y si uno no escogía su blanco, el revólver lo haría—. Acabará contigo al igual que con tu enemigo, si no eres cuidadosa.

—Procuro serlo —dijo ella.

Reed levantó una ceja.

—¿A cuántos has perdido por causa de esa cosa?

Versil, atravesado por una espada.

Kaito, liquidado por una bala en la frente.

121

Había estado a punto de perder a Aljan. Todavía podía perder a Archer.

—Dos —admitió ella en voz baja.

—¿Te parece que has sido lo suficientemente cuidadosa? —sus palabras eran duras, pero no su tono de voz.

—No.

El Capitán se encogió de hombros y se recostó en el respaldo.

—Sólo quería ver a mi padre de nuevo —dijo Sefia, jugueteando con la esquina de una página, con lo cual brillaba a la luz como si fuera un cuchillo—. Quería saber que habría hecho él.

—¿Y? ¿El Libro respondió?

Ella negó en silencio.

—Me dijo que no puedo saber lo que habría hecho mi padre —contestó con amargura—, porque uno no recibe mensajes de los muertos.

No era justo. No era justo que se hubiera ido. No era justo que el Libro, que había estado tan dispuesto a mostrarle a su padre en ocasiones anteriores, casi con alegría, ahora no se lo permitiera, justo cuando más lo necesitaba.

—Pero… —dijo despacio— me contó lo que usted y su tripulación encontraron en los confines del mundo.

Nada más que la muerte. No era de sorprender que ni él ni su tripulación hablaran al respecto.

El Capitán Reed la miró fijamente.

—¿Te contó eso?

—Sí.

Se puso en pie maldiciendo, y empezó a dar vueltas por el diminuto camarote. Una, dos… ocho vueltas. El ocho era su número preferido. Le gustaba su sonido, decía, y el lapso de tiempo que tomaba contar hasta ocho. Suficiente para tomar una decisión, pero no tanto para darle excesivas vueltas.

Con un suspiro, se sentó de nuevo y, tocándose el brazo, recorrió con un dedo los tatuajes que contaban la historia de su viaje al mundo de los muertos: el *maelstrom* donde había encontrado el Gong del Trueno y se había enterado de cómo moriría; la calavera masticando sus propios cúbitos para representar a la capitán Cat y su tripulación caníbal; la isla flotante donde perdieron a Jigo y donde Harison había conseguido su pequeño loro rojo (que ahora tenía Theo, pues Harison había muerto); la grieta en el cielo por la que se derramaba la luz, y luego... nada. Un círculo de piel sin ningún tatuaje en su muñeca, en el lugar donde debería estar ilustrada su visita al lugar de los descarnados.

El sol había sido una puerta de entrada, le había contado a Sefia. Habían pasado a través de él en el momento en que se hundía en las olas, y habían salido por él cuando había regresado al mismo punto al día siguiente.

—¿Cómo? —preguntó ella—. El Libro dice que uno no puede volver.

—Nosotros estábamos vivos todavía —respondió el Capitán sacudiendo la cabeza—. Dejamos a nuestros muertos allá, con el resto.

El Libro decía que las leyes de los muertos no podían quebrantarse.

También le había contado que Kelanna era un mundo en el que reinaban las inconsistencias y las excepciones, y le había proporcionado información sobre el Amuleto de la Resurrección: *para atar a su amor al mundo de los vivos.*

¿Había otra manera de derrotar al Libro que no fuera resistir hasta el final de la guerra?

123

¿Había otra forma de engañar al destino?

¿O de cambiarlo?

¿Acaso el Amuleto de la Resurrección podría salvar a Archer?

—Lo quiero, Sefia —dijo Reed cuando ella le contó que aparecía mencionado en el Libro—. Lo deseo tanto que puedo sentir el impulso hasta en mis dientes. ¿Sabes cuántas cosas he intentado para poder vivir por siempre?

Las guardaba en la cabina principal, en esas vitrinas... los diamantes malditos de lady Delune; el trozo de oro que podía hacerlo inmortal, si tan sólo supiera como tragárselo entero; la lamparilla que ardía con tal brillo que impedía que la muerte pudiera encontrarlo... Todos los objetos mágicos y talismanes legendarios que se suponía que llevaban a la inmortalidad. Pero ninguno de ellos había funcionado, no en realidad.

—Me había dado por vencido cuando Tan me contó que el Amuleto de la Resurrección se encontraba junto con el Tesoro del Rey —continuó.

Tan era la capitán del *Azabache*, el barco más rápido de todo suroriente. Cuando Sefia era pequeña, había escuchado fragmentos de narraciones en el mercado hasta que Nin la sacaba de allí, y le encantaban las historias del valor y la osadía de Tan. Estaba ansiosa de por fin conocerla en Haven.

—¿Le contó cómo funcionaba? —preguntó Sefia.

Reed asintió, pasándose la lengua por los labios.

—¿Conoces la historia de la gran ballena?

Era un mito. Un cuento para antes de irse a dormir. El que Lon le había contado a Mareah la noche en que ella había matado a sus padres para obtener su espada de sangre.

Las coincidencias no existen.

—No me refiero a la parte del cazador de ballenas —continuó el Capitán Reed—, sino a la razón por la cual la gran ba-

124

llena cruza el firmamento todas las noches. Tan me contó una historia cuando nos vimos. Me dijo que cuando uno muere, hay algo que se separa del cuerpo, lo llamó *alma*. Se compone de todas las partes que hacen que uno sea quien es, a excepción de la piel y los huesos, por supuesto: los pensamientos, los sentimientos, los recuerdos.

Sefia asintió. El Libro también había mencionado el *alma*.

—Cuando uno muere, la gran ballena llama al alma y la guía hasta el último confín del mundo, y de allí pasa al lugar de los descarnados. Pero si uno tiene el Amuleto cuando el alma se separa, éste impide la separación. Uno jamás se reúne con la gran ballena. Jamás cruza el muro invisible que separa a los vivos de los muertos. Uno vuelve a su cuerpo. Y vive.

Sefia se mordió los labios.

—¿Y cree que funcionará si le falta un pedazo?

Sin pensarlo, el Capitán Reed frotó su pecho. Una vez, hacía mucho tiempo, los padres de Sefia le habían tatuado una página del Libro en la piel, y él luego había puesto otros tatuajes encima.

Esa página describía la ubicación del último pedazo del Amuleto de la Resurrección. Cuando Sefia todavía tenía la Visión, los había visto hacerlo: su madre levantando la página a la luz, su padre hundiendo la aguja en la tinta. ¿Sabrían por qué lo estaban haciendo? ¿O lo hacían sencillamente porque estaba escrito que así sería? No pensó que tal vez nunca sabría la respuesta.

—Lo dudo —dijo el Capitán con ironía—. Sería demasiado fácil si así fuera.

Sefia hizo girar el anillo de plata que llevaba en el dedo, el anillo de su madre, con un compartimento oculto y una hoja diminuta para envenenar a sus enemigos.

125

—Me parece… —empezó— creo que el Libro quiere que yo también persiga el Amuleto. De otra manera, no me habría dado esa información. Creo que se supone que debo pensar que, con él, Archer se salvará. Y si eso es lo que el Libro quiere, será mejor que el Amuleto siga perdido junto con el Tesoro del Rey.

—¿Eso será mejor? —el Capitán Reed la miró de la misma manera en que lo hizo la noche en que la había descubierto en su barco… De la misma manera en que había mirado a Dimarion, que bien podía atacarlo en el instante en que eso le conviniera mejor a sus planes—. ¿No crees que deba caer en mis manos tampoco? ¿Piensas que mi deseo es parte de alguna trampa?

Sefia puso un marcapáginas en ese punto y cerró el Libro de nuevo.

—No lo sé. Sé que podría encontrarlo, si quisiera. Pero… no sé si debería.

—¿Me ayudarías a encontrarlo, si te lo pidiera?

Ella lo miró, lastimada, traicionada.

—¿Me lo pediría si supiera que podría conducir a la muerte de Archer?

Reed no contestó, pero el hecho de que no se negara convenció a Sefia de lo que tenía que hacer a continuación.

Debía marcharse. Archer debía marcharse.

No sabía bien cómo, ni exactamente cuándo, pero sí sabía que el *Corriente de fe* estaba lleno de gente que amaban, por quienes serían capaces de hacer cualquier cosa, y eso significaba que todos y cada uno, ya fuera Frey o Aljan o el Capitán Reed, el primer oficial o cualquier miembro de la tripulación, eran una palanca que el destino podía mover en cualquier momento, forzando a Sefia y Archer a actuar, obligándolos a quedar dentro de la estela de la Guerra Roja.

Y de la muerte de Archer.

No podían quedarse. No podían encontrarse con los Sangradores en Haven.

Sin sus poderes, Sefia no podía proteger a Archer. Así que tenían que huir. Lo más pronto posible. A algún lugar lejos de la gente que amaban.

—¿Estuviste leyendo el Libro? —preguntó Archer cuando ella le contó.

—Lo siento mucho. Ya sé que no podemos confiar en él, pero...

Pero necesitaba salvarte.

—Con todo lo que ha pasado... sólo quisiera verlos de nuevo —concluyó ella. No era toda la verdad, pero era cierto. Lo había sido desde que Mareah murió, y esa certeza se había hecho más fuerte cada vez que Sefia perdía a alguien más.

Deseaba ver a su madre con más claridad que en sus recuerdos borrosos.

Deseaba hablar con su padre, quien habría sabido qué hacer.

Incluso deseaba que Nin le gritara y le dijera que se librara del hechizo en que había caído por cuenta del Libro.

Archer se sentó en la cama, a su lado.

—No puedo recriminarte —dijo, suspirando—. Creo que yo habría hecho lo mismo.

Ella sonrió, buscando la mano de él, pero se detuvo cuando lo vio sacudir la cabeza.

—Pero no podemos irnos porque el Capitán podría querer nuestra ayuda para encontrar esa cosa que ha estado buscando durante años.

—Eso no es... —Sefia frunció el ceño—. ¿No te das cuenta? El Libro quiere que encontremos el Amuleto, o que inten-

127

temos encontrarlo. Eso quiere decir que tú deberías mantenerte lo más lejos posible de todo eso.

—Por favor —le dio un apretoncito en el hombro sano—, ten un poco de fe en nosotros. Lo estaríamos buscando para el Capitán. Luego, sólo podríamos obtenerlo si se lo robáramos, y eso jamás lo haríamos. Y lo buscaríamos únicamente si él nos pidiera que le ayudáramos, cosa que no ha hecho.

Ella negó con la cabeza.

—Pero...

—Atengámonos al plan, ¿sí? Tú, yo, los Sangradores, Haven —se fue inclinando al hablar, bajando la voz hasta que no fue más que un susurro contra el cuello de ella. Sefia cerró los ojos mientras él besaba su piel, y sus labios encontraban el camino hacia su hombro, y sus manos iban en pos de su cintura—, para siempre.

Ella miró hacia el techo, parpadeando, y jadeó quedo mientras los dedos de él se extendían sobre sus costillas. *Para siempre.*

Pero no se daría por vencida. En las siguientes dos semanas, mientras se acercaban a Corcel, trató por todos los medios de convencerlo de que dejaran el *Corriente de fe* en cuanto tocaran tierra.

Trató de contarle lo que sería su vida en el desierto de Liccaro, galopando a caballo entre los arenales, explorando las abandonadas minas de joyas de Shaovinh, visitando la antigua ceiba como otros amantes que habían tenido que huir, saboreando platillos en los mercados callejeros, con el rostro cubierto con pañuelos para ocultar su identidad.

Trató de decirle que Frey y Aljan estaban a salvo en el *Corriente de fe*. Que los Sangradores ya navegaban rumbo a Haven. Que no lo necesitaban más.

Lo intentó una y otra vez.

Archer fue paciente al principio. Pero luego ella insistió, y sus conversaciones se convirtieron en discusiones, con voces tensas y graves, y él se negó a ceder.

La noche antes de que llegaran a Corcel, incluso fue con Frey y Aljan para pedirles que presionaran a Archer para que accediera.

Frey levantó la vista de la tablilla de cera que Horse había inventado para que ella pudiera practicar su escritura.

—Es nuestro jefe, Sefia —dijo—. También queremos protegerlo.

—¿Y entonces?

Desde la litera, Aljan levantó la vista del papel y la tinta que estaba utilizando para escribir ejercicios para Meeks, Theo y ahora también Marmalade, que había tenido la idea de registrar las letras de las viejas canciones de Jules. El muchacho parpadeó con sus dulces ojos castaños.

—Pues si no está aquí con nosotros, no podremos protegerlo.

Sefia salió apresurada, cerrando de un portazo, y se detuvo al instante.

El Capitán Reed la esperaba en el corredor, con el rostro bajo la sombra de su sombrero de ala ancha. Sefia se sorprendió; no habían cruzado más de unas pocas frases en semanas, a partir de su conversación sobre el Amuleto y, a decir verdad, ella lo había preferido así.

Porque si él le hubiera pedido que le ayudara a encontrarlo, ella habría tenido que negarse, y no creía que el Capitán fuera a perdonárselo.

Sin decir palabra, él le entregó una capa de piel y señaló la escotilla con un movimiento de cabeza.

Sefia tomó la capa y lo siguió hacia la cubierta principal, donde el frío glacial cubrió sus mejillas y manos expuestas. Temblando, se arrebujó en la capa mientras caían copos de nieve de lo alto y cubrían al *Corriente de fe* con un delgado manto blanco.

El Capitán se detuvo en la barandilla, y desde allí contempló las oscuras aguas un momento.

—Así que quieres irte —dijo al fin.

Ella asintió.

El Capitán se frotó la nuca.

—Preferiría que no te fueras, pequeña. Pero no me corresponde detenerte.

Sefia se encogió de hombros.

—Por lo pronto, no voy a ninguna parte. No he logrado convencer a Archer.

Reed no la miró. Ella sabía que estaba contando. Uno, dos, tres, cuatro…

—Bueno —suspiró—. Creo que hay una manera de que ambos obtengamos lo que queremos.

CAPÍTULO 9

El Tesoro del Rey

Si las leyendas sobre las laberínticas cuevas que alojaban el Tesoro del Rey eran ciertas, el Capitán Reed habría podido pasar el resto de su vida buscando en ellas el Amuleto de la Resurrección, trepando por respiraderos llenos de ecos, excavando túneles derrumbados hacía tiempo, agotando el resto de sus días en el oscuro y frío interior de la tierra.

Pero Sefia tenía el Libro, y éste podía llevarla directamente al Amuleto, evitándole así años de búsqueda. Esa idea le había dado vueltas en la cabeza a Reed durante semanas.

Los valientes y audaces encontrarán el oro de Liccaro
donde los sementales se arrojan sobre el oleaje.
Donde el áspid acecha, el corazón baja la guardia,
y el agua será la que muestre el futuro viaje.

Cada noche, se tendía en su litera repitiendo las palabras del acertijo del Rey Fieldspar mientras tamborileaba contando de ocho en ocho sobre su pecho. Con cada instante que pasaba, se acercaban más y más a Corcel, el primer lugar mencionado. Con cada instante, se acercaba a un sueño que había consumido todas sus horas de vigilia durante años, que lo había

131

llevado a hazañas cada vez más grandiosas en su intento de vivir una vida tan épica que no pudiera ser olvidada, de hacer su nombre demasiado memorable para que pudiera morir.

Pero si tenía el Amuleto, no necesitaría aventuras ni una colección de tatuajes y tesoros para demostrar que había vivido.

Simplemente, viviría para siempre.

Lo anhelaba con tal fuerza que podía sentir el deseo ardiendo como brasas en su pecho, humeando en la mañana, cuando el hielo formaba carámbanos en los cabos y las heladas velas resplandecían con la primera luz de la aurora. El mar, el oleaje, el barco partiendo las aguas, todo eso podría ser suyo hasta el fin de los tiempos.

Pero si la búsqueda del Amuleto implicaba atraer a Archer a que cumpliera su destino, ¿podría Reed vivir con el hecho de que alcanzar el Amuleto le costaría al muchacho la vida? ¿Podría vivir con eso por siempre y para siempre?

Luego se enteró de que Sefia quería abandonar el *Corriente de fe*, de que quería llevarse a Archer con ella y huir corriendo por las dunas tan pronto como echaran el ancla.

Lamentaría mucho que se marcharan. Recordaba la noche en que los habían descubierto en su barco: la Asesina saltando desde las vigas; el Verdugo, caliente en su mano; Archer, respirando con dificultad y sangrando tras haber recibido una docena de cuchilladas, y Sefia, aferrada al Libro, narrándole historias de magia y respuestas y venganza. Habían sido buenas adiciones a su tripulación.

Pero si Archer se iba, el Amuleto no representaría ningún peligro para él.

—Si me consigues el Amuleto de la Resurrección —dijo el Capitán Reed, entre nubes de vaho en la oscura noche—, me

132

aseguraré de que Archer no vuelva a poner un pie en este barco. La tripulación recibirá su tesoro. Yo tendré el Amuleto. Y cuando zarpemos de aquí, ninguno de ustedes estará con nosotros.

Sefia parpadeó incrédula.

—¿Sería capaz de abandonarnos a Archer y a mí?

Reed tragó saliva y asintió, frotándose el espacio sin tatuajes junto a su muñeca.

—Y me llevaría el Amuleto lejos de ustedes.

—Pero él no lo sabe, todavía.

Reed resopló.

—¿Tú crees que lo aceptaría? Es una artimaña mezquina y malintencionada que nadie le haría a alguien que quiere.

Sefia guardó silencio, inmóvil como de piedra, mientras la nieve caía como azúcar sobre su cabello.

¿Acaso Reed tendría que suplicarle? Él no había tenido que rogar desde que le había suplicado al anterior capitán del *Corriente de fe* que permitiera que Jules, la pescadora de perlas de aterciopelada voz, se uniera a la tripulación tras haber huído de sus amos. Jules, que ahora lo miraría y le diría la falta que cometía al pedir lo que estaba solicitando. Jules, que estaba muerta. Jules, a quien el Amuleto habría podido salvar.

—Muy bien —dijo Sefia al fin, tendiéndole la mano—. Archer podría odiarme después por esto, pero al menos seguirá vivo.

Tenía los dedos helados cuando Reed los tomó.

—Supongo entonces que tenemos un trato —dijo, y las palabras no le dieron la satisfacción que pensó que le traerían.

A la mañana siguiente, llegaron a Corcel. La extraña formación era parte de una serie de cabos y caletas que bordeaban la costa de Liccaro. Aguas plagadas de canales poco profundos y formaciones rocosas sumergidas capaces de agu-

133

jerear las embarcaciones desprevenidas. Para complicar las cosas, el ir y venir de la marea cambiaba el paisaje, permitiendo que los barcos pasaran a ensenadas protegidas durante la marea alta, para después quedar encallados, cuando las aguas bajaran, revelando y ocultando así las entradas de las cuevas que abundaban en los acantilados de arenisca.

Pero el tesoro estaba ahí, en algún lugar. Y en él, el Amuleto de la Resurrección.

Anclados en las aguas más profundas, frente a la punta de Corcel, los forajidos contemplaron el cambiante litoral. Sería peligroso acercarse más, pero los barcos podían permanecer allí mientras los marineros desembarcaban en los botes, en busca del áspid que mencionaba el poema de Fieldspar.

Sefia y Archer empezaron a empacar para la expedición separada que emprenderían en busca del tesoro, mientras Reed y el resto exploraban las cavernas principales. Horse les proporcionó mazos para romper la roca y un pequeño bote plegable hecho de bambú y lienzos. Cooky los llenó de provisiones, además de pasteles para Sefia y paquetes de las nueces especiadas que tanto le gustaban a Archer.

—Me alegra que cambiaras de idea —dijo Archer, enrollando una de las cuerdas.

Reed interceptó la mirada de Sefia... el plan que no se había mencionado entre ellos dos se cernía en el futuro cercano, invisible y pesado como el plomo.

—Tenías razón —dijo ella, con una voz quizá demasiado despreocupada—. Seguimos con nuestro plan. Haven está a la vuelta de la esquina ahora.

Archer le dio un beso en la mejilla.

El Capitán trajo de la cabina principal una caja de ébano con incrustaciones de diamantes y marfil en forma de estrellas.

134

Luego de levantar la tapa, sacó una piedra redonda, lisa como una perla y algo más pequeña que la palma de su mano.

—¿La piedra de luna? —preguntó Sefia.

—Éste fue el primer tesoro que coleccioné. Tenía dieciséis años y me acababan de recoger en el *Corriente de fe* después de... —se rascó el pecho.

—Después de que mis padres le hubieran tatuado una página del Libro —Sefia completó la frase por él.

—La piedra de luna los iluminará allá adentro.

Archer tomó la piedra y la deslizó al fondo de su zurrón.

—Gracias, Capitán.

El Capitán lo miró con tristeza. Pobre muchacho. No se merecía que lo engañaran así.

Pero Reed quería el Amuleto, por más egoísta que pareciera. Y quería que Archer siguiera vivo.

Le lanzó otro atado de ropa abrigadora de lana.

—Tengan cuidado. Si llegan a mojarse, morirán de frío. No hay manera de calentarse allá adentro.

Estaban apenas organizando las cuadrillas de búsqueda cuando Aly se inclinó desde la cofa, con las rubias trenzas meciéndose sobre sus hombros.

—¡Naves de la Alianza, dos puntos a babor, hacia proa!

—¡Aly! —el Capitán Reed levantó una mano.

Ella echó el brazo hacia atrás para lanzarle el catalejo, que cayó justo en su mano. El Capitán lo llevó a su ojo.

Cuatro embarcaciones azules se acercaban desde el sur.

Soltó una maldición. Estaban demasiado a la vista, más allá de Corcel, y podrían verlos en cuanto la Alianza estuviera tan cerca para distinguir sus velas contra los acantilados de arenisca. No podían huir, no esta vez. Su única esperanza era navegar hacia una de las ensenadas protegidas, con la

135

esperanza de que ni el *Corriente de fe* ni el *Crux* quedaran encallados.

Comenzó a dar órdenes y la tripulación entró en acción: levaron el ancla y desplegaron las velas.

—Allí —le dijo Reed a Jaunty, señalando un canal poco profundo entre los dos brazos de una ensenada—. ¿Podemos pasar por ese canal sin abrir el casco?

El pasaje sería peligroso, pero Jaunty era el mejor timonel de todo el Mar Central. Si había alguien que pudiera hacerlo, ése era él.

Miró el agua con ojos entrecerrados, se quitó el sombrero y pasó una mano por su cabello pajizo y reseco. Y entonces, con un gruñido que no denotaba compromiso alguno, giró el timón.

El Capitán le dio una palmada en el hombro.

—Muy bien.

Killian, parte de la guardia de babor, izó una señal para indicarle al *Crux* que los siguiera, y luego navegaron de largo frente a Corcel en busca del refugio de la ensenada, esquivando apenas las columnas rocosas que asomaban entre las olas, y los picos sumergidos que prácticamente rasparon el fondo del casco.

Reed miró hacia atrás. El *Crux* los seguía, sin perder el paso, y las naves de la Alianza se acercaban desde mar abierto.

¿Los habrían visto? Reed no podía saberlo. Si la Alianza los atacaba en la ensenada, estarían como ratones arrinconados.

—¡Capitán, en el agua! —gritó Meeks desde la proa—. El áspid.

La atención de Reed volvió al punto en el que se encontraban, pero no veía más que las paredes de arenisca y las aguas turquesas de la ensenada.

—¡Debajo de nosotros! —señaló el segundo oficial.

El Capitán se apresuró a llegar al bauprés, y trepó por las ramas del árbol que era su mascarón de proa, para inclinarse hacia el agua. Había una serpenteante cresta rocosa allí abajo, sinuosa y verde en las aguas azules. Al final, una cabeza en forma de pala parecía sacudirse hacia los lados bajo las olas.

Sonrió.

La entrada al lugar donde se guardaba el tesoro debía estar en algún punto de la ensenada. Y sólo les quedaba un hito por encontrar.

Al adentrarse en la ensenada, ordenó echar el ancla y arriar las velas. Los marineros se treparon a los palos. Los enormes cuadrados de lona fueron plegados, haciendo los mástiles menos visibles a ojos de la Alianza.

El *Crux* los siguió, y el fondo de su casco raspó contra la silueta irregular del áspid.

Reed hizo una mueca, imaginando el alboroto en la sentina, mientras la tripulación de Dimarion se apresuraba a reparar el barco.

Podía ver los barcos de la Alianza más allá de Corcel, más cerca ahora. Pero no navegaban rumbo a tierra, hacia el *Corriente de fe* y el *Crux*, sino hacia el norte, en busca de una pequeña flotilla que Aly y él no habían visto.

Esperaba que la flotilla siguiera huyendo, pero habían virado para combatir.

Los forajidos estaban demasiado lejos para oír los cañones, pero alcanzaban a ver el humo.

Reed no podía creerlo. ¿Quién quedaba en estas aguas que pudiera oponer resistencia a Stonegold y a la Alianza?

Observaron a los barcos desconocidos atacar a la Alianza hasta que el viento cambió y la batalla desapareció más allá del horizonte.

Esa noche, el Capitán Reed y su tripulación brindaron por esos barcos, fueran quienes fueran, y por todos sus marineros, vivos o muertos.

—¿Sabes...? —dijo al primer oficial cuando se retiraron hacia la cabina principal—, desde que zarpamos de Jahara, casi me había convencido de que las cosas habían vuelto a ser como antes.

El primer oficial rio con aspereza.

—¿En qué viaje ha estado? Porque los demás hemos estado esquivando a la Alianza desde hace un mes.

La mirada de Reed fue desfilando por una vitrina y otra y otra, contando sus tesoros: el Gong del Trueno, que se suponía que era capaz de provocar una tormenta, o de dispersarla, sólo que nunca había conseguido hacerlo funcionar; el colmillo de una serpiente marina; la caja negra, y ahora vacía, de la piedra de luna.

—Lo sé, pero entre una cosa y otra, es fácil olvidar que el océano ya no es indómito como antes. Que ya no somos tan libres como éramos.

—Haven sigue siendo libre.

—Haven es una pequeña isla en el ancho mar.

Cansado, el primer oficial recorrió su arrugado rostro con la mano.

—¿Y será suficiente para usted si la Alianza gana la guerra?

Reed no respondió, pues estaba terminando de contar sus tesoros, para luego volver a comenzar.

Había neblina flotando en el aire a la mañana siguiente, mientras abordaban los botes para explorar los acantilados, en busca del "corazón" que mencionaba el acertijo de Fieldspar. Las corrientes eran peligrosas, y los pilares de piedra parecían

138

retroceder debajo de ellos cuando menos lo esperaban. Más de una vez estuvieron a punto de ser arrojados contra la rocosa costa para hacerse pedazos.

Sefia se había negado a usar el Libro para encontrar la entrada al lugar del tesoro.

"Ya es bastante peligroso utilizar el Libro, dado que puede manipularnos para que hagamos lo que él quiera", había dicho. "Por favor, no me lo pidan más", entonces Archer y ella se habían unido a los demás en los botes, con sus bultos listos para la expedición.

Los botes buscaron hasta que los marineros tuvieron las manos ampolladas y los brazos adoloridos de tanto remar. Buscaron hasta que cayó la noche. Y a la mañana siguiente, se embarcaron de nuevo para retomar la búsqueda.

Fue Goro, el marinero de más edad en el *Corriente de fe*, el que divisó la cueva. Una entrada oscura con la forma exacta de un corazón humano, con grandes grietas semejantes a arterias, que se abrían hacia el techo rocoso.

A medida que bajó la marea, fue quedando a la vista una mayor parte de la entrada, como si el corazón se revelara para ellos, como si bajara la guardia, tal como decía el acertijo.

El pulso de Reed se alteró. Ésta era la entrada que llevaba al Tesoro del Rey. Conseguiría el Amuleto de la Resurrección. Lograría vivir por siempre y para siempre.

—Tenemos tiempo antes de que comience a subir la marea, y la cueva empiece a inundarse —gritó, tomando los remos—. ¡Vamos por ese tesoro!

Remaron para entrar por el corazón hacia la abovedada caverna que había más allá.

Adentro, el agua parecía brillar con un tono aguamarina bajo los techos en sombras. Al fondo, había una especie de

139

embarcadero de piedra con estalagmitas cónicas, perfecto para atracar botes, y más allá se elevaba un muro liso que triplicaba la estatura de Reed.

Las tripulaciones de ambos barcos atracaron y desembarcaron, pero dejaron una de las lanchas afuera, alerta a la marea. El Capitán Reed corrió hacia el muro y extendió sus manos sobre la superficie uniforme, en busca de junturas.

—¿Cree que ésta sea la entrada? —preguntó Meeks mientras Sefia, Archer, y el grupo de cazadores de tesoros de Dimarion descargaban sus bultos en la orilla.

¡Qué importa!, pensó Reed. Con tantos tesoros para distraerlos, no se toparían con el Amuleto. Y menos si Sefia tenía el Libro.

Dimarion sacudió la cabeza.

—Fieldspar dijo "el agua será la que muestre el futuro viaje". Deberíamos estar buscando algún tipo de canal bajo el agua.

Reed empujó el muro con las manos.

—No hay manera de que el Rey hubiera ocultado todo el tesoro a través de un túnel por debajo del agua.

El capitán pirata puso los ojos en blanco:

—Por favor, sigue abrazando el muro. Estoy seguro de que así encontraremos el tesoro.

Mientras los marineros de Dimarion empezaban a quitarse las camisas y las botas, y otros encendían faroles para iluminar la caverna, Frey se arrodilló al pie del muro, donde la piedra aún estaba mojada.

Reed se arrodilló a su lado.

—¿Qué pasa, jovencita?

Frey acomodó un mechón detrás de su oreja incompleta y señaló:

—Mire, Capitán.

Había partes de la roca del mismo color rojizo quemado que el resto de la cámara, pero aquí y allá había vetas doradas que parecían brotar del suelo como retoños de hierba.

Reed sonrió. *"El agua será la que muestre el futuro viaje."*

Sefia, Archer y Meeks ya estaban volcando baldes en el agua para llevarlas al muro, y allí las vaciaban sobre las rocas.

Dondequiera que el agua tocaba la piedra, aparecían líneas doradas que se tejían en redes y patrones exquisitos.

El Capitán Reed le dio una palmadita en el hombro a Frey.

—¡Bien hecho!

Ella sonrió encantada por el elogio.

Todos, hasta el propio Dimarion, se reunieron junto al muro y vaciaron balde tras balde de agua en las rocas, hasta que revelaron una entrada en forma de arco que llegaba casi hasta el techo.

—Esto se ve prometedor —dijo el capitán pirata limpiando su frente con un pañuelo de seda—. ¿Y cómo la abrimos?

—Veamos —Meeks mojó su mano y la pasó por el centro del muro. Bajo sus dedos, las doradas curvas relumbraron:

PARA LA RIQUEZA DEL REY,

LA SANGRE DEL REINO.

Reed cruzó los brazos. Estaban tan cerca, y el Rey Fieldspar todavía les planteaba un acertijo. Nuevamente se preguntó si el hombre habría formado parte de la Guardia y si así era, por qué había escondido los tesoros para que ese grupo no los encontrara.

El segundo oficial leyó en silencio mientras Sefia pronunciaba las palabras en voz alta.

141

—¿Sangre? —se preguntó—. ¿Hay alguien aquí que sea de Liccaro?

El viejo Goro ofreció su mano marchita.

—Mi madre era de Liccaro —sacó su cuchillo y se hizo un corte. La sangre brotó en su línea de la vida, y él la apretó contra las palabras.

Nada sucedió.

Meeks se encogió de hombros.

—Quizá necesitamos a alguien cuya sangre sea toda de aquí.

—O quizá... —dijo Dimarion en tono meditativo, jugueteando con una cadena en su cuello—, quizá necesitamos la verdadera sangre del reino —la luz relumbró en su cadena cuando se la quitó.

—Exacto —Reed se adelantó ansioso, y algo en su pecho le dio un tirón para acercarlo a la puerta y a lo que se encontraba tras ella.

El capitán pirata le sonrió.

—La sangre de Liccaro siempre ha sido el oro —con un movimiento lleno de gracia, presionó la cadena contra el muro.

Con un crujido profundo, el arco dorado se separó en dos en el centro, y ambas mitades se abrieron hacia el interior, mientras se desprendían polvo y pequeñas rocas. Reed rio ante el bostezo de las sombras, y la luz de los faroles se reflejó en destellos de metal y piedras preciosas.

Habían encontrado el Tesoro del Rey.

CAPÍTULO 10

Un globo de cristal

La primera caverna del tesoro no sólo estaba atestada de oro y joyas, sino que también tenía enormes estalagmitas a tramos regulares, en semicírculos que iban ampliándose sobre el suelo de piedra. El agua goteando desde lo alto durante incontables generaciones había dejado formas de sedimento endurecido en su parte superior y los lados curvos, y a Sefia le parecieron casi figuras humanas, con sus cascos y ojos ciegos, y los pies fundidos al suelo.

Las leyendas contaban que el Rey Fieldspar había encerrado a sus soldados junto con el tesoro, luego de que habían terminado de descargarlo. ¿Serían ésos sus soldados, convertidos de alguna manera en piedra?

Se estremeció.

A la entrada, las tripulaciones del *Corriente de fe* y del *Crux* estaban haciendo planes para sacar el tesoro. Los buscadores de Dimarion revisaban su equipo. Al igual que Sefia y Archer, estarían explorando estos túneles a la caza de los objetos más raros y especiales para su capitán.

—¿Necesitan sólo una semana? —preguntó Reed, llegando junto a ella, en el borde de la oscuridad.

143

Sefia asintió. El Libro le había dicho que necesitarían siete días para encontrar el Amuleto de la Resurrección, así que había empacado agua y provisiones únicamente para ese lapso de tiempo.

—Para cuando regresen, ya tendremos cargados los barcos y estaremos preparados para partir.

Tenían que sincronizarse a la perfección, de manera que el Capitán Reed fuera la única persona que quedara en la entrada cuando Archer y ella salieran con el Amuleto. Ella lo entregaría, y él los dejaría remar por su cuenta para salir de la cueva.

Y el *Corriente de fe* zarparía con Frey, Aljan y el resto de la tripulación.

—Lamento mucho que las cosas tengan que ser así, Sefia —dijo el Capitán.

—Yo también.

Tocó su sombrero con la mano, a modo de saludo.

—Tal vez nos encontraremos de nuevo cuando la guerra termine.

Sefia se acomodó la mochila en los hombros y asintió.

—Eso me gustaría mucho, Capitán.

Uno por uno, fue abrazando a todos los miembros de la tripulación del *Corriente de fe*, con el deseo de despedirse también del primer oficial y de los demás que se habían quedado a bordo. Podían pasar años antes de verlos otra vez, si es que eso llegaba a suceder.

Abrazó a Frey, quien rio.

—Tráeme algo bonito, ¿quieres? Y algo con un buen filo.

Sefia logró contener las lágrimas antes de terminar con el abrazo.

—Por supuesto.

144

—¿Preparada? —preguntó Archer, llevándose al hombro su bulto, con la balsa plegable atada.

¿Preparada para traicionarte?, pensó ella. *No.* Pero sí estaba lista para salvarlo.

Dejaron a los demás entre las estalagmitas y se adentraron en las cuevas.

Sefia había memorizado el comienzo de su camino hacia el Amuleto. Al principio, era sencillo, mientras iban por una cueva tras otra de tesoros: cámaras de cálices y platos bruñidos, pasadizos con urnas y jarrones de porcelana pintada, salones con montañas de piedras preciosas que destellaban cual olas bajo la luz de la piedra de luna, colecciones de estatuas que parecían tan reales que Sefia habría jurado que las criaturas fantásticas se movían cuando ella no las miraba.

Las primeras galerías estaban bien organizadas, con caminos que serpenteaban entre torres de coronas, pilas de cetros, cajones de terciopelos y sedas medio podridas, baúles llenos de mecánicos juguetes de detalle exquisito que, cuando se les activaba, ejecutaban dulces canciones y extraños movimientos vacilantes.

En todas partes había tesoros. Se habría podido alimentar y vestir a todo el reino de Liccaro durante un año entero con el contenido de sólo una de esas cámaras abovedadas.

No pasó mucho tiempo antes de que los buscadores de Dimarion los alcanzaran, y todos se detuvieron en medio de exclamaciones de asombro, para admirar los zafiros tallados en forma de criaturas marinas y las colecciones de perlas más grandes que un cráneo humano. Recorrieron con sus dedos los tapices de hilos de oro y los caparazones de tortuga que parecían haber producido cristales entre sus placas. Rieron incrédulos al hundir las manos en barriles repletos de millones de cuentas de crisoprasa y topacio, lapislázuli y corindón, que se escurrían entre sus dedos como granos de arena.

Después, una vez que ellos y los piratas se desearon buena suerte y separaron sus caminos en busca de mayores tesoros, Sefia y Archer se internaron más en el laberinto, con la piedra de luna iluminando su rumbo.

Pasaron la primera noche, o lo que pensaron que sería la primera noche, pues no lo sabían con certeza, acampados junto a un enorme ciervo de bronce, al menos del doble de grande que uno real, con la cornamenta decorada con guirnaldas de rubíes. Se recostaron en una concha de almeja lo suficientemente grande para acomodarlos a ambos, y cubrieron la piedra de luna para quedar a oscuras.

—Sé que sigues con deseos de dejarlo todo —dijo Archer, y su voz se oyó insignificante en la cueva llena del rumor de goteo de agua—. Lo siento.

Una tenue pincelada de dorado pareció destellar en la negrura.

¿Luz?

Sefia frotó su rostro. No, no era una luz. En esa profunda oscuridad, sus ojos estaban jugándole trucos.

Se recostó junto a Archer.

—¿Sabes cuál es mi mayor temor? —susurró. Como él no contestaba, siguió—: Sería capaz de hacer cualquier cosa con tal de que vivas.

Él la besó en el cabello.

—Lo sé. Y yo también.

—No, me refiero a *cualquier cosa* —dejó escapar el aire y lo sintió, tibio, en el dorso de su mano—. El Capitán Reed anhela tanto el Amuleto que estaría dispuesto a sacrificarte para obtenerlo.

146

—No...

—Y yo haría lo mismo con él, si sirviera para salvarte. Lo dejaría morir, al igual que a cualquier otro en el *Corriente de fe* o el *Hermano*. Si llegase el momento de decidir entre tú o ellos, te escogeré a ti. Y no quiero tener que tomar esa decisión.

En la oscuridad, Archer la abrazó con más fuerza.

—No llegaremos a eso.

Ella hundió el rostro en la ropa de él, y sintió las lágrimas que bajaban por sus mejillas. Ya había tomado su decisión. Estaba dejando a toda la gente que amaba, a todos los que amaba en este mundo, menos a él. Y todo con tal de mantenerlo con vida.

A medida que se adentraban en las cuevas, el camino se fue haciendo más traicionero. Treparon por resbalosos muros, junto a cascadas que dejaban sus abrigos y mejillas cubiertos de rocío. Ataron sogas a columnas de piedra para descender por pozos oscuros donde resonaban ecos.

En cada nueva cámara, en cada intersección, Sefia consultaba el Libro para saber qué camino tomar o por cuál estrecho pasadizo seguir. Y, como esperaba, el Libro hacía lo que le pedía, revelándole párrafo por párrafo la ruta que el mismo Rey Fieldspar había tomado para esconder el Amuleto de la Resurrección del resto del mundo muchos decenios atrás.

Archer seguía buscando regalos para sus amigos... un fusil ornamentado para Scarza, un estuche de violín con incrustaciones de piedras preciosas para Theo, una diadema de diamantes y un par de navajas plegables para Frey... y los iba dejando a su paso, para poderlos recoger cuando regresaran camino a la entrada. Sefia acariciaba cada regalo que sus amigos nunca llegarían a recibir y esperaba que Archer la perdonara.

El Libro los había llevado a la orilla de un lago subterráneo. En medio de una galería de cristales gigantescos, de un blanco lechoso y tan anchos como una pasarela de barco, el espejo de agua quieta y límpida reveló un abismo que se hundía bajo la superficie, cubierto de cristales sumergidos.

Archer levantó la piedra de luna más alto y soltó un silbido. El lago era profundo y ancho, tanto que no alcanzaban a ver la otra orilla. Pero el Amuleto estaba en algún lugar de los túneles, al otro lado, y para llegar a él tendrían que atravesarlo.

Desempacaron el bote plegable y ajustaron la lona sobre el marco. Tras meter los remos, Archer probó si flotaba. Sefia se mordió el labio recordando la advertencia de Reed con respecto al frío y la humedad. Pero el pequeño bote se mantuvo a flote. Su casco formó pequeñas olas, que rompieron suavemente contra los cristales que perforaban la superficie.

Zarparon. Sus sombras se deslizaban de manera inquietante por encima de las enormes gemas del fondo.

Cuando ya no pudieron ver la orilla que habían dejado atrás, Archer le dio un ligero toque en el hombro y susurró:

—Sefia, mira hacia arriba.

El techo era un candelabro, no, un firmamento entero de cristales. Cientos de miles de brillos y destellos a la luz de la piedra de luna. Era como si estuvieran atrapados en el centro de un globo de cristal centelleante, y el espejo del lago reflejaba los resplandores de lo alto. Sentados allí, con el agua batiendo contra su bote, era como si su mundo se encogiera.

No había una playa detrás. No había forajidos esperándolos a la entrada. Ni pasado, ni guerra, ni destino.

Nada existía más que el bote, el agua, la esfera de cristal.

Y Archer.

148

Sefia no supo cuánto tiempo permanecieron sentados allí, callados e inmóviles, pero cuando continuaron su travesía por el lago, algo había cambiado. Se movían con lentitud, casi con languidez, como si les hubieran extraído toda urgencia por encontrar el Amuleto, cual si fuera una toxina.

Al desembarcar en la otra orilla, Sefia se vio menos concentrada en desarmar el bote que en observar a Archer... sus brazos musculosos con cicatrices, sus pies, corvas y muslos, sus sienes, su cabello, que ondeaba levemente en la brisa.

¿Brisa?, Sefia se enderezó, buscando en la caverna de cristal. En la superficie del lago, olas pequeñas aparecían y desaparecían como garabatos de tinta encantada.

—¿Sientes ese viento? —preguntó.

Archer se ensalivó un dedo. A modo de respuesta, el viento arreció y formó un remolino a su alrededor, que cosquilleó entre sus brazos y piernas. Sefia sintió que se le erizaba la piel de sus brazos.

—Aire fresco —dijo Archer—. Debe haber una salida por aquí, en alguna parte. ¿Tratamos de encontrarla?

—No —Sefia empezó a sacar provisiones de su mochila—. Podría ser sólo un respiradero y, aunque lo encontremos, no podríamos pasar por él. Acampemos aquí, y seguiremos cuando hayamos descansado.

Entre dos cristales muy altos que se habían unido en el ápice, formando una especie de tienda, hicieron un nido de esteras y cobijas, y comieron, conversaron y vieron el juego de luces de la piedra de luna sobre el techo como un verdadero claro de luna sobre un campo helado.

—Cuéntame algo —dijo Archer en un momento dado—, algo nuevo.

Sefia se abrazó a él y recostó la cabeza en su hombro.

—¿Algo nuevo?

—Nos conocemos hace seis meses apenas. Eso es una fracción de nuestra vida —deslizó los dedos entre el cabello de ella—. Todavía hay tanto que no sé de ti. A veces siento miedo de no tener el tiempo suficiente para conocerte por completo.

—¿Qué quieres saber?

—Cualquier cosa —respondió él de inmediato—, todo.

Ella cerró los ojos. Había partes de su vida que había clausurado durante años porque le resultaba doloroso revivirlas... Recuerdos de Lon y Mareah y Nin. Pero al estar allí con Archer, se preguntó si sería mejor sacarlos de nuevo a flote. Tal vez era una buena idea recordar el pasado porque, una vez que dejaran las cuevas del tesoro, tendría un futuro hacia el cual mirar.

—Mis papás solían cantarme canciones y contarme cuentos todas las noches antes de dormir. Mi padre detestaba repetir lo que contaba, pero mi madre prefería cantarme la misma canción al menos una vez cada semana... —Sefia describió la tibieza de su cama, la textura suave del cocodrilo de felpa contra su mejilla, las sombras en los rincones de su habitación en el sótano, la presión del cuerpo de Mareah en el borde de la cama, hundiendo el colchón, la manera en que retiraba un mechón de cabello de la frente de Sefia, y el beso que le daba antes de empezar una melodía.

—¿Me la cantas? —preguntó Archer.

Ella dudó. No la había oído en mucho tiempo, y no estaba segura de recordar toda la letra. Pero en el momento de acudir a su memoria, las palabras surgieron. Con voz baja y titubeante comenzó:

Halconcito, halconcito, lejos de aquí no te vayas,
atrapa a tu presa con poderosas garras.

Alondrita, alondrita, tu canto no malgastes,
que de tu pico salga sólo lo que tú gustes.

Lechucita, lechucita, a nada temas.
Tu ala derecha es garrote; la izquierda, una hoja afilada.

Murciélago, murciélago, los ojos no cierres.
Estoy a tu lado, que el ancho mundo no te aterre.

Alondras, el ala derecha arriba.
Halcones, el pico en alto.
Murciélagos, el ala izquierda arriba.
Lechuzas, las garras a fondo.

Sefia, Sefia, oye bien mi canción.
Sigue cada movimiento y no habrá equivocación.

Cuando su voz calló, fue como si Archer y ella cayeran de pronto, uno detrás del otro, como piedrecillas, fuera del mundo borroso de su memoria, de regreso a la cueva con las columnas de cristal y la oscuridad circundante.

—¿Qué quiere decir el último verso? —preguntó él.

Para mostrarle, Sefia curvó sus dedos.

—En la palabra "garras" hay que hacer así. En "ojos", señalar así. Era parte del juego. A veces me la cantaba tres o cuatro veces en la misma semana, si papá no estaba —se sentó, con el ceño fruncido—. Sólo la cantaba cuando él no estaba.

—¿Y por qué?

151

—Debía querer decirme algo… sólo a mí —su madre había sido quien le había enseñado las letras del alfabeto, formando palabras con unos bloques de madera mientras Lon no estaba en casa. ¿Qué más había querido enseñarle Mareah? ¿Algo relacionado con la Iluminación?

Sefia se recostó de nuevo en el hombro de Archer. Ahora jamás lo sabría. Nadie recibe mensajes de los muertos.

Al tercer día, cerca del punto medio de su semana en la búsqueda del tesoro, el Libro los guio hacia una cueva más pequeña. Las paredes estaban veteadas de un metal tan brillante que parecían las huellas de las garras de alguna criatura gigantesca.

Sobre un pedestal en el centro de la cámara había un hombre tallado en mármol. Tenía una mano levantada, para protegerse de algún atacante sólo visible a sus ojos incapaces de parpadear.

La estatua era tan realista que parecía como si el hombre hubiera estado vivo hacía un tiempo y de alguna manera hubiera quedado atrapado en la roca, con el rostro para siempre congelado en una expresión de horror, como la de quien ha visto algo tan terrible que no podrá olvidarlo.

De una cadena que llevaba al cuello pendía un anillo de metal opaco, incrustado con unas piedras rojas que Sefia jamás había visto.

Se acercó. El disco tenía unos símbolos tallados en círculos concéntricos. No pudo descifrarlos.

—¿Qué dice? —susurró Archer.

—No lo sé.

Entonces, ése era el Amuleto de la Resurrección. A lo largo del borde interno había muescas a espacios regulares,

152

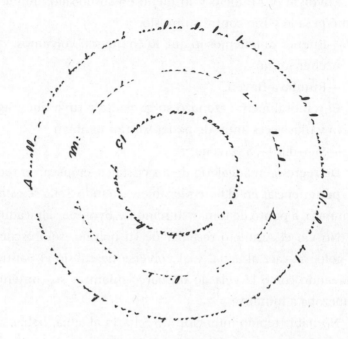

como si en ellas debiera encajar una rueda dentada. Ésa debía ser la pieza faltante, cuya ubicación había sido tatuada en el pecho de Reed por los padres de Sefia.

—¿Podemos tocarlo? —preguntó Archer, interrumpiendo los pensamientos de ella. Extendió un dedo hacia el Amuleto.

—¡No! —ella no sabía cómo funcionaba. No sabía si habría que encontrar la pieza faltante primero. Pero sí sabía que debía mantener a Archer lejos de él.

Sefia cubrió su mano con uno de los pañuelos de Horse, tomó el disco y lo levantó con cuidado por encima de la cabeza de mármol del hombre.

La cadena repiqueteó con suavidad en el silencio de la cueva. ¿Acaso los rasgos de la estatua se habían suavizado o era su imaginación?

Envolvió el Amuleto y lo metió en su bolsillo, donde lo sintió pesado y frío contra su muslo.

—Bueno, ya tenemos lo que Reed quería. Volvamos.

Archer sonrió.

—Rumbo a Haven.

El remordimiento atenazó su garganta y tuvo que tragar saliva varias veces antes de poder sonreír también.

—Sí —dijo—, a Haven.

De regreso en la galería de los cristales, empacaron todas sus pertenencias en el bote plegable y, cuando Sefia se estaba sentando, a punto de tomar su remo, se oyó una salpicadura.

No vio el Amuleto resbalar de su bolsillo, sólo escuchó su golpe al caer al agua, y al volverse descubrió el pañuelo ondeando como la vela de un barco mientras su contenido empezaba a hundirse.

No había tenido intención de echarlo al agua, había sido un accidente. ¿O acaso era el destino? Quizás el destino no quería que Archer, ni nadie, tuviera el Amuleto.

Pero Archer ya se estaba quitando las botas. Lo recuperaría, en las aguas frígidas.

Se arriesgaría por Reed, su amigo. Tal como sabía que Sefia lo haría también.

Sefia debía mantener el Amuleto lejos de las manos de Archer. Antes de que pudiera terminar de quitarse las prendas exteriores, ella tomó la piedra de luna del centro del bote y se lanzó al lago.

El agua estaba tan fría que le cortó el aliento y absorbió la fuerza de sus extremidades. La baja temperatura la paralizó de tal manera que estuvo a punto de soltar la piedra de luna.

Por un momento, se sacudió en el agua mientras las palabras de Reed flotaban pasando junto a ella: "Si llegan a

154

mojarse, morirán de frío. No hay manera de calentarse allá adentro".

Abajo, el Amuleto se estaba hundiendo hasta el fondo del lago, cayendo inexorablemente hacia los cristales sumergidos.

Sefia sujetó la piedra de luna con toda su fuerza, y pataleó, empujó, arremetió y se abalanzó contra el agua, tratando de no jadear entre el frío que la envolvía.

Al fin, sus dedos se cerraron sobre el Amuleto. Encajaba perfectamente en su mano, como si ése fuera su lugar.

Se giró hacia la superficie, con los pulmones ardiendo.

Por encima de ella, Archer esperaba. Su figura se veía distorsionada por el juego de la luz en el agua, con la oscura caverna resonando detrás. Pero mientras más se aproximaba, las sombras parecían cercarlo más y más, trepar por sus hombros, cuello arriba, por su quijada, hasta eclipsarlo todo menos sus ojos dorados.

Estaba a poco menos de un metro de la superficie cuando los ojos también desaparecieron, y nada quedó de él.

Y luego… *la luz*. Un millón de gloriosos puntos dorados que pintaron el mundo, deslizándose sobre cada cristal de la cueva, iluminando grietas oscuras en el fondo del lago, destellos del tesoro perdido.

Sollozó, ahogándose.

Su organismo debía haberse curado finalmente. La magia había vuelto a ella.

ALGO CAMBIA CUANDO ELLA ATRAPA EL AMULETO.

¿O SERÁ CUANDO SUS PODERES EMERGEN DE NUEVO?

LA OSCURIDAD SE APROXIMA.

UN FINAL. ¿EL FINAL?

¿PERO CÓMO PUEDE UNA HISTORIA INFINITA LLEGAR A SU FIN?

¿QUÉ ES LO QUE HAS COMENZADO, SEFIA?

¿O LO QUE LLEVASTE A SU FIN?

CAPÍTULO 11

La desventura de Haldon Lac

Mientras más conocía Haldon Lac a su nuevo amigo Ed, más le agradaba. Primero, aunque no era lo más importante, el joven tenía ese tipo de belleza que sólo se ve en las pinturas, completamente inalcanzable, con grandes rizos y una mirada diáfana en la que Lac sentía que podía hundirse como en un pozo infinito, y caer durante tanto tiempo que acabaría sintiendo que volaba.

Segundo, Ed tenía un porte capaz de elevar el nivel de las circunstancias más humildes. Con un movimiento de cabeza o de mano podía hacer que una simple invitación para sentarse a su lado a la hora de la copa diaria de grog pareciera una invitación a reclinarse junto a él en un diván y beber vino de arroz con pastelitos dispuestos en una bandeja de plata.

Tal vez era esa elegancia la que también hacía que fuera un placer observarlo. Tenía una gracia sobrehumana, y aunque le asignaran tareas tediosas y desagradables, como vaciar la sentina o fregar la cubierta, y aunque tuvieran que instruirlo en el uso del trapeador, como si jamás hubiera tenido que limpiar el piso en la vida, él parecía flotar por encima de la superficie de las cosas, tocándolas apenas con los dedos de sus pies o de sus manos.

157

Fox también tenía gracia, pero era de un tipo diferente: la suya era corporal, una clase de viveza, como si todo el tiempo se sintiera a gusto en su piel.

Ed era lo contrario, y eso ponía a Lac a pensar. A veces lo veía tan triste que parecía que fuera a desaparecer, incluso cuando estaba rodeado por los demás marineros, cantando al unísono mientras aseguraban las velas o levaban el ancla. Podía ser que uno no lo notara si no estaba atento, pero Ed era amigo de Lac, y Lac sí se daba cuenta.

Quería alegrarlo, pero estaban atrapados en el *Exhorto* con Neeram y su malhadada tripulación, trabajando como mulas para ganar su comida de galletas de marinero y frijoles, así que a veces pedía prestados unos pollitos del gallinero y se los llevaba a Ed, que estaba llorando calladamente en su hamaca, para dejarlos en su pecho y que piaran bajito. A veces Lac y Hobs se quedaban con él en la cofa, vigilando el mar azul y conversando hasta el siguiente turno agotador.

A veces Hobs hacía bromas, o lo que él consideraba que lo eran y que Lac tenía que confesar nunca terminaba de entender.

—Iban dos caracoles paseando entre las coles. Uno mordisqueaba todas las que veía. El otro, se reservaba, en busca de una col morada. ¿Y por qué morada?

—Tal vez prefería la col morada, ¿cierto? —respondía Ed.

O quizá:

—¿La quería cocer con uvas pasas?

—No exactamente. Los caracoles no cocinan.

—¿Y entonces?

—Porque sólo la col morada le serviría de casa, para hacer su "morada".

158

De hecho, con nada mejor para comer que una especie de pálido engrudo que el cocinero pretendía hacer pasar como gachas, a menudo terminaban conversando sobre comida. Lac y Hobs hablaban de la comida de puestos callejeros que planeaban hacer probar a Ed cuando llegaran a Epidram: brochetas de anguila, plátano frito, nueces asadas. Y Ed se recostaba sobre sus manos y describía en tono nostálgico la exquisitez de los vinos de Deliene, la sutileza de la pulpa de los pérsimos cosechados de las ramas desnudas invernales, los tibios quesos fabricados con la leche de las ovejas carinegras de la región del Centro de Deliene.

Fuera de eso, Ed no contaba más sobre su pasado, y el misterio lo hacía aún más interesante. Hobs estaba convencido de que había sido ayudante de cocina en alguno de los castillos de provincia y, cuando el cocinero del *Exhorto* no se diera cuenta, planeaba meterlo a hurtadillas a la cocina para que preparara algo apetitoso con aquellas reducidas existencias de carne salada y huevos.

Fuera quien fuera Ed, les agradaba, a Lac y a Hobs. Y, para asegurarse de que encajara, le enseñaron a ocuparse de los pollos y los cerdos, cosa que parecía poner en pausa su tristeza, incluso cuando parecía más densa. Y le enseñaron también las canciones subidas de tono que cantaban los Casacas Rojas al beber, para que pudiera unirse al resto de la tripulación durante las guardias nocturnas.

Al igual que Lac, la mayoría de los marineros estaban ansiosos por regresar a su reino. Algunos tenían familia allí. Muchos, como Neeram, al mando del barco, habían sido Casacas Rojas en otros tiempos; aunque les habían dado la baja sin honores, seguían siendo exsoldados.

159

Todos estaban nerviosos, alertas al menor indicio de la Alianza. Con sus falsas banderas, Neeram esperaba que el *Exhorto* no se topara con muchos problemas; dado que su identidad hechiza no soportaría un escrutinio minucioso (ningún escrutinio, en realidad) y no poseían más armas que pistolas, fusiles y un solo cañón pequeño, un falconete, pretendían evitar a toda costa cualquier confrontación.

Así que huían al ver una embarcación en el horizonte, aun cuando Lac protestaba porque bien podrían ser naves de la Armada Real. Las solitarias semanas transcurrían, y los helados vientos del norte fueron reemplazados por largos aguaceros vespertinos.

Pero todos los días se acercaban más a Oxscini, a Epidram, a casa.

Se encontraban a sólo un día de navegación cuando divisaron luces en el horizonte. Al oriente, la gran ballena iba subiendo por el cielo desde el mar, y, hasta donde alcanzaba la vista, por el sur, había faroles centelleando como un campo de luciérnagas en el agua.

Barcos. Debían ser por lo menos cincuenta.

¿La Armada Real? Lac estuvo a punto de llorar de dicha. Qué grandiosa acogida tras dos largas semanas en el mar.

—¡Enciendan las lámparas! —gritó—. ¡Icen nuestras banderas!

Nadie lo oyó, más que Hobs, que corrió hacia el baúl en el que se guardaban las banderas. Ni siquiera Ed se movió de la barandilla.

—¡Detengan eso! —reviró Neeram.

Con la bandera escarlata de Oxscini contra su pecho, Hobs miró a Lac, quien a su vez miró a Neeram, confundido.

—Pero, capitán, necesitamos que vean que no somos el enemigo.

Neeram hizo chasquear sus dedos, y alguien tomó la bandera de manos de Hobs, para embutirla sin la menor ceremonia de vuelta en el baúl.

—Tenemos que asegurarnos primero de que ellos no sean el enemigo —dijo, llevándose el catalejo a un ojo.

Lac sonrió ante semejante ingenuidad.

—No hay manera de que la Alianza haya llegado aquí tan pronto —Jahara y Deliene se habían unido a la Alianza el mismo día que el *Exhorto* había zarpado del puerto. Habrían necesitado al menos tres semanas para reunir una flota que pudiera partir.

Con gentileza, Ed posó una mano sobre el brazo de Lac.

—Esperemos a que nos confirmen.

Haldon Lac sonrió con malicia. Ese tipo de sonrisas eran quizá las menos atractivas en su caso, pero ya podía imaginar la consternación pintada en el rostro de Neeram cuando viera lo que él ya sabía, y pensó que podía arriesgarse a verse un poco menos bien en ese momento en que resultaría que su ahora capitán se había equivocado.

Pero permanecieron sombríos hasta que bajó el catalejo.

—¿De qué color son sus banderas? —preguntó alguien.

Rojo y oro.

Lac ya estaba abriendo la boca para reír triunfal cuando Neeram negó con la cabeza:

—Son de la Alianza, tricolores: azul, dorado y blanco —dijeron.

Haldon Lac dejó caer la mandíbula de la manera menos atractiva. ¿Banderas de la Alianza? ¿Acaso la Alianza había llegado a Oxscini?

La mano de Ed resbaló del brazo de Lac cuando el muchacho se deslizó hacia la barandilla, con el ceño fruncido y entregado a pensamientos.

161

—¡No puede ser! —gritó. Los cálculos nunca habían sido su fuerte, pero era evidente y matemáticamente imposible que el enemigo hubiera alcanzado Oxscini antes que ellos.

—Pues así es.

—Pero ¿cómo? Incluso si la Alianza hubiera partido el mismo día que nosotros, este barco es más pequeño y rápido. Deberíamos haber llegado antes.

—Hay una explicación —aventuró Hobs—, pero no va a gustarle.

—¿Cuál? —perplejo, Lac paseó la vista entre Hobs y Neeram.

Sin embargo, fue Ed quien respondió. Miró por encima de su hombro con esos ojos infinitamente tristes.

—Deliene debió estar planeando el ataque durante meses, mucho antes de unirse a la guerra. Incluso antes de que el rey desapareciera. Arcadimon sólo debía esperar... a que éste muriera antes de enviar la flota hacia el sur.

—¡Entonces tenemos que advertir a Epidram! —dijo Lac de inmediato.

Neeram lo puso en su sitio con una mirada fulminante.

—Nada *tenemos* que hacer —dijo con frialdad.

Pero Lac era demasiado tonto o demasiado audaz para retroceder.

—Y toda esa gente...

—Ellos no son responsabilidad mía.

—¡Pero usted forma parte de nosotros! —gritó Lac y su voz se quebró de manera penosa, pero ni siquiera esa mortificación podía detenerlo ahora—: Usted tiene un deber...

—Yo formé parte de ustedes. Incluso de una flota como ésa en algún momento. ¿Sabes para qué sirve una flota de semejante magnitud, niño? Tiene un solo propósito —al ver que Lac no respondía, continuó—: Destruir ciudades. Atacarlas

AGUAS 162

hasta que nadie pueda defenderse. Eso es lo que hacíamos. Eso es lo que harán. Y cuando lo hagan, bajarán a tierra y tomarán Epidram. Eso no es un simple ataque. Es una invasión. Y si crees que la ciudad tiene una mínima probabilidad de salvarse, eres aún más tonto de lo que pensé.

Lac parpadeó para retirar de sus ojos las lágrimas de rabia. Tenían razón, aunque él no quería admitirlo. No podía hacerlo. Si lo reconocía, estaría admitiendo que la ciudad estaba por caer ante el enemigo. Allí tenía amigos, superiores, amantes. Morirían si no recibían aviso. Eso no podía aceptarlo.

Entonces, dijo con terquedad:

—¡Debe haber algo que podamos hacer!

—Esta noche no habrá luna —intervino Hobs con ánimo de ayudar.

—¡Eso! Podemos apagar nuestros faroles y escabullirnos...

La mirada de Neeram era fría.

—No.

Como si se hubieran puesto de acuerdo, los pies de Lac lo llevaron hacia delante. Tomó el brazo de su capitán.

—Por favor, capitán, si tan sólo pudiéramos avisarles que la Alianza está aquí... —intentó una de sus sonrisas deslumbrantes. Nadie se rehusaba ante una sonrisa como ésa.

Pero Neeram se sacudió tan repentinamente para librarse que por poco se cae hacia el frente.

—Muchacho tonto. ¿Sabes qué tan cerca estamos de Epidram? La invasión comenzará al amanecer. Si nos acercamos ahora, jamás podremos escapar.

Hobs se mordió el labio. Ed, todavía en la borda, parecía haber dejado atrás su cuerpo, como si su mente se hallara muy lejos.

163

Sin embargo, Lac enderezó los hombros y levantó la quijada.

—Entonces, usted es la cobardía personificada.

Sintió un dolor en la quijada...

Y cayó de espaldas, sobre la dura cubierta. Quedó aturdido mirando el cielo del anochecer.

Hobs trató de saltar hacia delante pero el segundo oficial, un hombre corpulento, con un pecho como barril y la barba trenzada, lo tomó del brazo y lo jaló hacia atrás, como si fuera una muñeca de trapo.

Lac intentó levantarse, pero apenas había conseguido ponerse de rodillas cuando sintió un dolor agudo en el vientre.

¡Neeram lo había pateado! ¡Por todas las sentinas inundadas!

—Entonces, ¿te parezco cobarde? —preguntó con aspereza.

Lac quería vomitar. Y esperaba no hacerlo.

—¿Preferirías sacrificar a mi tripulación? —increpó Neeram, acentuando la última palabra con otro golpe de la punta de su bota.

Lac se dobló sobre sí mismo, agarrándose el vientre, mientras Neeram le propinaba una y otra y otra patada.

—Ya no somos Casacas Rojas. No les debemos nuestras vidas a la reina y a su pueblo.

Lac sintió que algo se quebraba en su costado. Se acurrucó sobre la cubierta y llevó las manos a la cabeza. En algún momento, en medio de la niebla del dolor que lo cegaba, pudo oír que Hobs forcejeaba con el segundo oficial. Se oyó un golpe sordo, y luego la respiración alterada de Hobs a su lado.

Lac tosió. La sangre brotó por sus labios. Aturdido, se preguntó si podría limpiar aquellas manchas de su ropa. Los golpes

164

continuaron, y Hobs trató de situarse entre él y la puntera de la bota de Neeram, pero Lac lo empujó sin la menor ceremonia, para sacarlo del camino.

Todo se veía oscuro. Lac se desmayaría, de eso estaba casi seguro. Por unos instantes, tuvo la esperanza de que se desvanecería de forma elegante, de manera que, si Ed salía de su distracción y lo veía, no le pareciera indigno de su amistad. Pero Neeram lo pateó de nuevo, y Lac se dio cuenta tarde de que ya estaba más allá del punto en que podía verse bien. Trató de levantarse, pero su cuerpo ya no respondió.

¡Cuerpo tonto! Había gente por salvar. Su gente. No podía quedarse ahí tendido mientras estaban en peligro. *No de nuevo*, susurró una voz en su interior.

De pronto, los golpes cesaron. Miró hacia arriba, a través de la protección de sus brazos, y lo primero que vio fue a Ed, alto, moreno y grácil, llevándose a Neeram a un lado con la cortesía natural que sólo él poseía.

—¿Señor? —alguien sacudió un poco a Lac. Era Hobs, con la nariz sangrando y el labio partido. El bueno de Hobs.

¿Qué le estaría diciendo Ed a Neeram? Sus labios se movían. Pero no se escuchaba sonido alguno. No, Lac podía oír un timbre. Una especie de gemido agudo. Pero no había manera de que Ed estuviera haciendo ese ruido.

Neeram torció la boca. Algo dijo a Ed, y de pronto sus palabras fueron más claras.

—… representan más problemas que lo que valen en realidad.

—Eso lo podemos cambiar —dijo Ed rápidamente—. Trabajaremos por la mitad de la ración que recibíamos hasta ahora. No sé cuál sea su plan, pero no le vendrían mal algunos brazos extra en los próximos días.

—¿Señor? —Hobs lo sacudió de nuevo.

—Estoy bien —respondió Lac entre el burbujeo de sangre que llenaba su boca. Ni siquiera estaba seguro de que sus palabras resultaran inteligibles—. Ayúdame a ponerme en pie, ¿quieres?

Neeram debía haber terminado sus negociaciones con Ed, porque sacudió la cabeza.

—Bien. Pero si vuelve a armar problemas, me desquitaré contigo —miró alrededor en busca de otros opositores—. Navegaremos con rumbo al sur.

¿Sur?

En su ofuscación, Lac trató de imaginar la costa de Oxscini. El confín oriental del Reino del Bosque era un nudo montañoso imposible de invadir a gran escala. El siguiente punto lógico de ataque era La Corona Rota, donde el reino se convertía en un archipiélago de islas menores.

—Si corremos con suerte, lograremos llegar a La Corona Rota a tiempo para avisarles que viene la Alianza. Podremos ser héroes en todo caso, pero héroes vivos —por si acaso, pateó a Lac una vez más—. ¿Has tenido suficiente, niño bonito?

¿Niño bonito?, repitió Lac moviendo los labios sin emitir sonido, ni saber si reír o llorar. *¿Héroes?*

No serían héroes.

Los héroes no permitían la masacre de cientos de personas a las que habían jurado proteger.

¿Lo convertía eso en un villano?

Peor aún, ¿en un cobarde?

"Audacia tonta", en palabras de Fox. Pero él no merecía ese halago ahora.

Sintió que Ed y Hobs lo levantaban por las axilas mientras su capitán desgranaba órdenes. Iban huyendo otra vez,

166

tal como lo habían hecho en la *Tragafuegos*. Por encima de sus cabezas, el viento hinchó las velas y aceleraron la marcha mientras las luces de la flota de la Alianza desaparecían en la noche, y el *Exhorto* dejaba Epidram y a sus habitantes a merced de su destino.

CAPÍTULO 12

Fracasaremos

Archer se apresuró a llegar a la orilla del lago. Tenía que sacarla. Se quitó el abrigo, metió el brazo al agua, y alcanzó a Sefia para arrastrarla a la orilla. Ella escupió, tosió, jadeó. Estaba empapada y helada, tiritaba sin parar como si sus huesos se fueran a desencajar.

A pesar de sus protestas, Archer le quitó el Amuleto y la piedra de luna, y los dejó a salvo en una oquedad entre las piedras. Empezó por sacarle los zapatos, luego el abrigo, los pantalones impermeables, todas y cada una de las mojadas capas de ropa que la cubrían, y las fue apilando en un montón chorreante hasta que Sefia quedó sólo en ropa interior. Después la desvistió por completo.

Nunca antes la había visto desnuda, pero no se detuvo a mirar, sólo la envolvió en una manta, con la que cubrió desde sus hombros temblorosos hasta los dedos de sus pies.

Estaba a punto de suceder de nuevo. La perdería otra vez. Y esta vez sería permanente. Si no entraba en calor, moriría.

Mientras extraía una estera de los bultos, oyó la voz de Sefia.

—F-f-fogata.

—Estamos en una cueva. No hay cómo encenderla.

169

—La brisa.

¡Qué idiota! Se merecía una patada. El viento se colaba a la galería de los cristales de alguna manera. Sólo tenía que encontrar dónde, y confiaba en que hubiera hojarasca y astillas afuera.

—Por allí —señaló ella por encima de su hombro cuando él la envolvió con la estera—. La salida.

—¿Cómo lo sabes?

Su voz se iba desvaneciendo.

—Recuperé mi magia.

Así que el veneno por fin había salido de su organismo. Archer levantó su rostro por la barbilla. Ya no tiritaba (¿sería una buena señal?), pero su piel se había puesto pálida y fría como la nieve.

—No vayas a morir.

Con una lentitud dolorosa, ella asintió, y en una voz tan queda que él apenas pudo oírla, susurró: —Jamás.

Le entregó a Sefia la piedra de luna, y la levantó para cargarla por encima de los cristales hasta que llegaron a una abertura en la que tenían que avanzar a gatas, y que quedaba semioculta tras la punta de un cristal tan grande como el torso de Archer.

Sefia no conseguía desplazarse. Él le ayudó hasta que alcanzaron la salida, acongojándose con cada gemido de ella, quien se esforzaba porque sus ateridas extremidades cooperaran. Una vez afuera, ella se tendió en la arena, en un ovillo, con las cobijas y las esterillas apiladas alrededor, mientras él recogía espinos y ramas secas.

Entonces, con yesca y pedernal, quiso encender un manojo de hierbas mustias que se llevó a los labios para soplar con suavidad, tal como Sefia le había enseñado a hacer medio año atrás, en el bosque.

El humo floreció entre sus manos, seguido de la llama. Embutió el atado bajo la pila de ramitas, y los arbustos del desierto rápidamente alimentaron el fuego.

Al borde de los sollozos, Sefia intentó gatear hasta la fogata, pero sus brazos y piernas ya no respondieron.

Archer la levantó, y la acercó más al fuego.

—Te tengo —murmuró—. Aquí estoy.

Alimentó la fogata, secó el cabello de Sefia, sacó todas sus pertenencias de la cueva y la vistió con la ropa más abrigadora que tenían, para luego meterse bajo las cobijas con ella y abrazarla como si nunca más fuera a soltarla.

Poco a poco, el cuerpo de Sefia fue desentumiéndose. Poco a poco, el corazón de Archer dejó de latir al galope.

Había estado a punto de perderla. Había estado a nada de que se le escapara allí, en el agua, en el frío, en la oscuridad impenetrable.

Era capaz de soportar la pérdida. Lo sabía bien, era una sensación conocida.

Pero no habría resistido perder a Sefia.

Cerró los ojos y hundió el rostro en el cabello de su amada, y cuando la oyó murmurar una respuesta adormilada y su cuerpo se aflojó un poco en su abrazo, como un retoño que se desenrolla para abrirse en una nueva hoja, él la estrechó con más fuerza.

Debió quedarse dormido porque, al despertar, Sefia lo observaba, con su cara a un palmo de la suya, los ojos oscuros y graves.

—¿Cómo te sientes? —le preguntó.

—Mejor.

Cubrió su mejilla con una mano, y acarició su labio inferior con el pulgar.

—¿Te lanzaste al agua por mí? ¿Para que no tocara el Amuleto?

Ella asintió. Las lágrimas brillaron en sus ojos.

—Pero lo tocaste, a pesar de todo, ¿cierto? ¿Al sacarme del agua?

—Nada pasó —luego de encender la fogata lo había guardado entre sus cosas—. Fuiste tú la que por poco muere. Por salvarme. Porque siempre me salvas. Siempre soy a quien tú eliges para vivir.

Ella se mordió el labio.

—Archer...

Él la besó en la frente, en cada mejilla.

—Ahora ya tenemos el Amuleto —murmuró—. Estamos a unos cuantos días de dejar esto atrás. Estamos un paso más cerca de Haven... y del resto de nuestras vidas.

Con un sollozo breve, ella ocultó el rostro en el pecho de él.

Sorprendido, él acarició su cabello.

—¿Qué sucede?

Ella sacudió la cabeza; cuando lo miró de nuevo, sus ojos seguían brillantes de lágrimas.

—Es que... me cuesta creerlo. Casi somos libres, ¿cierto?

Él asintió. Libres del destino, del futuro. Libres para hacer lo que quisieran.

—Cuéntame... —le pidió ella en voz baja—, cuéntame de Haven.

Con una sonrisa, Archer describió días de ocio, de comer lo que pescaran en el mar o encontraran en el bosque, noches de dormir en hamacas colgadas de los árboles, cientos de miles de horas para hablar y cocinar y discutir y reír y sentarse en silencio a contemplar la laguna con una taza humeante entre las manos.

172

—Podemos hacer lo que queramos —dijo—, mientras lo hagamos jun...

No pudo terminar la frase. Ella lo tomó por la nuca y apretó su boca con la de Archer. Él metió los dedos entre su cabello, recorrió con su lengua el filo de los dientes de Sefia, que emitió un suave gemido. Las manos de ella se toparon con el extremo de la camisa de él, tiró para sacársela por la cabeza y la dejó en la arena, junto a las brasas. Él tanteó los botones de ella, y le quitó capa por capa de ropa hasta dejarla nuevamente desnuda a su lado.

Su mirada se paseó por el cuerpo de ella, esta vez sí, cada curva, cada sombra exquisita, y lo exploró con sus manos: las protuberancias, las concavidades, los suaves planos de sus brazos, espalda y muslos.

Ella se levantó para juntarse a él y murmuró un "sí" contra su cuello.

Él la acarició de maneras que la hicieron regodearse. La besó en lugares que la llevaron a murmurar y a gemir y a gritar.

Transcurrió un instante. Transcurrió una hora. Fue la noche entera o el día entero, o tal vez toda la eternidad, los dos, pecho contra pecho, sudando y jadeando y susurrando sus nombres en la oscuridad.

Estaban allí. Estaban juntos. Y tenían todo su futuro por delante.

Despertaron al amanecer, cuando el sol asomaba por el horizonte y sus rayos los acariciaban. Se besaron y se bañaron en la orilla del lago subterráneo y allí, por un momento, Archer se deleitó al ver las caderas de Sefia, el cabello que bajaba por su espalda en ondulaciones enredadas, antes de que ella pusiera su falda sobre la piedra de luna y los sumiera a ambos en la oscuridad.

Aún tenían tres días para encontrarse con Reed en la entrada de la cueva, así que podían tomarse su tiempo en el camino de regreso, haciendo un alto para calmar la sed y hablar y probar con lengua y dientes nuevos lugares en sus respectivos cuerpos.

Tras dejar la galería de los cristales, serpentearon por los salones, se detuvieron para descubrir baratijas y cosas brillosas. Archer encontró un broche de esmeralda para Sefia, y se lo puso en el cabello. Le dio un ennegrecido espejo de plata para que viera su reflejo.

Ella tocó las piedras preciosas de un verde vívido.

—Lo siento, Archer.

—¿Por haber quemado la pluma que te regalé?

Su reflejo pareció ondear, como si estuviera viéndose en el agua.

—Sí —dijo ella al fin.

—Esto es mejor —puso el espejo a un lado—. Éste sí dura.

Continuaron por el laberinto de cuevas durante todo el cuarto día. Con su magia, Sefia podía ver la historia de cada pieza del tesoro y, en el camino, iba narrando las historias de antiguos joyeros y armeros, orfebres y escultores que también tenían algo de magos.

Encontraron un baúl con fusiles y bayonetas y bellas armas dentro, y en algún momento de la mañana del quinto día, Sefia le ofreció a Archer un revólver. La empuñadura tenía incrustaciones de marfil y oro en forma de plumas.

—Un verdadero revólver Behn —dijo—. ¿Recuerdas a Isabella, la que fabricó el Ama y Señora de la Misericordia? Éste lo hizo alguno de sus antepasados.

174

Él recorrió el tambor con su dedo.

—Espero no necesitarlo.

Por primera vez en meses, tal vez en años, no sentía el regusto de la violencia en la boca, ni sed de sangre, ningún cosquilleo en dedos y nudillos. Lo único que quería era oír el sonido de la voz de Sefia. Habría querido convertir en ocupación la dedicación total a escuchar sus historias, además de mantenerla abrigada y a salvo, y feliz.

Al aproximarse a la entrada, las cuevas se hicieron más grandes. No vieron señales de los cazadores de tesoros de Dimarion, cosa que alegró a Archer. Empeñados en aprovechar hasta el último momento de su tiempo en las cavernas, encontraban razones para demorarse.

En un punto, Archer se trepó al lomo de un caballo alado tallado en obsidiana, y se negó a bajar hasta que Sefia se le uniera. Durante lo que parecieron horas, estuvieron en la curva entre las negras alas del caballo, dejando caer su ropa sobre las monedas que centelleaban abajo y riendo entre dientes en la oscuridad.

En otro, descubrieron una cámara atestada de objetos de la realeza de cada una de las Cinco Islas. Tiaras y orbes, anillos, guantes enmohecidos, mantos enjoyados, espadas, espejos, túnicas y cinturones, ya mustios y sin brillo desde hacía tiempo, dispuestos alrededor de seis enormes tronos.

Sefia los examinó un momento antes de susurrar.

—Éstos pertenecieron a las seis divisiones originales de la Guardia.

—¿La Guardia? —al oír ese nombre, esperó sentir la oleada de rabia y dolor.

Pero no llegó. ¿Sería eso el no estar permanentemente obsesionado con algo? ¿No buscar pelea todo el tiempo?

175

—Casi mil años antes de que el último de los Escribas erradicara la escritura del mundo.

Archer dio un vistazo más a los metales ennegrecidos y las telas podridas, y tomó la mano de Sefia.

—Eso fue hace mucho.

Pero no podían vagabundear entre las riquezas del tesoro para siempre, y al séptimo día buscaron el camino, a regañadientes, hacia la entrada. Los suelos estaban ya desprovistos de tesoros. Los soldados de estalagmita montaban guardia ante nada más que el espacio de piedra.

La mochila de Archer pesaba bastante con los regalos para sus amigos, pero tenía el corazón ligero y la cabeza llena de anhelos para el futuro.

Se tomaron de la mano cuando las puertas se abrieron hacia dentro. Una veta de luz tocó sus dedos entrelazados y se ensanchó a medida que el aire fresco penetró en la cueva.

—¿Lista? —preguntó.

Ella rehuyó su mirada.

—Sí.

La luz del día llegaba desde lo alto, tan brillante que a Archer le dolió la cabeza.

—¡Sefia!

—¿Capitán? —contestó ella, protegiéndose los ojos—. ¿Qué sucede? ¿Qué pasa?

Reed se apresuró a entrar por las puertas en movimiento, y los faldones de su saco revoloteaban tras de sí.

—Hay noticias —dijo—. La Alianza tomó Epigloss.

A Archer lo invadió un frío repentino. Los Sangradores estaban en Epigloss. Sus Sangradores.

—Y es probable que Epidram también —continuó.

Sefia apretó la mano de Archer entre la suya.

—¿Cómo lo sabe?

—El primer oficial se enteró a través de la varita. Tu lugarteniente, Scarza, dijo que los Sangradores habían logrado escapar con otros seis barcos… un conjunto de forajidos y mercantes… pero ahora huyen de la Alianza y no pueden encontrar el camino hacia Haven. Mi tripulación ya ha tomado la decisión de ir a ayudarles —el Capitán Reed miró a Archer, luego a Sefia y otra vez al muchacho—. Pero es a ti a quien quieren.

Los oscuros ojos de Sefia se veían vidriosos de miedo. Apretaba la mano de Archer con tal fuerza que éste sintió que los dedos le hormigueaban.

O quizás había sido, nuevamente, aquella sed de sangre.

—¿Ibas a obligarme a permanecer aquí contigo? —preguntó Archer—. ¿Ibas a ignorar mis deseos, mis decisiones?

—¡Pensé que era la única manera de mantenerte a salvo! —gritó Sefia. Habría preferido que el Capitán no les hubiera revelado aquello. Habría preferido que siguiera adelante con el plan. Pero no había sido así, y ella estaba de nuevo atrapada en los hilos del destino. Siete días… el tiempo exacto que necesitaban para encontrar el Amuleto, el que la Alianza había requerido para organizar un ataque contra Epigloss y poner en fuga a los Sangradores.

Archer se volvió hacia Reed.

—¿Y usted estuvo de acuerdo?

El Capitán se encogió de hombros.

—Fue mi idea. No es que me enorgullezca, muchacho, pero si así lográbamos ponerte a salvo…

Archer entrecerró los ojos.

—Querrá decir, si así obtenía el Amuleto.

177

Reed no respondió.

—¿Por qué cambió de idea ahora? —preguntó.

—Es tu tripulación la que está allá afuera. Si fuera la mía, me gustaría saber el peligro que enfrenta.

—¿No se dan cuenta? —intervino Sefia—. Esto es justamente lo que temía. Así es como fracasaremos. Así morirás.

—Tenemos que ayudarles —Archer la fulminó con una mirada—. Estamos hablando de los Sangradores.

—¿No fue eso lo que te dije cuando estábamos en la cueva? Tratamos de escapar. Pero hay razones que nos impulsan a volver una y otra vez hasta que estamos ya demasiado involucrados para salvarnos. A menos que nos vayamos. Juntos. Ahora mismo.

—Nosotros vamos en su auxilio, sea como sea —agregó el Capitán Reed—. No los necesitamos a ustedes para eso.

—Pero yo necesito ir —Archer miró a Sefia—. Son mis Sangradores, es mi responsabilidad.

Ella lo miró por un instante, buscando en su rostro algún indicio de vacilación, sin embargo, encontró determinación en su quijada, la resolución en sus ojos dorados.

Conseguiría que lo mataran.

Sefia sacudió la cabeza y se volvió hacia otro lado, poniendo el Amuleto en manos de Reed.

—Aquí está mi parte del trato.

Hubo una pausa mientras ella caminaba hasta el extremo del muelle de piedra, donde la marea rompía contra las estalagmitas y mojaba sus espinillas.

—¿Qué significan estas marcas?

—No lo sabemos —contestó Archer.

A sus espaldas, Sefia oyó murmurar al Capitán:

—Gracias.

178

Retorció las tiras de su mochila. Había tratado de escapar, pero el destino la había derrotado de nuevo. Archer tenía razón. Ahora que sabía que los Sangradores estaban en peligro, que sus amigos estaban perdidos, pidiendo socorro, no podía abandonarlos.

—No te preocupes —dijo Archer, apareciendo a su lado—. Iremos a buscarlos y los llevaremos a Haven. Ése era el plan, al fin y al cabo. Todos estaremos a salvo en Haven.

"Ése era el plan, al fin y al cabo."

Sefia se enderezó, y giró sobre sí misma, sintiendo el peso del Libro en su mochila.

—Tienes razón. Siempre hemos supuesto que íbamos a terminar en Haven. Vayamos a Haven. Dejemos que la guerra pase a nuestro alrededor mientras estamos en Haven.

—¿Ves? Es perf...

—¿Y qué pasa si estamos equivocados? ¿Qué tal que Haven no sea el lugar al que debemos ir para librarnos del destino sino para cumplirlo?

Archer frunció el ceño:

—Pero entonces ¿por qué el destino no nos dejó libres tras salvar a Frey y a Aljan?

Reed recorrió el borde del Amuleto con su pulgar.

—Tal vez primero tenían que conseguir esto...

Sefia cerró los ojos, tratando de articular el resto de su idea, su nuevo plan.

—¿Qué pasa si todo este tiempo hemos pensado que estamos huyendo de nuestro futuro cuando en realidad hemos estado corriendo hacia él?

Archer sacudió la cabeza.

—Entiendo tu punto, Sefia, pero ¿cómo lograremos evadir el destino si todo lo que hacemos, todo lo que pretendemos evitar, ya está escrito?

179

Por eso no habían podido escapar.

Todo lo que hacían ya estaba escrito. Y lo que está escrito siempre termina por suceder.

Para vencer al Libro debían alterar lo que estaba escrito. Pero ¿cómo?

Al abrir los ojos, el Mundo Iluminado invadió su visión. Un millón de gotas de luz llovieron en la cueva, bajando en cascadas por las paredes, y cayendo sobre el bote, el agua, hasta que ella, Archer y Reed quedaron bañados en oro.

Eran tan deslumbrantes los hilos que los conectaban, que se retorcían y se unían... sus padres marcando a Reed con su primer tatuaje, el Libro, el símbolo ⊖, el día que Lon decidió formar las cuadrillas de inscriptores, el cajón invisible, la Segunda Asesina... las innumerables maneras en que sus vidas estaban relacionadas.

Y recordó la primera vez que había visto ese magnífico tapiz del destino, en toda su gloria entretejida, la primera vez que había matado a un hombre, en el bosque de Oxscini.

Palo Kanta. Ése había sido su nombre. Recordaba la cicatriz en su labio inferior, la bala que ella había vuelto contra él. No esperaba que él muriera en el bosque con ella. Ella había visto su futuro, y se suponía que debía haber llegado a Jahara con los demás inscriptores; se suponía que debía morir de una cuchillada recibida a la salida de un bar en Epidram.

Pero Sefia había cambiado su destino. Había reescrito su futuro.

Porque ella poseía un poder que nadie había usado en miles de años. El poder de los Escribas. Lo había utilizado una vez, sin siquiera saberlo. Y lo usaría de nuevo para reescribir lo escrito y salvar a Archer de su destino, de una vez y para siempre.

Observa bien

Los libros son objetos curiosos. Tienen el poder de atraparnos, transportarnos e incluso, con algo de suerte, transformarnos. Pero al final, los libros, hasta los mágicos, son simples objetos constituidos de papel, hilo y pegamento. Ésa era la verdad fundamental que los lectores olvidaban. Lo vulnerables que eran los libros.

Pero no sólo vulnerables al fuego, o a la humedad o al paso del tiempo.

Sino a la malinterpretación.

Una mujer con una página a medio quemar asume que una vez que logre lo que busca, también conseguirá conservarlo.

Pero no entiende que la historia va más allá de la página, y no se espera que en algún momento le asesten una cuchillada al cuello que le provoque una herida.

Una chica con cierta aptitud incipiente para la magia cree que ve la muerte de un hombre, apuñalado a la salida de un bar, después de medianoche y sin ningún testigo, y tiene el atrevimiento de pensar que es capaz de cambiar el futuro.

Pero no entiende que la vida es más que unas cuantas escenas aisladas. El hombre ha raptado personas, ha abusado de ellas, ha asesinado durante mucho más tiempo del que ella cree. Ya había estado antes en ese bar con la jaula sobre la puerta. Ya había recibido una cuchillada entre las costillas y lo habían dejado tendido, creyéndolo muerto.

¡Oh, lector! Busca en tu mente al leer y seguro descubrirás el enigma oculto, que reposa por debajo de las letras.

Ve hasta los confines, al secreto detrás de las cubiertas.

Pues nada es lo que aparenta.

Fue por eso que, por mucho tiempo, Lon y Mareah no supieron cómo sucedería. No conseguían extraer suficiente información del Libro o del Mundo Iluminado para construir una respuesta. ¿Se trataría de un accidente? ¿Una caída? ¿Un aneurisma repentino, como una tormenta de verano? Tal vez la Guardia los encontraría, y Mareah lucharía contra ellos, sacrificándose para que Lon pudiera escapar con la pequeña hija de ambos.

Todo lo que sabían era que le quedaban cinco años. Cinco años luego de que naciera su niña.

Y luego moriría.

Cada semana, Lon la examinaba con la Visión en busca de anomalías, de finales, de señales de humo, indicios en el mundo.

"Observa bien", le había dicho su Maestro una vez.

Así que él observaba lo mejor que podía, en los márgenes, por debajo de las letras, más allá de las cubiertas.

El mal estaba en sus pulmones.

Lo había contraído años atrás, en una de sus misiones, mucho antes de que llegaran a pensar en abandonar la Guardia.

Había clavado su espada, el cobre reluciente penetrando el pecho de su objetivo. La hoja había absorbido toda la sangre que tocaba, que no era toda la que había.

Mareah recordaba el líquido rojo que escurría por las ranuras entre los dientes de su víctima. Y luego la tos. El rocío sanguinolento, tibio y húmedo, salpicando su rostro.

Había tardado en manifestarse, pero ahora que lo había hecho, ella y Lon finalmente lo sabían. Así era como terminaría.

A menos que Lon pudiera prevenirlo.

Como aprendiz de Bibliotecario, había usado la Transformación, el tercer nivel de la Iluminación, para retirar vetas de moho y hongos de los libros antiguos. Había renovado las agrietadas cubiertas de cuero. Con la Transformación era posible aumentar y cambiar todo tipo de objetos físicos, desde trozos de pergamino hasta armas.

Pero no era posible alterar el cuerpo humano. Sólo una rama de la Guardia tenía semejante poder, la capacidad de reescribir el mundo a su antojo.

Los Escribas.

Así que acudió al Libro, y los estudió. Aprendió de todos los experimentos fracasados que habían intentado en el origen de su labor... cortar párrafos del Libro con la punta de un cuchillo, quemar páginas completas, tachar capítulos enteros con brochazos de pintura, remover la tinta del pergamino con soluciones de ácido y alcohol para dejar en su lugar pasajes tan vacíos como desiertos. Pero no era posible cambiar el futuro a partir de alterar físicamente el Libro.

No. El futuro se cambiaba modificando el Mundo Iluminado, con el poder de los Escribas, un poder que alguna vez se había llamado Alteración.

Lon leyó y estudió y se dio cuenta, para su desesperación, que a pesar de los muchos años que le había tomado dominar la Iluminación, no era tan diestro ni tan poderoso para convertirse en Escriba.

Era tan sólo un Bibliotecario, y se esforzaba por entender las teorías más elementales de la labor de los Escribas. Tenía pocas esperanzas de llegar a dominar todo el poder de su magia.

Pero siempre lo había acompañado una sana dosis de arrogancia, y no se dio por vencido.

Bastaba con que controlara el primer nivel de la Alteración, una habilidad que los Escribas llamaban "Ablación". La usaban para extirpar partes de la historia cual si fueran órganos de un cuerpo. Podría usarla para eliminar el mal de Mareah, célula por célula.

Erradicaría hasta el menor rastro de la enfermedad de su pasado, su presente y su futuro. Y sería como si jamás hubiera crecido en ella.

CAPÍTULO 13

Reescribir su destino

Atrevimiento. Así lo llamaba el Libro. Ella había tenido el atrevimiento de creer que había cambiado el futuro de Palo Kanta, pero había estado equivocada. No había recurrido al poder de los Escribas; tan sólo había hecho uso de la Manipulación, tal como lo había hecho muchas otras veces después.

Y a pesar de sus fallos, de sus interpretaciones erradas, seguía teniendo el atrevimiento de creer que podía cambiar el futuro de Archer. Al fin y al cabo, era digna hija de su padre.

Por supuesto que Lon había intentado dominar la Alteración, el poder de los Escribas. Por supuesto que el hecho de que ellos mismos se hubieran borrado, junto con su magia, de la historia no lo había desanimado.

Por supuesto que había tratado de salvar a Mareah.

Tal como Sefia estaba tratando de salvar a Archer.

El *Corriente de fe* y el *Crux*, cargados de tesoros, navegaron más allá de Corcel y partieron camino al Mar Central para encontrarse con los Sangradores y los demás refugiados del ataque a Epigloss, mientras Sefia comenzaba a estudiar los esfuerzos de Lon. Con el Libro abierto ante sí, investigó sus avances, sus técnicas, siguió su progreso a lo largo de las páginas

185

del Libro en su intento por adiestrarse en la Alteración, con una tenacidad que Sefia reconocía en sí.

Usar el Libro era un riesgo, lo sabía, pero debía creer que podría derrotarlo antes de que el Libro la derrotara a ella.

A medida que pasaban los días, y rodeaban la costa norte de Liccaro, empezó a ver el Mundo Iluminado tal como debían haberlo visto los Escribas... como lo debió ver su padre.

Los niveles inferiores de la Iluminación (la Visión, la Manipulación, la Transformación e incluso la Teletransportación) se ocupaban únicamente de las corrientes y mareas del Mundo Iluminado. Para ese tipo de magia, Sefia podía mover sus manos a través de la luz, y ésta respondería como chorros de agua o hilos en un tapiz infinito, que fluían y se plegaban sobre sus dedos en constante movimiento, pero había límites para ese poder, leyes físicas que no podía violar.

Sin embargo, los Escribas también habían entendido y controlado los componentes fundamentales del Mundo Iluminado, no las grandes cascadas y las cambiantes mareas, sino los corpúsculos individuales de luz, unidos en finas hebras que, a su vez, se trenzaban y cambiaban y se separaban como golondrinas en vuelo.

—Erastis dijo que el Libro era una historia viviente, pero se equivocó —le dijo a Archer con entusiasmo, una noche en que estaban sentados uno frente a otro en una litera—. Los Escribas lo sabían. Nada de lo que uno le haga al Libro cambia el mundo real. Pero el Mundo Iluminado sí es la historia viviente. Allí es donde puedes marcar una diferencia. A cada instante cambia, de la misma manera en que el mar cambia con la lluvia o el deshielo de los glaciares o el paso de un pececillo.

—¿Y tú crees que el poder de los Escribas puede cambiar nuestro futuro?

186

—Ya cambió el futuro una vez, cuando ellos se borraron a sí mismos y a la palabra escrita del mundo. Crearon este futuro.

Archer llevó los dedos a su garganta, para acariciar la cicatriz que lo señalaba en el muchacho de las leyendas.

—Pero dijiste que habían matado a millones de personas para conseguirlo.

—Eso fue diferente. Estaban alterando el mundo entero. Yo sólo quiero cambiar una cosa —Sefia levantó la vista para mirarlo, y no pudo evitar que su voz temblara con las siguientes palabras—: que tú sigas con vida.

Su expresión se suavizó y avanzó a gatas por la cama para tomarla en sus brazos.

—Así será.

—Lo sé —dijo ella, recostada en su pecho—. Me aseguraré de que así sea.

Su acceso al Mundo Iluminado era aún débil, vacilante en los momentos menos esperados, así que comenzó con metas de poco alcance, con granos de arroz.

Ponía uno en su mano e invocaba la Visión. El Mundo Iluminado la inundaba y le llevaba imágenes de verdes arrozales, el sonido de los tallos al viento, los movimientos rítmicos de las manos humanas que se hundían bajo la superficie para sembrar plantas nuevas.

Pero ella intentaba ignorar todo eso, para fijarse en la luz contenida en ese solo grano de arroz, todos los filamentos enrollados que se abrían y se cruzaban, y luego observaría de cerca, más allá, hasta conseguir ver cada partícula de luz, diferenciada como gotas de agua en una lámina negra de pizarra.

A su padre le había tomado meses llegar a dominar esta forma más profunda de observar.

187

Sefia lo consiguió en una semana.

Al poco tiempo, podía salir a cubierta mientras nevaba y observar las relucientes pelusas del Mundo Iluminado que giraban y danzaban a su alrededor con cada golpe de viento.

Estaba convencida de que, si conseguía observar bien, mejor, de manera más aguda y distinta, vería algo más en cada partícula brillante.

Pero aún no.

Mientras su Iluminación no se fortaleciera de nuevo y pudiera intentar alcanzar los poderes verdaderos de los Escribas, debería contentarse con mejorar su Visión.

Y lo practicaba con Archer. En las noches, lo estudiaba en toda su extensión… los músculos firmes, las cicatrices que iban desvaneciéndose, los recuerdos que compartía con ella como heridas… y en el Mundo Iluminado él era resplandeciente, bello, todo un océano dorado relumbrando ante sus ojos.

Vio los abusos que había soportado. El dolor que había infligido. Vio el día en que un mensajero llegó a comunicarle a la familia que su padre había fallecido en pleno servicio a la Armada Real. Lo vio hacer el amor por primera vez con otra chica. Y vio a Kaito Kemura, una y otra vez, peleando, bebiendo, hablando, muriendo.

Besó las cicatrices de sus nudillos y recorrió con la punta de la lengua las de sus hombros. Lo abrazó y lo observó y aguardó la oportunidad de reescribir su destino y alterar la trayectoria de su futuro.

Poco más de dos semanas después de dejar las cuevas del tesoro, Archer finalmente vio al *Hermano* de nuevo, en las heladas aguas de las islas de Gorman, combatiendo contra la Alianza.

188

Los Sangradores y los dos bergantines forajidos habían cerrado filas alrededor de cuatro barcos mercantes de Oxscini, para proteger a los civiles de las seis naves de guerra azules de la Alianza que los rodeaban como tiburones, mientras cañoneaban a los refugiados de Epigloss.

Los Sangradores estaban en problemas.

Sus Sangradores.

Mientras el *Corriente de fe* y el *Crux* avanzaban sin tregua para auxiliarlos, Archer observó a un barco de la Alianza con un buitre por mascarón de proa, que se acercaba por el flanco del *Hermano*. Vio las escaleras de abordaje que tocaban la borda del barco de los Sangradores, y a los soldados de uniforme azul que se apresuraban a saltar de un barco al otro. A lo lejos, distinguió el cabello plateado de Scarza en la refriega. Los Sangradores obedecían al pie de la letra todas sus órdenes.

Tomó su nuevo revólver y se volvió hacia Sefia, tocando su propia sien.

—¿Puedes llevarme allá?

Ella negó con la cabeza.

—Mi magia todavía no tiene la fuerza suficiente para Teletransportarte.

Se oyó un grito de batalla a lo lejos:

—Estábamos muertos —y el corazón de Archer latió atronador en respuesta—: pero ahora hemos resurgido —tenía que llegar hasta ellos.

Con un gruñido de frustración, desprendió su mirada del *Hermano*.

—¿Puede llevarnos hasta los Sangradores, Capitán? —gritó.

—No, muchacho —Reed señaló el barco aliado que estaba enganchado a la cubierta del *Hermano* por las escalas de abordaje—. Pero podemos llevarte a ti.

189

Archer sonrió mientras Sefia se acomodaba los cuchillos y los dardos somníferos.

—Eso me sirve.

Mientras la tripulación del *Corriente de fe* tomaba sus fusiles y cargaba los cañones, Frey se adelantó hacia Sefia y Archer con dos garfios colgando de sus hombros.

—¿Aljan? —preguntó Sefia. Al muchacho ya le habían retirado los puntos de sutura, pero la doctora aún no le había autorizado pelear.

Frey le entregó a Archer una cuerda.

—Dijo que nos aseguráramos de que esos chupasangres nos las pagaran todas.

Sí. Sí. Al fin un enemigo con el cual pelear. A diferencia del destino. A diferencia del futuro. Éste era un enemigo al cual podría ver sangrar.

Frey, Sefia y él corrieron a la barandilla de la borda cuando el *Corriente de fe* se acercó al barco de la Alianza. Los cañones de los forajidos atronaron. La embarcación azul se astilló. El buitre en el mascarón de proa graznó.

—Sefia, ¿podrías…? —comenzó Archer, señalando el enjarciado del buque enemigo.

Ella parpadeó, y las pupilas se redujeron a diminutos puntos oscuros en sus ojos cafés.

—Ya está frente a ti.

El *Corriente de fe* se sumergió en las honduras de las olas. Archer y Frey lanzaron sus garfios, y la cuerda que tenían fue desenrollándose.

Sefia levantó los brazos y dirigió los garfios hacia las jarcias del otro barco. A su alrededor, la tripulación del *Corriente de fe* vitoreó.

Archer se acaballó en la borda y tomó a Sefia por la cintura. Las manos de ella colgaron del cuello de él.

190

—¿Estás lista? —murmuró.

Ella asintió.

Entonces, saltaron. Remontaron el aire, aferrados a las cuerdas de los garfios, por encima del humo y la metralla, para descender con ligereza sobre el puente del barco aliado.

Archer saltó en medio de los soldados, disparando, y Sefia los empujó hacia atrás como si sólo fueran hojas al viento. Frey estaba con ellos, ágil como un gato, con sus nuevos cuchillos centelleando en sus manos. Archer tomó una espada caída, y entre los tres se abrieron camino en las filas enemigas.

A través de las escalas de abordaje.

Hacia la cubierta del *Hermano*, donde Scarza y los demás Sangradores se cerraron alrededor de él en perfecta formación, como si no hubiera existido tiempo ni distancia que los separara.

Se encontraba en su elemento.

Con sus Sangradores.

Sus oponentes caían, uno tras otro... destripados, descoyuntados, con brazos rotos o rótulas destrozadas. La sangre salpicaba la punta de sus botas.

A su alrededor, los cañones retumbaron. El humo llenó las cubiertas. Los soldados de la Alianza eran muchos, pero nada podían hacer contra las letales destrezas de los Sangradores.

Por encima del fragor de la batalla, oyó la voz de Keon, llena de alivio y alegría:

—¡No puedo creer que hayas regresado!

Y la de Sefia:

—No podía abandonarlos de nuevo.

Cuando Archer los miró con una sonrisa, la vio... una nave de la Alianza se dirigía a ellos a toda vela y aumentaba su velocidad a cada instante.

191

Chocaría con el *Hermano*. Lo destrozaría.

—¡Sefia! —gritó Archer, señalando—. ¡Las escalas de abordaje!

Con un gesto de asentimiento, ella levantó las manos. Una tras otra, las escalas se desprendieron para luego caer, hechas trizas en el mar.

El *Hermano* estaba libre.

—¡Griegi, Keon, el timón! —los muchachos corrieron para llegar a la rueda del timón y virar a estribor. Con un gemido, empezaron a girar.

Pero el barco que se acercaba era demasiado rápido.

Con el cabello batiendo al viento, Sefia se afianzó en la proa, mirando al barco azul. El sudor brillaba en sus sienes. Cada músculo de su cuerpo parecía estar en tensión.

El palo trinquete del barco de la Alianza se estremeció. Las velas temblaron.

Pero seguían acercándose.

—¡Sangradores, a Sefia! —gritó Archer, corriendo hacia ella.

Al oírlo, Frey y los muchachos rodearon a su hechicera en un anillo protector, esquivando golpes, lanzando cuchilladas, disparando cada vez que los soldados de azul venían hacia ellos. Archer sintió que la hoja de su espada cortaba ligamentos y tendones, vio que sus balas estallaban carne y huesos. Los cuerpos de la Alianza caían alrededor como polillas quemándose en una llama.

Entonces, con un grito formidable, Sefia manoteó en el aire, tirando de lo invisible, y el palo trinquete del barco de la Alianza cayó, reventó las jarcias, deshinchó las velas, para ir a dar al agua mientras los soldados a bordo corrían en busca de refugio.

El *Hermano* viró. El barco que se aproximaba redujo la velocidad, no se estrelló contra el otro por apenas unos cuantos metros, y siguió hacia mar abierto dando trompicones.

Con el barco de la Alianza fuera del camino, Archer descubrió una extraña flota de barcos de cascos blancos que se habían unido al *Crux* y al *Corriente de fe* en la batalla contra el enemigo. De sus penoles ondeaban banderas blancas y negras, con cuervos, ballenas, osos y todo tipo de criaturas propias de las regiones del norte.

¿Gorman?, se preguntó Archer. Quizás al final la provincia de Kaito no se había unido a la Alianza junto con el resto de Deliene.

A bordo del *Hermano*, Archer y los Sangradores continuaron peleando. Mataron y mutilaron y combatieron hasta que los soldados, al ver los nuevos barcos blancos que navegaban a la caza de las embarcaciones de la Alianza para capturarlas, depusieron las armas y llevaron las manos a sus cabezas para dejar la batalla.

—¿Encontraste tu paz, hermano? —preguntó Scarza, apretando el brazo de Archer a modo de bienvenida.

Éste tragó con dificultad.

—Aún no.

Dejó a Scarza a cargo de los prisioneros y fue adonde estaba Sefia, que temblaba agotada en la proa.

—¿Estás bien? —preguntó mientras la ayudaba a sentarse.

—No creí que sería capaz de derribar ese palo a tiempo. No es algo que vaya a poder hacer todos los días —lo miró con los ojos enrojecidos y se limpió una mancha de sangre de la nariz. De pronto, Archer fue consciente de la sensación pegajosa en sus manos. De la sangre que había salpicado su rostro y su ropa—. ¿Tú estás bien?

Sí.

No. Se sentía diferente. Otra vez sentía esa sed, mucho más intensa que desde la pelea con Serakeen... sed de batalla, de carnicería, de más.

Pero antes de que pudiera responder, Frey y los muchachos empezaron a entonar un cántico:

—¡Jefe, jefe, jefe! —volviéndose, los saludó con una sonrisa.

Mientras sacaban barriles de cerveza y trapos húmedos para limpiarse buena parte de la sangre de manos y rostros, los nuevos navíos de blancos cascos enviaron botes al *Corriente de fe* para un encuentro. Archer suponía que podía haberse unido a ellos, como líder de los Sangradores, pero lo que más quería en el mundo era sentarse junto a Sefia, Frey y los muchachos, y oír las historias de lo que había sucedido desde que se habían separado.

Estaban todos en su segunda o tercera ronda de bebida, a excepción de Griegi y Keon, que se habían quedado dormidos uno en brazos del otro, cuando un bote llegó hasta el *Hermano* y una mujer de largos rizos negros y ojos verdes trepó por encima de la borda, seguida por un contingente de lo que parecían ser oficiales vestidos con gruesas capas negras.

El Capitán Reed fue el último en subir, y sus ojos azules buscaron a Archer antes de presentar a la mujer:

—La Jefe Oshka Kemura.

Pero no hacía falta que dijera quién era ella, porque Archer ya había reconocido esa cara ancha. Esos ojos, como astillas de vidrio. Conocía ese porte, tan altivo que llegaba casi a la arrogancia.

194

La madre de Kaito, jefa de su clan.

Los Sangradores se pusieron en pie y se movieron incómodos a medida que ella los inspeccionaba con la mirada. Por el rabillo del ojo, Archer vio a Sefia levantarse vacilante.

—¿Quién de ustedes está a cargo? —preguntó la Jefe Kemura.

Archer dio un paso al frente, perfectamente consciente de estar empapado de sangre ajena.

Era rápida, tanto como lo había sido su hijo, y así de letal. En cosa de un instante, derribó a Archer sobre el piso de cubierta, puso el cuchillo en su cuello y enterró el filo en su cicatriz.

—Archer —su voz era un gruñido—, líder de los Sangradores.

Él tuvo que hacer un enorme esfuerzo para resistirse, para no sacar su propio cuchillo y tajarle la muñeca. Para no matarla.

Sefia levantó la mano. Los Sangradores avanzaron para quitarle a la mujer de encima. Los oficiales de la Jefe Kemura llevaron sus manos a las armas.

Reed desenfundó a Cantor, el revólver frío y azul al sol invernal.

—Jefe Kemura —dijo—, me prometió tersura.

Archer contuvo a su gente con un movimiento de su cabeza. Sintió el filo de la hoja de la Jefe Kemura empapado en sangre ajena. Encogiéndose de hombros, el Capitán Reed metió el revólver en su funda.

—¿Es cierto? —preguntó la madre de Kaito sin hacer caso de los demás—. ¿Es verdad que tú mataste a mi hijo?

Archer cerró los ojos. Entonces, los rumores debían haber llegado hasta Gorman.

Archer, líder de los Sangradores, había peleado con su lugarteniente, un muchacho de Gorman con ojos verdes, en la playa de una cantera inundada.

Archer, líder de los Sangradores, había *matado* a su propio lugarteniente, su amigo, su hermano, en una cantera inundada, lejos del norte.

Abrió los ojos.

—Lo es —murmuró.

¿Sabía ella de la pistola, de la lluvia, del remordimiento y la resignación en el magullado rostro de Kaito? ¿De la explosión de sangre cuando la bala de Archer impactó justo entre sus ojos?

¿Sabía ella cuánto lo quería?

¿Importaba acaso?

Había matado a su muchacho.

—Lo lamento —las palabras se sintieron viscosas en su garganta.

—¿Lo lamentas? —rio en su cara. Lágrimas rodaron por sus mejillas—. *¿Lo lamentas?*

Archer tragó saliva. Podía dejar que le tajara la garganta con el cuchillo. Podía permitir que se llevara todas sus pesadillas, y Kaito jamás volvería a visitarlo en medio de la noche, para decirle lo arruinado que estaba.

Pero Archer no quería morir.

Tomó el cuchillo de ella y lo retorció, liberándose de la amenaza. Ya estaba en pie antes de que cualquiera pudiera reaccionar. Le quitó el cuchillo y lo apoyó en su nuca, mientras la obligaba a arrodillarse.

Podía matarla en ese momento. Un poco de presión bastaría para separar en dos su médula espinal.

—Yo lo amaba —dijo Archer. Se daba cuenta de que Sefia, Reed, los Sangradores y los oficiales de Gorman estaban observándolo, listos para actuar. Pero nadie se movió.

La Jefe Kemura reía, y cada respiración era un esfuerzo mientras luchaba por librarse de sus manos.

—Tienes mucho por aprender, Archer, líder de los Sangradores. ¿Tu amor? ¿Tu remordimiento? ¿Tus buenas intenciones? Nada importa si tus actos conducen al mal.

Archer parpadeó. Sus dedos se aflojaron alrededor de la muñeca de la Jefe, y ella se puso en pie, tras lo cual sus oficiales la cercaron para protegerla.

¿Qué estaba haciendo? ¿Amenazando a la madre de Kaito? ¿Cómo...?

Se tambaleó retrocediendo, sacudiendo la cabeza. Sucedía de nuevo. Se estaba convirtiendo en ese muchacho otra vez... el que había matado a Kaito, el que había conseguido que capturaran a Frey y a Aljan... sediento de violencia, de victoria, de muerte.

Durante meses había estado bien. Incluso tras pelear con los vigilantes en Jahara. ¿Por qué era diferente ahora?

No estabas dirigiendo, pensó. No eras un comandante, un líder.

Pero sus Sangradores habían estado en dificultades. Y él no había sido capaz de contenerse.

No había querido contenerse, porque lo que quería era ser su líder. Además del amor de Sefia, ser líder de los Sangradores era el mayor honor que había recibido.

Y eso lo convertía en alguien que no quería ser.

El muchacho que mataba a sus amigos.

El muchacho que conquistaría todo el mundo.

En un instante, los rostros de sus víctimas desfilaron ante sus ojos: Oriyah, Argo, los candidatos de las peleas en la Jaula, los inscriptores, los ladrones, la niña de la granja, Versil, Kaito, los muchachos cuyos nombres ni siquiera conocía cuando perecieron bajo sus órdenes.

197

Temblando, le tendió a la Jefe Kemura su cuchillo, con el mango por delante.

—Lo lamento —dijo de nuevo—, si pudiera, desharía eso, lo traería de vuelta de la muerte.

Ella recibió el cuchillo y lo fulminó con la mirada de esos conocidos ojos verdes:

—Hay muchas cosas que no puedes deshacer, Archer, líder de los Sangradores. La muerte no es más que una de ellas.

CAPÍTULO 14

La Corona Rota

Adondequiera que fuera el *Exhorto*, encontraba a la Alianza. Más y más barcos parecían llegar a Oxscini con los días. Y se requirió toda la astucia de Neeram, su capitán, para eludir las flotas que se agolpaban en el horizonte, los exploradores cual tiburones en busca de presa.

En el camino hacia La Corona Rota, Ed fue llevando un cálculo aproximado de los navíos de la Alianza que veía. Veintitrés. Cuarenta y dos. Cuarenta y nueve. Las cifras seguían creciendo.

Él había estado en La Corona Rota una vez, antes de que sus padres murieran. Era un collar de islas que separaban la tierra firme de Oxscini de las Ínsulas Hermanas y otras islas, el archipiélago más grande que había hacia el sur. La Corona Rota era un bullicioso centro de comercio, pero también era el punto más débil de las defensas del reino, con canales anchos y profundos por los cuales cantidad de buques de guerra podían penetrar hasta la Bahía de Batteram camino de la capital, Kelebrandt.

Cincuenta y uno. Cincuenta y siete. Sesenta.

¿Cuántos barcos necesitaría la Alianza para penetrar La Corona Rota? ¿Habría tenido la reina Heccata la precaución de fortificar sus defensas en ese punto?

Ed no tenía manera de saberlo o de enviarle un aviso a la reina.

Había logrado sacar a una docena de Casacas Rojas de Jahara. Había evitado que mataran a Lac. Pero seguía pensando en la flota invasora que había visto en Epidram, en los soldados de Deliene asaltando las murallas, inundando la ciudad, matando y conquistando, todo en nombre de la Alianza.

Jamás debió ceder su corona. Pero lo había hecho. Y era un error que no estaba seguro de que pudiera corregir, sin importar cuantos Casacas Rojas rescatara.

A veces, en las noches en su hamaca, lloraba. Lloraba de impotencia. Lloraba por Arc. Lloraba por Deliene, bajo el yugo de la Alianza y de una organización fantasma que Lac y Hobs llamaban la Guardia. Lloraba por sus días muertos, en los que lo único que quería era dormir, aunque esos días eran cada vez menos mientras más tiempo pasaba alejado del Reino del Norte.

Lac despertaba —desde aquella paliza el muchacho tenía el sueño muy ligero y al menor sonido abría los ojos— y se sentaba en silencio a su lado, mientras daba ligeras palmadas en su hombro. A veces, Lac sugería que fueran a hacerse cargo de los animales, y la lenta y acostumbrada rutina de limpiar los corrales y renovar el agua de los abrevaderos mientras los cerdos olisqueaban sus bolsillos, conseguían tranqulizarlo.

Ed hacía lo que podía, cuando podía. Trabajaba más duro y más rápido para Neeram, a pesar de su violencia, porque mantenía a la tripulación con vida y lejos de manos de la Alianza. Escogía trabajos adecuados para Lac, cuyas costillas rotas lo hacían lento. Incluso pensaba en acertijos para Hobs:

—Si metes la cara en una col, ¿acaso salen caracoles?

200

Dejando caer las líneas que estaba tratando de tejer juntas, Hobs se acarició la barbilla.

—Pero si te sientas en una flor, ¿tendrás coliflores?

—¡Basta ya con eso! —vociferó el primer oficial.

Conteniendo la risa, volvieron a su labor de reparar cabos.

En el silencio, Ed escuchó la trabajosa respiración de Lac. Le echó un vistazo a su rostro. Neeram le había roto la nariz, antes perfectamente simétrica, y exhibía magulladuras y cortes que opacaban esa piel que antes había sido motivo de tanto orgullo. Ahora era más callado. Ed echaba de menos su jactancia.

—¡Coliflores y caracoles! —gritó Hobs de pronto.

Ed le dio unas palmaditas en el hombro.

—No, no.

Tres semanas después de abandonar Epidram, ahora en manos de la Alianza, divisaron por primera vez La Corona Rota... Y de inmediato desviaron el curso.

Habían llegado demasiado tarde. Tarde para advertirle a la reina Heccata y a la Armada Real. Tarde para que Lac y Hobs se unieran de nuevo a los Casacas Rojas.

Las ciudades-ínsula de La Corona Rota ardían en llamas. Una muralla de nocivo humo negro se elevaba al cielo. La ceniza caía como nieve sobre las cubiertas del *Exhorto*. Una espantosa luz rojiza abrasaba el horizonte en el sur.

Éste era el lugar adonde se dirigían todas esas embarcaciones, dispuestas en el mar en formación perfecta: cientos de buques de guerra, miles de cañones, cientos de miles de soldados procedentes de los tres reinos de la Alianza.

Ed los vio desaparecer detrás del *Exhorto* cuando se apresuraron a continuar con rumbo al norte. Era una fuerza de

201

invasión tal que habría podido tragarse entera a la flota de Epidram y continuar, aun así, sin calmar su hambre. Era una asesina de reinos.

La Corona Rota no había tenido la menor oportunidad de resistir.

—¿Tenemos a alguien persiguiéndonos? —preguntó Neeram a través del barco.

—Nadie, capitán —respondió Ed con un grito. Gracias al incendio que aún ardía en La Corona Rota, su pequeño barco parecía haber pasado desapercibido.

A su lado, Hobs lloraba. Lac, no. Pero se veía enfermo, de un pálido verdoso semejante al color de sus ojos. A medida que se alejaban, se acercó a la borda y vació el contenido de su estómago.

—Tanto correr para nada. Salvamos nuestro pellejo... para nada —dijo—. Debimos quedarnos en Epidram. Al menos allí... habríamos podido...

—¿Ahora adónde, capitán? —preguntó el primer oficial.

Neeram se pasó una mano por el rostro.

—Necesitamos provisiones. Tenía la esperanza de reabastecernos en La Corona Rota, pero... tendremos que encontrar otro lugar.

—Y entre Epidram y el punto donde estamos no hay más que aldeas de pescadores.

Tensó la mandíbula.

—Pues asaltaremos una de ellas.

—¿Asaltar? —murmuró Hobs, mirando con disimulo a Ed—. Es una palabra poco adecuada en este momento.

Ed sacudió la cabeza y Lac sintió arcadas. Le frotó la espalda al muchacho.

—Esperemos que no sea así.

202

Encontraron una pequeña aldea pesquera a medio día de navegación de La Corona Rota, casi indistinguible al pie de la empinada ladera boscosa de las montañas que se elevaban desde la costa. Los embarcaderos se veían desiertos; las calles, en caos. El ganado corría, balando, por las enfangadas callejuelas. A los lados había vasijas de cerámica de todo tipo estrelladas contra el suelo, entre manojos de verduras pisoteadas y ropa desechada. La gente corría, entrando y saliendo de las casas, embutiendo sus pertenencias en cajones, subiendo niños a las carretas.

Cuando los marineros del *Exhorto* desembarcaron, un hombre se detuvo en los muelles frente a ellos.

—¿Qué hacen? ¿No se han enterado? —en los brazos sostenía una caja de lo que parecían instrumentos médicos—. La Alianza marcha hacia el norte desde La Corona Rota, e incendian todo lo que encuentran a su paso.

—¿Hacia dónde van ustedes? —preguntó Ed.

—Hacia los Pilares Nube. Mientras más nos alejemos de la costa, más posibilidades de salir con vida tendremos.

Los Pilares Nube, también llamados Pilares de las Nubes, eran una serie de cañadas profundas y tambaleantes columnas de piedra que yacía hacia el occidente, más allá de las montañas. La niebla se levantaba desde los antiguos lechos de ríos a través de los árboles, y se mezclaba con nubes bajas que cubrían los picos: de ahí derivaba el nombre del lugar. Decían que en la punta de los pilares vivían videntes que subsistían sólo con el incienso que estimulaba sus visiones. Para el resto del mundo, los Pilares Nube eran un sitio que debía evitarse, un laberinto de rocas resbalosas y formaciones demasiado empinadas para treparse.

—¿Conocen un camino para atravesar esa zona?

El hombre negó con la cabeza, retirándose.

—Lo siento. ¡Debo irme!

Por unos instantes, Neeram observó la silueta que huía, con los ojos entrecerrados. Entonces, tomando aire, se volvió hacia su tripulación.

—Muy bien, tienen una hora para reunir provisiones y volver a los botes. Si se demoran, los dejaremos atrás, sin excepción —empezó a leer la lista de lo que se necesitaba... agua, aceite de lámpara, pertrechos...

En cuanto terminó, los marineros corrieron hacia las casas. Se oía el ruido de madera al romperse, de vidrios al quebrarse.

—¿Están saqueando? —Lac parpadeó, perplejo—. ¿Ahora somos saqueadores? Capitán, no podemos...

—Si dejaron esta miseria atrás, es que no la necesitan. Nosotros sí —Neeram cargó un rollo de cuerda en su hombro—. Si quieres hacerte el héroe, bien puedes morir con los pobres diablos a los que pretendes salvar. Los cobardes podrán ser la escoria chupasangre del mar, pero al menos se mantienen con vida —sin mediar más palabra, se echó al hombro un segundo rollo y se alejó.

Lac se veía muy desgraciado.

—¿Qué vamos a hacer, Ed? —preguntó Hobs.

Una mula pasó al galope, arrastrando una cuerda del cabestro. Una niña la perseguía, llorando:

—¡No, no! ¡Espera!

Sin pensarlo dos veces, Ed corrió tras la mula, y arrastró consigo a Lac y a Hobs.

—Vengan conmigo.

Entre los cuatro acorralaron al animal. Ed tomó a la mula por el cabestro, y acarició su hocico mientras veía que el miedo se disipaba de sus grandes ojos inteligentes. No era la primera vez que echaba de menos a su yegua gris, que había dejado en Corabel junto con sus perros. Esperaba que Arcadimon los cuidara. Esperaba que una y otros cuidaran a Arc.

—Gracias —dijo la niña.

Ed se encogió levemente de hombros.

—¿Hay algo más que podamos hacer?

—Por favor —suplicó Lac, tomando sus manos—. Permítannos hacer algo.

Apilaron barriles de agua en carretas. Cargaron baúles de pertenencias. Atraparon pollos para meterlos en cajones para el viaje.

En algún momento, Ed miró hacia los embarcaderos y vio que el *Exhorto* dejaba el puerto.

—Bueno —dijo—, ahí va nuestro barco.

—¿Cree que lo logren? —preguntó Hobs.

—Lo conseguirán —respondió Lac—. Neeram se asegurará de que así sea.

—¿Y qué hay de nosotros? —preguntó Hobs—. Ahora ya no podremos unirnos de nuevo a la Armada Real.

Ed miró al cielo ahumado por encima de La Corona Rota, al frente de batalla, a los navíos de Deliene, que habían sido pintados con el azul de la Alianza, y a los soldados que Arcadimon había obligado a unirse a los otros reinos.

Por un momento, Ed se planteó marchar en dirección al sur, directamente hacia las fuerzas de la Alianza que estaban llegando, y anunciar su presencia. Era el rey de Deliene, que había regresado de entre los muertos y venía a retirar al Reino del Norte de esta guerra absurda.

Pero ¿podría llevarlo a cabo? En estas últimas semanas con Lac y Hobs y los animales a bordo del *Exhorto*, por fin había empezado a sentirse bien. La melancolía aún lo invadía

205

por momentos, pero ahora que había dejado su reino y su título, se preguntaba si se estaba convirtiendo en el muchacho que habría podido ser de no haber nacido bajo la maldición Corabelli, de no haber visto a tantos de los suyos morir, de no haber sido envenenado, por años, por su mejor amigo.

Y si la Alianza se encontraba bajo el control de la Guardia, como creían Lac y Hobs, esa misma Guardia no pestañearía a la hora de ejecutar a Ed al instante. Incluso si se las arreglaba para llegar más allá de la infantería de la Alianza, hasta los generales de Deliene que seguramente estarían entre ellos, se preguntaba cuánto le tomaría al Rey Darion Stonegold ordenar una invasión como ésta al Reino del Norte. Pensó en cómo se verían sus amadas colinas y las llanuras blancas cubiertas de cuerpos inertes de ciudadanos de Deliene.

Y se preguntó si, tal vez, Arc había tenido todo el tiempo en mente los intereses del reino después de todo.

¿Qué había hecho para llegar hasta allí? Ed tragó saliva al pensar en el cuerpo de su primo, en la balsa funeraria. ¿A quién había tenido que sacrificar Arcadimon?

Ed se volvió hacia Lac y Hobs, que ahora lo necesitaban.

—Podemos ayudar a esta gente —dijo—, mientras aún tenemos fuerzas para hacerlo.

Así que arrastraron y cargaron, empacaron y acomodaron, trabajaron sin quejarse hasta que casi toda la aldea hubo evacuado, serpenteando por los angostos caminos entre las montañas.

Por fin, sólo quedó una carreta, con dos mujeres que estaban envolviendo un par de postigos ornamentales que habían estado en su familia por siglos.

—Su cara me resulta conocida —dijo una de ellas cuando Ed la ayudó a subirse al carro. Lo miró con los ojos entor-

206

nados, mientras él se preguntaba qué tanto se parecería a la imagen que aparecía en las monedas de Deliene. Estaba más musculoso que antes, eso lo sabía. Y tenía el cabello más largo—. ¿Quién es usted? —inquirió.

—Somos Casacas Rojas —respondió Lac, y sonrió por primera vez en toda una semana.

Ed frunció el ceño. Quizá ya no era el rey de Deliene, pero tampoco era un Casaca Roja. Era alguien sin apellido y sin hogar, nadie.

La otra mujer se inclinó hacia su compañera.

—¿Son supervivientes de La Corona Rota?

Ed se retorció los dedos con suavidad. La franja de piel más clara en la cual solía llevar el anillo del sello ya había desaparecido, y tenía el mismo tono bronceado que el resto.

—¿Quieren que los llevemos? —preguntó la primera. Con un gesto de la cabeza señaló la parte trasera de la carreta, donde estaba su cabra, echada sobre unas ramas de matorrales secos.

—¿Ahí atrás? —dijo Lac—. ¿Con una cabra?

Ed caminó hasta la parte de atrás, y dejó que la cabra olfateara la palma de su mano.

—¿Adónde se dirigen?

—A Kelebrandt. La reina Heccata nos protegerá.

Ed no había estado en Kelebrandt desde hacía cinco años. La ciudad contaba con la defensa natural de la Bahía de Tsumasai, que sólo tenía cuatro entradas, además de los fuertes de piedra que habían construido los monarcas de Oxscini a lo largo de los años. Lac y Hobs finalmente podrían reintegrarse a la Armada Real. ¿Y Ed? Pues de alguna manera encontraría una manera de ser útil.

207

CAPÍTULO 15

Líder de los Sangradores

Sefia se enteraría después de que la mayoría de los clanes de Gorman se había rehusado a formar parte de la Alianza, apartándose del resto de Deliene. Desde que Arcadimon Detano había enviado al grueso de la armada del reino para invadir Oxscini, Oshka Kemura y sus aliados habían estado provocando todo tipo de problemas allá en el norte, atacando las patrullas de la Alianza como la que habían visto el *Crux* y el *Corriente de fe* camino de las cuevas del Tesoro del Rey.

—A Kaito le habría encantado —dijo Sefia.

Archer asintió, sin dejar de acariciar su cuarzo. Tras enfrentarse a la Jefe Kemura, ella y los demás capitanes de Gorman habían partido hacia el norte, llevándose a los mercantes de Oxscini, y el *Hermano* había empezado a navegar hacia el sur, camino a Haven, junto con el *Corriente de fe,* el *Crux* y los otros dos barcos forajidos de Epigloss.

Sefia, Archer, Frey y Aljan trasladaron sus pertenencias del *Corriente de fe* al *Hermano*, donde Keon los condujo emocionado a la cabina principal. Estaba aún más desordenada de lo que Sefia recordaba: largas tiras de cuero colgaban de las sillas, frascos de cola se habían quedado adheridos a la mesa, se veían nudos de hilo mezclados con trozos de papel y docenas de libros se apilaban en las sillas y en los rincones, o estaban prensados entre los cojines del sofá.

—Parece que me dejé llevar por el entusiasmo —dijo con timidez el flaco muchacho, metiendo las manos en sus bolsillos. Aunque no habían necesitado el Libro falso, él había disfrutado la labor y, como no tenía nada mejor que hacer cuando no estaba de guardia, había empezado a fabricar otros libros: libros del tamaño de la mano, libros grandes, libros que fácilmente podían caber en una bolsa o en una repisa...

—¿Y todos están en blanco? —preguntó Aljan, hojeando con reverencia uno de los tomos más grandes.

—Griegi tomó uno para sus recetas —dijo Keon encogiéndose de hombros—. Los demás están en blanco, sí.

—¿Tienes una historia que escribir? —preguntó Frey, enganchando el brazo de Aljan con el suyo.

Él asintió.

Así que empezó a ofrecer lecciones de escritura a bordo del *Hermano*, y empezó a enseñarles a Frey, Keon, Griegi y a otros dos, mientras Sefia continuaba estudiando la Alteración.

Los objetos que se extirpaban a través de la Ablación no desaparecían sin más, aprendió. Una vez que uno eliminaba cualquier rastro de ellos, era como si jamás hubieran existido. Una vez, los Escribas habían utilizado ese poder para borrar ejércitos enteros... toda esa gente, todas esas historias, habían desaparecido... como si nunca hubieran llegado a existir.

Sefia volvió a estudiar granos de arroz. En el Mundo Iluminado, examinaba cada partícula de luz. Luego, como si las puntas de sus dedos fueran pequeñas navajas, cortaba trozos diminutos y, uno a uno, los veía fundirse en la oscuridad.

En su mano, el grano de arroz desaparecía.

Ablación.

Pero el Mundo Iluminado era una red increíblemente interconectada. Había unas corrientes de luz muy tenues, como las constelaciones más lejanas en el cielo, y otras tan brillantes que parecían pulsar con la fuerza de sus conexiones y formaban un complejo sistema de ríos, arroyos y deltas de múltiples brazos.

Y pronto aprendió que era eso lo que tenía que controlar con sumo cuidado.

Una vez, iba demasiado rápido —se estaba volviendo demasiado confiada en sus habilidades— mientras eliminaba partículas y su mano resbaló. Hebras doradas enteras empezaron a desaparecer, cada vez más rápido, cada vez más lejos de ella, apagándose como velas en el viento.

A su alrededor, las mareas del Mundo Iluminado cambiaron. En algún momento a través de los años, vio un tallo de arroz esfumarse por completo. Vio una hoz. Un relámpago rojo. Una cicatriz.

Se tambaleó, parpadeando. La palma de su mano estaba vacía. Había extirpado exitosamente el grano de arroz, pero había arrastrado con él la planta entera... en alguna parte, en costales y contenedores de cerámica, cada grano de arroz que esa planta había producido también había desaparecido... y ese minúsculo cambio le había provocado una herida permanente a una persona que ella nunca conocería.

A partir de entonces, se volvió más cuidadosa, pero no desistió.

Aún no sabía cómo podría alterar el futuro de Archer con ese poder, pero se aseguraría de que dejara de ser el muchacho de las leyendas. Se aseguraría de que siguiera vivo.

• • •

211

Desde antes, Archer esperaba sentirse aliviado al regresar con los Sangradores, pero su encuentro con la Jefe Kemura le había dejado una sensación de zozobra, y no podía evitar preguntarse si habría cometido un error al no abandonarlo todo junto con Sefia, después de salir de las cuevas del tesoro.

Pero amaba a los Sangradores. Eran su familia... a veces los sentía más cercanos que a su propia familia de sangre, la que había dejado atrás en Jocoxa, en el extremo noroccidental de Oxscini. Nadie más sabía por lo que había pasado con los inscriptores. Nadie más podía entenderlo en verdad.

Un día en que estaba sentado con Scarza en la cabina principal, le preguntó:

—Hemos hecho unas cuantas cosas buenas, ¿no crees? ¿Con los Sangradores?

Habían acabado con los inscriptores en Deliene. Habían liberado a un buen número de muchachos.

Scarza levantó la vista del fusil que estaba limpiando, y lo miró con sus ojos grises de aguzado tirador:

—¿Lo dices por la Jefe Kemura?

"Nada importa si tus actos conducen al mal."

Archer asintió:

—Incluso si contamos a Versil, Kaito y los demás que perdimos, creo que lo bueno que hemos hecho supera a lo malo... pero mientras siga siendo su líder, y entre más batallas tengamos conmigo al mando, más temo que pueda inclinar la balanza en el otro sentido. No es la pelea en sí... o no solamente la pelea. También tiene que ver con dirigirlos. Cuando voy a la cabeza de ustedes, puedo sentir que me convierto en otra persona.

El comandante. El conquistador. El muchacho de las leyendas.

212

—En una persona peor —agregó—. Si sigo llevándolos a la batalla, será sólo cuestión de tiempo para que en verdad me convierta en él, y entonces no seré capaz de volver a mi yo actual.

—Pero ya no vamos a combatir más —dijo Scarza, haciendo un despliegue de destreza al ensamblar su fusil con una única mano.

No, ahora iban a Haven. Y, si Sefia tenía razón, irían exactamente al lugar adonde el Libro quería que fueran. Sin embargo, la estadía en Haven les permitiría dedicar un tiempo a descubrir cómo usar el poder de los Escribas para reescribir el futuro.

Scarza lo tomó del hombro, con gentileza.

—Yo me encargaré de comandarlos. Pero no creo que tenga que hacerlo.

Y las cosas fueron muy bien durante las siguientes dos semanas y media. Archer seguía siendo el líder de los Sangradores, pero éstos no tenían que pelear ni entrenar como solían hacerlo, porque no tenían a quién enfrentarse.

En lugar de eso, navegaban. Cumplían turnos de guardia. Comían, jugaban y se contaban historias. Aljan les enseñaba a escribir. Era un maestro paciente y amable, mucho más de lo que había sido Sefia con él, y se dedicaba en parte a los Sangradores y en parte a Meeks, Theo y Marmalade, que llegaban desde el *Corriente de fe*, y le daban consejo y recomendación. Durante las lecciones, Frey empezó a dibujar árboles en uno de los libros de Keon, un regalo para sus hermanos leñadores en Deliene: lo llenó de enormes especímenes de Oxscini, higueras que dejaban caer sus raíces aéreas, otros árboles del Reino del Bosque que había visto en su breve paso por Epigloss, cada uno cuidadosamente nombrado y descrito con ayuda de Aljan.

213

Theo, en particular, estaba impresionado con el catálogo de Frey. El jefe de cantos de la guardia de estribor era un biólogo en ciernes, y no podía evitar empujar nariz arriba los anteojos que todo el tiempo se resbalaban y hacer grandes gestos al ver los detallados dibujos de hojas y cápsulas de semillas, con lo cual el loro rojo que llevaba en el hombro abría las alas y chillaba alarmado.

Al fondo del salón, Sefia seguía estudiando el Libro, para aprender más sobre la Ablación.

Tenían todo lo bueno de estar de regreso con los Sangradores, y nada del miedo, la violencia, la sed de sangre. Era exactamente lo que Archer quería.

Pero era demasiado bueno para que durara.

Porque cuando por fin llegaron a Haven, encontraron el lugar en llamas.

Alrededor de la isla se hundían restos de barcos y los gritos de los heridos llenaban las olas. Muy cerca, media docena de navíos con las banderas tricolores de la Alianza combatían contra lo que quedaba de los forajidos.

Reed había dicho que en Haven habría setenta y siete barcos.

Sólo quedaban trece.

El estruendo de los cañones resonaba en los pilares de roca que guardaban la isla, interrumpidos por los sonoros disparos de fusiles y revólveres.

Las manos de Archer se aferraron a la barandilla, con los dedos ardiendo en deseos de pelear. De desgarrar. De matar.

—Pensé que Haven era imposible de encontrar —dijo.

Pero, de alguna manera, la Alianza había llegado allí. De alguna manera, la Guerra Roja lo había encontrado. No tenía escapatoria.

Scarza se colgó el fusil al hombro.

—¿Crees que alguno de los forajidos los traicionó?

Archer vio al *Corriente de fe* izar su bandera de batalla, seguido del *Crux* y de los dos barcos forajidos que habían venido de Epigloss.

—No lo sé —dijo—, pero tendrán que responder ante el Capitán Reed.

—Archer —dijo Scarza—, ¿qué quieres hacer?

El pulso bullía en sus venas. Anhelaba pelear. Deseaba estar al mando. Quería propinarle a la Guardia un golpe tal que tuvieran que pensarlo dos veces antes de volver a enfrentarse a él.

Y era justo por eso por lo que no debía involucrarse.

Tomó a Scarza por los hombros.

—No puedo quedarme —dijo—. ¿Podrías encargarte de comandarlos? ¿Podrías ser su líder?

La mirada en los ojos grises de Scarza fue de solemnidad cuando asintió. Se abrazaron.

—Los cuidaré en tu nombre.

—Lo harás mejor de lo que yo llegué a hacerlo —murmuró Archer, en pleno abrazo.

—¿Qué vas a hacer tú?

—Puede que no deba comandar, pero sí luchar. Voy a pedirle a Sefia que me lleve donde pueda ser útil.

Bajo las órdenes de Scarza, los Sangradores prepararon al *Hermano* para el enfrentamiento. Aljan izó la bandera de guerra: un muchacho con la cabeza baja y los antebrazos cruzados ante el pecho.

Los Sangradores vitorearon.

Una parte de Archer se moría por pelear junto a ellos, pero no podía hacerlo.

215

—Una vez que nos acerquen lo suficiente a un barco de la Alianza, nos Teletransportaré allá —dijo Sefia, revisando su provisión de dardos con veneno adormecedor.

—Muy bien —susurró él.

Hicieron virar al *Hermano* hacia la refriega, soltando cañonazos. Las balas astillaron el casco de los barcos enemigos.

La Alianza respondió de la misma manera.

Mientras Archer esperaba en medio de la incertidumbre junto al palo trinquete, Sefia se unió a los tiradores en la proa, para desviar balas de armas pequeñas y cañones hacia las olas. Espirales de humo flotaban a su lado, en su camino al agua.

El *Corriente de fe* apareció delante de ellos, disparando.

Uno de los barcos forajidos, con un pequeño y belicoso perro en el mascarón de proa, había sido abordado por la Alianza. Archer podían ver los uniformes azules que recorrían las cubiertas.

El *Hermano* se acercó al barco por el otro flanco, y los Sangradores saltaron por encima de las barandillas, con las espadas relumbrando, listas para derribar soldados de la Alianza, mientras las pistolas crujían como fuegos artificiales.

Sefia corrió junto a Archer.

—¿Estás listo?

No.

En el barco forajido, Griegi soltó una maldición cuando un proyectil pasó rozándole la cabeza.

Archer asintió, y trenzó los brazos alrededor de la cintura de Sefia.

Lo último que vio antes de sentir que la cubierta ya no estaba bajo sus pies fue a Scarza y los Sangradores presionando a los soldados de la Alianza para que regresaran a su barco.

216

Cuando tocaron duela de nuevo, estaban a cientos de metros del *Hermano*. Sefia los había llevado al barco más alejado de todos.

Eran sólo ellos dos contra un navío lleno de soldados de la Alianza.

Archer sonrió. Sus armas pesaban como la muerte entre sus manos.

—Todos tuyos —dijo ella, moviendo la mano al ver a los soldados al ataque. Las balas se desviaron para volver a su punto de partida. Hubo explosiones de sangre y gritos de perplejidad entre los enemigos.

Sefia y él se agazaparon tras el palo mayor cuando los soldados arremetieron. A su lado, Sefia era todo movimiento, haciendo a un lado a los enemigos, redirigiendo los tiros hacia las filas de la Alianza. Cada disparo de Archer encontró su blanco, uno tras otro, proyectiles impactando en huesos.

—¡Vamos! —gritó Sefia, empujándolo hacia la puerta de la cabina principal.

Se abalanzaron a su interior justo cuando los soldados se les venían encima, y Archer miró atrás para ver bien por fin al enemigo.

Muchachos.

Algunos menores que él, otros un poco mayores. Pero todos eran muchachos. Todos tenían el círculo de piel ampollada en el cuello, como su propia cicatriz.

Candidatos.

Su estómago dio vueltas mientras se apoyaba en la puerta para tratar de cerrarla.

Desde atrás, un soplo de aire cerró la puerta de golpe. La cerradura crujió.

—¡Ven acá! —gritó Sefia.

217

La alcanzó a trompicones, mientras los proyectiles perforaban la madera a su alrededor, y Sefia deslizó un armario para atrancar la puerta. Con manos temblorosas, llenó el tambor de su revólver con más balas. Una cayó, y golpeó el piso con un sonido metálico.

—¿Qué pasa? —preguntó Sefia.

Archer recogió la munición y se las arregló para meterla en la cámara aún vacía.

—Son candidatos —susurró—. Todos. La Guardia debió traerlos para aniquilar a los forajidos en Haven...

—Voy a Teletransportarnos para salir de aquí —dijo ella de inmediato, abriendo los brazos.

Él le sujetó la mano.

—No.

—¿Por qué no?

Se tocó la cicatriz del cuello. Porque eran como él. Eran sus hermanos, de alguna forma muy retorcida... víctimas de los inscriptores, de la Guardia... incluso si estaban en bandos opuestos de la guerra, Archer no podía dejarlos.

Cerró el tambor del revólver con un movimiento.

—No puedo salvarlos —dijo—, pero en este momento sí puedo detenerlos. A algunos de ellos, por lo menos.

Sefia asintió con tristeza. Movió los dedos.

—¿Estás preparado?

Derribó una mesa y se agazapó detrás de ella. Se llevó las manos al cuello y frotó fugazmente su cuarzo con el pulgar.

Tras su propia barricada, junto a las ventanas, Sefia levantó las manos. Archer casi podía sentir el aire moviéndose entre los dedos de ella.

El armario se deslizó fuera de su posición.

218

Los candidatos se precipitaron dentro. Archer se asomó por encima de la mesa y soltó una ronda de disparos. Una bala fue a impactar justo en medio de los ojos de uno de ellos.

Sólo que no eran los ojos de un desconocido cualquiera.

Eran los de Kaito.

Archer se cubrió cuando los disparos lo asediaron de nuevo. Miró el tapete que había debajo de sus botas.

Un tapete, no gravilla suelta.

No estaba allá de nuevo. No era el líder de los Sangradores. No estaba matando a su mejor amigo.

Se obligó a levantarse otra vez, para disparar balas rápidas que impactaron en ojos y cuellos de piel lastimada. Los muchachos colapsaban en el umbral, y sus hermanos que venían detrás se agachaban tras el marco de la puerta.

Hermanos.

Cerró los ojos. *No, no, no.* Era capaz de hacerlo. Tenía que hacerlo. Eran su responsabilidad.

Oyó que Sefia lo llamaba, como desde una gran distancia:

—¡Archer! ¡Cúbrete! —sintió la fuerza de su magia a sus espaldas, empujándolo hacia abajo otra vez.

Su mejilla golpeó contra piedras mojadas. Kaito estaba recostado sobre él, sonriendo, con sangre corriendo entre sus dientes, y el cielo oscuro de la noche detrás.

Luego, un trueno. No, el estallido de un disparo. Estaba de regreso en la cabina principal, peleando contra candidatos. Se puso en pie de un salto, encontró su blanco, un muchacho moreno con impactantes ojos azules.

Tiró del gatillo.

Pero era Kaito ahora, el cabello muy negro adherido a la frente, el rostro marcado por la preocupación.

219

La bala no atinó, y fue a perforar la pared detrás del candidato.

Lanzaron una granada dentro de la cabina. Archer vio la mecha humeante, la brasa encendida, pero era como si en realidad no la viera.

Lo que veía era la lluvia sobre las piedras. El centelleo de los relámpagos en los charcos. Veía a Kaito.

Buscó el cuarzo en el momento en que una corriente de aire pasaba a su lado y Sefia tiró la granada por la puerta, donde explotó.

Truenos.

Relámpagos.

Kaito.

CAPÍTULO 16

El mito del *Azabache*

Por encima de su hombro, Reed vio a los Sangradores abordar al *Tuerto*, el barco aquel que había dejado encallado en la Bahía de Efigia, y que más adelante volvió a encontrar y envió a Haven, para empezar a combatir a la Alianza junto con la tripulación de la capitán Bee.

Esos Sangradores sí que sabían pelear. Tal vez no eran tan buenos con las armas pesadas como el *Corriente de fe* o el *Crux*, que intercambiaban descargas de cañonazos con dos buques de guerra de la Alianza, pero si se encontraban cara a cara, cuerpo a cuerpo con el enemigo, éste se podía dar por muerto.

La entrada secreta a Haven se veía frente a él. El humo negro ascendía entre las columnas de piedra. El temor atenazó su pecho. ¿Estarían bien Adeline e Isabella? ¿Habría más supervivientes?

Trece naves. Trece de setenta y siete.

No podían ser todas.

Y entonces, como brotando de las mismas paredes pétreas de Haven, apareció un barco negro con velas del mismo color, una sombra, un espectro, arrastrando niebla y humo de las gavias.

Reed soltó un chiflido.

Lo había conseguido. La capitán Tan y el *Azabache* lo habían logrado.

—Más vale que la Alianza emprenda la retirada en este momento —rio Meeks—. Tan no estará contenta si se encontraba en la laguna cuando la Alianza atacó.

Reed sonrió.

Pero las sonrisas de ambos se desvanecieron cuando vieron al *Azabache* aproximarse a uno de los barcos forajidos de Epigloss y abrir fuego.

Las llamas brotaron de la boca de sus cañones.

El casco del barco forajido cedió. Cuerpos y maderos salieron volando con la explosión. Un mástil cayó. Incluso a esa distancia, Reed alcanzaba a oír los alaridos.

—Ése era uno de los nuestros —murmuró Meeks—. ¿En qué podía estar pensando Tan?

El Capitán Reed soltó un gruñido.

Nadie fuera de los forajidos sabía dónde quedaba Haven. Nadie distinto a un forajido podía haber llevado a la Alianza hasta allí.

Él había confiado en Tan. Incluso la había amado, en cierta forma. Amaba sus principios, el mito del *Azabache* que la rodeaba, su espíritu indómito, su caos, su fiereza y su independencia, inaprensible como el viento. Una mujer que se había comprometido con el mar y con nada más.

—¡Todos a mí! —rugió—. ¡A toda vela!

—¿Capitán? —preguntó Meeks.

—Tan es nuestra traidora. Debe haber olvidado lo que significa ser un forajido —señaló al barco negro—. Vamos a refrescarle la memoria sobre cómo funciona nuestro sistema de justicia.

Con un grito, la tripulación saltó al aparejo para liberar las velas, que se hincharon al viento. Volaron sobre las olas, dejando atrás al *Hermano*, al *Crux* y al *Tuerto*, y a los refugiados forajidos de Epigloss.

Eran una flecha.

Un disparo.

Una bala de cañón.

Y tenían un objetivo. Con Jaunty al timón, no podían fallar.

Pero el *Azabache* era el barco más veloz del suroriente, el único que podía superar al *Corriente de fe* en una carrera.

Y el *Corriente de fe* estaba cargado con el botín hallado en el Tesoro del Rey. A un ritmo pesado, lento, avanzaba a trompicones mientras que el *Azabache* empezaba a ganarle terreno.

Pero el *Azabache* no tenía al Capitán Cannek Reed al frente. Jaunty y él trabajaban en concierto, aprovechando el viento, buscando una corriente.

El viento silbó. Las olas los llevaron. Surcaron las aguas cual aves, tocando apenas cada cresta de ola antes de lanzarse otra vez hacia delante en la siguiente.

Eran la encarnación de la velocidad.

Agua y viento en movimiento.

El *Corriente de fe*.

Y estaban ganando terreno.

La distancia se reducía.

Reed podía ver los caballos tallados, con ojos dorados, en la proa, el brillo de las ventanas.

Los cañones del *Corriente de fe* atronaron. Atrincherados tras la borda, el cocinero y la camarera se agazaparon, recargando sus fusiles. En el alcázar del *Azabache*, los oficiales de la capitán Tan se agacharon y soltaron maldiciones. Aguzando la vista, Aly disparó contra el hombro de una lugarteniente. Cooky y Aly festejaron con gritos, entrechocando manos y levantando los puños en un saludo especial.

La teniente se volvió y soltó un gruñido, dejando sus dientes enchapados en oro a la vista. Debía ser Escalia, la oficial de más confianza de Tan.

Pero ¿dónde estaba Tan?

Mientras recorría con la mirada las cubiertas del *Azabache* en busca de su cabellera con hebras de plata, su blusa blanca y el chaleco de cuero, ella apareció en el puente del *Corriente de fe* en un golpe de viento.

Sus ojos grises. Su cicatriz en forma de hoz. Bajó los brazos, como si gracias a ellos hubiera llegado hasta allí.

Igual que Sefia cuando se Teletransportaba.

En la cubierta principal, los marineros de Reed gritaron. Se oyó el chasquido de docenas de seguros amartillando pistolas.

Reed levantó una mano para detenerlos.

—¿Tan? —su voz pareció débil en medio del viento—. Tú…

Ella lo miró de arriba abajo, altiva como siempre.

—Hola, Cannek —el dejo de su voz estropeada había desaparecido y, aunque hablaba muy quedo, sus palabras tenían la precisión de un cincel—. Ojalá no hubieras visto esto. Llegaste antes de lo que esperábamos.

—¿Esperaban? ¿Entonces tú eres…?

Ella levantó una ceja, en un arco perfecto.

—Tanin —la palabra se torció cuando dejó sus labios—, Directora de la Guardia —frunció el ceño—. Exdirectora —precisó.

—¿Desde que nos conocemos? —preguntó él. ¿Y qué había de todo lo que había oído sobre la capitán del *Azabache*? ¿De todas las leyendas? ¿Todas esas violentas historias de riñas de taberna y tratos turbios y carreras contra las tormentas?

¿Alguna sería cierta?

224

—Desde que nos conocemos.

—¿Por qué?

—Por el Amuleto —se encogió levemente de hombros—. Necesitaba ser una buscadora de tesoros, porque quería un tesoro. Porque buscaba respuestas de quienes me habían traicionado... las únicas dos personas que he amado, y estaban muertas. El resto fue... —por unos momentos, no se mostró como la orgullosa y fría miembro de la Guardia sino como la forajida que él conocía, que subía los pies sobre las mesas en las tabernas—, el resto fue por mera diversión.

Reed sintió que acababa de recibir un golpe bajo.

—¿Hiciste todo eso por el Amuleto de la Resurrección?

—¿Lo conseguiste? —lo revisó de arriba abajo con la mirada, como si supiera que lo llevaba al cuello, reposando contra su corazón—. Tu barco se ve más pesado de lo normal. Debes haber encontrado el Tesoro del Rey.

—¿Para qué mandarnos a Dimarion y a mí en esta caza del tesoro, a fin de cuentas? ¿Por qué no fuiste tú misma tras él, si Fieldspar era uno de ustedes?

Al oír el nombre del antiguo Rey, Tanin se quedó inmóvil cual estatua.

—¿Cómo lo supiste? —sus ojos grises se entrecerraron—. Sefia. ¿Se encuentra aquí? ¿Tiene el Libro?

Sin aguardar respuesta, levantó la mano.

La magia golpeó a Reed como un ariete. A todo lo largo del barco, su tripulación perdió el equilibrio y cayó sobre la cubierta. En una fracción de segundo, exploró el barco con la mirada.

—¿Dónde está Sefia?

Cantor estaba ya en la mano de Reed, azul como el mar.

—No aquí.

225

El proyectil salió de la cámara trazando espirales en el preciso momento en que Tanin abría los brazos como un ave blanquinegra que desplegara sus alas. Estaba desapareciendo de la vista cuando la bala la alcanzó entre las costillas.

Reed oyó una maldición distante, y luego Tan había desaparecido, dejando un rastro de sangre y una bala, que fue a impactar contra el mástil que estaba a sus espaldas.

CAPÍTULO 17

Los verdaderos villanos

Archer quiso luchar. Sefia supo que lo había intentado. Pero en el instante en que ella abrió la puerta y los candidatos inundaron el camarote, él empezó a sudar. Empezó a temblar. Después de los tres primeros, vació el tambor de su revólver sin atinar en el blanco.

Una y otra vez, ella hizo retroceder a los candidatos. Rompió huesos, arrancó extremidades, desvió balas destinadas a Archer.

Pero luego de que una granada derribó la puerta, fueron demasiados para evitar que entraran a la cabina. Tenía que sacar a Archer de allí, pero los candidatos la habían arrinconado detrás del sofá perforado a balazos que le servía de barricada. Cuando derrotaba a un muchacho, otro tomaba su lugar, y avanzaba un poco más. Eran implacables.

Eran como él.

Luchadores.

Asesinos.

Eran como los Sangradores pero multiplicados por diez... organizados, letales.

Se puso en pie, movió el armario hacia la puerta abierta y aplastó un cuerpo contra la pared. Los candidatos rápidamente

227

se amontonaron detrás de él, aprovechando la cubierta mientras la bombardeaban.

Puso un mueble con botellas de licor sobre el armario. Las botellas se quebraron y derramaron su olor acre en el suelo. Un sofá de cuero. Cualquier cosa que sirviera para detener el avance de los candidatos, para darle tiempo de llegar hasta Archer.

La puerta estaba bloqueada casi por completo otra vez. Levantó los brazos para mover la mesa tras la cual se había estado protegiendo Archer, y cubrió el último espacio. Mantuvo todo en su lugar con su magia.

Archer estaba acurrucado en el piso, con las manos sobre la cabeza.

Se apresuró a salir de detrás del sofá, pero un soplo de aire la hizo frenar inmediatamente... percibió el olor de una pistola humeante y Tanin se materializó entre Archer y ella.

El cerebro de Sefia daba vueltas.

¿Tanin aquí? ¿Por qué?

Con una mano ocupada en mantener la barricada contra la puerta, miró a la mujer con recelo.

Tanin hizo una mueca, tocándose las costillas. Su mano se manchó de sangre, lo mismo que su blusa de seda. Estaba herida.

Una desventaja.

¿Pero sería suficiente desventaja para que Sefia consiguiera llegar hasta Archer y Teletransportarlo a otro lugar sin perder el control sobre la barricada de la puerta? Los candidatos la golpeaban, podía sentir que arremetían contra su magia.

La mirada de Tanin atravesó, aguda, el camarote:

—Esta vez no tienes el Libro para esconderte —susurró.

—Ya tuve bastante de esconderme —Sefia miró a Archer. Estaba a sólo siete pasos de él. ¿Podría evitar a Tanin e impedir que los candidatos entraran?

228

—Durante toda tu vida es todo lo que has hecho —sonrió—. De nosotros. De mí. ¿Qué creíste que estabas haciendo al correr a tu preciosa Haven...?

Sefia la atacó, palmoteando el aire con su mano libre. Tanin trató de desviarla, pero la herida la hacía lenta y el golpe de magia la alcanzó en el hombro. Se tambaleó.

Ahora Sefia ya estaba sacando un cuchillo de la vaina que llevaba en la cintura. Ya iba volando por el aire.

Tanin entrecerró los ojos tras recuperar el equilibrio. Con un giro de muñeca, desvió el cuchillo con la punta por delante hacia el piso, a sus pies, y unió las manos, creando una oleada de fuerza.

Con los ojos desmesuradamente abiertos, Sefia vio que el sofá se abalanzaba hacia ella, grande y pesado. Saltó a un lado, girando sobre su espalda, cuando Tanin le lanzó un farol roto. Sintió un dolor en las costillas.

Cayó al piso, rodó sobre sí misma, y Tanin la atrapó de nuevo y la lanzó hacia atrás.

Su control sobre la barricada cedió un poco. El armario se astilló.

Sefia arrancó una pata de la mesa y se la lanzó a Tanin.

Ella la hizo a un lado con facilidad, pero esa distracción momentánea le dio oportunidad a Sefia de ponerse en pie y afianzar su magia en la puerta.

Resuelta, Tanin tomó el cuchillo de Sefia del piso y volteó hacia las ventanas que había al fondo de la cabina. Tiró el cuchillo. Dobló los dedos. El vidrio se quebró, y las astillas volaron hacia donde Archer yacía acurrucado en el suelo.

Sefia no tenía suficientes manos. El cuchillo, los vidrios, los candidatos. ¿De qué debía ocuparse?

Eligió los vidrios. Decidió salvar a Archer.

229

Agitando su mano libre en el aire, desvió las puntas de vidrio para que fueran a clavarse en la pared.

El cuchillo se hundió en el brazo con el que sostenía la puerta. Gritó, y dejó caer la mano. En la barricada, la mesa se rompió. El armario se despedazó. Las balas zumbaron por la cabina y las obligaron a ambas, a Tanin y a ella, a buscar un refugio.

Con el cuchillo aún clavado en el brazo, Sefia movió el sofá hacia la puerta, para cubrir los agujeros en la barricada, y arrancó las astillas de vidrio de la pared.

Tanin se estaba parando.

Pero lo hacía con mucha lentitud. El vidrio la alcanzó en la espalda. Soltó un grito.

Tras sacarse el cuchillo del brazo, Sefia saltó para llegar hasta Tanin y derribarla.

Tenía el pie sobre el cuello de Tanin.

Tenía el cuchillo en la mano.

A esta distancia no podía fallar.

Y Kelanna quedaría libre de otro miembro de la Guardia.

Eso es. En un instante, Sefia entendió lo que tenía que hacer, cómo usar el poder de los Escribas para derrotar a todos y cada uno de sus enemigos... la guerra, la Alianza, el destino, el futuro, el Libro.

Pero en ese momento de vacilación, Tanin arremetió y lanzó un golpe hacia arriba con la base de la mano. La magia impactó a Sefia como un ariete contra su quijada y lanzó su cabeza hacia atrás. Durante cosa de un instante, fue todo oscuridad.

Ese segundo fue suficiente para que su control cediera. La barricada se despedazó. Más botellas se rompieron al caer al piso y disparos se colaron en la cabina.

230

Sefia se puso en pie tambaleante, sacudió la cabeza e hizo acopio de su magia. Corrió al lado de Archer. Lo sintió ardiendo. Sintió su respiración entrecortada. Era como si no tuviera suficiente aire.

—Te tengo —susurró, rodeando su cuello con los brazos. Él hundió la cabeza contra ella, y se aferró fuertemente con ambas manos—. Estás a salvo.

Tanin gimió, tratando de levantarse, con las astillas de vidrio clavadas en la espalda, y los candidatos entraron a toda prisa. Sefia y Archer se Teletransportaron al *Corriente de fe, donde* la batalla por Haven rugía en todas direcciones. Se percibía un olor a humo y pólvora, aire de mar y sangre.

—¿Sefia? —en sus brazos, Archer se aferraba al cuarzo que llevaba al cuello, frotando el pulgar contra la superficie lisa una y otra vez, con el rostro surcado por los rastros de lágrimas.

Sin hacer caso de las magulladuras en las costillas y de su brazo herido, Sefia lo abrazó con fuerza:

—No te preocupes —susurró—. Ya sé lo que hay que hacer. Sé cómo podemos salvarte.

Pero ni siquiera con el poder de los Escribas podían evitar la Guerra Roja, que se extendía furiosa en el Mar Central hasta las playas de Oxscini.

Ni tampoco podían contrarrestar la fuerza combinada de la Alianza, con los barcos y soldados de tres reinos.

Sin embargo, la Guardia que controlaba a la Alianza estaba compuesta tan sólo por diez personas: Bibliotecarios, Políticos, Administradores, Soldados, Asesinos. Si lograban detener de alguna forma a esas diez personas, la Guardia estaría aniquilada. La Alianza se disolvería. La Guerra Roja llegaría a su fin.

Y sin una guerra por ganar, Archer no podría cumplir su destino.

Viviría.

Archer se lo había dicho hacía poco más de dos meses a ese bobo cabeza de chorlito que era Haldon Lac.

Los miembros de la Guardia eran los verdaderos villanos. La Guardia era el verdadero objetivo, y no el destino, el futuro o la guerra. La Guardia.

Una amenaza para Roku

Bocabajo en la cama, Tanin no veía mucho más allá de la blanca almohada almidonada y la cabecera tallada, pero podía escuchar el ruido de las tijeras por encima del retumbar continuo de los cañones, y sentía cada lancetazo de dolor mientras cortaban su ropa para poder retirar las astillas de vidrio clavadas en su espalda.

—¿La hija de mi aprendiz te hizo esto? —la voz del Primero era tenue y seca como el humo. Otro tijeretazo.

Tanin no lograba verlo, pero podía percibir el olor de su espada de sangre, que llenaba el camarote con su regusto metálico. Ese olor le recordaba a Mareah, que se había ganado su espada de sangre tras usarla para matar a sus propios padres.

Para llevar a cabo sus truculentas labores, los Asesinos no podían sentir la menor compasión, ni una pizca de misericordia, ningún vínculo con nadie que no perteneciera a la Guardia. No podían siquiera tener nombre. Y era por eso que se referían a ellos como el Primero y la Segunda.

Otro tijeretazo.

—Me habría gustado entrenarla —el Primero empezó a desprender la ropa de su piel. El Maestro Asesino había tomado otra aprendiz tras la traición de Mareah...

la Segunda, la de piel plagada de cicatrices y ojos del color del agua revuelta, que había muerto en el *Corriente de fe*. Y ahora tenía otra aprendiz... Tanin. Pero después de todos esos años, aún hablaba de Mareah como si fuera la única que importara en verdad.

¿Acaso no es cierto?, pensó Tanin antes de poderse contener. Había amado a Mareah y a Lon como si fueran sus hermanos. Casi había llegado a permitirse amar a su hija también.

Por causa de ese amor, había perdido el Libro. Había perdido su puesto. Había sido privada de su nombre. Jamás volvería a permitir que el amor le hiciera algo así. Los sentimientos eran para los débiles. Eso era lo único que Stonegold le había enseñado.

—Desafortunadamente, no la mataste —dijo alguien con voz indolente—, pero te portaste muy bien en Haven, mi loba guardiana —una mano pesada palmoteó la parte de atrás de la cabeza de Tanin, haciendo que el resto de su cuerpo se estremeciera. Podía sentir cada fragmento de vidrio en su piel.

Tanin se mordió el labio y cerró los ojos para esconder su repulsión. Stonegold. El rey de Everica era el Maestro Político de la Guardia, y su actual Director. La había obligado a retirarse. La había hecho rogarle. Eso era lo único que podía hacer ella para evitar abalanzársele encima y tajarle la cara.

Paciencia, se dijo. Si lo asesinaba ante todos esos testigos, los demás guardianes se volverían contra ella de inmediato. Y eso de nada serviría.

—Servir es un placer para mí —susurró—, estimado Director.

En medio de la noche, ella y los candidatos se habían alejado del *Azabache* para hundir todos los barcos que se encontraban en la laguna protegida de Haven y para degollar a quienquiera que se cruzara en su camino. Habían hecho explotar bombas en la casa de Adeline e Isabella, y habían incendiado el bosque. Para cuando los forajidos se enteraron de lo que estaba sucediendo, la Alianza había abierto fuego contra los barcos que patrullaban las aguas más allá de la pequeña isla.

Ella había contado trece del total de las embarcaciones que había al principio, más una recién llegada de Oxscini, el *Crux* y el *Corriente de fe*.

Los forajidos ya no tenían ninguna influencia, ahora que la Alianza tenía cientos de barcos listos para salir al combate.

La áspera voz del Primero llegó como jirón de niebla:

—Es posible que el dolor te produzca algo de náuseas.

Tanin apretó las mandíbulas y no pronunció palabra mientras el Primero empezaba a extraer los trozos de vidrio de su carne. Ella había hecho eso mismo docenas de veces para Mareah: sacando fragmentos de metralla de brazos y piernas, suturado cortes, aplicado ungüento en los verdugones que su Maestro le había provocado. Los Asesinos tenían que entrenarse no sólo para causar heridas sino también para recibirlas, de lo contrario no serían de mucha utilidad.

—Has probado tu lealtad, pero fracasaste en hacer lo que te pedí —el aliento caliente de Stonegold rozó la piel desnuda de la espalda de Tanin—. Fracasaste a la hora de matar a la hija de los traidores. Es la segunda vez que se te escapa desde que te permití seguir con vida. Te lo repito, me temo que no serás capaz de ser nuestra Segunda Asesina.

—Mil disculpas, Director, pero ella tiene una ventaja a su favor. Ella tiene el...

Stonegold la interrumpió con un largo suspiro.

Tanin hizo una pausa.

—No tengo excusa alguna, Director —las palabras le provocaron una mueca de disgusto. Para contener las arcadas, imaginó la mirada en los ojos agonizantes del Director cuando se diera cuenta de que era ella quien lo estaba matando.

De algún lugar detrás de él, le llegaba el sonido de plumillas corriendo a toda prisa sobre un pergamino. Tolem, el aprendiz de Administrador, y June, la aprendiz de Bibliotecario que había reemplazado a Lon, habían sido convocados para que tomaran notas y pasar el reporte a sus Maestros en la Sede Principal.

Hacía tiempo, los dos aprendices le habían temido. Ahora, eran testigos de su humillación.

Tanin volteó la cara para no verlos.

Estaban en el camarote principal del preciado buque insignia de Braca, el *Bárbaro*. El camarote era más amplio que la mayoría, con frisos de las guerras de piedra y agua en Everica tallados en las puertas de los armarios empotrados, y los muros adornados con los galardones militares que la Maestra Soldado había acumulado durante toda su vida... Galones dorados, escarapelas multicolores, escudos... enmarcados en vidrio. Entre esos adornos marciales sencillos, el único objeto que parecía fuera de lugar era un espejo de cuerpo entero, con el marco profusamente tallado con motivos de la Biblioteca. Era un portal para que los guardianes como Stonegold y los aprendices, que no habían llegado a dominar la Teletransportación, pudieran llegar hasta su barco.

Junto a las ventanas del camarote, la Maestra Soldado Braca Terezina III, líder militar de la Alianza, estaba en pie con los brazos cruzados tras la espalda, observando las explosiones que encendían el ciclo nocturno en la distancia. Tras el ataque a La Corona Rota, sus fuerzas se habían abierto paso hacia la Bahía de Battcram, la siguiente línea de defensa de Oxscini. Ahora combatían contra la Armada Real y un refuerzo de naves de la Armada Negra que Roku había enviado en ayuda del Reino del Bosque.

El aprendiz de Braca, Serakeen (Rajar), estaba allá afuera en alguna parte, en la oscuridad, encabezando el ataque en su buque insignia, el *Amalthea,* que antes había sido un barco pirata con un caballo alado en el mascarón de proa.

La luz del farol cayó sobre la casaca de gamuza azul de Braca, sus pistolas de punta de oro, la curva de su rostro quemado. Su nombre ni siquiera era Braca, o al menos no lo había sido en un principio. Cuando era sólo un aprendiz, la Guardia había necesitado que suplantara la identidad de una Soldado muerta en un incendio, para hacer legítimo su lugar en el ejército de Stonegold. Así que se había sometido a que le desfiguraran el rostro, para después aparecer entre las cenizas como Braca Terezina III, que luego ascendería por todos los rangos.

Todos hacían sacrificios por el bien común.

—Voy a asignarte a otro lugar, mi loba guardiana —dijo Stonegold, interrumpiendo las ideas de Tanin—. No volverás al *Azabache* con los candidatos.

Tanin rechinó los dientes. El *Azabache* era su barco. Los candidatos habían sido idea de Lon. Ambas cosas deberían estar bajo su mando. Pero logró mantener firme la voz cuando contestó:

—¿Qué será de ellos?

—Navegarán hacia el sur para invadir Roku.

En el plan original de Lon para la Guerra Roja, no se hablaba específicamente del quinto reino, el más remoto. Había sido territorio del imperio de Oxscini, el reino más pequeño de todos, situado en un archipiélago de escarpadas islas volcánicas cerca del Hielo Eterno, muy útil para obtener los materiales necesarios para la fabricación de armas, pero los vientos fuertes y helados, el hedor de los géiseres, las periódicas erupciones de lava, lluvias de ceniza y avalanchas de lodo convertían a Roku en un lugar tan inhóspito que nadie iba allá a menos que se le obligara.

Sin embargo, ahora la mitad de la Armada Negra estaba aquí, en la Bahía de Batteram, dejando a Roku en situación perfecta para ser tomado.

Una flotilla invasora de la Alianza ya iba en camino hacia allá. En tres semanas atacarían las defensas de Roku, capturarían la capital, Braska, y obligarían a su majestad Ianai a someterse a la Alianza o enfrentaría la ejecución.

Con eso, la Alianza tendría cuatro reinos. Y no pasaría mucho tiempo antes de que Oxscini, el último bastión de resistencia, cayera.

—¿Y qué será de mí, Director? —preguntó Tanin.

No fue Stonegold quien respondió, sino el Primero.

—Deberás permanecer conmigo, en Kelebrandt —susurró. Su voz grave y áspera le produjo un escalofrío que recorrió su espalda—. Es hora de empezar tu entrenamiento para que no falles cuando te enfrentes de nuevo a la hija de mi aprendiz.

CAPÍTULO 18

Suficiente

Sefia cerró el Libro y se preguntó cómo pretendía el destino atraparla de nuevo. ¿Esperaba que se Teletransportara al *Bárbaro*? Si fuera lo suficientemente fuerte, podría enfrentar a la mitad de los guardianes en este preciso momento...

¿*Y luego qué? ¿Matarlos?* Había segado muchas vidas a sus dieciséis años, pero nunca había tenido la intención premeditada de asesinar. Además, Tolem no era mucho mayor que Archer y ella. No lo había visto mucho durante su estadía en la Sede Principal, pero sospechaba que habrían podido llegar a ser amigos, en circunstancias diferentes.

No, el Libro la debía estar manipulando de alguna otra manera, con el conocimiento del ataque a Roku, quizá.

Con un suspiro, apartó un mechón de cabello del rostro de Archer que dormía junto a ella. Luego de su ataque de pánico durante la pelea con los candidatos, había caído en un sueño profundo mientras los capitanes forajidos que aún quedaban se habían reunido en las barracas de Haven con Scarza —en representación de los Sangradores—, Adeline e Isabella, que habían huido hacia la selva durante el ataque, llevando consigo a docenas de forajidos que de otra manera no habrían sobrevivido. Habían invitado a Sefia a unirse, pero ella quería estar junto a Archer cuando éste despertara.

Así que, mientras los líderes de Haven discutían sobre el próximo paso a seguir, ella lo observaba dormir. Y hacía planes.

Debía eliminar a la Guardia, pero no tenía la destreza suficiente para borrar de la historia a toda la organización, y remover a cada individuo sería muy semejante a matarlos uno a uno. Sin embargo, quedaba otra opción...

El plan de su padre para la Guerra Roja. Lo había visto en el Libro, un trozo de papel garabateado e intervenido muchas veces, por diferentes manos, que describía los planes de conquista de la Guardia. Tanin solía conservarlo en su habitación, en una vitrina. Si Sefia borraba ese plan del mundo, si Lon jamás lo concebía, quizás ella podría crear una serie de reacciones como las que había producido cuando borró una planta entera en lugar de un único grano de arroz: la Guardia nunca haría planes para una guerra. Jamás llegaría a contratar a los inscriptores para raptar y mutilar muchachos. Archer viviría.

Sacudió la cabeza.

Al extirpar una sola planta, alguien se había ganado una cicatriz que lo acompañaría el resto de su vida. ¿Qué pasaría si ella eliminaba algo tan importante como el plan de Lon para la Guerra Roja y permitía que ese vacío se extendiera? Ella podría terminar naciendo en el seno de la Guardia. Podría ser que la convirtieran en un arma. Ni siquiera podía garantizar que Archer viviría, porque, incluso si los inscriptores nunca llegaban a raptarlo, eso no quería decir que no muriera por alguna otra razón.

Hiciera lo que hiciera, tenía que controlar su magia.

No, pensó de pronto. *Tengo que controlar la magia de ellos.* Lo que hacía tan formidables a los guardianes era la Iluminación. Los Iluminadores más poderosos (Tanin, el Primero,

242

los Soldados, Erastis y quizá también su actual aprendiz, June, si había avanzado lo suficiente en sus estudios) serían capaces de Teletransportarse y salir de cualquier prisión en la que Sefia los encarcelara. Pero sin sus poderes, serían como cualquier otra persona: susceptibles de ser retenidos entre las paredes de una celda, tras una puerta cerrada.

Si quedara poción tiniebla en los laboratorios de Dotan, podría privarlos de la Iluminación ahora, pero el Maestro Administrador todavía estaba en el proceso de preparar nueva.

Tendría que usar la Ablación para quitarles sus poderes. Y con ella estaría reescribiendo el futuro, haciendo algo que el destino no podría controlar.

Sefia acarició pensativa la cubierta del Libro. ¿Acaso el propio Libro le había dado esa idea? ¿Su plan era parte de alguna trampa elaborada que los llevaría a Archer y a ella a cumplir su destino?

No. Había pensado por primera vez en ese plan mientras peleaba contra Tanin. Y lo que había leído en el Libro había influido sobre la idea inicial.

A excepción de… del ataque a Roku. El *Azabache* y los candidatos iban navegando rumbo al sur con una flota invasora. No era coincidencia que el Libro le hubiera revelado esa información. Quería que viajara hacia el sur.

La pregunta era si lo haría o no. ¿Se rehusaría a entrar en el juego del Libro y permitiría que el ataque tuviera lugar? ¿Sacrificaría a Roku con tal de que Archer y ella siguieran con vida? ¿Elegiría salvar a muchos o sólo a unos cuantos?

Archer dormía y, cuando lo hacía, soñaba que mataba. En los ruedos de pelea. En la cubierta de un barco de la Alianza. En una cantera inundada mientras los muertos trataban de arrastrarlo a las negras olas. Soñaba que mataba a los muchachos que conocía y también a otros sin nombre, pero la mayoría de las veces soñaba que mataba a Kaito.

No importaba cuántas veces lo eliminara Archer, siempre volvía por él.

"No me dejes hablando solo", le decía. Estaba sin camisa en una playa rocosa, con copos de nieve que bailaban en el aire frío como semillas de diente de león. "No nos hagas a un lado."

Archer había estado allí antes, en esa playa congelada, estaba seguro. Trataba de huir corriendo. "¡Quería ayudar a la gente!", decía entre tropiezos. "¡Quería hacer el bien...!"

Pero adonde quiera que fuera, Kaito lo seguía. "Querías matar gente, al igual que yo."

Había un revólver en la mano de Archer. ¿Siempre había estado ahí? "Déjame en paz." Ponía el cañón del arma contra la frente de Kaito: "Ya he terminado contigo".

Kaito no se movía. La tinta negra de sus antebrazos empezaba a extenderse por su piel, más arriba de los codos, hasta los hombros, por el pecho, hasta que llegaba a eclipsar todo menos sus ojos, que brillaban rojos. "Sé lo que eres, Archer. Y no has terminado con nosotros."

Archer tiró del gatillo.

El disparo lo despertó.

—Archer.

¿Kaito? ¿Acaso vuelve para que pueda matarlo de nuevo?

No. No había habido disparos; había sido sólo un sueño. Tampoco era Kaito; estaba muerto. Sin embargo, las palabras habían sido reales... Kaito las había dicho, la noche en que los Sangradores se tatuaron los brazos con palabras que ahora hacían correr escalofríos por su médula.

"Estábamos muertos, pero ahora hemos resurgido."

"Lo que está escrito siempre termina por suceder."

—Estás a salvo, Archer.

—¿Sefia? —murmuró.

Mientras ella lo miraba con sus ojos oscuros, los sucesos del día anterior se derramaron como una catarata. La aparición de los candidatos. El pánico negro que todo lo consumía. Recordaba vagamente la pelea de Sefia con Tanin, y que ella lo había Teletransportado al *Corriente de fe*; la partida de la Alianza.

—La Guardia está planeando atacar Roku —dijo Sefia, poniendo el Libro bajo su brazo—. Y creo que sé cómo detenerlos.

Archer asintió con cabeza temblorosa, retiró las cobijas y empezó a vestirse mientras ella explicaba su plan.

—Pero es el Libro —dijo él—. Si quiere que vayamos a Roku, ¿no significa entonces que no deberíamos hacerlo?

—¿Y dejar que muera toda esa gente?

Él calló. Ella había tenido razón en las cuevas del Tesoro del Rey. La guerra los atraía una y otra y otra vez...

Sefia negó con la cabeza.

—Si lo consigo, lo que está escrito no terminará por suceder, porque voy a reescribir el futuro. Si el Libro no sabe qué es lo que vendrá, no puede atraparnos, sin importar cuál sea la información que revela o que guarda.

Pelearía. Ella pelearía contra la Guardia. Y él...

Archer pelearía, sí. Y mataría, a un soldado de la Alianza tras otro. Produciría más cadáveres, los recuerdos de los muertos seguirían rondando sus sueños, y nunca más sería capaz de descansar.

Pero tenía que hacer algo, ¿cierto? La Guardia seguía allí afuera. Los candidatos también. No podría descansar si no hacía algo para tratar de detenerlos.

245

¿Y qué sucedería si lo invadía el pánico de nuevo?

Siguió a Sefia a través de los incendiados vestigios de las construcciones de Haven, esquivando maderos y muebles ennegrecidos donde antes se habían levantado edificios. Al pasar por los restos colapsados del establo, cubrió su nariz para evitar el olor a piel chamuscada y hueso quemado.

Los líderes de Haven se encontraban reunidos alrededor de una mesa en el devastado centro del jardín. Una mujer estaba sentada a la cabecera, con una de sus piernas levantada; la férula brillaba entre su voluminosa falda. Archer se dio cuenta de que era Isabella Behn, la legendaria armera que había fabricado la pistola conocida como Ama y Señora de la Misericordia. No hablaba mucho, pero volvía la cabeza hacia quien fuera que estuviera hablando, mientras alisaba la blanca nube de cabello detrás de una oreja. Con manos fuertes y regordetas, iba poniendo piedras en un mapa de Kelanna que tenía frente a ella: una en el frente occidental de la guerra en Oxscini, una para la resistencia de Gorman en el norte, la más pequeña para los forajidos en Haven.

A su lado estaba parada otra mujer que sólo podía ser Adeline Osono, la Ama y Señora de la Misericordia. Con su melena blanca y las manos manchadas por la edad, la delgada anciana se veía frágil en comparación con el capitán Dimarion, que estaba a su lado mirando el mapa por encima del hombro de ella, pero seguía siendo, desde todo punto de vista, la tiradora más rápida de todo Kelanna, más incluso que el Capitán Reed. A Archer no le pasó inadvertida la manera en que los demás tenían en cuenta sus opiniones al discutir los siguientes pasos a seguir.

Unos querían ir hacia el norte para unirse a la resistencia de Gorman.

246

Otros querían dispersarse. Haven había sido un experimento fracasado. Los forajidos debían refugiarse en el mar, tal como siempre lo habían hecho.

—Tengo otra idea —dijo Sefia, acercándose a la mesa.

Los forajidos le hicieron un lugar. Scarza pasó el brazo por encima del hombro de Archer, y ambos se tocaron las frentes. Como era usual en el muchacho de cabello plateado, nada dijo, pero no era necesario hacerlo. Tal vez se había enterado de lo sucedido a bordo del *Azabache*. Él, más que nadie, entendía por qué Archer se había desmoronado.

Sefia explicó rápidamente lo que había leído en el Libro: en tres semanas la Alianza invadiría Roku. Si tenían éxito tendrían el control de cuatro de las Cinco Islas. Y luego sería asunto de tiempo que Oxscini cayera también, y que la Alianza, la Guardia, conquistara toda Kelanna.

Por un momento el grupo permaneció en silencio.

Después, Adeline habló, cruzando los brazos.

—Pues sí que traes un pequeño rayo de luz, pequeña. ¿Quién prefiere pasar sus últimos meses borracho? Debe haber algún escondrijo en esta isla que Tan y sus muchachos no hayan tocado.

Al oír mencionar a los candidatos, Archer se estremeció. Aunque cerró los ojos apenas un instante, vio a los muertos en su mente, todos con ojos rojos, comandados por Kaito. Buscó el cuarzo que pendía de su cuello.

Scarza apretó ligeramente su brazo.

—Calla, Adeline —Isabella palmeó la Ama y Señora de la Misericordia—. Deja que la chica termine.

Con un ademán de gratitud, Sefia continuó:

—Archer y yo podemos Teletransportarnos a Braska, para avisar de la invasión. Si nos vamos hoy, eso les dará tres semanas para fortificar sus defensas.

Scarza pasó la mano por su cabello plateado.

—Si la flota de invasión es como la que vimos en Epigloss, no servirá de mucho fortificar las defensas.

—Y dijiste que la mitad de la Armada Negra está en Oxscini —dijo una forajida, una mujer pequeña con cicatrices por todo el rostro—. Su majestad Ianai no tendrá barcos.

—Ahí es donde entramos nosotros —dijo Sefia.

Ella se iría a Roku, como el Libro quería, y allí tendría tres semanas para dominar la Ablación, el primer nivel de los poderes de los Escribas. Si lo hacía bien, podría borrar algunos de los barcos de la Alianza justo debajo de sus marineros, haciendo que tripulantes y cañones se precipitaran al agua incluso antes de que arribaran a Braska. Sería peligroso eso de acatar los planes del destino, pero, al final, ella reescribiría el futuro.

Y estaría preparada para empezar a ocuparse de capturar a los miembros de la Guardia y privarlos de sus poderes.

—¿Y realmente puedes hacer eso, niña? —preguntó Isabella.

Una sombra de sonrisa tironeó los labios de Reed.

—Este par tiene más agallas y talento que casi toda la gente que he conocido. Si hay alguien que puede hundir una flota de barcos sin pelear, probablemente sean ellos dos.

Sefia tomó el borde del mapa entre los dedos.

—No creo que pueda ocuparme de toda la flota, Capitán —confesó—. Por eso necesitaría que también los forajidos fueran a Roku. Para apoyar a la Armada Negra cuando llegue la Alianza.

Al oír sus palabras, los forajidos estallaron en desacuerdo.

—Tres semanas —dijo alguno—. El *Corriente de fe* podría hacerlo, pero ¿qué hay del resto de nosotros?

—El *Corriente de fe* podría guiarnos.

248

—Dejemos que se enfrenten los reinos entre ellos —dijo la capitán del rostro con cicatrices—. No es asunto nuestro.

—Como bien lo sabe, capitán Bee, nos han perseguido hasta casi aniquilarnos —opinó Dimarion—. Es un asunto que preocupa a todos.

—¡Miren quién se ha transformado en la personificación de la bondad y la nobleza! —reviró Bee—. Usted es un pirata y un esclavista. ¡No me venga a dar lecciones sobre el bien común!

—Reconozco cada uno de mis crímenes, y estoy haciendo todo lo que puedo para...

—Yo propongo que cada quién se preocupe por su propio pellejo —interrumpió alguien—. La tierra es para quien la necesite. El mar queda para los libres.

Reed levantó una sola ceja:

—¿Crees que los mares seguirán siendo libres si permitimos que la Alianza prevalezca?

Tomando una piedra en su mano arrugada, Adeline golpeó la mesa con ella un par de veces.

—Silencio, silencio todos —dijo—. Ya oyeron los hechos. Oyeron la propuesta. Este par de chicos irá a Braska para prevenir a su majestad Ianai que la Alianza está en camino. Harán lo que puedan para prepararse para la invasión. La pregunta es ¿quién va hacia el sur, en contra de siglos de tradición, para arriesgar la vida para proteger a un reino de la mayor amenaza contra los forajidos que se haya visto en Kelanna? ¿O van a preferir su propio camino, como lo han hecho siempre antes? Háblenlo con sus tripulaciones y nos vemos aquí en una hora para enterarnos de su decisión.

Archer y Sefia volvieron con Scarza y los Sangradores, que habían estado ayudando a pescar los muertos de la laguna

249

durante toda la mañana. En el agua, los restos de las embarcaciones de forajidos eran como una ciudad en ruinas, quemados y destrozados, medio sumergidos entre las olas. A lo largo de la playa había cadáveres cubiertos con sábanas blancas, alineados en docenas de hileras.

Archer empezó a contarlos mientras los Sangradores se sentaban a su alrededor, discutiendo lo que vendría ahora. Llegó a setenta antes de que los cuerpos más lejanos se hicieran demasiado pequeños para poderlos distinguir con claridad.

Tantos muertos. ¿Sería ése también su legado?

—Archer —Sefia tocó su hombro.

Él parpadeó, acariciando el trozo de cuarzo en su garganta.

—Lo siento, ¿qué decían?

El ceño de Frey se frunció con preocupación.

—Pregunté si habías reconocido a alguien… cuando estabas luchando con los candidatos.

Archer cerró los ojos. Todos debían haber conocido a muchachos que llegaron hasta la Jaula, en Jahara, muchachos que pensaron que estarían perdidos. Pero no podía decir si los candidatos que había visto el día anterior eran desconocidos o ya los había visto antes, o incluso que fueran los muertos que habían regresado para atormentarlo. Cuando abrió los ojos, negó con la cabeza.

—¿Cuántos eran? —preguntó Scarza.

Archer apretó el cuarzo entre su mano y desvió la mirada.

—¿Treinta? ¿Sesenta? —respondió Sefia—. Quizá más.

En su mente, Archer los vio venir hacia él. Vio sus cuellos con cicatrices. Vio sus ojos rojos.

No, estaban vivos. Sólo los muertos tenían los ojos rojos, en sus sueños. Los candidatos estaban vivos, por el momento.

A menos que él los detuviera.

A menos que él los eliminara.

Los Sangradores discutían. Podían unirse a la Jefe Kemura y su resistencia en Gorman. Podían ir a casa, como habrían podido hacerlo meses atrás.

—¿Y qué hay de los candidatos? —preguntó Frey, jugueteando con su pequeño libro de árboles entre las manos—. Son hermanos nuestros.

—No son Sangradores —dijo Keon.

—Pero habrían podido serlo —Aljan levantó la vista de un rollo de pergamino en el que había estado dibujando un mapa de Haven con exquisito detalle. Se frotó los ojos, despintando las manchas de pintura blanca en los extremos de las cejas, y siguió en voz más baja—. Al igual que nosotros habríamos podido ser candidatos.

Frey asintió.

—Somos los únicos que entendemos las cosas por las que habrán pasado. Tenemos un deber con ellos.

Otro de los muchachos sacudió la cabeza.

—¿Y qué podemos hacer? ¿Hacerlos Sangradores? No traicionarán a la Alianza a estas alturas.

—Podemos detenerlos —Frey miró a los demás—. ¿No les debemos ese favor?

—¿Les debemos un favor? —preguntó Keon.

Ella se encogió de hombros.

—Si yo estuviera en su lugar, querría que alguien me impidiera seguir lastimando personas.

—¿Y por qué nosotros? —Keon se retiró de la frente el cabello decolorado en mechones por el sol—. ¿No hemos hecho ya suficiente?

Suficiente. Esa palabra era ajena para Archer. Había empezado con el deseo de hacer algo bueno, para equilibrar todo el daño que había infligido. Había peleado por ello. Había matado. Había cometido errores, y sus víctimas habían regresado a asediarlo en sus sueños. Y quería compensar todo eso. Así que peleaba y mataba, y sus víctimas continuaban apareciendo en sus sueños.

De seguir así, no habría cómo ponerle punto final. Nunca llegaría a ser suficiente.

No quería dejar más cuerpos tras de sí. No quería que la cantidad de muertos que lo rondaban en sueños siguiera creciendo y creciendo, hasta que los viera en filas, en columnas sin fin, con los ojos rojos encendidos.

Tenía que cambiar su destino.

Y podía hacerlo ahora. Con tomar una sencilla decisión.

—¿Archer? —preguntó Scarza amablemente—. ¿Tú qué opinas?

—Yo... ¿se enteraron de lo que me sucedió ayer en el *Azabache*?

Frey y los muchachos asintieron.

—Sé que hay que detener a la Guardia. ¿Cuál es la mejor manera de combatirla? ¿Con mis puños? ¿Con mis armas? ¿Con más... —las lágrimas mojaron sus dedos— derramamiento de sangre? Podría hacerlo, y lo haría. Hay una parte de mí que anhela únicamente eso. Pero después de ayer... no sé si debería. No sé si pueda acabar con todas esas vidas... y seguir viviendo conmigo mismo.

—¿Eso quiere decir que nos dejas? —preguntó Griegi en voz baja. Keon rápidamente abrazó al cocinero a su lado.

Archer secó las lágrimas de sus ojos, avergonzado por rendirse cuando aún podía pelear. Por no hacer todo lo que podía; por lo que su corazón le indicaba que era lo correcto.

Y estaba asustado. Porque... ¿quién era él sin la violencia?

252

—Está bien. Siempre serás nuestro líder —Griegi fue el primero en abrazarlo. Luego Sefia. Después Frey y Aljan y cualquiera que estuviera cerca.

—Detente si tienes que hacerlo —murmuró Frey—. Nadie te lo reprochará.

La voz de Scarza habló con suavidad contra el hombro de Archer.

—Deja que llevemos este fardo por ti durante un tiempo.

Y Archer supo en ese momento quién era sin violencia, sin muertes, sin destino. Hundió el rostro en el cabello de Sefia, llorando muy quedo, con tristeza y alivio.

Viviré.

CAPÍTULO 19

Obra del destino

Una hora más tarde, Archer estaba sentado junto a Sefia y Scarza en los escalones de un invernadero derrumbado, mirando a Adeline e Isabella, quienes se pasaban el revólver de Archer de la una a la otra, mientras las plumas doradas y marfil de la empuñadura brillaban a la luz invernal.

—Entonces, ¿encontraron esto con el Tesoro del Rey? —preguntó la Ama y Señora de la Misericordia, haciendo girar el arma en su dedo de tirar—. Es bonito. Está bien equilibrado. Pero no es obra tuya ¿cierto, mi vida? Reconocería tu trabajo en cualquier parte.

Isabella rio y sacudió la cabeza.

—Lo hizo algún tatara-tatarabuelo mío, creo. Lo llamó Relámpago, en honor a las aves del trueno de la provincia de Shaovinh, extintas hace tiempo.

—Relámpago, ¿no? —dijo Adeline. Se dirigió a Scarza que la miraba cautivado—. Me dicen que tienes muy buena puntería. ¿Qué opinas si probamos tu fusil contra este Relámpago? Claro, si no tienes inconveniente, Archer.

Archer asintió, atónito. ¿El Ama y Señora de la Misericordia usaría su arma? Sería un honor.

Scarza sonrió con timidez, poniéndose en pie.

—Mi fusil se quedó a bordo del *Hermano*, señora. Pero si tiene uno por aquí...

—¿Qué si tenemos uno "por aquí"? —gritó la armera—. Adeline, ve a traer el Largo Brazo de la Ley.

Con una pequeña reverencia, el Ama y Señora de la Misericordia se alejó. Al volver, traía un hermoso fusil colgado del hombro. Se lo arrojó a Scarza, que lo atrapó con su única mano.

—¿Estás listo, muchacho? —preguntó.

Scarza sonrió, y se formaron hoyuelos en las comisuras de su boca.

Mientras disparaban contra blancos que ponían en los restos requemados del establo, Isabella obsequió a Archer y a Sefia con historias de sus días de juventud con Adeline, la única autoridad en un territorio sin ley en el último confín de Liccaro, exigiendo orden de parte de piratas y esclavistas, imponiendo justicia con dedos rápidos y un revólver de plata y marfil.

—Fue toda una experiencia, sin duda —dijo alegremente mientras sobaba su pierna enferma—. Ojalá pudiera contarles todo antes de que mi vieja memoria se deteriore del todo, pero no hay suficientes horas en el día...

—Podría escribirlo. O conseguir a alguien que lo escriba por usted —dijo Scarza, acomodando el rifle en su hombro y disparando su último tiro a través del agujero que la bala de Adeline había dejado en un poste de la cerca.

La Ama y Señora de la Misericordia soltó un silbido de aprobación. Entrecerrando los ojos en dirección al blanco, disparó una bala que rebotó en un abrevadero abollado para entrar exactamente en el blanco. Archer, Sefia y Scarza aplaudieron y ella agradeció con una breve reverencia. Cargó de nuevo las cámaras de Relámpago, lo hizo girar una vez más y se lo tendió a Archer, con la empuñadura por delante.

—Usted debería conservarlo —dijo Archer, ofreciéndoselo a Isabella—, si pertenecía su familia.

Ella le hizo un guiño y luego le dio una palmadita en la mejilla.

—Tengo mis propias pistolas, ¿recuerdas?

Adeline frunció los labios, pensativa, mientras se recostaba en el brazo de la silla de Isabella.

—Apuesto a que Meeks nos ayudaría a poner por escrito algunas de nuestras historias.

—Son buenas historias —Isabella besó la mano de la Ama y Señora de la Misericordia—. Fue una buena vida.

—Y no ha terminado todavía —declaró el Capitán Reed acercándose. Saludó a Scarza llevando la mano a su sombrero—. Muy buena demostración de puntería, muchacho.

Scarza bajó la cabeza para ocultar una sonrisa, y se dejó caer junto a Archer.

Poco a poco, los demás capitanes forajidos fueron llegando a través del arruinado jardín hasta que todos estuvieron reunidos alrededor del mapa y la mesa improvisada.

—¿Bien? —preguntó Adeline con las manos en las caderas—. Escuchemos.

Reed fue el primero en hablar.

—El *Corriente de fe* navegará hacia el sur.

—¿En serio? —preguntó Dimarion levantando una ceja—. El Capitán Reed, la quintaesencia del forajido, está dispuesto a arriesgar su vida, su tripulación y su barco defendiendo uno de los cinco reinos. ¿Estás seguro?

—¿Que si estoy seguro? —rio Reed—. Estaba seguro de que nunca me importaría nadie más allá de mi propia tripu-

257

lación. Estaba seguro de que los forajidos nunca nos agrupa-
ríamos. Estaba seguro de que quería vivir más que nada en
este mundo —extendió las manos ante sí para mostrar los
tatuajes que mostraban sus muchas aventuras—. Y he vivido,
¿cierto? Ahora tengo que otear el horizonte, porque llegó el
momento de otra aventura, una más grande, una que no se
olvide en los próximos mil años... Comandar la resistencia
contra una sociedad secreta de hechiceros empeñados en dominar el mundo.

El capitán pirata soltó una risa.

—Eso suena muy bien, ¿cierto? El *Crux* irá contigo.

Reed levantó una ceja.

—Toda una novedad para tus hábitos piratas.

—Es mi culpa, por pasar tanto tiempo contigo.

—Cuenten con Isabella y conmigo —dijo Adeline—, si
sirven de algo un par de vejestorios como nosotras.

Dimarion se inclinó ante ella en una profunda reverencia,
como si fuera un vasallo en lugar de uno de los forajidos más
temidos del Mar Central. Pero ella era el Ama y Señora de
la Misericordia. Archer supuso que era justamente lo que se
merecía.

Una vez que Sefia y Archer empacaron sus cosas y se despidieron, las tripulaciones del *Corriente de fe*, el *Crux* y el *Hermano* se reunieron en la playa para decirles adiós.

Con su bastón con empuñadura incrustada de rubíes, Dimarion hizo señas a dos de sus marineros que pusieron al
frente un cofre lacado. Cintas rojas colgaban de sus agarra-
deras.

—Un regalo para Roku —dijo, levantando la tapa con una
de sus manos grandes y enjoyadas.

Sefia contuvo la respiración. Adentro, en un nido de satín carmesí, se encontraba el diamante más grande que hubiera visto... Más grande que un cráneo, y brillaba en la mañana como una estrella... El diamante que solía estar entre las manos de la figura del mascarón de proa del *Crux*. Contaban las leyendas que Dimarion había sido alguna vez un capitán de la Armada Negra de Roku, pero que lo habían obsesionado las historias de dragones que vivían en los volcanes del menor de todos los reinos, y de los diamantes que atesoraban. Cuando había tenido oportunidad, había matado al último dragón de Roku y tomado su diamante más grande, con lo cual había ganado su reputación de fuerza, fiereza y avaricia, y quedado desterrado para siempre de las volcánicas playas del menor de los reinos.

—No dejas de sorprenderme —murmuró Reed.

—No conoces ni la mitad de mis historias —dijo Dimarion y se volvió hacia Sefia—: Dile a Ianai que es una muestra de buena voluntad. Si le presentas esto, puede ser que acepte escuchar lo que tienes que decir. Y luego su supervivencia depende de ustedes.

—¿Tan implacable es su majestad? —preguntó Sefia.

—Esa palabra se queda corta.

Archer levantó el cofre con solemnidad, y lo apoyó en su cadera.

—Gracias, capitán —dijo Sefia.

Desde su altura descomunal, Dimarion la miró, y su rostro quedó en la sombra.

—Me agradecerás cuando me veas de nuevo, sobre los despojos de la flota aliada.

Ella sonrió. Desaparecer barcos enteros no sería cosa fácil, pero tenía tres semanas para aprender la Ablación. Tres semanas para cambiar el futuro.

259

—Y hablando de sorpresas… —el capitán del *Crux* giró hacia donde estaba Reed y con un ademán florido sacó un pequeño martillo de un bolsillo interior de su chaleco de brocado. Se veía antiguo y, a través de la costra de pátina, a Sefia le pareció ver imágenes de nubes de tormenta.

El Capitán Reed lo miró un momento.

—¿Es eso lo que creo que es?

—¿No creías que dejaría parte del botín en el fondo de ese *maelstrom*, o sí?

El *maelstrom*. Allí había sido donde Reed había encontrado el Gong del Trueno hacía seis años. Donde las aguas le habían dicho cómo moriría. Donde decidió que navegaría hasta el confín del mundo, porque nadie lo había hecho antes.

Sefia parpadeó. A raíz de su estadía en el *maelstrom*, Reed había ido al lugar de los descarnados. Había pasado al mundo de los muertos para luego regresar.

Parecía que todo fuera obra del destino.

Reed se lo arrebató a Dimarion, y lo sostuvo contra la luz.

—¡Bribón! ¿Lo tuviste todo este tiempo?

El capitán pirata se encogió de hombros sin el menor asomo de disculpa.

—Es muy difícil para un pirata deshacerse de sus tesoros.

—Entonces, más vale que nos vayamos pronto —dijo Sefia.

—¡Ja! —rio Reed.

Dimarion puso gesto adusto.

Sefia parpadeó. Los remolinos de oro aparecieron ante su vista mientras Archer la tomaba por la cintura. Examinó las mareas doradas en busca de su lugar de destino, en el lejano sur, a través de azules tramos de océano, en los antiguos túneles de lava de un volcán largo tiempo inactivo: el castillo en Braska.

260

—Jamás me cansaré de ver esto —dijo Reed con expectativa.

Sefia abrió los brazos, separando las aguas de luz, y Teletransportó a Archer y el cofre junto con ella, atravesando las corrientes, alejándose de la playa, entre los pilares de piedra a las afueras de Haven, por encima del mar y de las islas exteriores de Roku, negras y volcánicas, hasta el castillo al pie del volcán, con ventanas que centelleaban como joyas.

Luego pasaron a través de las paredes, para ir a dar justo al pie del estrado en el que Ianai Brasanegra Raganet ocupaba su trono de obsidiana.

De inmediato, los guardias empuñaron sus lanzas negras y doradas y se cerraron sobre ellos como una horca.

—¿El salón del trono? —murmuró él.

—Buscábamos una audiencia, ¿cierto? —dijo Sefia, mientras retrocedían hacia las ventanas—. Majestad, lamento mucho la interrupción...

—Ustedes no tienen la menor idea de lo que significa lamentar —replicó Ianai, levantándose del trono—. Pero ya aprenderán.

Su majestad no era ni hombre ni mujer, y era mucho más joven de lo que Sefia esperaba... unos años menos que Reed... y de la misma estatura que Aljan, con cabello castaño corto y ojos fríos como lagos de obsidiana. Vestía el uniforme negro de los soldados de su reino, y sólo podía distinguirse de sus guardias por la corona de escamas doradas que portaba y la expresión recelosa en su rostro de pómulos marcados.

—Por favor, majestad, sólo escuch... —tomó el baúl que tenía Archer y soltó un grito cuando uno de los guardias le esgrimió su lanza en el hombro, cortándole las ropas y haciendo brotar un delgado hilo de sangre.

A su lado, sintió a Archer moverse en busca de sus armas. Percibió cómo se aprestaba para saltar.

—No pelees —susurró ella—. Si peleas, jamás nos escucharán.

—"Lo lamento" —Ianai la remedó—. "Por favor..." Ustedes deberían haber hecho acopio de buenos modales antes de aparecerse en mi corte sin que nadie los invitara —hizo un ademán a los guardias, que prendieron a Sefia y Archer por los brazos. El cofre de Dimarion cayó al piso, y allí su tapa barnizada se rompió—. No sé quiénes creen que son, pero antes de que vuelvan a dirigirme la palabra se quedarán en mis mazmorras hasta que aprendan cuál es su lugar.

Pero no había manera de callar a Sefia.

—¡La Alianza viene hacia acá! —gritó mientras los soldados la arrastraban fuera del salón. Parpadeó para invocar su magia y consiguió abrir la tapa del cofre de Dimarion—. ¡Estarán aquí en tres semanas! ¡Mire! ¡Somos sus aliados! ¡Le estamos diciendo la verdad!

Se oyó un jadeo contenido cuando el enorme diamante rodó hacia el negro piso pulido. Sefia sintió que las manos que la sujetaban se aflojaban un poco, aunque el soldado no la soltó.

Su majestad Ianai levantó una ceja.

—Aparecen como enemigos, pero traen presentes como amigos. Resulta obvio que eres una hechicera, y sostienes que pronto seremos atacados. ¿Quién eres?

Dimarion había estado en lo cierto: el diamante había conseguido al menos que Ianai los escuchara. Ahora Sefia debía conseguir que le creyeran.

—Es una larga historia, su majestad.

262

—Entonces, comienza por el principio y hazlo de prisa —dijo—. Si hablas con verdad, no habrá tiempo que perder.

Sefia no pudo evitar sonreír. ¿Una historia que salvara sus vidas y las de miles de ciudadanos de Roku?

Ésa era una historia que bien podía contar.

—Aunque cueste creerlo —comenzó—, así fue como todo comenzó...

CAPÍTULO 20

Corazones rojos que no se romperán

En el recorrido a través de los Pilares Nube y por el corazón de Oxscini, Ed, Lac y Hobs encontraron multitud de refugiados en su huida de la costa. Entre tazas de té de corteza arrancada de algún árbol, Ed oyó historias de la Alianza arremetiendo contra las defensas de la Armada Real en la Bahía de Batteram. Con voces ásperas por el humo, los evacuados describieron fieras batallas entre barcos en llamas que se perseguían en medio de las olas mientras las baterías de la costa vaciaban sus cañones sobre los monstruosos navíos de guerra de la Alianza.

Navíos de guerra de Deliene, pensó Ed con una punzada de remordimiento. Pero luego recordó la flota que había visto en La Corona Rota y se dijo, por quinta vez, por vigesimoprimera vez, por trigésima vez, que, si Arcadimon no se hubiera unido a la Alianza, los habitantes de Deliene tarde o temprano estarían, como éstos de Oxscini, vencidos, asustados, desarraigados.

Ed hizo cuanto pudo en su lento camino a través de los pantanos de Vesper para seguir hacia Kelebrandt, la capital del Reino del Bosque y la protección de la reina Heccata. Organizó partidas de búsqueda. Ayudó a que familiares per-

265

didos se reencontraran. Se esforzó por mantener a la gente protegida y alimentada, al tiempo que, cada tantos días, convencía a Lac de no abandonar la caravana para unirse a la lucha en Batteram. Su actual travesía no era una batalla gloriosa, pero era el lugar en el que más ayuda podían ofrecer.

Para mantener ocupado a Lac, lo encargaba de lavar la ropa, mientras que Hobs iba y venía entre diferentes secciones de la caravana con mensajes, historias y una que otra broma. Y cada vez que sentía que la tristeza lo carcomía por dentro como una marea helada, sacaba algo de tiempo para ocuparse de los caballos. ¡Cómo extrañaba los caballos! ¡Y los perros! Le encantaba pasar tiempo con los perros, gatos, cabras, cerdos y búfalos de agua de los refugiados.

Y sin importar cuánto hubiera hecho, lo exhausto que se encontrara de tanto andar o acarrear agua, al final del día, nunca lograba quedarse dormido con facilidad. Permanecía mirando a lo alto de la tienda que compartía con Lac y Hobs, y su mente se atareaba pensando en nuevas ideas para ayudar a los evacuados, hasta que sus ojos por fin se cerraban y caía en sueños inquietos.

Cada vez que encontraban más refugiados en el camino, les pedían noticias de la Guerra Roja.

Serakeen y su *Amalthea* habían tomado otro fuerte en Batteram, contó una mujer. La Alianza estaba presionando en las entradas a la Bahía de Tsumasai, como la marea que sube por la playa, y no sería posible detenerla.

—La marea siempre termina por bajar —dijo Hobs amablemente.

La mujer sacudió la cabeza.

—Ésta no.

Alguien más reportó que la Armada Real estaba mostrando ser un hueso duro de roer. Ninguno de los invasores había podido romper sus defensas, y ni siquiera la general Terezina y su *Bárbaro* podrían atravesarlas ahora.

Esto sacó a Lac de su abatimiento por no poder unirse nuevamente a los Casacas Rojas, entonces indujo a dos mujeres de la aldea cercana a La Corona Rota a hacer una alegre interpretación de una canción tradicional de Oxscini, que otros evacuados corearon. Las voces fluyeron y se mezclaron entre los árboles hasta que la caravana entera ya estaba cantando.

Mi señora, mi buena señora
¿quién bajo la lluvia llora?
Olvide sus lágrimas ahora
Que días mejores ya vendrán.

Cuando llegaron a las afueras de Kelebrandt, los refugiados empezaron a dispersarse en busca de techo, cuidados médicos o familiares perdidos en los campamentos que la reina Heccata había establecido, hasta que sólo quedaron Ed, Lac y Hobs.

—Muy bien —suspiró Ed al entrar en la ciudad—. Lo logramos.

—¡Al fin! —declaró Lac. Sus rizos castaños habían crecido y los llevaba recogidos en un moño en la coronilla, atado con un trozo de cordel—. Muero por darme un baño.

Ed olfateó. De hecho, luego de un mes en el bosque, a todos les vendría bien un baño. Se preguntó qué diría Arc si pudiera verlo ahora.

Pensar en eso lo hizo poner los pies en la tierra. Arcadimon estaba en el norte, despachando soldados de Deliene a la guerra. Seguramente era parte de la Guardia. Era probable que no volvieran a verse. Y si lo hacían, serían enemigos.

Como si percibieran la tristeza que se adueñaba de Ed, Lac y Hobs lo engancharon por los brazos, y se adentraron en las calles de Kelebrandt andando a un solo paso.

Por todas partes había soldados con sus uniformes rojo y oro. Había estibadores cargando barriles de pólvora y cajas de municiones. Mensajeros con brazaletes negros atravesaban las multitudes, mientras que los huérfanos de la guerra se reunían en grupos para corretear por las calles como manadas de criaturas salvajes. Todos bullían de noticias.

Y de temor.

—¿Qué? —preguntó Ed a alguien que pasaba corriendo, empujando una carretilla cargada de sacos de arena—. ¿Qué está pasando aquí?

Las rodillas de Lac cedieron cuando se enteró. Fue gracias a los rápidos reflejos de Ed, quien pasó el brazo por su cintura, que no se derrumbó en medio de la calle empedrada.

El día anterior, la Alianza encabezada por el *Bárbaro* y el *Amalthea* había diezmado a las defensas de Oxscini en la Bahía de Batteram, que se habían unido a los refuerzos enviados por su majestad Ianai desde Roku, para replegarse en la Bahía de Tsumasai, y se preparaban para el sitio.

—¿Sitio? —repitió Lac mientras seguían su camino a través de la ciudad para llegar al cuartel general de la Armada Roja—. Debimos haber seguido el camino a Batteram cuando todavía podíamos.

—No hubiera implicado mayor diferencia —dijo Hobs amablemente—. Somos dos humildes soldados de a pie y un muchacho que ni siquiera tiene apellido.

268

—La Alianza no logrará entrar a la Bahía de Tsumasai —dijo Ed, tratando de sonar seguro—. Kelebrandt es la capital mejor protegida de toda Kelanna.

Hobs lo miró de soslayo.

—¿Cómo lo sabes?

La verdad era que Ed había estado en las demás capitales... los dilapidados palacios de Umlari, en Liccaro; los distritos de Braska, dispuestos en las costas de la mayor de las islas volcánicas de Roku, y por supuesto, Corabel, la ciudad en la colina, desde la cual se contemplaban las llanuras blancas y los empinados acantilados de Deliene... pero ninguna estaba tan bien defendida como Kelebrandt.

—Me explico... —con un ademán de la mano quiso abarcar la ciudad entera que tenían ante sí— basta con mirarla.

Parte ciudad y parte fortaleza, Kelebrandt tenía tantas murallas y torres, parapetos y almenas como tiendas, ramblas, jardines y fuentes. Grandes puentes de madera, con gruesas estacas de puntas de hierro, cruzaban el enorme río que iba a dar al puerto, luego de trazar magníficos meandros. Allí, en la orilla, estaba el castillo: un bloque de piedra proveniente de Roku y dura madera de Oxscini, laqueada en negro, reforzada con acero. No era tan elegante como el castillo de Corabel, pensó Ed, pero era formidable y sólido, un castillo hecho para la guerra.

Más allá del castillo se encontraba la Bahía de Tsumasai, y allí había plazas y torres fortificadas dispuestas a lo largo de la orilla hasta donde la vista alcanzaba. En las olas, los barcos carmesí de la armada de Oxscini entraban por el oriente y se formaban en ordenadas filas dentro de la bahía.

Esto era lo que se interponía entre la Alianza y el corazón del Reino del Bosque. A decir verdad, las defensas de este reino eran tan impresionantes que Ed difícilmente podía imaginar que cayeran, incluso ante una flota tan grande como la que había visto en La Corona Rota.

Pero si llegaban a caer, y la Alianza entraba en la Bahía de Tsumasai y tomaba Kelebrandt, no pasaría mucho tiempo antes de que el resto de Oxscini cayera, y la Alianza tendría a cuatro de las Cinco Islas bajo su control.

Camino al cuartel general de la Armada Real, una multitud apresurada que corría por la ciudad alcanzó a Ed, Lac y Hobs. Apretujados entre el gentío, Ed podía sentir la energía nerviosa que pulsaba entre una persona y la siguiente, alejándose de la costa para subir por las colinas de Kelebrandt en una sola masa sinuosa.

Poco después, las calles se llenaron de barricadas, con vallas de madera improvisadas que servían para mantener a los peatones en las aceras, y a lo largo de estas barreras se apostaron Casacas Rojas para impedir que la gente las saltara. En el centro de las calles, la caballería marchaba de un lado a otro sobre el empedrado. Pronto, la multitud se hizo tan grande, que Ed, Lac y Hobs no podían moverse más.

—En alguna parte debimos equivocar el camino —gimió Lac.

De puntillas, Ed pudo ver que estaban atrapados en la ladera de una colina. Cuesta abajo, al otro lado de la calle, había casas sobre pilotes enclavados en la montaña, y la ciudad y la bahía se extendían allá abajo. Detrás de ellos, una ladera boscosa ascendía abruptamente, más allá de los guardias y las barricadas.

—Quizá estamos en la fila para un desfile —sugirió Hobs.

Alguien a su lado rio, y sus alegres ojos azules centellearon de emoción.

—¡La reina se dirigirá a su pueblo! En el anfiteatro —con un movimiento de la cabeza señaló una montaña boscosa

270

que se elevaba por encima de la ciudad, donde había un corte en la tierra, en forma de media luna pálida, que constituía el anfiteatro—. Estamos esperando para entrar.

Lac tanteó su ropa manchada y raída sin saber qué hacer.

—¿Veremos a la reina? Su majestad no puede verme así.

Ed trató de sonreír. Había visto a Heccata una vez, de niño, y la recordaba como un enorme buque insignia... imponente, poderosa, fastuosa y peligrosa. Ella le había acariciado la barbilla, y él había retrocedido al contacto de sus dedos fríos.

Lo había barrido con una sola mirada, para decirle luego: "No te amilanes, niño. Un monarca debe ser capaz de mirar el miedo a la cara, sin titubeos".

—Quizá la veremos pasar por aquí en su carroza —dijo alguien con un suspiro—, porque con esta multitud, no creo que logremos llegar hoy al anfiteatro.

Lac pareció alicaído.

—¿Quieres esperar a que pase la carroza de cualquier forma? —preguntó Ed, para levantarle el ánimo—. No creo que podamos avanzar mucho si intentamos irnos ahora.

—Estoy dispuesto a lo que sea con tal de ver a la reina, ¡lo que sea!

El sol fue subiendo en el cielo. Unos cuantos miembros de la multitud, impacientes, se escabulleron entre los soldados hacia la ladera, unos con más éxito que otros, y Ed los vio trepar a los árboles para aparecer poco después entre las ramas, con gesto ansioso. Uno de ellos, un hombre vestido de negro, saltó por encima de las vallas y se agazapó detrás de un tronco, donde se camufló tan perfectamente con las sombras que él mismo parecía una más.

Ed respiró profundamente cuando se levantó el viento. Por encima del olor de su propio cuerpo, habría jurado percibir también un olor metálico, a cobre, tal vez.

271

Tras lo que pareció como una hora de espera, la emoción empezó a recorrer la multitud.

—¡La reina! ¡La reina!

Primero venían los soldados de a pie —sus impecables uniformes despertaron uno que otro suspiro de envidia de Lac—, seguidos por la caballería, que portaba las banderas de Oxscini ondeando al viento.

Lac estiró el cuello en un esfuerzo por divisar a la reina Heccata entre la multitud. Hobs miraba por encima de los hombros de las personas que lo rodeaban.

Y entonces la carroza quedó a la vista. Tirada por seis corceles blancos y flanqueada por un cuerpo de caballería, era todo un esplendor en negro y oro, con el escudo de Oxscini: el árbol y la corona, adornando la puertecilla, y finas cortinas blancas cubriendo las ventanas.

—¡La reina! —murmuró Lac.

Los Casacas Rojas a caballo se movían en apretada formación, y sus cuerpos y estandartes bloqueaban buena parte de la carroza de la vista del público.

Pero entre el ondear de las banderas, los caballos que piafaban moviendo la cabeza y el centelleo de las armas de los soldados, Ed distinguió una silueta coronada dentro de la carroza, que levantaba una mano para saludar.

La multitud vitoreó.

—¡Nos saluda! —gritó Lac.

Más tarde, Ed trataría de recordar si había visto una nube de humo entre los árboles o si había oído un disparo. Pensaría si habría podido hacer algo para proteger a la reina. Pero no, todo había sido tan rápido… Tan sólo un saludo de la reina y luego…

Sangre, sangre que salpicaba las cortinas como docenas de diminutas flores rojas. En la carroza, la reina Heccata se había derrumbado.

Antes de que nadie pudiera reaccionar, se produjo una explosión en el lado opuesto de la calle. Grandes trozos de madera y roca salieron volando desde la cuesta de la colina. El aire se nubló con humo y pólvora cuando las tambaleantes casas colapsaron, y el filo de la montaña empezó a desmoronarse.

Luego vinieron los alaridos.

Los Casacas Rojas se apresuraron a llegar a la carroza. Otros corrieron al sitio de la explosión, mientras la multitud tropezaba en su premura por escapar.

—¡La reina ha muerto! —gritó Lac horrorizado—. Alguien la mató, ¡ante nuestros propios ojos!

Pero Ed no escuchaba. Estaba observando al hombre de negro que bajaba del árbol, como si nada, para luego encaminarse cuesta arriba, y alcanzó a notar que llevaba un fusil bajo su largo abrigo. En medio del caos, nadie se dio cuenta de que estaba escapando.

—¡La reina! —seguía diciendo Lac—. ¿Cómo pudimos permitir que esto pasara?

—¡Un poco de compostura, señor! —Hobs le propinó una bofetada—. Nosotros no tuvimos la culpa de que esto sucediera.

—Pero podemos detener a quien lo hizo —Ed empezó a empujar para abrirse paso entre la multitud—. Vamos, antes de que el asesino escape.

—¿Asesino? ¿Está usted seguro? —para sorpresa suya, su nuevo amigo, el de los ojos azules, ya iba tras sus pasos, y el gozo había desaparecido por completo de su rostro. Sacó un cuchillo—. ¿Adónde?

Lac y Hobs se unieron a ellos mientras Ed saltaba por encima de la valla y los guiaba al bosque.

—¡Asesino! —gritó Lac. Ed dio un respingo, sabiendo que el hombre de negro debía haber oído el grito también—. ¡Huyó por ahí! ¡Guardias!

Persiguieron al asesino cuesta arriba, entre los árboles y por encima de troncos caídos. En determinado punto, su joven amigo se separó de ellos para desaparecer bajo los matorrales.

Reapareció poco después, entre un macizo de hojas filosas, mientras atacaba al hombre con su cuchillo.

El asesino retrocedió de un salto, para desenvainar una espada curva, del color del cobre, en un solo movimiento. Ed se adelantó... se había vuelto más rápido y más fuerte en sus tres meses entre el mar y el camino... sus largas piernas lo empujaron y cerró la distancia, mientras dejaba atrás a Lac y Hobs.

El olor a hierro de la hoja se extendió cuando el filo rozó el cuello de su joven amigo. La sangre que quedó en la espada fue absorbida rápidamente por el metal, pero el resto brotó cuando el joven se desplomó, llevando las manos a su garganta.

—¡No! —Ed frenó al llegar a su lado.

Los ojos azules estaban abiertos, pero no lo veían. Ya estaban muertos.

Se sintió una leve brisa cuando el hombre de negro se movió para atacar de nuevo. Pero se detuvo en medio del giro, y Ed pudo ver claramente el rostro del asesino.

Era mayor, más de lo que él habría pensado a juzgar por su agilidad, con muchas arrugas alrededor de los ojos, y mejillas hundidas y manchadas por el sol.

Por un instante, miró a Ed.

—Ya veo —su voz era como humo. Era como si sus palabras desaparecieran apenas las pronunciaba—. Veo que *él* nos mintió.

274

¿Él?, la mente de Ed daba vueltas enloquecida. *¿Nos mintió?* ¿A quién se refería con ese "nos"?

Arcadimon... y la Guardia.

El asesino sabía quién era Ed, sabía que estaba vivo... y eso significaba que Arc corría peligro. Ed tomó el cuchillo de su joven amigo, que estaba en el suelo, al lado del cadáver.

Pero el hombre de negro era demasiado veloz. La espada relumbró.

Ed no retrocedió.

Antes de que el filo lo alcanzara, un disparo hendió el aire. El asesino bufó cuando una bala dio justo en su clavícula. El tajo mortal había errado.

Ed miró a sus espaldas. Lac sostenía una pistola humeante. A su alrededor, un pequeño pelotón de Casacas Rojas corría hacia el hombre de negro.

Ed se abalanzó sobre él, cosa que probablemente había sido una estupidez digna de Lac, como pensó después. Y la espada del Asesino encontró su muñeca y su muslo.

Pero los Casacas Rojas estaban demasiado cerca. El hombre de negro envainó su acero y huyó a toda prisa, con las manos aprisionando la herida.

Los soldados siguieron de largo, y Lac y Hobs se arrodillaron junto a Ed.

—¡Estás sangrando! —dijo Lac, señalando una obviedad.

Hobs empezó a cubrir sus heridas.

—¿Qué quiso decir con eso de "Veo que él nos mintió"? —preguntó el muchacho, entrecerrando los ojos—. ¿A quién se refiere?

Ed agitó la cabeza sin responder. Arc estaba en peligro, y Ed estaba demasiado lejos para salvarlo.

CAPÍTULO 21

El poder de los Escribas

Quedaban tres semanas. Eso era todo lo que tenía Sefia para dominar la Ablación, una forma de magia ya extinta, con nada más para guiarla en su búsqueda que el Libro, en el cual no podía confiar. ¿Conseguiría hacerlo antes de que el Libro la atrapara en una de sus trampas, o la enredara más profundamente en su destino? ¿Lograría hacerlo antes de que miles murieran en defensa de Roku, y que el Reino de los Volcanes cayera ante la Alianza?

Debía ser más rápida, más lista, más fuerte que el Libro. Tenía que lograrlo.

Por las noches, ponía el Libro en su regazo, estudiaba los progresos de su padre con la Ablación y practicaba los movimientos de las manos junto a la ventana, mientras los barcos iban y venían entre Braska y las demás islas del reino. La Bahía de Brasanegra tenía tres entradas: una al oriente, otra al occidente, y un canal estrecho en el norte, entre dos islas más pequeñas. Si las dos entradas principales estaban cubiertas por lo que quedaba de la Armada Negra, el canal del norte sería el punto más lógico para el ataque invasor de la flota de la Alianza.

Su majestad Ianai había dado órdenes para que las aldeas a lo largo de ese canal fueran entregadas a la armada y la milicia voluntaria, de manera que los ciudadanos que no resultaban esenciales habían sido trasladados a la capital, para ser protegidos tras sus murallas.

Sefia apoyaba la frente contra el vidrio. Allí abajo, los diferentes distritos de Braska estaban separados por profundas cañadas que encauzaban los flujos de lodo cuando los volcanes hacían erupción, enviando los ardientes ríos de lava y roca sin contratiempos a la bahía. El hedor de azufre permeaba la capital, amortiguado apenas por los pebeteros con salvia y flores que estaban dispuestos bajo cada poste de la calle.

Cuando al fin se iba a la cama cada noche, dormía poco, dando tumbos en el colchón excesivamente relleno. Cada vez que cerraba los ojos, veía el Mundo Iluminado, brillante e inmenso, que amenazaba con ahogarla.

Luego de unas horas de sueño intermitente, se vestía con ropa de invierno, tomaba el Libro y dejaba la ciudad antes del amanecer: subía por los cerros que rodeaban la villa para ir hacia los altiplanos. Allí, los géiseres brotaban por respiraderos ocultos de los volcanes y lanzaban humo y vapor sobre las hierbas frágiles y los árboles que el viento había torcido al crecer.

Archer se quedaba en la ciudad, donde cargaba sacos de arena, aprovisionaba torres, evacuaba personas a sus alojamientos temporales y hacía lo que fuera que su majestad Ianai y la Armada Negra requirieran.

Sola en el árido frío, con los negros conos volcánicos de Roku a lo lejos, Sefia practicaba lo que iba aprendiendo del poder de los Escribas.

Para lograr extirpar algo a través de la Ablación sin provocar una oleada de consecuencias, era necesario cortar los hilos de luz que conectaban ese objeto con el resto del mundo. Una simple piedra podía tener docenas de influencias: las demás piedras que había raspado o roto al rodar aguas abajo, las hojas de hierba que había aplastado, los insectos y pequeños roedores a los que había proporcionado refugio, los mineros que se habían tropezado con ella en su camino de regreso a casa desde la cantera.

En el Mundo Iluminado, Sefia cortaba las hebras pulsantes que vinculaban esa piedra a las demás cosas, de manera que, si ésta desaparecía, las raspaduras, fracturas, hojas aplastadas y dedos magullados siguieran existiendo. Los insectos y ratones de campo sobrevivirían. Pero habría lagunas en sus historias... como las maravillas arquitectónicas e innovaciones tecnológicas que los Escribas habían dejado tras de sí al borrar todo rastro de escritura del mundo, pues, aunque la gente podía utilizarlas, nadie podía recordar cuándo o cómo habían sido creadas... así alguien, al quitarse las botas en la noche, podía preguntarse por un moretón que veía en su pie, sin tener idea de cómo se lo había provocado.

Los días pasaban, y sus progresos eran tan lentos que la frustraban. Una vez más deseó estar con su padre y no tenerlo cerca sólo a través del Libro. Juntos habrían podido hablar, habrían podido progresar más rápido.

Pero a menudo el Libro se lo recordaba, pues no la llevaba a la página que ella deseaba: le recordaba que Lon estaba en el lugar de los descarnados, más allá del domo del mundo viviente, con Mareah y Nin. Era un espectro de la persona que solía ser. Incluso si hubiera podido hablarle, no lo habría reconocido.

—Lo sé —dijo en algún momento, cerrando el Libro de golpe—. Pero lo necesito. Déjame verlo.

279

Cuando abrió el Libro, las páginas se separaron justo en una escena de su padre borrando guijarros en una playa cercana a su casa. Pero ella debía extirpar más que eso. Debía remover barcos enteros. La gente de Roku dependía de eso.

Dependía de ella.

Tenía que progresar más.

Con la guía del progreso de su padre, empezó a extirpar hojas de ramas retorcidas. Removió pedruscos. Y luego árboles completos.

Cuando regresó a la ciudad, al anochecer, la construcción seguía en marcha. Sin importar qué hora fuera, la gente seguía atareada trabajando en murallas, levantando atalayas para vigilar desde los acantilados.

Al final de cada día, Archer se sentía exhausto pero satisfecho con el trabajo.

Con ayudar, en lugar de pelear. En lugar de matar. Pero eso no ponía fin a sus pesadillas.

—Todos confían en mí —dijo Sefia, tocando la ventana.

Archer se acercó a ella por detrás; olía a sudor y polvo y lluvia, aunque no había visto una gota caer del cielo en meses.

—No se me ocurre alguien mejor en quien depositar nuestra confianza.

—Me asusta. ¿Cuántos van a morir si no lo consigo?

—Nadie morirá —la hizo girar para quedar de espaldas a la ventana—. Lo digo porque creo en ti, más que en ninguna otra persona en el mundo.

Ella permitió que la abrazara.

—Espero que no te equivoques.

Y la semana se convirtió en dos. Seguían sin indicios de los forajidos, que bien podrían llegar a tiempo, con el *Corriente de fe* a la cabeza.

280

¿Algo los habría detenido? ¿Se toparían con la flota de invasión de la Alianza en su camino a Roku?

Con el paso de los días, Sefia empezó a extirpar chozas abandonadas a la intemperie en las colinas. Borró túneles de minas abandonadas. Removió una serie de construcciones del fondo de una vieja cantera.

¿Podría llegar a extirpar un barco completo?

¿O dos?

¿La mitad de una flota?

Unas pocas horas antes del amanecer, tres semanas después de la llegada de Sefia y Archer, la flota invasora de la Alianza arribó a Roku. Los barcos centelleaban a lo largo del horizonte como una temible ciudad flotante, que se acercaba cada vez más.

Las defensas de Roku habían sido fortificadas. Los cañones, apertrechados con balas. Las milicias voluntarias habían sido dotadas de armamento y entrenadas precipitadamente. Había botes listos para recoger a los heridos de las aguas. Estaban lo más preparados que podían estarlo.

Los empinados cerros que bordeaban el canal que daba acceso por el norte a la Bahía de Brasanegra habían sido evacuados para luego sembrarlos con explosivos que Archer encontró fascinantes. Había que detonar el primero con una mecha, pero si uno los distribuía de la manera correcta, los demás explotarían con el fuego de los anteriores, uno tras otro, en cadena. Si Sefia fracasaba, los explosivos se harían estallar, derribarían las cuestas hacia el agua y hundirían la parte exterior de la flota aliada en su entrada a la bahía.

Era una medida desesperada que su majestad Ianai confiaba en no tener que emplear, porque si Sefia fracasaba... no

281

tenían suficientes barcos para salvarse. Pero un menor número de embarcaciones aliadas podría significar también menos bajas en Roku.

En una de esas aldeas abandonadas de los cerros se encontraban Sefia y Archer, entre los cascarones vacíos de las casas, con las puertas batiendo en el helado viento invernal. Desde allí, la flota de la Alianza pasaría lo suficientemente cerca de ella para que la alcanzara y extirpara la mitad de sus navíos antes de que tuvieran oportunidad de disparar una descarga de cañonazos. Hacia el sur, Sefia podía ver la ciudad de Braska, encendida como un blanco radiante.

Su mirada pasó a las embarcaciones aliadas que empezaban a tomar forma en la distancia. Casi alcanzaba a distinguir las banderas de la Alianza aleteando y enrollándose a la luz de la luna como serpientes azul y oro con lenguas bífidas.

Archer estaba a su lado, y su cuerpo formaba una pantalla que la protegía del viento helado. Sin decir palabra, posó una mano sobre el hombro de ella.

La tibieza del contacto recorrió su cuerpo.

Supo que podía hacerlo.

Supo que lo haría.

Porque él creía y confiaba en ella, y no lo defraudaría.

Parpadeó. La luz se extendió ante su vista como un velo dorado. En el Mundo Iluminado, pudo ver los veinticuatro barcos de la flota aliada que se iban acercando cada vez más, pudo ver cada tornillo herrumbroso en los portillos, cada cabo de soga en el aparejo, cada corazón palpitante de cada soldado.

Respiró hondo.

Y al soltar el aire, sintió que su visión se expandía. Las corrientes de luz se abrían en filamentos de tiempo, en historias

282

cercanas y lejanas. La flota era una densa malla de oro más enredada que cualquier otra cosa que hubiera visto antes, entretejida con venas tan brillantes que parecían latir.

Levantó las manos y empezó su trabajo de Ablación. Trazó su camino a través de partículas de luz. Cortó conexiones. Vio cómo corrientes de oro se apagaban.

—¿Sefia? —preguntó Archer—. Ya casi están aquí.

Se le acababa el tiempo.

No conseguía encontrar todas las conexiones, no lograba romperlas con un corte limpio. Tenía que actuar en ese momento.

Entonces empezó a tirar tajos. Rompió y desgarró. Prácticamente sentía los hilos de la historia que se reventaban entre sus dedos, hasta que tuvo la mitad de la luz de la flota de la Alianza en sus manos.

Y la apagó. Los maderos, el velamen, las jarcias y las sogas, las anclas y sus cadenas, toda la historia de todas las naves se atenuó hasta apagarse, y se desintegró en la nada.

Lo había logrado.

Había extirpado ocho barcos.

Había salvado cientos de vidas, o miles. Sintió que sus extremidades se aflojaban y cedían de alivio.

Y entonces la alcanzaron los gritos.

Abrió los ojos y vio... el horror, pues no había mejor manera de describirlo.

Tal como esperaba, cinco de los barcos aliados habían desaparecido por completo y sus tripulaciones flotaban, asombradas, en las negras aguas. Pero había tres naves que sólo habían sido extirpadas parcialmente... El velamen destrozado, los cañones carcomidos por algo como el ácido, las cubiertas perforadas con cientos de agujeros.

El casco de la nave más cercana se incendió. El humo negro ascendió hacia el cielo mientras las llamas lamían el enredado aparejo, con los mástiles quebrados.

Pero los barcos no eran los únicos vestigios del fracaso de su magia.

A la luz del incendio, pudo ver marineros tambaleándose en las cubiertas escoradas. Era como si los hubieran borrado a medias, y arrastraban sangre, órganos y miembros de su cuerpo que pendían apenas de tendones desnudos.

Una explosión estremeció la oscuridad cuando otro barco estalló en una bola de fuego, tan caliente y brillante que Sefia la percibió en sus mejillas arrasadas por las lágrimas.

Al ver las siluetas pequeñas y desesperadas que se encendían y caían al agua en medio de alaridos, recordó el futuro que el Libro le había predicho: "Destruiría a sus enemigos con un movimiento de su mano. Vería a los hombres arder en medio del mar".

Estaba escrito, y aprender algo de Alteración no sólo no había servido para cambiarlo, sino que había conseguido precisamente que terminara por suceder.

—¿Qué he hecho? —murmuró.

Archer trató de sujetar sus manos.

—Sefia, mírame. ¿Cómo podemos componer esto?

Componerlo. Sí. Tenía que enmendarlo. Soltó sus manos y antes de que él pudiera decir algo, ella ya estaba invocando la Visión, buscando un lugar firme entre los barcos a punto de hundirse, desapareciendo con un movimiento de sus brazos temblorosos.

Y entonces, se vio entre ellos.

Los sonidos la alcanzaron primero: los crujidos de los barcos que el agua arrastraba al fondo, el chasquido de las llamas, los gemidos de las personas que no había extirpado del todo, sus gritos y chillidos roncos y lastimeros.

Habían perdido brazos, piernas, dedos, ojos, parte del tronco. Algunos ya estaban muertos, y entre los cadáveres vio cráneos removidos, masas ennegrecidas en los lugares donde debía estar el pecho. Algunos supervivientes caminaban a gatas hacia ella, boqueando. A una mujer parecían faltarle los huesos, y su cuerpo se transformó en gelatina, el sucio moño rubio de su cabello se despeñó de su cabeza mientras toda su carne colapsaba bajo su propio peso.

En un instante de vacilación de Sefia, un hombre, privado de su piel como una ciruela pelada, se tambaleó hasta ella, suplicando ayuda.

Sefia sintió los músculos calientes y chorreantes del hombre en contacto con su espalda.

—Poor favoor... —el despellejado apenas podía pronunciar las palabras entre sus labios sangrantes.

Sefia asintió. Sollozó al levantar los dedos... e hizo que el cuello del hombre se rompiera, desnucándolo.

Ella no había querido esto. Los soldados de la Alianza morían en medio de una horrible agonía. Cientos. Habían sido sus enemigos, pero no merecían esto.

Con un parpadeo, Sefia sacó uno de sus cuchillos y alzó las manos temblorosas. La hoja flotó al salir de entre sus dedos, volando por el aire, y la luz del fuego bailó sobre el filo de acero.

El barco se hundía, moviéndose y gimiendo bajo sus pies mientras las aguas lo reclamaban. No tenía mucho tiempo a su disposición.

En el Mundo Iluminado, encontró a cada persona que no podría sobrevivir luego de lo que ella había hecho, cada

285

soldado torturado, a medio borrar, que quedaba en el barco, vio su dolor en ardientes chispas de luz, como señales de bengala.

—Lo lamento tanto —susurró, e hizo chasquear los dedos, enviando el cuchillo a través de todo el barco. Uno a uno, los encontró a todos, los que sollozaban, los que gritaban, los inconscientes, y uno a uno, acabó con su dolor.

Su cuchillo cortó el aire, golpeando cráneos, abriendo gargantas.

Se Teletransportó al siguiente barco, y al siguiente, y su cuchillo veloz e inmisericorde (¿o misericordioso?) marcó el punto final de cada vida con un tajo rápido. A algunos, los que quizá podrían recuperarse, los dejó vivos con la esperanza de que sobrevivieran lo suficiente para que los botes de rescate los alcanzaran.

Cuando terminó, todo quedó en silencio a excepción de los crujidos y chasquidos de las llamas, los ruidos del mar tragándose los cuerpos. Las lanchas de rescate, con faroles y doctores, casi habían llegado hasta ella.

Temblando, se Teletransportó de regreso a su posición anterior.

Hacia el occidente, lo que quedaba de la flota invasora se batía en retirada. Las naves de la Armada Negra iban en su persecución.

Y se veían nuevas velas en el horizonte, por el norte. Tambores de guerra y gritos de batalla.

Los forajidos habían llegado: el *Corriente de fe*, el *Hermano* y el *Crux* comandando el ataque. Se internaron entre los navíos de la Alianza como una cuña en la madera, haciendo que los barcos azules se dispersaran al tratar de huir de la Bahía de Brasanegra.

Pero ahí donde había vuelto estaba desierto. Archer no estaba.

—¡Archer! —su voz se oyó fina y tensa como un cable.

Se produjo un ruido de piedras rodando.

—¿Sefia?

Corrió hacia el filo del acantilado, donde encontró a Archer tratando de bajar por la ladera casi vertical, con la preocupación pintada en el rostro.

Al verla, sin embargo, el temor desapareció de su mirada. Regresó a la cima, sin hacer caso de los cortes que las piedras dejaban en sus manos y brazos, y llegó a tiempo para atraparla antes de que cayera de rodillas al suelo.

—Iba a buscarte —dijo, tomándola entre sus brazos.

Por supuesto. Ella debió haberlo sabido. Cerró los ojos con fuerza y se aferró con dedos agarrotados a su camisa.

—Siento mucho que no funcionara —dijo Archer.

—Funcionó. Pero no del todo.

—¿A qué te refieres con que funcionó? ¿Se suponía que la Ablación debía verse... así?

—No, eso fue lo que no funcionó... Pero sí lo logré con los otros barcos.

—¿Cuáles otros barcos?

—Los que borré —se separó de él, con el ceño fruncido—. ¿Cuántos barcos crees que había al principio?

Archer parecía confuso.

—Diecinueve.

—No. Eran veinticuatro, ¿no lo recuerdas? —al verlo sacudir la cabeza, siguió—: ¿De dónde crees que salieron esos mil soldados que había entre las olas?

—No lo sé. Yo... —pasó una mano por su rostro, como si eso pudiera ayudarlo a que los barcos perdidos volvieran a su memoria—. ¿En verdad lo hiciste?

287

Sefia tragó saliva. En verdad lo había hecho. Había re-escrito el mundo. Había cambiado el futuro. Pero eso había tenido un precio. Un precio que ella no estaba dispuesta a pagar de nuevo.

Callejón sin salida

Incapaz de soportar la idea de que Lon y Sefia se contagiaran de su enfermedad, y sabiendo que se transmitía a través del aire que respiraba, en las finas partículas sanguinolentas que expulsaba de sus pulmones al toser, Mareah decidió convertir su espada en tres máscaras. En vista de que absorbía cualquier rastro de sangre al contacto, esperaba que esa misma hoja que había utilizado para ejecutar a sus padres serviría para proteger a su familia de contraer el mal que la estaba matando.

Desenrolló el cuero repujado de la empuñadura, quebró el alma de madera que había debajo, y le pidió a Nin que convirtiera el acero de la hoja en un alambre muy delgado.

Lloró mientras tejía este alambre para convertirlo en una malla flexible. Sus lágrimas hacían sus dedos tan resbalosos que se pinchaba una y otra vez. Los delgados filamentos absorbían la sangre, y eran lo único que quedaba del arma que había permanecido a su lado durante décadas.

Mientras tanto, Lon hacía lo que podía para aliviar los síntomas de Mareah y prolongar su vida.

En las mañanas, mientras Nin cuidaba de Sefia en el pueblo allá abajo, Lon se metía en la cocina y preparaba bebedizos y pociones mágicas. Usando ya su máscara, los llevaba a la habitación donde Mareah guardaba cama, y ella los bebía sin respirar, haciendo gestos por el sabor, por la sensación ardiente en la garganta.

—Debí haberme hecho Administrador —decía él—. ¿Para qué me dediqué a estudiar libros cuando debía estudiar el cuerpo humano? ¿De qué sirven los libros si no permiten salvar a nuestros seres queridos?

Mareah se puso la máscara y apretó ligeramente su mano.

—Tengo fe en ti —alrededor de sus ojos se formaron pequeñas arrugas por la sonrisa que Lon no podía ver.

Siguió estudiando el poder de los Escribas, aprendiendo poco a poco la magia que se necesitaba para eliminar la enfermedad de Mareah y reescribir su futuro.

Hasta que un día supo que no sería posible hacerlo.

El Mundo Iluminado era un entramado de filamentos de historia compartida, hebras individuales... personas, nubes, la sucesión de las estaciones, retoños tiernos, cambios térmicos en lo profundo de la tierra, cada criatura, cada guijarro... y todas convergían y divergían en una red infinita, un laberinto, una extensa y descontrolada historia del mundo.

Algunas de estas hebras eran tan importantes, estaban tan entretejidas con otros objetos, otras vidas, otras historias, que en el Mundo Iluminado relumbraban como fuego, formando conexiones fuertes y brillantes que no podían cortarse sin alterar a lo que estaban unidas.

Y eso era lo que sucedía con la enfermedad de Mareah. Lon no podía eliminarla de sus pulmones sin afectar el resto de su cuerpo, y quizá también resultarían perjudicados su propio cuerpo y el de Sefia.

Sucede que la Ablación era el más sencillo de los poderes de los Escribas, pero también el más cruel. Era una sierra, una segueta. Era como una navaja para desgarrar costuras. Servía para remover partes del Mundo Iluminado, pero no para curar las heridas que provocaba.

Para hacerlo, y llenar los vacíos que quedaban, remendar las aberturas que uno había hecho y coser los bordes de los cortes hechos al mundo, había que usar el otro poder de los Escribas: la Incorporación.

La Incorporación permitía hacer ajustes en el Mundo Iluminado. Servía para crear, para construir, para hacer el mundo de nuevo. Y, lo más relevante para Lon, permitía extirpar las partes más brillantes del Mundo Iluminado sin causar un daño irreparable a la delicada red que las rodeaba.

Pero cuando buscó en el Libro para estudiar el resto de los poderes de los Escribas, se encontró con que esas páginas faltaban. No había ni una.

Alguien las había arrancado.

Gracias a una meticulosa investigación supo que una Bibliotecaria había empezado a retirar rastros de los Escribas en el Libro, comenzando por los niveles superiores de sus poderes, sus secretos mejor guardados, y los había puesto en un cofre sellado en la bóveda de la Biblioteca.

Tantos años con acceso al poder más grande de toda Kelanna, y Lon no lo había sabido.

Esta anciana Bibliotecaria había muerto antes de concluir su tarea, pero el daño al Libro estaba hecho: las

páginas que Lon necesitaba se encontraban resguarda-
das en la guarida de sus enemigos.

La bóveda implicaba un mecanismo complejo y bello. Estaba en lo profundo de la roca intacta de la montaña, y el engranaje de cinco puntas de la puerta estaba
flanqueado por dos cerraduras. Lon recordaba haberlas
estudiado, fascinado, cuando era aprendiz. La de la izquierda se asemejaba a una rosa náutica, adornada con
un sol naciente, una luna creciente y fantasiosas imágenes
de criaturas voladoras —una lechuza, un murciélago, un
halcón, una alondra— talladas en pleno vuelo alrededor
del agujero. El ojo de la derecha estaba rodeado por un
relieve del mítica ave del trueno, con el pico abierto, las
alas extendidas y un relámpago entre las garras. Para
abrir la puerta eran necesarias ambas llaves y una com-
plicada secuencia de giros y vueltas que sólo conocían
los Bibliotecarios y los Directores.

—Tenemos la llave de los Bibliotecarios —dijo Lon.
Nin les había hecho un duplicado once años antes, cuando pensaban que podrían robar el Libro y escapar de
la Guardia sin derramar una gota de sangre, pero sus
planes habían cambiado en el último minuto, y nunca
habían llegado a usar esa llave. Desde entonces, Lon
la había ensartado en una cadena de oro que hacía girar en su dedo mientras recorría la habitación de un lado
para otro, haciendo que los intrincados dientes y guar-
das centellearan a la luz de la ventana.

Era primavera, y había llenado la habitación con flores —en jarrones en la mesita junto a la cama, en el toca-

dor, en el marco de la ventana— que perfumaban todo a su alrededor con los aromas del jardín que Mareah tanto amaba: tierra, retoños, savia, pimpollos.

En la cama, Mareah tosió:

—Sabemos la secuencia de movimientos para abrirla. No podría olvidarla aunque quisiera.

Pero para llegar hasta las páginas arrancadas necesitaban la segunda llave.

Y ésa la llevaba el Director colgada del cuello.

Con un suspiro, Lon sostuvo la llave en su mano.

—Apenas escapamos con vida la primera vez —cuando ambos estaban sanos.

Y no tenían una pequeña niña por la cual velar.

Lon se sentó en la cama, junto a Mareah. Había adelgazado tanto. A través de la máscara, posó sus labios sobre el cabello de ella.

—Lo lamento —susurró.

Cuando ella habló, su voz salió amortiguada por su propia máscara:

—Está bien —dijo—. Era demasiado pedir. Al fin y al cabo, ya lo sabíamos: "Lo que está escrito siempre termina por suceder".

Así que él metió la llave en el fondo del armario, donde guardaban sus monedas y las joyas. Y por primera vez en su vida, se dio por vencido.

CAPÍTULO 22

La hija del hechicero

En el castillo de Braska se preparaba un banquete de celebración para festejar la victoria de Roku sobre la Alianza, en lo que los pregoneros habían llamado la "Batalla de la Bahía de Brasanegra". Durante todo el día, los sirvientes del castillo habían estado ocupados decorando el cavernoso comedor mientras los cocineros preparaban fuentes desbordantes de comida para los forajidos, los Sangradores y los oficiales de la Armada Negra.

El *Azabache* con los candidatos había escapado, junto con otros diez barcos de la Alianza, pero los restantes entre los diecinueve (no, veinticuatro) habían sido capturados o hundidos. Todo el día, la armada se había afanado en tomar posesión de las embarcaciones que quedaban y sus tripulaciones, mientras que un ejército de voluntarios peinaba las aguas para retirar los cuerpos, o lo que de ellos quedaba.

Tendida de lado en la cama, en un ovillo, Sefia los había observado: los negros barcos escoltando a los azules hacia el puerto, los prisioneros desembarcando, los forajidos y los Sangradores que eran acogidos en la capital como héroes. Se había dado la vuelta para dormir.

De haber podido, también se habría rehusado a ir al banquete, pero su majestad Ianai había insistido. Así que se bañó en la piscina de aguas termales volcánicas que había al lado de su habitación. Podría haber dormido un poco más.

Archer entraba y salía de la habitación. A ratos se acostaba a su lado, y su cuerpo envolvía el de ella. A ratos traía té o bandejas de comida que ella apenas probaba.

En algún momento, se puso la ropa que había aparecido en la silla junto a la ventana: la blusa de seda, el corpiño negro y los pantalones a juego con bordados dorados, el saco de terciopelo verde. Una vez, Sefia levantó la vista hacia el espejo y vio a Frey parada a su lado, desenredando su cabello mojado con suavidad. Se veía radiante con un vestido largo, hasta el suelo, de color azul claro, y la pulsera de diamantes del Tesoro del Rey brillando en su muñeca. Frey encontró la mirada de Sefia en el espejo y le sonrió con tristeza. Cuando Sefia volvió a levantar la vista, Frey ya no estaba.

Miró su reflejo. Era la ropa más fina que se hubiera puesto en su vida, pero le costaba ver las telas caras, el polvo de oro que Frey había aplicado en sus párpados, las cintas que había tejido entre su cabello. Lo que veía en el espejo eran los muertos que había tras ella, enfilados como un ejército: los rostros mutilados, sin quijadas o narices, los cráneos incompletos, los rostros de las personas que había desollado y torturado de maneras inimaginables.

Sería la hija de una asesina y del hechicero más poderoso que el mundo había visto en años, y crecería para superar a sus padres en grandeza.

Pero eso tendría un precio.

Siempre hay que pagar un precio.

Había masacrado a más de una centena de personas en una sola noche. A estas alturas, debía haber aniquilado más vidas que Archer.

¿Acaso el Libro había querido que lo hiciera? ¿O era ése su destino?

Jamás volvería a intentar hacer una Ablación de ese tipo. Se miró las manos, el anillo negro y plateado que había sido de su madre centelleaba en uno de sus dedos asesinos.

Nunca.

—¿Sefia?

Volteó para encontrar a Archer allí, ajustando con torpeza sus mangas y, por un instante, incluso a través del aturdimiento que le producía la culpa, se sintió impresionada por lo bien que el saco perfectamente confeccionado seguía el contorno de sus hombros y la manera en que el ribete dorado del traje acentuaba el color de sus ojos.

—¿Estás lista? —preguntó él.

Ella sacudió la cabeza y él se acercó para tomar sus manos.

—No es necesario que vayamos —dijo.

Ella lo miró con ojos entornados.

—¿Crees que su majestad no tendrá inconveniente?

Archer rio.

—Tal vez mande a un guardia armado para que nos arrastre hasta allá.

—Seguro —en todos sus intercambios con Ianai Brasanegra Raganet, había quedado claro que cuando su majestad exigía la presencia de alguien, era imperativo asistir, quisiera o no. Sefia tomó a Archer del brazo, con un suspiro—. Vamos y acabemos con esto de una buena vez.

Nadie en el salón del banquete permaneció sin aplaudir. Por encima de las mesas de fina madera de Oxscini, las velas titilaban en los candelabros y proyectaban oleadas de luz cambiante sobre las montañas de comida y bebida. Antes

297

del festín, su majestad Ianai, con apenas una pequeña tiara de diamantes sobre la cabeza, entregó a Sefia una medalla por sus servicios al reino. Por un lado, tenía grabado el escudo de Roku, por el otro, un dragón, el sello de la familia Raganet.

Ella hizo una reverencia, y estalló el estruendo de los aplausos.

Sefia no creía que la mayoría supiera de los cinco barcos que había extirpado con éxito, pero se preguntaba cuántos sabrían lo que había sucedido con las personas que su magia sólo había borrado a medias. Algunos debían haberse cuestionado al ver los cadáveres despellejados o desmembrados que sacaron del agua. Se preguntó si seguirían aplaudiéndole de conocer toda la verdad.

—Aunque no lo creas —dijo Ianai al ponerle la medalla al cuello—, ayer hiciste algo increíble.

Sefia tragó saliva.

—¿Sabe bien todo lo que hice?

Su majestad asintió, y sus duros ojos negros se suavizaron un poco.

—Archer me lo contó.

—No se siente "increíble".

—Acabar con tantas vidas no debería sentirse como algo increíble —posó una larga mano grácil en su hombro, en un inesperado arrebato de empatía—. Pero también salvaste vidas, las vidas de mi pueblo, y siempre te agradeceré que lo hayas hecho.

Con una nueva reverencia, Sefia volvió a su lugar y dio comienzo el banquete. En las otras mesas, Aljan no podía quitarle los ojos de encima a Frey el tiempo suficiente para comer, y Griegi desmenuzaba cada platillo, deteniéndose sólo para anotar algo en su libro de recetas o soltar alguna exclamación por un bocado en particular, que le ofrecía a Keon en su tenedor. Parpadeando maravillado ante la grandiosa apariencia del salón del castillo, el viejo Goro no dejaba de alisar su obstinado cabello gris que, a pesar de que apenas lo había echado hacia atrás, volvía a levantarse. En la cabecera estaba Reed, al lado de Sefia. Se había lavado, pero no debía tener ropa elegante que ponerse porque vestía lo mismo que Sefia le había visto a bordo del *Corriente de fe* muchas veces antes. Comparado con Dimarion, sentado al frente de ellos, engalanado con sedas y joyas, el Capitán Reed se veía un poco desharrapado, aunque parecía no importarle.

—Archer me cuenta que lo lograste —dijo, tocando cada uno de los cubiertos de oro antes de enderezar un tenedor—. Que hiciste desaparecer por completo cinco naves, como por arte de magia.

Ella asintió.

—Cinco barcos, por completo —repitió, sin dar crédito—. ¿Y nadie recuerda que estaban ahí al principio?

—Sólo yo.

Al oír su voz, la mirada de Reed se suavizó con un toque de compasión.

—También me contó que cometiste errores.

Las lágrimas nublaron repentinamente su vista. Asintió de nuevo.

—Lo siento mucho, pequeña.

Llegó una bandeja de comida, y ella tuvo que hacer un esfuerzo por contener las arcadas que le produjo el olor de la carne asada.

Por debajo de la mesa, Archer le dio un ligero apretón en la mano.

—Ya no estás allá —murmuró—. Estás a salvo.

Secó sus ojos, y respondió al apretón.

—No sé cómo voy a poder vivir con esto. Todas esas personas...

Reed pasó la mirada de ella hacia Archer, para volver a ella.

—Creo que se trata de encontrar un equilibrio: tienes que perdonarte, para que la culpa no te carcoma, pero nunca deberás olvidar, a menos que quieras caer en los mismos errores una vez más.

—No. *Nunca.*

Él levantó su barbilla entre los dedos encallecidos:

—Escúchame bien, Sefia: esta vez, no todo salió bien. A pesar de eso, sin embargo, salvaste un reino. Hiciste algo bueno al fin y al cabo, y sigues siendo una fuerza que hay que tener en cuenta —la besó en la frente—. No te des por vencida.

Mientras el festín continuaba a su alrededor, Sefia movía la comida de un lado a otro en su plato. Había fracasado a la hora de salvar a los muertos que veía cuando cerraba los ojos. Había fracasado a la hora de evitar que su propio futuro terminara por suceder. Pero sí había conseguido cambiar el futuro. Había reescrito el mundo al extirpar cinco naves de guerra de la Alianza, de manera que, en la memoria de todos, menos la suya, la Alianza había enviado una flota invasora de diecinueve barcos en lugar de veinticuatro. Ni siquiera los cientos de marineros que habían sacado de la Bahía de Brasanegra tenían claro cómo habían llegado allí.

Quizás el Libro la había engañado para que cumpliera parte de su destino, pero ella había cambiado algo. Cinco barcos podían no ser suficientes para reescribir por completo el futuro, pero algo era algo. No estaba todavía en un callejón sin salida, sin opciones. Aún podía pelear.

El Capitán Reed tenía razón. No podía darse por vencida. Si lo hacía, el destino se apoderaría de ella. Y de Archer.

Tendría que intentarlo de nuevo, pero no hasta que tuviera todo el poder de los Escribas en sus manos.

Su padre no había tenido los recursos para obtener las páginas que se guardaban en la bóveda, pero Sefia sí. Podía hacer lo que Lon no había logrado. Gracias a Mareah, que le había enseñado el alfabeto y le había cantado sus canciones secretas, ya tenía una de las herramientas que necesitaba.

Lo había sabido en el momento en que reconoció, en la descripción de su padre, los dos agujeros de la cerradura de la bóveda, adornados con aves variadas. Para abrir la puerta, había dicho, eran necesarias dos llaves y una compleja secuencia de giros y vueltas que sólo conocían los Bibliotecarios y Directores.

Bueno, pensó Sefia, *sólo los Bibliotecarios y los Directores, y mi madre.*

La canción que Mareah le había cantado noche tras noche le había dado la serie de rotaciones que requería para abrir la bóveda.

"Halconcito, halconcito, lejos de aquí no te vayas..."

Y había que girar la llave de la izquierda hacía la figura del águila.

"Atrapa a tu presa con poderosas garras."

Y había que girar la llave de la derecha hacia las garras del ave del trueno.

Sefia sabía que su padre había descubierto los bloques de letras que Mareah había utilizado para enseñarle a leer, pero se preguntó si se habría enterado que también pretendía enseñarle cómo robar los secretos más ocultos de la Guardia, ya que ella estaba demasiado enferma para hacerlo por sí misma.

Conociendo la secuencia, ahora Sefia sólo necesitaba las llaves. Una copia de la llave del Bibliotecario debía estar en la casa sobre la colina con vistas al mar, en el armario que su padre había disimulado con magia.

Pero la llave del Director debía estar en manos del Rey Darion Stonegold, a bordo del *Bárbaro*, en el frente de la Batalla en la Bahía de Batteram, en Oxscini.

La llave. El Director.

Si se salía con la suya, podría capturar a la figura más importante en la Guerra Roja y lograr el acceso a la segunda mitad de los poderes de los Escribas, todo de un golpe. Por ser un Político, Stonegold carecía de la destreza para Teletransportarse fuera de una prisión. Podía privarlo de su magia una vez que robara las páginas de la bóveda y aprendiera la Alteración.

Y mientras tanto, la Alianza perdería a su líder. Incluso a la Guardia le tomaría algo de tiempo recuperarse de un golpe como ése. Tiempo que Sefia aprovecharía para encontrar y capturar al resto de los guardianes y extirpar sus poderes.

La Alianza se dispersaría. La Guerra Roja tendría que detenerse.

Y sin una guerra por luchar, Archer viviría.

Le explicó su plan a la mañana siguiente, mientras la ciudad despertaba de sus festejos. Bajo su ventana, la gente se tambaleaba por las empinadas calles, de regreso a casa, andando entre bengalas quemadas y guirnaldas pisoteadas.

—Ya hice lo que se suponía que debía hacer. Cumplí con mi destino. Maté... —tragó saliva— a toda esa gente. Sólo queda una cosa que tengo que evitar ahora.

Ya había perdido a sus padres. Tenía que asegurarse de no perder a sus amigos, a sus aliados, al muchacho que amaba.

302

Archer cruzó los brazos.

—La leyenda también dice que cambiarás el curso de la guerra, y eso aún no lo has hecho.

—Cambié el resultado de la Batalla de la Bahía de Brasanegra —se encogió de hombros poniéndose un abrigo—, ¿eso no cuenta?

—Si cuenta, entonces sólo hiciste lo que estabas destinada a hacer desde el principio —suspiró—, y si desapareciste esos barcos sólo porque se suponía que debías hacerlo, entonces nada cambiaste. No puedes salir ganando siempre.

Sefia se dejó caer en el borde de la cama. Archer tenía razón.

Si extirpar los barcos de la Alianza y cambiar con ello el resultado de la batalla era el suceso al cual se referían las leyendas, modificar el curso de la guerra más mortífera que Kelanna hubiera visto, entonces no había hecho sino conseguir que su futuro terminara por suceder.

Pero si esa parte de la leyenda aún no sucedía, entonces estaba en su poder cambiarla. Si esa parte de la leyenda todavía estaba por venir, también estaba la esperanza... y el peligro.

Y necesitaría todo el poder de los Escribas para superarlo.

—¿Tú viste veinticuatro barcos allá afuera? —preguntó Sefia.

—No. Sólo diecinueve, incluyendo los tres que tú... —su voz se perdió en el silencio.

—... que yo destruí —dijo ella, terminando la frase. Cerró los ojos y vio a sus víctimas... desfiguradas y desmembradas, agonizando sobre las cubiertas que se desmoronaban... y se prometió que nunca más intentaría usar la Ablación hasta que hubiera dominado por completo la Alteración.

—Porque sólo contaba con la mitad de los poderes de los Escribas —agregó—, pero aun así, alteré el futuro. Si consigo aprender el resto de la Alteración, creo que podré cambiar el destino de ambos... Sin provocar más muertes.

Archer guardaba silencio y frotaba el cuarzo con su pulgar.

Ella le tendió la mano.

—¿Estás conmigo?

Como respuesta, él rodeó su cintura con sus brazos.

—Siempre.

Ella parpadeó y abriendo los brazos, los Teletransportó a la casa en la colina con vistas al mar.

La nieve cubría la colina, los escalones. Al abrir la puerta rota, vio pequeños montones blancos que se habían acumulado bajo las ventanas con cristales quebrados, salpicando las deterioradas cortinas y los trozos de cerámica dispersos en el suelo.

Mientras Archer permanecía en el centro de la habitación, mirando lentamente a su alrededor, Sefia se abrió camino hasta el armario oculto. Allí, abrió la puerta y cayó de rodillas, sacando a manotadas los lingotes de oro, las monedas desparramadas, los paquetes de semillas.

Encontró la llave oculta entre el piso y un tablón de la base, cerca del fondo. Con cuidado, frotó la superficie con su dedo y le sopló para despejar los años de polvo y mugre.

Era una exquisitez. La llave tenía la forma de un ave del trueno, con ojos de rubíes, y relieves de plumas por todo lo largo del cuerpo hacia el extremo.

Nin la había hecho a partir de un molde de la llave de Erastis.

Sefia sabía que Nin era una cerrajera experta, pero no tenía idea de que también fuera una artista, con un ojo irreprochable para la belleza.

Deslizó la cadena en su cuello. Sintió la llave contra su pecho, sobre su corazón, y se preguntó si la original sería al menos la mitad de bella.

—¿La encontraste? —preguntó Archer desde atrás.

Sefia asintió. Al apoyarse sobre sus talones, provocó sin querer un alud de paquetes de semillas... ricino, regaliz, neguilla, delfinio, dama de noche, ranúnculo... se detuvo un momento antes de meter a su bolsillo un paquete de semillas de estricnina. Si iba a luchar contra la Guardia, podrían resultarle útiles.

—Ésta era tu casa, tu hogar —dijo Archer mientras ella salía del armario.

Ella asintió de nuevo.

—Debió ser bonita.

—Lo fue, hace tiempo.

Recorrieron la casa. Sefia iba señalando: la silla en la que Lon solía contarle cuentos junto a la chimenea; la cocina, en la que su madre había limpiado pollos y fileteado pescado con golpes rápidos y certeros de sus cuchillos; la habitación en el sótano, donde Archer encontró un muñeco de felpa mohoso en forma de cocodrilo.

Al final, terminaron en el jardín, cubierto de nieve.

—Si puedo salirme con la mía, los dos seremos libres —dijo Sefia, su aliento se convirtió en vapor en el aire frío—. Pero parece que todavía tenemos un largo camino por recorrer.

—Robar la llave del Director. Colarnos en la Biblioteca. Aprender y dominar un poder que nadie ha usado en miles de años —Archer enumeró las tareas con los dedos—, ¿qué podría salir mal?

Ella lo miró con una sonrisa poco entusiasta, y él la abrazó al instante.

305

—Estaré contigo —dijo.

—Implicará pelear de nuevo... y tal vez matar —sintió cómo se revolvía su estómago de sólo pensarlo. ¡Ambos habían provocado ya tanto derramamiento de sangre!

—No lo haré, Sefia, a menos que no tenga alternativa —su voz se oía pesarosa.

—Espero que no tengas que hacerlo —si todo se ajustaba al plan, vencerían al destino sin necesidad de sacrificar otra vida.

Pero el destino tenía sus propios planes, por supuesto. Cuando se Teletransportaron de vuelta al castillo en Braska, Frey los estaba aguardando, aún con su vestido de la noche anterior.

—¿Dónde estaban? —preguntó, exigiendo respuesta—. Todo el mundo los ha estado buscando.

—¿Qué sucede? —preguntó Sefia, mirando por la ventana. Pero no se veían naves enemigas en la Bahía de Brasanegra. La ciudad parecía a salvo.

—Un barco mensajero llegó esta mañana —dijo Frey—. La Alianza tomó la Bahía de Batteram. La capital de Oxscini está sitiada.

CAPÍTULO 23

Olía a mar, a hierro y tierra

Cannek Reed despertó con el murmullo de las aguas: "Pronto, pronto, pronto".

Salió de su camarote tambaleándose, mientras se ponía el abrigo. En la helada aurora, Horse y la doctora eran los únicos en cubierta; sentados bajo una cobija en la cofa, observaban cómo desaparecían las constelaciones. El humo formaba volutas al subir por las chimeneas de las cocinas, y olía a pan de canela. El resto del *Corriente de fe* parecía dormir... la tripulación soñaba en sus literas, los maderos crujían y gemían como la respiración de alguna enorme bestia durmiente. Desde arriba, la doctora y Horse lo miraron, y en el rostro del carpintero se dibujó una de sus amplias y animadas sonrisas, de ésas capaces de alegrar hasta el más sombrío corazón. Reed se llevó la mano al sombrero para saludarlos, palmoteó la barandilla rápidamente y bajó por la pasarela.

Al llegar al muelle, vio las olas que acariciaban el casco, llenas de estrellas. "Pronto, pronto, pronto".

Los forajidos y el consejo de guerra de Ianai habían pasado el día anterior en discusiones. ¿Acaso lo que quedaba de la Armada Negra debería navegar a Oxscini para salvar a sus hermanos de Roku, atrapados en la Bahía de Tsumasai? ¿Estaban los forajidos dispuestos a arriesgar una vez más sus barcos por un reino en el cual no tenían ni arte ni parte?

Según el mensajero, el Rey Darion Stonegold y sus dos generales, Braca Terezina III y Serakeen, tenían una flota de más de doscientas naves. Incluso si todos los barcos forajidos aceptaban acudir en ayuda de Oxscini, los enemigos los superarían en proporción de doce a uno.

¿A qué podían aspirar?

Las pisadas de Reed resonaron sobre las planchas de madera al pasar junto al *Crux* y al *Tuerto*, e inhaló los característicos olores de Braska a mar, salvia y azufre. Bajo sus pies, las aguas seguían llamándolo: "Pronto, pronto, pronto".

En el otro extremo del puerto, donde estaban atracadas las embarcaciones civiles, le rentó un esquife a un pescador y zarpó a través de las inquietas aguas de la Bahía de Brasanegra.

"Pronto", murmuró el mar.

Casi seis años antes, le había prometido que moriría en el mar. Que recibiría un último beso de la solitaria brisa salina. Que el Verdugo estaría en su mano. Que vería un diente de león blanco flotando por encima de la cubierta.

¿Sucedería en Oxscini, si llevaba el *Corriente de fe* a pelear allí? ¿Incluso si no era temporada de dientes de león?

¿Y luego la explosión?

¿Su final? ¿El final de su barco?

Si sucedería en Oxscini, ¿podía pedirle a su tripulación que fuera allí?

Reed hizo virar el esquife hacia el sur, bordeó la dentada costa de la isla más grande de Roku y dejó atrás los distritos de la capital, desdibujados por el humo. Por encima de él, los acantilados se elevaban negros y empinados.

Pon la vista en el horizonte, se dijo. *Allí es donde están las aventuras.* Si estaba por suceder pronto, vería algo que no había visto antes.

Se inclinó por un lado del esquife para tocar el mar, que acarició la palma de su mano con un frío que le resultó familiar.

—Llévame a una aventura —murmuró.

Y las aguas cumplieron.

Lo llevaron más allá de las montañas costeras, tan altas que las cimas se perdían entre las nubes, más allá de las cataratas que se hundían de cabeza en el mar, de paso junto a puntas de piedra negra que asomaban desde el lecho marino, hasta que llegó al lado sur de uno de los volcanes más activos de Roku. A diferencia de los majestuosos conos visibles desde el lado norte de la isla, éste era poco más que una colina a esta distancia, con un agujero en un lado y un río de roca fundida que bajaba formando canales a lo largo de una amplia llanura negra, hasta llegar al mar. En la costa, torrentes de fuego se filtraban desde la orilla y dejaban caer materia de un rojo incandescente a las olas; allí, las aguas bufaban y chisporroteaban, exhalando nubes de vapor.

Reed se recostó en el esquife y entrelazó las manos bajo su cabeza.

—No está mal —dijo—, no es fabuloso, pero no está nada mal.

Vio cómo las bolsas de gas en la roca fundida ardían al caer hacia el agua, llameando radiantes antes de extinguirse en el mar.

¿Cuántas bajas y pérdidas habría tenido la Armada Real de Oxscini en su intento por defender la Bahía de Batteram? Si tenían suficientes navíos, todavía podrían pelear a la par

309

que la Alianza... Y dieciséis barcos forajidos podrían ser suficientes para inclinar la balanza a su favor.

O podría ser que a todos los acribillaran a cañonazos antes de que llegaran a Kelebrandt.

La capital estaba en el lado norte de la Bahía de Tsumasai que, a su vez, tenía cuatro puntos de acceso. La entrada occidental tenía tan poca profundidad que los buques de guerra de Stonegold no podrían utilizarla. Las dos entradas del lado oriental eran las más amplias y difíciles de defender; la Alianza estaría concentrando allí sus fuerzas.

Pero la entrada sur... era la más estrecha y alejada de Kelebrandt. No se necesitaban más de doce barcos para defenderla, en un lado o en otro. Más de veinte sería un desperdicio.

Si los forajidos atacaban las fuerzas de la Alianza en la entrada sur, podrían romper el sitio. La armada de Oxscini podría rodear la flota aliada para así atacar en dos frentes.

Y dieciséis naves forajidas podrían ser definitivas en la guerra.

¿Cuál sería el precio?

"Pronto", murmuró el agua.

—¿No podrías precisar más detalles? —preguntó Reed.

El agua permaneció en silencio.

Con un suspiro, tocó el contorno del Amuleto de la Resurrección, entre su camisa y su pecho tatuado. Cabía la posibilidad de que funcionara sin la pieza faltante, pero él sabía que no era muy probable. Sin el último trozo, no era más que un simple objeto de botín sin demasiado valor. No serviría para salvarlo.

Podía ir a buscar ese trozo. Podía partir ahora hacia la Ciudadela de los Historiadores, en Corabel, en busca de relatos del Amuleto, confiando en que eludiría las patrullas de la Alianza de alguna manera.

310

¿Y podía dejar que Oxscini cayera? ¿Podía abandonar a sus compañeros forajidos, si es que decidían ir?

Mientras miraba la costa ardiente, vio que algo se movía en los negros cerros... Algo grande, y rápido, con una piel oscura y rugosa que le permitía camuflarse entre las rocas... Y siguió moviéndose entre las piedras puntiagudas para deslizarse al agua prácticamente sin hacer ruido.

¿Qué había sido eso?

Por un instante, apenas se atrevió respirar.

Y entonces, una cabeza gigantesca, en forma romboidal, asomó de entre las aguas. La roja lava goteó sobre su frente, silbando, y cayó en gotas desde su hocico escamoso hacia el mar.

Un dragón.

Un dragón verdadero. Reed pensaba que Dimarion había matado al último.

Lentamente, la criatura nadó hacia él; su largo cuerpo ondulaba entre las olas como el de un cocodrilo. El lomo y la cola estaban revestidos con gruesas placas. Era capaz de quebrar el esquife por la mitad como si fuera una ramita. Podía arrancarle un brazo de un solo mordisco.

Pero él era el Capitán Cannek Reed.

Vivía por cosas como ésta.

Se apresuró a llegar a la proa de su lancha y se inclinó hacia el agua mientras el dragón se aproximaba. La criatura se detuvo a un par de metros del esquife y lo miró con sus amarillos ojos entrecerrados.

—No pienso lastimarte —murmuró Reed.

En respuesta, el dragón emitió un sonido entre ronroneo y gruñido. Algunas burbujas escaparon de entre sus dientes. Se levantó entonces por encima de las olas: la ancha cabeza de víbora, el cuello elegante, las patas delanteras con sus garras, plegadas justo bajo la superficie. Olía a mar, a hierro y tierra. Pareció estudiarlo unos momentos, con la cabeza meciéndose de un lado a otro.

Con cautela, Reed levantó una mano.

Un aliento candente, con olor a pescado, lo barrió. Era como levantar la tapa de una olla de cocido para recibir un golpe de vapor.

Aguardó.

Y entonces el dragón presionó su nariz contra la palma de la mano de Reed. Sus escamas eran casi insoportablemente calientes, pero no retiró la mano. De lo profundo de la garganta de la criatura surgió ese rumor suave otra vez, como el distante rodar de una roca.

Luego de un momento, se hundió entre las olas de nuevo, batiendo la cola, y pasó por debajo del esquife en su camino al mar.

Reed lo observó hasta que ya no pudo distinguir su oscura forma bajo la superficie. Y entonces izó la vela.

Los viejos tiempos no habían terminado. Los forajidos aún estaban allí, y todavía quedaban aventuras por vivir, aguas inexploradas por navegar, cosas extrañas y bellas y mortales para experimentar en este mundo maravilloso y terrible.

Si sólo pudiera añadir una historia más a la colección de su vida antes de dejar el mundo, ¿cuál querría que fuera? ¿La búsqueda de algo que bien podía no encontrar jamás, y su final, derribado un día cualquiera por una patrulla de la Alianza en algún punto de la costa de Deliene? ¿O la lucha por los viejos tiempos, los antiguos modos, las costumbres de los libres?

312

Porque si Oxscini caía ante la Alianza, no tomaría mucho para que el resto de Kelanna también cayera... Junto con los forajidos.

¿Se contarían historias de su última batalla en la entrada de la Bahía de Tsumasai... un forajido, un héroe que rompería el cerco, con escasísimas probabilidades?

Había peores formas de morir. Peores razones por las cuales ser recordado.

El Capitán Cannek Reed iría a la guerra.

CAPÍTULO 24

Más de una trampa

Organizar un ataque desde dos frentes y a la vez romper el cerco de la Alianza por la entrada sur de la Bahía de Tsumasai fue el plan que el Capitán Reed presentó esa noche, cuando apenas acababa de ponerse el sol, tras su regreso del otro extremo de la isla.

Se veía tan seguro, con esas maneras directas y audaces tan propias de él, que los demás capitanes rápidamente se unieron a su propuesta. Al igual que los Sangradores. El *Azabache* y los candidatos seguían por ahí, y aunque no habían combatido durante la batalla de la Bahía de Brasanegra, las ansias de los Sangradores por detenerlos no se habían reducido.

Estaban siguiendo el ejemplo de la Jefe Kemura y los clanes de Gorman. Estaban formando la resistencia.

Durante días, mientras los forajidos se preparaban para la guerra, Sefia y Archer discutían sobre usar o no el Libro para localizar a Stonegold. Estaban de acuerdo en que había que capturarlo y obtener su llave de la bóveda para que Sefia pudiera dominar el resto de los poderes de los Escribas, pero no se ponían de acuerdo en la manera de hacerlo.

—El Libro casi lleva a la muerte de Aljan, porque nada te dijo sobre el veneno que nubla los poderes —dijo Archer.

—Pero también me llevó a los Sangradores —contestó ella, embutiendo una pasta blanca fabricada con las semillas de estricnina en el compartimento del anillo de su madre. No quería usarlo, pero, si ganaba esta discusión con Archer, tendría que enfrentarse al Libro, y quería estar preparada para cualquier cosa que el futuro les pusiera delante—. Y nos llevó a Braska.

Archer pasó los dedos por su cabello.

—Pero mira lo que sucedió en Braska.

Sefia cerró la tapa del compartimento, donde la diminuta hoja que operaba un resorte estaría esperando hasta que la necesitara, aunque ella confiaba en no tener que usarla.

—No tienes que recordármelo —respondió.

—Entonces, ¿por qué estás tan ansiosa de usar el Libro cuando podríamos esperar hasta llegar a Oxscini y encontrar al Director nosotros mismos?

—Porque se nos acaba el tiempo para detener a la Guardia antes de que conquiste Oxscini. La Alianza podría capturar la capital cualquiera de estos días.

Archer calló, y Sefia se dio cuenta de que había tocado un punto que él no podía refutar.

Pero él tenía razón. El Libro seguramente les reservaba más de una trampa. Podrían ser capaces de evitar algunas, pero el destino siempre los alcanzaba, de una forma u otra. ¿Acaso llegar hasta Stonegold y su llave ameritaba las consecuencias que no podían anticipar?

La llave podía ser el final de la guerra. Podía salvar a Archer. Y eso lo valía todo.

No fue sino hasta la noche, mientras los forajidos y los Sangradores cargaban sus barcos con las últimas provisiones, que Archer le habló de nuevo.

—Muy bien —dijo—. Hagámoslo ahora, antes de que la Alianza se fortalezca más. Si les arrancamos a Stonegold, no tendrán líder. Tal vez queden tan debilitados que incluso la sola Armada Real alcance a derrotarlos.

Sefia asintió.

—Y la guerra podría terminar.

Archer suspiró, y tomó sus manos.

—Ten cuidado. El Libro querrá manipularnos.

Pero usarlo podría significar salvar a miles de personas de ir a combate. Así que ella lo abrió. En ese preciso momento, el Director estaba en el puente del *Bárbaro*, rodeado por soldados de la Alianza, con la general Terezina a su lado.

Archer y ella cruzaron una mirada. Eran buenos, pero no querían tratar de pelear contra la Maestra Soldado de la Guardia. Necesitaban encontrar a Stonegold cuando no estuviera vigilado, pues él era un Político, con menos dominio de la Iluminación que otros guardianes y, solo, no sería un gran rival para ellos.

Así que esperarían. Zarparon rumbo a Oxscini a bordo del *Hermano*. Cuando volvieron a abrir el Libro, era cerca de la medianoche, y el Rey Darion Stonegold estaba en la cabina principal del *Bárbaro*, a solas.

Sefia metió sus cuchillos bajo su cinturón. *Capturamos al Director,* pensó. *Tomamos la llave. Robamos las páginas de la bóveda de la Biblioteca.* Ajustó el carcaj de dardos adormecedores en su muñeca.

Archer afiló su espada y cargó a Relámpago con municiones.

Acabaremos la guerra.

Archer vivirá.

Se Teletransportaron juntos hacia el peligro.

317

• • •

No resultaba fácil permanecer impasible ante la imponente cabina principal del *Bárbaro*. Estaba cubierta de alfombras de seda azul y dorada, con ventanales de vidrio colorido de pared a pared en la proa, rebosaba de retratos de damas y caballeros, bustos de bronce en pedestales de mármol, sofás tapizados en los más finos brocados. Jarrones de porcelana flanqueaban una puerta con un mecanismo de protección formado por una plancha de madera que bloqueaba la puerta encajando en unos soportes para que la cabina quedara perfectamente aislada en caso de un ataque.

En pleno centro del salón, había un enorme escritorio de roble y, tras él, un hombre igualmente enorme. Tenía el cabello rubio ralo y una mirada sagaz, y vestía un uniforme azul adornado con medallas y listones por sus años de combate en Everica.

Era el Rey Darion Stonegold, Director de la Guardia y líder de la Alianza.

—Mi traidor aprendiz se está ajustando bien a la droga… —decía con voz indolente—. ¡Ah! Los esperábamos.

Junto a Sefia, Archer desenvainó su espada.

Sentado en una silla cerca del escritorio había un hombre delgado vestido de negro, con arrugas y mejillas manchadas por el sol. Se puso en pie mientras la voz de Stonegold se perdía, sin quitar un instante su mirada de Sefia.

—Así que ésta es la hija de mi aprendiz —dijo.

Conocía esa voz… seca, áspera, fría. La había oído sólo una vez antes, el día que Nin había sido raptada. Agazapada bajo los matorrales, Sefia no había podido ver su rostro, pero lo había oído. Lo había olido, así como lo olía ahora, esa peste metálica que emanaba de la vaina que colgaba de su cintura.

318

El Primero. El Maestro Asesino de la Guardia. El hombre que le había enseñado a su madre a matar. No se suponía que estuviera ahí. El Director debía estar solo.

El Libro la había engañado de nuevo.

—¿Cómo...? —su propia voz sonó insignificante y débil.

—Puede que tú tengas el Libro —dijo Stonegold—, pero nosotros tenemos al Bibliotecario y, bajo su cuidado, la Biblioteca. Él nos advirtió de este intento homicida.

El Libro no le había alertado a ella con respecto a la presencia del Primero, pero Erastis si le había advertido al Director del ataque. ¿Sabría también de la llave? ¿Aún podrían conseguirla? Logró cruzar la mirada con Archer e hizo un gesto señalando el cuello de Darion. Él asintió.

Todos actuaron simultáneamente.

Archer saltó por encima de uno de los sofás al tiempo que el Primero pateaba su silla para hacerla a un lado. Un relámpago de cobre estalló cuando la espada de sangre abandonó su vaina.

Sefia levantó las manos y logró bloquear la puerta. La plancha reforzada encajó en los soportes en el preciso momento en que los centinelas de la Alianza trataban de romperla desde afuera.

Se oyeron los golpes. En la cabina, Archer y el Asesino peleaban. Las espadas chocaban una y otra vez, los pies se movían rápidos sobre la alfombra.

Stonegold sacó un revólver dorado de la funda que llevaba en la cintura y le disparó a Sefia. Con un movimiento de muñeca, ella le devolvió la bala, no para matarlo. Sólo quería detenerlo lo suficiente para robarle la llave.

Pero antes de que la bala lo alcanzara, las fibras del Mundo Iluminado se deformaron. El proyectil fue a impactar en la pared justo a su derecha y desportilló el marco de un retrato.

Por el rabillo del ojo, Sefia vio que el Primero bajaba una mano. Estaba protegiendo a su Director y combatiendo con Archer al mismo tiempo. Ambos lanzaban golpes, los esquivaban, como danzantes. Un complicado y hermoso torbellino de metal y sangre.

Archer retrocedió de un salto cuando la punta de la hoja abrió un tajo en la pernera de sus pantalones.

El Maestro Asesino podía estar viejo, pero era rápido. Tal vez incluso más que Archer.

Sefia confiaba en que no fuera así.

Desplegó las manos con las palmas al frente, empujando el pesado escritorio de roble contra el vientre de Stonegold. Un resoplido brotó de su boca cuando el pesado mueble se arrastró sobre el piso de madera para arrinconarlo contra los vitrales.

Gruñó, tratando de alcanzar la funda de su otra pistola, mientras ella manipulaba el aire e intentaba levantar la cadena de su cuello por encima del uniforme.

Pero el Primero empujó el escritorio hacia Sefia con tal rapidez que ella tuvo que hacerse un lado velozmente para evitar que la aplastara.

El mueble golpeó contra la puerta bloqueada, a sus espaldas, y ella se puso en pie cuando el Director sacó su segundo revólver y empezó a disparar. Las balas surcaron el aire y ella las desvió hacia el techo, las paredes, los sofás, los retratos y los jarrones.

Pero no pudo detenerlas todas. Una alcanzó su mano y desgarró los músculos de su palma.

Al principio, ni siquiera sintió dolor. Entrecerró los ojos y lanzó a Stonegold de lado contra una pared, que se derrumbó como un saco de piedras.

Sefia se adelantó, moviendo la mano mientras la sangre escurría hacia la muñeca y el brazo. Al menos los dedos respondían.

Pero antes de que pudiera llegar hasta el bulto inconsciente de Stonegold, un busto de bronce pasó volando a su lado y se incrustó en la pared a su derecha.

Se volvió justo a tiempo para ver a Archer abrir un corte en el brazo al Primero. Ella sonrió. Archer peleaba mejor que nadie. Era rápido y fuerte, y tenía la habilidad de leer lo que sucedía en una pelea de la misma manera en que ella podía leer un párrafo del Libro.

Pero la sonrisa se desvaneció en sus labios cuando el Asesino esquivó el siguiente lance y lo golpeó en el rostro con la empuñadura de su espada de sangre.

Archer retrocedió tambaleándose, mientras sacudía la cabeza. Parecía que no conseguía enfocar la vista.

Con gran rapidez, demasiada para que Sefia alcanzara a detenerlo, el Maestro Asesino giró y clavó el filo de su espada en el muslo de Archer. Alzando la mano que tenía libre, el Primero utilizó la Iluminación para derribarlo.

Archer cayó cuan largo era, con el Asesino en pos de él y la espada en alto, lista para asestar el golpe definitivo.

Tájale las espinillas. Levántate. En alguna parte de su mente confundida, Archer sabía cómo impedir que el Primero lo matara. Pero no conseguía que su cuerpo cooperara.

Con tu espada. Aún la tienes en la mano.

Sus dedos se cerraron sobre la empuñadura de su espada mientras el Primero se movía para atacar.

Pero antes de que cualquiera de los dos pudiera lanzar su golpe, Archer se deslizó por el piso hasta quedar fuera del alcance del Primero.

Había sido Sefia.

Archer rodó de lado justo a tiempo para ver que el Asesino hacía caer el retrato maltratado que colgaba sobre ella, quien lo esquivó sólo para situarse justo en la trayectoria de otro busto que el Primero le arrojó. Recibió el golpe en el muslo y cayó sobre sus rodillas.

Archer se apresuró mientras el Maestro Asesino avanzaba hacia ella.

Ella interpuso un sofá entre ellos.

El Primero lo hizo a un lado.

Archer desenfundó a Relámpago. Un disparo rápido a cada pierna y podría detener al Primero en ese momento. Sólo necesitaban distraer al Asesino lo suficiente para obtener la llave y salir de allí.

Con un movimiento de sus manos, Sefia movió la alfombra azul y oro bajo los pies de su rival.

Éste saltó.

Archer disparó.

Con un giro de los dedos, el Maestro Asesino desvió la bala veloz hacia Sefia, quien apenas tuvo tiempo de esquivarla.

Archer atravesaba la cabina corriendo cuando vio que el disparo impactaba la pared, tras la cabeza de Sefia.

Guardó su revólver. *Entonces, será cosa de espadas y puños,* pensó. Dio un salto en el aire y empuñó su espada con ambas manos para lanzar un tajo hacia abajo con fuerza.

El Primero contraatacó y ambas hojas chocaron con tal fuerza que Archer fue empujado hacia atrás.

El Asesino era rápido. Archer jamás había conocido a alguien tan veloz. Ambos, él y Sefia, estaban heridos, magullados y sangrantes, y el Primero seguía tan íntegro como cuando ellos habían hecho su aparición.

El Maestro Asesino arrojó una mesa lateral rota hacia Sefia, que rodó para quitarse del camino.

¿Podrían vencerlo?

Su mirada se encontró con la de ella, que se ponía en pie. Ella asintió.

Tenían que intentarlo. Si no lo hacían, tal vez nunca conseguirían la llave.

Archer lanzó un tajo al Primero, que se agachó y respondió con un lance horizontal. Archer lo esquivó y sintió que se había librado de la espada de sangre por muy poco. Y el rostro del Asesino había quedado expuesto. Archer se lanzó hacia arriba y golpeó la quijada del hombre con el puño.

Sintió que la carne cedía. Sintió que algo crujía al romperse.

Por fin.

Limpiándose la sangre del labio, el Maestro Asesino le dirigió a Archer un gesto de aprobación.

Y entonces, los tres reiniciaron la pelea: Archer abalanzándose, propinando tajos; Sefia retorciendo y tirando del aire; el Primero eludiendo cada ataque, esquivando cada golpe.

Le fracturó las costillas a Sefia.

Le hizo una cortada a Archer en el costado.

Clang, clang, clang. Las hojas chocaban una y otra vez, y no importaba qué tan veloz fuera Archer o qué arrojara Sefia desde el otro extremo del salón, el Maestro Asesino seguía superándolos, bloqueando y atacando, desviando y esquivando, hasta que al fin Archer se agazapó para evitar un tajo e intentó golpearlo hacia arriba como había hecho antes, pero sólo ganó un rodillazo en plena cara. Se tambaleó, y su visión se llenó de luces que se encendían y apagaban mientras veía que el Asesino lanzaba a Sefia contra la pared.

No.

Archer era un luchador cuya destreza lo había convertido en leyenda. Sefia era una hechicera que había masacrado a más de cien personas en una sola noche. Pero contra el Maestro Asesino estaban en desventaja.

Y mientras más tiempo pasaran frente a él, más posibilidades tenía él de matarlos.

—Sefia, ¿puedes llegar hasta mí? —le gritó Archer cuando la vio levantarse y llevar a su cabeza la mano ensangrentada.

Ella lo miró, agotada, pero asintió.

—Lo intentaré.

El Primero permaneció en silencio... se limitó a llevar la mano hacia la vaina vacía de su espada.

Archer entrecerró los ojos. ¿Esa vaina estaba verdaderamente vacía? El Asesino hizo un movimiento semejante al de sacar un arma, pero Archer nada pudo ver en la mano cerrada del hombre.

La cabeza le dio vueltas. Los Asesinos eran capaces de fabricar guantes que triplicaban la potencia de un golpe. Podían hacer espadas que bebían la sangre. ¿Acaso también podrían hacer desaparecer una hoja afilada?

El Primero atacó, la espada de sangre trazó arcos de cobre en el aire. Archer bloqueó el primer lance, pero algo más, algo invisible, hizo un corte en su pecho.

Retrocedió, sangrando.

—Sefia, ¿puedes vislumbrar una segunda espada?

—¡Sí! —pasó de largo junto al bulto inconsciente de Stonegold, juntó a los ventanales de vitrales.

El Asesino giró sobre sí, manteniendo su cuerpo en medio de Sefia y Archer.

La mirada de Archer pasó de una de las manos de su oponente a la otra.

324

—¿Es más corta o más larga que la espada de sangre?

—Más corta, del largo de su brazo.

Eso quería decir que la punta del arma invisible estaba a poco menos de tres palmos del puño cerrado del Primero.

Archer se balanceó mientras Sefia trataba de usar su magia.

Esquivando su alcance, el Primero bloqueó el ataque de Archer y le hizo un corte transversal en la pierna con el arma invisible.

Archer retrocedió inseguro, bufando.

Desde su extremo de la cabina, Sefia le arrojó un cuchillo. Con un molinete de la espada, el Asesino lo desvió sin dificultad.

Y Archer aprovechó la distracción. Su espada cortó el aire, para golpear la hoja invisible. Ahí está. Pero cuando trato de repetir la maniobra, su lance sólo alcanzó el aire.

El Primero contraatacó, hirió a Archer en el hombro, y tuvo que retroceder cuando Sefia logró meter un sofá entre ambos.

Ése era el momento para escapar.

Archer corrió hacia ella. Estaban a punto de reunirse cuando el Asesino saltó por encima del sofá, y sus dos espadas cortaron el aire, separándolos de nuevo.

Archer retrocedió de un brinco, pero Sefia no fue lo suficientemente veloz. La espada de sangre la alcanzó.

En el hombro.

Y en el rostro.

Sefia gritó y llevó la mano a su ojo derecho. La sangre corrió entre sus dedos y ella cayó.

Archer se abalanzó hacia el Primero, columpiándose. Su espada golpeó el arma invisible. Un tajo, un corte, un paso, y estaba lo suficientemente cerca para golpear al hombre en el costado.

El puñetazo le sacó el aire y, a pesar de eso, el Maestro Asesino alcanzó a agitar la espada de sangre, en un intento por clavarla en el abdomen de Archer. Éste se movió justo a tiempo y con la empuñadura de su arma golpeó con fuerza el rostro del Asesino.

Después, lanzó un tajo.

Pero el Primero era demasiado veloz. Levantó el arma invisible y arrojó a un lado la espada de Archer, quien la oyó resonar en el piso.

Había quedado desprotegido.

La espada de sangre trazaba arcos en el aire.

El dolor lo invadió cuando la hoja abrió un tajo profundo en su pecho. Cayó hacia atrás sobre el sofá cuando el Primero avanzó de nuevo.

Rabiosa, con los ojos anegados en sangre, Sefia vio caer el arma de Archer. Vio la espada del Asesino herir su pecho. Vio la espada invisible centellear en el Mundo Iluminado, enarbolada para asestar el golpe mortal.

Y no podía permitir que eso sucediera.

No se había Teletransportado antes por temor a dejar a Archer expuesto, pero en este momento ya lo estaba.

¿Sería lo suficientemente rauda?

Tenía que serlo.

Activó el mecanismo de su anillo de plata y se Teletransportó.

Apareció agazapada a los pies del Primero. Tal como esperaba, el Asesino había sentido su llegada. Modificó el lance de la espada invisible, la movió a su lado y hundió el filo en la espalda de Sefia.

Pero ella sintió la textura de la tela cuando el anillo de su madre perforó la pernera del Asesino.

¿Penetraría también su piel?

No tuvo tiempo de asegurarse. Agitando la otra mano, giró para quitarse de en medio y recogió la espada de Archer del suelo.

La hizo volar por el aire y la empuñadura cayó en la palma abierta de Archer.

Su espada encontró la del Primero. Esquivó el lance y se hizo a un lado, pero el Maestro Asesino no se movió para contraatacar. Algo no estaba bien.

Los músculos del cuello del Asesino se tensaron. Su rostro se contorsionó mientras se esforzaba por tomar aire.

Archer le hizo un tajo en la muñeca. La espada invisible cayó. El Primero se inclinó para recogerla, pero Sefia atrapó sus dedos con su magia.

En el Mundo Iluminado vio cómo sus huesos se descoyuntaban.

Y entonces, en un soplo de aire frío, Tanin apareció en el centro de la cabina. Al igual que el Asesino, estaba vestida de negro; su cabello salpicado de hebras plateadas, recogido en un moño en la nuca.

Por un momento, a Sefia le recordó a su madre.

Pero la ilusión desapareció en unos instantes.

Tanin lucía más delgada que cuando Sefia la había visto en Haven. Tenía la quijada repleta de moretones de un color verde amarillento. Había cortadas y heridas en sus manos, y ojeras oscuras bajo sus ojos grises.

¿Qué le había hecho la Guardia?

Se movía de otra manera ahora, como midiendo la estancia, y su mirada se posó fugazmente en la espada invisible.

—¿Sabía que venían? —susurró—. ¿Por qué no me convocaron?

El Maestro Asesino la fulminó con la mirada.

—El Director no creyó que fueras capaz de hacer lo que debía hacerse.

Ella recogió la espada invisible y, junto con el Primero, espalda contra espalda, se enfrentaron a Archer, herido, que los combatió mientras Sefia tironeaba sus brazos y piernas.

Pero la pelea fue rápida porque el rostro del Maestro Asesinó se contorsionó. Su espalda se arqueó. La espada de sangre cayó al piso mientras Tanin y Archer giraban alejándose, entrechocando sus armas.

—Tú... —su voz áspera se interrumpió cuando una convulsión hizo presa de él y lo obligó a desplomarse de rodillas, con los dedos acalambrados.

Sefia levantó la mano, enderezándose. El anillo de plata de su madre relampagueó.

—Yo —dijo, decidida.

Otra muerte. Otra alma que enviaba más allá del mundo de los vivos.

Para sorpresa suya, el Primero rio. Se oyó como el crepitar de las brasas.

—¿Sabes cómo se convierte en Maestro un aprendiz de Asesino? —preguntó.

Pero Sefia no le estaba prestando atención. Estaba haciendo a Tanin a un lado para cruzar a través de la destrozada cabina, hacia los ensangrentados brazos de Archer. Se aferró a él, para luego buscar entre las olas del Mundo Iluminado un buen lugar para Teletransportarse.

Se Transportó cuando un nuevo espasmo atacó el cuerpo del Maestro Asesino.

—Al matarlo —susurró él—. Debió ser tu madre, pero no puedo decir que me siento decepcionado.

CAPÍTULO 25

Por última vez

Obnubilada y aturdida, Sefia se derrumbó tras materializarse tambaleante en la enfermería del *Hermano*. La doctora se apresuró de inmediato a suturar el profundo tajo que el Primero había abierto en el pecho de Archer, y Sefia se derrumbó en el piso. Las costillas le pulsaban. La mano aún le sangraba. No podía ver por el ojo derecho, y no sabía si podría usarlo más. Y a pesar de sus heridas, sólo podía sentir la conmoción.

Archer había estado a punto de morir. Ella habría pagado casi cualquier precio para detener a la Guardia, pero no ése. La vida de Archer no.

El Libro casi había conseguido arrebatárselo.

Al fin lo sabía. Tal vez lo había sabido hacía meses, y sólo ahora se decidía a reconocerlo.

No podía volver a usar el Libro.

—Fracasamos —dijo más tarde, sentada junto a él en la cama. Las heridas ya estaban vendadas… "Tienes suerte porque la bala no tocó ninguno de los tendones cruciales de esa mano", le había dicho la doctora… Tenía el ojo cubierto con un parche. Aún podría ver, cuando el ojo sanara, pero, tal como lo había señalado Keon, siempre llevaría una fea cicatriz más adecuada en un forajido.

Archer asintió. Bajo la cobija, las peores heridas no eran visibles, pero tenía el rostro hinchado, con moretones. No habían capturado al Director. No habían obtenido su llave. No estaban más cerca de detener a la Guardia, y ahora no estarían en condiciones de volver a intentarlo hasta dentro de varias semanas.

Sefia miró el anillo de Mareah. ¿Acaso su madre estaría orgullosa de que ella hubiera hecho lo que Mareah habría tenido que hacer, si hubiera permanecido en la Guardia? ¿Por eliminar a uno de sus enemigos para que sólo quedaran nueve?

No había conocido a su madre lo suficiente para saberlo, y con tal pensamiento quiso llorar. Ni siquiera buscaba la aprobación de Mareah, en realidad. Quería sentir de nuevo su olor de tierra recién removida. Quería oírla decir "mi pequeña Sefia". Quería que acariciara sus mejillas con la curva de un dedo.

Pero nada de eso podía conseguir.

Y ahora, ni siquiera podría utilizar el Libro para verla.

Lentamente, Archer estiró el brazo para acomodar un mechón de cabello tras su oreja.

—¿Aún podemos ganar, cierto? —preguntó—. ¿Todavía podemos vencer al destino?

Bajo las vendas, Sefia sintió el ardor de las lágrimas en su ojo herido.

—Sí —dijo, sollozando—. Pero no con el Libro.

Jamás volvería a hojear esas páginas, ni a descubrir esos pasajes nuevos y asombrosos que le quitaban el aliento con su belleza. Nunca volvería a ver a Nin ni a sus padres.

Pero Archer estaba allí, y renunciar al Libro era un pequeño precio con tal de seguirlo teniendo a su lado.

Archer sostuvo su rostro.

—Lo lamento.

Ella cerró con fuerza el ojo sano, tratando de no llorar.

330

—Yo también —susurró.

La única constante en su vida a lo largo de los últimos siete años dejaría de serlo. Sobre todo, porque casi había conseguido que Archer muriera.

En lugar de eso, navegaría con los Sangradores a la Bahía de Tsumasai, y eso les daría tiempo para recuperarse. Una vez allí, se infiltrarían en el *Bárbaro*, a la manera tradicional, y tratarían de arrebatar a Stonegold su llave.

Sefia tironeó el borde raído de la venda que tenía en la mano.

—Hay algo más —añadió.

Algún dejo en su voz debió traicionarla, porque Archer asintió como si ya supiera a qué se refería. —¿La Biblioteca? —preguntó.

Ella tragó con dificultad.

—La Biblioteca.

Erastis había sabido que ellos llegarían. La Biblioteca rebosaba con miles de años de información acumulada: Fragmentos copiados directamente del Libro, profecías, conjeturas. Con eso en sus manos, el Bibliotecario podía anticipar y frustrar cualquier plan de Sefia y Archer. Era el mayor repositorio de conocimiento de la Guardia... y su mejor arma.

Si Sefia y Archer querían destruir a la Guardia, tendrían que destruir también la Biblioteca.

—Podemos usar los explosivos de Roku —dijo Archer. Había aprendido lo necesario al observar a los equipos de polvoreros antes de la Batalla de la Bahía de Brasanegra. Si conseguía la ayuda de Keon, estaba seguro de que podría diseñar algo semejante, y una vez que Sefia sacara las páginas de los Escribas de la bóveda, podría sembrar con explosivos toda la Biblioteca.

331

Y entonces... ¡*bum!*

Todos esos códices encuadernados en cuero, todos esos antiguos compendios de historia y ciencia y filosofía, todas esas hermosas palabras mortales se convertirían en humo.

La idea le resultaba dolorosa.

Pero era algo que debía hacer.

Cuando Archer al fin se quedó dormido, Sefia atravesó la enfermería de puntillas hasta donde su mochila colgaba de una pared, y sacó el Libro. ¡Lo sintió tan familiar y a la vez tan terrible entre sus brazos!

Una vez que se lo entregara a Aljan, que había prometido guardarlo bien, ella no volvería a ponerle los ojos encima.

Cuando aprendió a usar el Libro, no era exactamente que recuperara a su familia, pues no podía abrazarlos ni hablarles ni recibir sus amonestaciones, pero verlos de nuevo, frente a ella, a través de una página, había sido mejor que nada.

En especial a Mareah. Gracias al Libro, Sefia había aprendido sobre su madre más que antes en su vida.

Había visto su pira funeraria alejarse flotando hacia el mar, pero nunca había podido despedirse de su padre ni de Nin. Ambos habían sido aniquilados de pronto, con excesiva violencia.

Pero podía decirles adiós, en cierta forma, aunque sabía que no debería hacerlo. Y quería despedirse del Libro también, luego de tantos años juntos.

Así que se sentó bajo la luz del farol y recorrió la cubierta con sus dedos por última vez.

Trazó el símbolo ⊜ por última vez.

Pidió ver a su familia, por última vez.

Después de ésta, ya no volvería a recibir mensajes de los muertos.

Todo y nada

La libertad los embargó, inesperada y maravillosa, una vez que ambos se dieron por vencidos en sus intentos por salvar a Mareah. Por primera vez desde los catorce años, no estaban conspirando o haciendo planes. No estaban huyendo (Mareah ya no podía correr ni huir en su deteriorada condición). No estaban luchando por alcanzar la grandeza o el poder o el control. No tenían órdenes que obedecer, ni un propósito superior con el cual se hubieran comprometido. No tenían más deber que ellos mismos y su pequeña familia, sin más obligación que amarse unos a otros.

Sin duda alguna, Mareah estaba muriendo, inexorable y dolorosamente. A menudo se sentía débil y exhausta; había días en los que sólo dormía, aun sin despertar para beber agua, comer o hablar.

Pero vivía.

Se sentaba en el jardín, con la máscara de cobre relumbrando al sol, y recogía fresas, redondas y rojas. Jugaba con Sefia, acomodando los bloques de letras mientras Lon estaba en el pueblo, y la peinaba y trenzaba cintas en su cabello, si la niña, en su deseo de ir a ver los corderos recién nacidos, se lo permitía.

A la hora de la siesta, Mareah contaba los dedos de manos y pies de la pequeña, acariciaba sus rodillas regordetas, sus mejillas llenas, pegajosas con la mermelada de zarzamora del año anterior. Fijaba en su memoria los sonidos de las rabietas de su hija al igual que sus carcajadas, como si fueran valiosas piezas musicales que se tocaban una vez y jamás volverían a oírse.

Si tenía ganas, bebía con Lon y Nin en los escalones del frente de la casa, cuando Sefia ya se había ido a dormir. Observaba la destreza de Nin que tejía coronas de hierba y se apoyaba en el hombro de Lon, tirando de sus enormes suéteres para arropar mejor su propio cuerpo demacrado. Los tres bebían de vasos de vidrio liso, veían la luna brillando sobre el Mar Central y hablaban de todo y de nada, de nada y de todo, con cada ir y venir de las olas contra los acantilados.

Para el quinto cumpleaños de Sefia, organizaron una pequeña fiesta. Decoraron la casa con guirnaldas de papel y colgaron faroles en el jardín. Se pusieron gorros de papel brillante y comieron pastelillos con el centro de jalea de limón y arándanos confitados encima, cual botones. Jugaron y contaron historias, una por cada año de vida de Sefia.

Esa noche, agotada, Mareah se recostó en la cama, sobre sus cojines formados por parches de colores, y contempló a Sefia y a Lon por la ventana. Los vio correr por la ladera, llevando varitas de fuegos artificiales en la mano, rociando una lluvia de chispas que flotaba tras ellos como la estela de una estrella fugaz.

Y, en silencio, Mareah se contó otras historias, incontables, de los años de la vida de Sefia que ella no alcanzaría a ver.

Su primera fractura de un hueso. Su primer beso. El primer día que saliera a navegar a mar abierto, pues en Kelanna se decía que uno nunca conocía su hogar hasta no haber estado en el mar.

Allí recostada, Mareah imaginó a Nin enseñándole a Sefia a forzar cerraduras y a Lon inventando historias para contarle antes de dormir. Imaginó la confusión de Sefia cuando empezara a sangrar cada mes y deseó que los cólicos nunca la incapacitaran. Deseó que Lon viviera cincuenta años más, y que sus ojos almendrados se fueran haciendo menos ansiosos con los años, pero no menos agudos, y esperaba que él se diera cuenta del momento en que su hija se convertía en adulta. Se preguntó cómo se vería Sefia de grande, qué cosas odiaría y a quién amaría. Cerró los ojos e imaginó decenas de futuros: Sefia seguiría los pasos de Nin y se convertiría en cerrajera, o los seguiría para ser una ladrona de joyas; Sefia sería madre, o un forajido, un ermitaño, una cazadora, una disoluta, un comisario, y tendría cientos de aventuras e igual cantidad de momentos de paz. Mareah esperaba que Sefia fuera apasionada y fiera y feliz, y que abrigara esperanzas y que alcanzara lo que se proponía. Pero, sobre todo, aspiraba a que encontrara el amor, y que viviera maravillosamente libre, así como estaban viviendo ahora.

Un mes más tarde, Mareah murió.

CAPÍTULO 26

Legítimo soberano

La habitación en la que los habían recluido para interrogarlos, poco después del asesinato de la reina Heccata, se encontraba en alguna parte del castillo en Kelebrandt. Aunque él, Lac y Hobs habían sido sólo testigos, les estaban dando tratamiento de sospechosos. No habría esperado algo diferente de la Armada Real. El lugar era pequeño, con muros rezumantes de la humedad y el herrumbre acumulados en los goznes de la puerta. Les habían dado sillas destartaladas de madera y los habían hecho esperar mientras la estrecha ventana de la puerta se abría y se cerraba, y volvía a abrirse y cerrarse, y ojos anónimos se asomaban para mirarlos y voces amortiguadas susurraban afuera.

La última vez que Ed había estado en ese castillo sólo había visto los salones decorados en oro y carmesí, bien iluminados por candelabros de cristal que pendían del techo. Parecía que había sido tanto tiempo atrás que a Ed le costaba creer que él hubiera sido el niño que miraba los salones alfombrados con ojos desmesurados.

Bueno, pensó, moviéndose un poco en su silla que crujía, *supongo que no soy el mismo.*

Había cambiado en los últimos meses. Había ganado más peso del que hubiera creído posible. Le había salido barba. Había empezado a llevar el cabello largo. Cuando veía su reflejo en el espejo ahora, tenía más pinta de forajido que de rey.

Pero la transformación era más profunda. Todavía tenía días tristes, grises de melancolía, pero ya había desaparecido esa sensación de estar ahogándose constantemente: fría, aturdida, jadeante en busca de un respiro de luz y aire. Y cuando sentía que la tristeza se aproximaba, tenía ahora maneras de atajar lo peor de ella: prestarles atención a Lac y a Hobs en su charla sencilla e insensata; atender a los animales que tanto quería; encontrar maneras de ser útil. Tal vez no tenía corona, pero seguía encontrando maneras de servir y liderar, y cuando se acostaba cada noche, lo hacía con la expectativa de despertarse al día siguiente. Le gustaba ser Ed, el muchacho sin apellido.

Con todo, algo le faltaba.

Luego de lo que pareció la mitad del día, una oficial uniformada y un hombre del tribunal entraron a la celda de piedra y comenzaron el interrogatorio.

—¿Cómo llegaron a Kelebrandt? ¿En qué barco servían cuando empezó el ataque de la Alianza?

Lac y Hobs se encargaron de la mayor parte de las respuestas. Describieron la batalla en la *Tragafuegos*, la pérdida de Fox, su amiga, el rescate por parte del Capitán Cannek Reed y su *Corriente de fe*, la huida de Jahara a bordo del *Exhorto*, la travesía a Epidram y luego a La Corona Rota, el recorrido por tierra con los refugiados.

Le dijeron a la oficial que Ed era oriundo de Oxscini, pero que había vivido en Jahara hasta el día en que Deliene se unió a la Alianza.

338

¿De Oxscini? Ed tocó el dedo en el que en otros tiempos había usado el anillo del sello Corabelli. Nada quedaba de ese joven ahora, nada que probara que algún día había sido un rey o siquiera un habitante de Deliene.

—¿Por qué motivo se encontraban en la ladera de la colina donde la reina Heccata fue asesinada?

—Mi pésimo sentido de la orientación —contestó Lac.

Con una sonrisa acongojada, Ed lo palmeó en el hombro.

—No es uno de sus talentos.

—¿Quién era el hombre de negro?

—No lo sabemos —dijo Hobs—, pero lo acompañaba un olor extraño, ¿cierto, Ed? Como a metal.

—Yo le disparé —declaró Lac, jactándose.

—Sí —la oficial de interrogación cruzó una mirada sufrida con el hombre del tribunal, que había estado memorizando en silencio cada palabra que se decía—. Ya me lo había dicho. Al menos otras cinco veces.

—¿Lo atraparon? —preguntó Ed.

La oficial no respondió.

Ed quiso mirar a su alrededor, en busca del norte, pero sabía que no podría orientarse en esta celda estrecha.

El norte significaba Deliene. El norte era Arc, que seguramente corría peligro ahora.

Tras reconocer a Ed en la ladera, el hombre de negro debía haber informado a la Guardia sobre la traición de Arcadimon. Arcadimon Detano había dejado escapar al Rey Solitario.

Eduoar Corabelli II seguía con vida.

¿En verdad?, se preguntó Ed. *¿Sigo con vida?*

Pensaba que parte de él había muerto ese día en la ciudad de Corabel. Pero quizás el rey había estado sólo adormecido en su interior, como un arce en invierno, a la espera de la primavera.

Tal vez ahora estaba empezando a despertar.

Ed no creía que la Guardia fuera a matar a Arc precisamente en ese momento, cuando aún necesitaban el apoyo de Deliene en la guerra, pero no era sino un asunto de tiempo antes de que encontraran la manera de reemplazarlo. Y si no lo necesitaban, no les temblaría la mano para matarlo.

¿Y qué podía hacer Ed para salvarlo, cuando estaba tan lejos?

Al fin, la oficial interrogadora pareció satisfecha. Junto con el hombre del tribunal, salieron. Mientras aguardaban, Hobs propuso un juego: ocultaría su mano tras su espalda, manteniendo estirada una cierta cantidad de dedos, y Lac jugaría a adivinar cuántos eran.

—¡Dos!

Ed estaba detrás de Hobs, y lo vio estirar el pulgar tras su espalda y revelarle a Lac la mano con tres dedos extendidos.

—¡Déjame intentarlo de nuevo!

Ed agitó la cabeza sonriendo.

Luego de treinta y tres rondas del juego, de dos adivinanzas con coles y caracoles, y de que Lac se quejara una docena de veces de estar sediento, la oficial regresó. Habían corroborado sus versiones.

Unos cuantos de los Casacas Rojas que Ed había ayudado habían logrado llegar hasta Kelebrandt. Los refugiados de La Corona Rota y la Bahía de Batteram habían sido hallados en los campos de refugiados en las afueras de la capital. Todos aquellos a los que habían socorrido habían dado fe de sus dichos. Todos afirmaron que Ed era uno de ellos.

Por su dedicación y servicio, a Lac y Hobs les concedieron un ascenso, y a Ed, a pesar de no haber prestado servicio militar, se le ofreció un lugar en la Armada Real.

Con la Alianza sitiando la capital, no podían desaprovechar a los combatientes que llegaran.

—¡Es perfecto, Ed! —dijo Lac, poniéndose en pie de un salto—. Como marinero raso tendrás que obedecer todas mis órdenes, naturalmente, pero...

—No, Lac —Ed atrapó al muchacho por el brazo—, no puedo.

—No te entiendo —el ceño de Lac se frunció—. ¿No quieres permanecer con nosotros?

—Por supuesto que sí, pero... —su voz se perdió. *Pero no soy un Casaca Roja*. No era amante de una buena batalla, como se definían los de Oxscini. No podía serlo, pues su corazón todavía añoraba las llanuras blancas, los Montes Szythianos, el Centro, las torres coronadas de nieve de Gorman que emergían del helado mar.

—No hay garantía de que todos sean asignados a la misma misión —agregó la oficial.

—¿Qué? —la firme quijada de Lac quedó colgando—. ¿Cómo que no?

—Son Casacas Rojas, e irán donde su reino lo requiera.

Mi reino me necesita. El pensamiento brotó en el interior de Ed y, por primera vez en meses, no tuvo la intención de ignorarlo.

Deliene lo necesitaba. Arc lo necesitaba.

Ambos habían tomado partido ¿cierto? Arcadimon a favor de la Guardia y la Alianza. Ed había abandonado su reino y dejado a Arc para que se encargara de sus enemigos. No podía regresar al Reino del Norte para cambiar las cosas ahora.

—Sin embargo, después de todo lo que hicieron en el camino hasta aquí... —la oficial se mordió el labio—, supongo que podría recomendar que todos sean asignados al mismo

341

barco. Me apenaría mucho ser yo quien separara a este alegre grupo.

Lac sonrió.

Pero Hobs mantuvo cierta solemnidad:

—Lac y yo necesitamos a alguien para completar nuestro trío, Ed. Los dos solos no funcionamos bien.

—¡Hobs! —exclamó Lac aterrado.

—Es cierto, señor.

—No tienes que tratarlo de señor ahora —dijo la oficial—. Ahora ambos son guardiamarinas.

Hobs se encogió de hombros.

—Me gusta llamarlo señor.

—Hobs tiene razón —dijo Lac—. Cuando te encontramos en Jahara, estabas perdido sin nosotros. Y ahora, nosotros estaríamos perdidos sin ti.

—De hecho —dijo Hobs—, cuando lo encontramos en Jahara, nosotros también hubiéramos estado perdidos sin él.

Ed les regaló una sonrisa afectuosa.

Ya no podía seguir mirando atrás. Tenía que hacer lo que pudiera por la gente que lo necesitaba aquí y ahora. Tenía nuevas decisiones que tomar.

Podía dedicar su vida a otro reino.

Podía morir lejos de casa.

Pero lo haría luchando por lo que le parecía correcto. Se mantendría firme en sus creencias.

Detener a la Alianza. Oxscini y los Casacas Rojas eran los únicos que podían conseguirlo en este momento.

—Cuenten conmigo.

• • •

342

A Lac, a Hobs y a él, los asignaron rápidamente al *Trueno*, un buque de guerra de la Armada Roja, anclado en medio de la Bahía de Tsumasai, en caso de que la Alianza lograra destruir las defensas de la entrada oriente. Como guardiamarinas, Lac y Hobs ocuparon puestos en las cofas de combate, cosa que a Lac no le agradó, y como Ed era un marinero de rango inferior, quedó asignado entre las tropas de artillería, encargado de disparar y recargar un enorme cañón apodado "el Destripador".

A medida que las lluvias de invierno cedían paso a la primavera, ellos no habían tenido que entrar en acción mientras la Alianza continuaba con su asedio a la Bahía de Tsumasai y a Kelebrandt. En Oxscini, los súbditos lloraron a su difunta reina un día entero antes de que su hija pasara a ocupar el trono. La nueva reina de inmediato racionó aun más la comida e impuso un toque de queda. Cada día había reportes de acciones en oriente... rumores de las bestias azules de la Alianza mermando las fuerzas de la Armada Real. Cada día, los soldados de la Alianza que sitiaban por tierra, a través de los pantanos de la provincia de Vesper, ganaban algo de terreno. Cada día se reportaban más bajas.

La gente tenía miedo. Pero más que eso, Ed podía percibir una corriente subrepticia de furia hirviente que fluía de una persona a otra como un golpe de relámpago en el agua. Él la sentía también: la determinación de pelear, resistir, morir si tenía que hacerlo.

Y entonces, una mañana nublada en que las flores apenas empezaban a brotar en los árboles, mientras Ed estaba de guardia a bordo del *Trueno*, empezaron a sonar las alarmas en toda la bahía, llamando a los civiles a los refugios, y a los soldados a sus puestos. En la costa, las banderas de combate se izaron en cada fuerte y batería.

Las defensas orientales habían sido vencidas. Si la Armada Real no podía empujar a la Alianza de nuevo fuera de la Bahía de Tsumasai, la capital pronto sería atacada.

Sin embargo, con tan poco espacio en las entradas orientales de la bahía, era un error agrupar demasiados barcos. Así que el *Trueno* no zarpó de inmediato hacia allá. Eran la quinta línea defensiva, y lo llamarían únicamente si era necesario.

Con ánimo sombrío, Ed contempló la nube de humo que iba creciendo y se apoderaba de las aguas como una niebla negra. Oyó los cañones cada vez más cerca.

Por instinto miró al norte. Hacia Arc.

Hacia su hogar.

Al mediodía, recibieron la señal. El *Trueno* marcharía a la batalla.

El capitán empezó a ladrar órdenes. Los soldados corrieron a sus posiciones. Levaron anclas. Las velas se izaron. Lac y Hobs se ocuparon de sus labores mientras Ed se unía a su unidad de artillería junto al Destripador, para engrasar ejes, disponer las cajas de municiones y llenar tinas con agua de mar.

A medida que se acercaban a la refriega, el olor del humo se hizo más presente. Los cañonazos más atronadores.

A través de las espirales de humo, Ed vio los barcos de la Alianza, con sus banderas azules, doradas y blancas enarboladas. A lo lejos, vislumbró al *Bárbaro*, el preciado buque insignia de la general Braca Terezina III.

Las bestias azules navegaban rumbo a Kelebrandt.

Pero para Ed no eran bestias. Para él, no eran el enemigo. Entre las banderas desconocidas y los mascarones de proa extraños, reconoció al *Eclipse*, al *Claro de luna*, al *Liebre Roja*... Los habían repintado y adecuado con nuevas banderas, pero

Ed los habría reconocido donde quiera. Eran barcos que había visto en los muelles de Corabel desde que era niño.

—¡Suelten las poleas! —gritó el jefe de artillería.

A su alrededor, los Casacas Rojas se apresuraron hacia el Destripador, preparándose para hacer fuego. El cañón estaba cargado y preparado para disparar.

Pero Ed no se movió.

No podía.

Ésos que veía acercarse eran barcos de su reino, sus naves, al menos una docena de las que alcanzaba a distinguir, y quizás habría más en el caos de la batalla hacia el oriente, con capitanes y oficiales que había conocido de toda su vida.

—¡Fuego! —gritó el comandante.

Su superior encendió un fósforo. Se estaba agachando hacia el mecanismo que servía para disparar.

Pero Ed no podía permitir que atacaran a sus antiguos súbditos. A su pueblo.

—¡No! —se abalanzó.

—¡Alto! —rugió el jefe en ese preciso momento.

Conmocionado, Ed se volvió.

—¡Alto! —gritaron los oficiales.

El jefe de artillería quedó inmóvil. El fósforo se consumió hasta desaparecer entre sus dedos, mientras él y otros Casacas Rojas miraban recelosos a Ed, que intentaba evitar que le dispararan al enemigo.

Pero Ed estaba mirando la bandera que se izaba en el mástil de su barco: negra con un círculo blanco en el centro. La señal universal de cese al fuego.

Para negociar.

La nueva reina estaba invitando al Rey Darion Stonegold a negociar.

• • •

Horas pasaron antes de que el *Bárbaro*, la fortaleza flotante de la general Terezina, que llevaba a bordo al Rey Darion Stonegold, navegara hacia el castillo de Kelebrandt, más allá de ellos. Fueron horas sin recibir instrucciones de la reina. Las embarcaciones rojas y azules se mantenían inquietas en las aguas de la Bahía de Tsumasai, a la espera de órdenes.

Ed se recostó en la borda, con la cabeza entre los brazos. Podía percibir la tensión entre los Casacas Rojas, las manos que corrían hacia las armas al menor ruido repentino, con la vista presta a mirar a sus enemigos, detenidos también y dentro de su rango de alcance.

A su lado se sentaron Lac y Hobs, quienes, a los quince minutos del cese al fuego, se habían escabullido de sus posiciones en las cofas.

Hobs se secaba la redonda cabeza con un pañuelo.

—¿De qué creen que estarán hablando ahora? —preguntó.

—Tal vez sólo se miran desde cada extremo del salón del trono —contestó Lac—, a la espera de quién da el primer paso.

Ed negó con la cabeza.

—Stonegold debe estar exigiendo rendición —dijo—. Asegurando que, si se rinde ahora, la reina evitará a su capital la desgracia de la batalla; de lo contrario, él no tendrá más opción que tomar la ciudad por la fuerza, con el consiguiente sacrificio de miles de vidas —miró hacia el frente aliado.

No podía combatirlos si la batalla se retomaba. No podía matar a sus ciudadanos. Y eran *sus* ciudadanos, ahora lo sabía, aunque él hubiera huido de ellos, de su título y de sus responsabilidades.

346

Sabía que lo arrestarían por negarse a seguir órdenes. En estos tiempos de guerra, podía ser que incluso lo fusilaran por amotinamiento.

Pero Ed era incapaz de hacerlo.

—La nueva reina jamás aceptará las exigencias de ese chupasangre —declaró Lac con gran lealtad.

Pero para media tarde, cuando las banderas de cese al fuego se arriaron, fueron reemplazadas por otras, blancas como la nieve, blancas como la rendición.

La nueva reina se rendía.

Oxscini se rendía.

La Alianza había triunfado.

El capitán del *Trueno* no parecía dar crédito a lo que veía. Miró hacia los otros barcos en el frente que formaba la Armada Real.

Unos cuantos izaron la bandera blanca... pero no todos. Y cada instante que tardaban, se podía sentir la presión creciente de los cañones de la Alianza sobre ellos.

—¿Sus órdenes, capitán? —preguntó una de sus lugartenientes.

El capitán suspiró.

—Icen las...

—¡No! —gritó Lac, corriendo escaleras arriba hacia el alcázar—. No podemos darnos por vencidos de esta manera. ¡No hemos hecho prácticamente nada para detenerlos!

Levantándose rápidamente, Ed y Hobs corrieron tras su amigo. Ya antes habían visto a Lac desafiar las órdenes, y las cosas no habían terminado bien.

—Ésta no es una de sus historias, héroe —dijo el capitán—. Cumplimos con nuestro deber. Eso es lo que tenemos que hacer —le hizo un gesto con la cabeza a su teniente primera, que abrió la boca para dar la orden.

No, pensó Ed. *Si Oxscini caía ante la Alianza, Roku sería el único reino libre en Kelanna. Nadie quedaría para luchar.* Incluso ahora, parecía que ya nadie quedaba.

Nadie más allá de él.

Pero antes de que dijera algo, Hobs hizo algo bastante inesperado. Y muy tonto.

Se escabulló por detrás del capitán y lo golpeó en la cabeza con una cabilla de maniobras. El capitán puso los ojos en blanco y se derrumbó en cubierta.

Lac se plantó al frente.

Hobs se encogió de hombros.

Sabiéndose culpables, se volvieron hacia los tenientes, que los superaban en rango y número.

Podían ejecutarlos por lo que habían hecho.

Pero tras revisar la respiración del capitán, la teniente primera levantó la vista con un suspiro prolongado.

—Espero que tengan un plan —dijo—, porque si cuando recupere la conciencia seguimos con vida y no hemos vencido, enfrentaremos algún castigo por amotinamiento.

Lac tragó con dificultad y miró a Hobs, quien a su vez miró a Ed, quien volteó hacia los barcos de Deliene que se encontraban frente a ellos, aguardando todavía su rendición.

¿Sería capaz de hacerlo? ¿Podría convertirse en su rey sin ahogarse en la tristeza, como un hombre atado a un poste clavado en la playa a la espera de que subiera la marea?

Sí. Sería capaz. No era el Rey Solitario. No estaba maldito. Era Ed, y con todo lo que había aprendido sobre sí en los últimos meses, y la manera en que se había transformado, podía ser Eduoar Corabelli II de nuevo.

Dio un paso al frente.

—Yo tengo un plan —afirmó.

No podía hacerlo como marinero raso en la Armada Real, pero él no era ese muchacho en realidad, sino Eduoar Corabelli II, legítimo soberano de Deliene, y si conseguía comunicarles a los capitanes de su reino que seguía vivo, a bordo del *Trueno*, y preparado para comandar sus naves y su reino, tal vez lo seguirían.

Podrían sacar a la Alianza de la Bahía de Tsumasai.

Sólo necesitaba anunciarles que estaba allí.

—Yo soy de Deliene —le dijo a la teniente.

—¡Shhh! —dijo Hobs en voz alta.

Sin hacerle caso, Ed continuó:

—Puedo conseguir que esos barcos de la Armada Blanca abandonen la Alianza, si continuamos luchando.

Ella lo miró con recelo.

—¿Cómo?

—Basta con que me den un par de banderas para hacer señales y un espacio en el bauprés.

—Ed, ¿qué...? —comenzó Lac.

La teniente primera aceptó.

—Concedido.

Ed abrazó a Lac y a Hobs.

—Gracias, amigos míos, por todo lo que han hecho por mí. Jamás había conocido a un par tan leal y tan valiente.

—¿Valiente? —repitió Lac.

Ed asintió.

—Sí, valiente.

El resto de la tripulación corrió de regreso a sus puestos de batalla mientras Ed buscaba en el baúl de banderas hasta encontrar dos que servirían a sus propósitos: una blanca y negra, los colores de Deliene, y otra con una corona dorada, para indicar que a bordo había un miembro de la realeza.

349

Pidió a Hobs que las izara en el mástil, y corrió a la proa del *Trueno*, desprendiéndose de su casaca roja para dejar ver una camisa blanca, perfectamente almidonada gracias a Lac, y los pantalones negros.

Frotó sus mejillas sin afeitar. ¿Acaso su gente lo reconocería?

Tenían que hacerlo.

Sin embargo, antes de que llegara al bauprés, otro de los barcos de la Armada Real soltó una descarga de cañonazos que fue a impactar contra los cascos de naves de la Alianza.

La tripulación vitoreó.

Los cañones retumbaron.

La batalla estalló. Era un caos. Nadie parecía saber quién daba las órdenes. Nadie parecía saber a quién escuchar.

Se oyó el ruido distante de cañonazos en el sur. Alguien en la entrada sur de la bahía también estaba presentando resistencia. Todos se defendían.

Sin hacer caso de los disparos que iban y venían entre los fusileros y el enemigo, Ed trepó por el bauprés y allí se levantó, erguido en toda su altura por encima del agua, visible para todos.

Aquí estoy, pensó, contemplando los barcos de Deliene. *Su rey.*

350

CAPÍTULO 27

No será hoy

Innumerables islas en el extremo sur de Oxscini cobijaban a los forajidos para ocultarse mientras vigilaban la costa hacia la entrada sur de la Bahía de Tsumasai.

Trece barcos de la Alianza se encontraban agrupados en aguas profundas, fuera del alcance de los dos fuertes de piedra que flanqueaban la boca del canal. En el interior del estrecho pasaje, los navíos rojos de la Armada Real montaban guardia. Extrañamente, el aire estaba desprovisto de sonidos de batalla.

Porque nadie estaba combatiendo. Las banderas de cese al fuego ondeaban en las fortificaciones costeras y en el frente aliado. Todo estaba en calma, en silencio.

—¿Y aquí qué sucede? —murmuró Reed.

—Imagino que no será hoy el día —dijo el primer oficial.

El Capitán golpeteó la hebilla de su cinturón. Una vez, dos… sacudió la cabeza. No había venido desde tan lejos para regresar en este punto. Pero antes de que llegara hasta ocho, una bandera blanca se izó en el fuerte más cercano.

¿Rendición?

El Capitán Reed hizo a un lado el catalejo. Si el Reino del Bosque se rendía ahora, la Alianza controlaría casi toda Kelanna. Y la Guardia habría triunfado.

Alguien debía hacer algo. Alguien debía mostrarles que todavía valía la pena luchar por el mundo.

No importaba que ese alguien fuera un forajido.

Volviéndose hacia el resto de la tripulación, gritó:

—¡Todos a sus puestos!

Se oyeron gritos animosos.

Killian izó la bandera de batalla mientras soltaban las velas. Los forajidos se lanzaron sobre las filas enemigas.

En la proa del *Corriente de fe*, los cañones atronaron. El sonido de las armas recibió respuesta de otros cañones en el norte.

Reed sonrió. Al menos alguien en la Bahía de Tsumasai no se había rendido.

En el canal, uno de los barcos de los Casacas Rojas soltó una descarga de cañonazos. Las balas perforaron el casco de la embarcación de la Alianza que se hallaba más cerca. Las empinadas laderas del canal resonaron con el redoble de los tambores de guerra.

El *Corriente de fe* y otros navíos de forajidos se acercaron, uno tras otro, disparando contra los barcos de la Alianza como una ola tras otra contra la costa rocosa, destrozando secciones de las filas enemigas hasta que fueron desmoronándose en el mar.

El *Crux* se metió por una brecha entre los buques de guerra de la Alianza, y disparó sus cañones de babor y estribor. Uno tras otro, los barcos de los forajidos atacaron a las naves azules hasta que el frente de la Alianza se hizo pedazos, y los barcos enemigos se dispersaron en pequeñas secciones mientras los de los forajidos, más ligeros y rápidos, se cerraban sobre ellos, navegando en círculos alrededor de las pesadas naves de la Alianza, a las que les iban derribando los mástiles y abriendo los cascos disparo tras disparo.

Reed estaba fascinado... ¡El rugido de los grandes cañones! ¡El viento en su cabello! ¡Los disparos rápidos de artillería desde las cofas de combate!

Los barcos de la Armada Roja empezaron a salir por la entrada del canal, abriendo una vía para el *Hermano*, que pasó de largo frente a la batalla y siguió al norte para adentrarse en la Bahía de Tsumasai.

Sefia y Archer se encaminaban a encontrar a Stonegold.

Los barcos de la Alianza estaban cerrando filas de nuevo, respondiendo a los ataques de la fuerza combinada de forajidos y Casacas Rojas.

El *Tuerto* fue barrido por una descarga enemiga.

El *Crux* perdió un trozo de su popa.

Y cuando el *Corriente de fe* viraba para soltar otra andanada de cañonazos, un barco de la Alianza lo embistió por el costado de estribor. El verde casco se astilló. Las cuadernas gimieron. Los forajidos se abalanzaron a defender las barandillas al ver que los soldados enemigos inundaban la cubierta. Cooky y Aly se levantaron desde sus puestos tras la borda, para golpear con la culata de sus fusiles a cualquiera que abordara.

—¡Sácanos de aquí, Jaunty! —gritó el Capitán Reed.

—Estamos atascados —dijo el primer oficial.

Al mismo tiempo, el timonel respondió.

—¡Imposible, Capitán! La única manera de salir de aquí es que ellos dejen de embestirnos con su barco.

El Capitán soltó una maldición. Atrapados por la proa del barco de la Alianza, quedaban inmovilizados en el agua, y se convertían en blanco fácil para sus enemigos.

Tenían que liberarse. Él tenía que liberarlos. Y para hacerlo, necesitaba inutilizar el timón del otro barco, para impedirles que siguieran empujando al *Corriente de fe*.

353

—¡Meeks, quedas al mando! —gritó Reed, bajando de un salto a la cubierta principal.

Se oyó un "¡Sí, señor!" lejano acompañado de una carcajada entusiasta.

El Capitán Reed corrió hacia la proa del barco enemigo, trabada contra el casco del *Corriente de fe*. Brincó a la barandilla y pateó a un soldado enemigo a la vez que intentaba agarrarse del bauprés de la Alianza.

Se oyeron disparos a su alrededor, pero no tuvo miedo. No moriría pendiendo sobre su propia cubierta.

Se columpió para llegar al barco enemigo y sacó sus pistolas: Cantor, azul y ligero, y Verdugo, frío como el hielo y pesado como plomo. Ahora estaba en territorio de la Alianza. Docenas de soldados se interponían entre él y la popa del buque de guerra azul.

Pero eso no iba a detenerlo. Él era el Capitán Cannek Reed.

Disparando, agazapándose, peleando, echando humo por los cañones de sus revólveres, se abrió paso a lo largo del barco. Uno, dos, tres... nadie podía pararlo. Nueve, diez, once, doce enemigos cayeron bajo sus balas. Nadie era tan rápido.

Pero los tambores de sus armas se vaciaron. No tenía municiones. Estaban descargadas.

Una soldado de uniforme azul se arrojó contra él con un hacha. Sin inmutarse, Canek Reed se apartó y oyó cómo el filo se hundía en la madera de la borda.

Guardó a Cantor y sacó un cuchillo para clavarlo en la quijada de la mujer mientras ésta se esforzaba en liberar su arma.

El cuerpo cayó mientras Reed se guarecía tras un cañón para sacar las balas de sus bolsillos y meterlas una a una en los tambores de sus revólveres.

354

Y entonces se levantó de nuevo.

Uno de sus disparos fue para el timonel. Otro golpeó la campana del barco y allí rebotó para ir a impactar en la cabeza de un teniente que estaba en el alcázar.

El Verdugo tenía sed de sangre.

Una ronda perforó el cuello de un soldado de la Alianza, y salió para incrustarse en el cráneo de la mujer que estaba detrás de él.

Las balas de Reed encontraban marineros, oficiales, artilleros, rangos superiores.

Hasta que llegó a la popa del barco enemigo, donde golpeó a un fusilero en la cabeza con la culata de Cantor y se apropió de uno de los falconetes.

Apuntó a la cadena del timón, y empezó a contar. Uno, dos, tres, cuatro...

... cinco, seis, siete, ocho. Disparó.

La pequeña bala cortó la cadena, que cayó cascabeleando al mar.

El barco enemigo no tenía manera de moverse. El *Corriente de fe* estaba libre.

Corrió de regreso por las cubiertas de la Alianza mientras su propia tripulación desenganchaba su barco. El *Corriente de fe* se alejaba. Enfundó a Cantor, se trepó al bauprés y saltó, con el Verdugo aún en la mano.

El mar se abrió debajo de él. El aire acarició sus brazos y piernas.

Cayó, rodando en el puente, en medio de los forajidos que lo vitoreaban. Cinco de las naves de la Alianza estaban inutilizadas o hundidas. Las otras iban retrocediendo hacia el oriente ante el ataque de los Casacas Rojas y los forajidos para mantenerlos lejos de la entrada a Tsumasai.

No pensó que la Armada Roja aún pudiera darse vuelta para atacar a la Alianza en dos frentes, pero los forajidos y él los habían dejado con menos barcos contra los cuales luchar.

Los Casacas Rojas se alinearon con los barcos forajidos formando una fila de diversos colores... *Los colores de la Resistencia*, pensó Reed... para montar guardia frente a la angosta entrada del canal.

Y entonces, vio el movimiento hacia el oriente.

Los barcos de la Alianza que parecían replegarse en realidad no se estaban replegando. Iban a unirse a otro grupo de buques de guerra azules, veinte al menos, encabezados por una enorme embarcación, aún más que el *Crux*.

Ahora era azul en lugar de amarillo, pero Reed reconoció su mascarón de proa: un caballo alado.

Era el barco insignia de Serakeen, el *Amalthea*, con su propio comandante en la proa, su abrigo púrpura ondeando al viento y un destello metálico en el lugar donde debía estar su mano.

El Capitán Reed mostró los dientes y levantó el Verdugo.

Una bala y el Azote del Oriente quedaría aniquilado.

Pero para eso tenía que estar a su alcance.

—Hagámoslo, Capitán —dijo Meeks.

Reed asintió.

Meeks dio la orden. El *Corriente de fe* y los demás forajidos se apresuraron a enfrentar al enemigo. Los barcos de la Armada Real se unieron a ellos.

Reed empezó contar

Uno.

Dos.

Tres.

Tenía que llegar a ocho.

Ocho, y no fallaría.

Seis.

Siete.

Pero antes de que tirara del gatillo, los artilleros de proa del *Amalthea* dejaron a la vista una serie de armas que en nada se parecían a algo que Reed hubiera visto antes. Eran tres, cada una del largo de su brazo, con seis tambores de munición juntos, y una cinta de cartuchos que alimentaba los cilindros. Junto a cada una de las armas había un soldado, apostado con la mano en una manivela.

El Capitán Reed lo imaginó todo un segundo antes de que sucediera. Un instante antes de que los artilleros empezaran a dar vuelta a las manivelas.

—¡Cúbranse! —gritó Reed echándose al suelo.

Las balas llegaron tan rápidas como el granizo, agujerearon el casco y salpicaron las barandillas mientras la tripulación se agazapaba tras ellas... rápido, rapidísimo, mucho más de lo que Reed podía apuntar o respirar o parpadear.

Oyó los gritos de sus marineros al caer, vio la sangre brotar en chorros al impacto de las esferas metálicas. Jaunty cayó, aferrado al timón. Una de las piernas de Theo se desprendió de su cuerpo, y él cayó, con los lentes rotos y su loro rojo acurrucado en la curva de su cuello, rozándole la barbilla. Horse recibió un diluvio de balas al interponer su enorme cuerpo frente a la doctora, para protegerla del ataque a pesar de que ella gritaba y luchaba para quitarlo de en medio. El sombrero de Reed fue derribado de su cabeza por astillas y fragmentos que se clavaron en su oreja y a un lado del cuello.

¿Qué tipo de arma es ésa?

Obtuvo la respuesta en los rostros de su tripulación: ensangrentados, lívidos, petrificados, muertos. El viejo Goro

357

había sido demasiado lento, y ahora Marmalade estaba atrincherada detrás de su cuerpo inerte, utilizándolo como barricada, con el pálido rostro salpicado por la sangre del viejo.

Ningún ser humano podía superar un fusil como ése, no él, ni siquiera Adeline. Era antinatural, impersonal, y contra eso no podían vencer.

No hoy. Ni nunca.

CAPÍTULO 28

La tercera aventura de Haldon Lac

Subyugado por un hipo imposible de frenar, el guardiamarina Haldon Lac sentía una gran vergüenza. En ésta, ¡la batalla más importante de toda su vida! Si no hubiera estado tan atareado con el combate, se habría sentido ofendido por lo indigno de toda la situación.

Oxscini se había rendido, pero buena parte de la Armada Real se había negado a entregar las armas. Desobedeciendo órdenes, continuaban peleando contra las bestias azules de la Alianza, revolviendo las olas y llenando el aire de humo y estruendo de cañones. Eran rebeldes contra su propio reino... Casacas Rojas rebeldes.

¿Acaso podía considerarse un Casaca Roja todavía?

Las balas pasaron por encima de su cabeza para ir a caer al mar y lo empaparon con el agua que levantaban, esto logró sacarlo de su conmoción.

Tomó la mano de Hobs.

—¿Qué está haciendo... *hip*... Ed? ¡Tenemos que bajarlo de ahí!

Para colmo, su mejor amigo en el mundo entero estaba parado en el bauprés del *Trueno,* con lo que se convertía en un blanco fácil. Las rápidas explosiones de artillería resonaron por encima del agua.

—¡Parece como si estuviera posando para un retrato! —gritó Hobs mientras corrían por la cubierta.

Lac tenía que admitir que Ed se veía guapo allá arriba, y tenía un aire heroico, con los negros rizos de su cabello moviéndose al viento, y su cuerpo de miembros largos y esbeltos sobre las olas como si estuviera a punto de lanzarse en un clavado.

Pero lucir gallardo no reducía las probabilidades de que acabaran matándolo allí.

Los navíos azules de la Alianza se acercaban cada vez más, y volteaban sus cañones hacia el *Trueno*.

Pero no todos, se dio cuenta Lac. El barco más cercano, con una liebre roja en la proa, estaba arriando las banderas de la Alianza para enarbolar una diferente: una amapola blanca sobre un campo negro con estrellas.

La bandera de Deliene.

Y además coreaban un cántico, y sus voces se alzaban entre el humo que flotaba en el aire:

—¡El rey vive! ¡Deliene con su rey!

De hecho, a lo largo de las filas enemigas, muchos barcos estaban izando la bandera del Reino del Norte y volviendo sus cañones hacia los otros barcos azules. Y disparando.

La cabeza de Lac empezó a dar vueltas. Los de Deliene se apartaban de la Alianza para unirse a los Casacas Rojas rebeldes y defender la Bahía de Tsumasai.

Pero ¿por qué?

Un cañonazo impactó el *Trueno*, e hizo caer a Hobs y a Lac a la cubierta mientras trozos de madera y metralla volaban por el aire. Los tenientes gritaban. Los artilleros disparaban. Partes de la cubierta ardían, y el fuego invadía las cuadernas mientras los marineros trataban de apagar las llamas.

Lac se puso de rodillas. Sintió un dolor agudo en el hombro, pero lo ignoró.

—¡Ed! —gritó—. ¡Bájate... *hip*... de ahí!

—¡Señor! —Hobs lo arrastró a un lugar a cubierto justo cuando una explosión removió el barco—. ¡Está sangrando!

A su alrededor llovieron chispas mientras Haldon Lac agitaba las manos para sacudírselas, en medio de su hipo.

—¡Ya no soy tu superior, Hobs! —ni siquiera sabía si seguiría teniendo un rango. ¿Acaso los traidores a la corona tenían rangos? Hizo lo que pudo para tragarse la náusea.

Era un traidor. Los traidores no merecían ascensos.

Sobre manos y rodillas, Lac y Hobs siguieron a gatas hacia el bauprés.

—¡Ed!

Al oír su nombre, Ed miró hacia atrás. Sus miradas se encontraron y, por una fracción de segundo, el muchacho que había conocido en Jahara le pareció un extraño. Por alguna razón, se veía más alto, con un porte majestuoso, más sabio y valiente y... a la expectativa.

¿A la expectativa de qué?

Pero Haldon Lac no tuvo tiempo de hacer especulaciones porque justo cuando se estaba poniendo en pie, una descarga de cañonazos del enemigo estremeció el casco. Los mástiles se desplomaron. El barco crujió y gimió. Se oyó una explosión ensordecedora y una flor ardiente que se expandía rápidamente lo alcanzó por la espalda, y los lanzó a él, a Hobs y a Ed por los aires.

Los tres cayeron al mar mientras el *Trueno* se consumía en una conflagración de llamas y maderos reventados.

¡El agua estaba helada! A Lac le dolió el hombro. Y seguía con hipo. Pero pataleó y resistió, buscando entre las aguas a sus amigos.

—¡Hobs! ¡Ed!

A su lado pasaban flotando barriles de pólvora rotos y escobillones sucios. Marineros jadeantes se afanaban en busca de despojos que les ayudaran a mantenerse a flote. Pero no podía encontrar ni a Hobs ni a Ed.

Por fin, Hobs salió de entre las olas a su lado, escupiendo agua salada.

—¡Señor!

—¡No me digas así, Hobs! ¿Estás bien? ¿Dónde está Ed?

—¡Allí, señor!

Su amigo estaba bocabajo en la superficie, su camisa blanca parecía casi de gasa entre el oscuro mar. *¡No!* Lac nadó hasta él. Sus fuertes brazos y piernas lo llevaron con facilidad a través de las olas. Volteó al muchacho entre sus brazos, esperando que abriera los ojos, que respirara.

Ed tosió.

Haldon Lac soltó un sonido que era en parte un suspiro de alivio y en parte hipo.

—Te tengo. No te voy a soltar.

Ed le palmeó el brazo.

Lac soltó otro hipo.

—Pruebe a contener el aire, señor —propuso Hobs mientras nadaba hacia ellos.

—¡Es imposible contener el… *hip*… aire cuando uno está nadando! ¡Y deja de decirme señor! —se atragantó con un buche de agua salada que se coló en su boca.

La bahía era un caos absoluto. Había Casacas Rojas rebeldes embistiendo las filas enemigas. Los buques de guerra que ondeaban la bandera de Deliene abrían fuego contra las bestias azules que hacía unos momentos habían sido sus aliadas. Haldon Lac no entendía lo que estaba sucediendo, pero sabía que debía sujetar más fuertemente a Ed, y de pronto una enorme nave azul se acercó.

Pero los soldados que los miraban por la borda no les dispararon.

—Está bien —murmuró Ed—. No te preocupes.

A su alrededor, la escalera de cuerda que se desenrollaron levantaron agua, y los soldados desconocidos bajaron a toda prisa.

La primera mujer que llegó hasta ellos titubeó; un tramo adicional de cuerda pendía de su mano. Después, bajó la cabeza y dijo:

—Majestad.

Por unos instantes, Lac quedó sumido en la confusión. Su familia no tenía sangre real... hasta donde él sabía. ¿Aunque tal vez...?

La mujer pasó la soga por debajo de los brazos de Ed cuando él se sujetó de los cabos que formaban los escalones inferiores. Otros le ayudaron a encontrar de dónde agarrarse para continuar el ascenso.

—Pensamos que había muerto —dijo ella.

—Yo también —respondió Ed.

Los soldados ayudaron a Hobs y a Lac, que seguían sumidos en la total perplejidad, a subir por la escalera de cuerda. Los cañonazos iban y venían mientras trepaban por encima de la borda. Los artilleros seguían el ataque. Los pajes de pólvora se apresuraban por las cubiertas, mientras los oficiales gritaban órdenes y los fusiles disparaban desde las cofas de combate, allá arriba.

Sin embargo, en medio del frenesí de la batalla, el capitán de la nave se hincó, con la cabeza baja, ante Ed que subía chorreando agua.

Los ojos de Haldon Lac se abrieron desmesurados cuando al fin comprendió.

Ed era un rey.

Y no se llamaba Ed, sino Eduoar Corabelli II, el verdadero y único rey de Deliene.

—Vamos, capitán —dijo Ed, el rey—. Tenemos una batalla por delante.

De inmediato, el capitán se levantó. Hizo tronar los dedos hacia un par de soldados, que se adelantaron con gruesas cobijas de lana. Le tendieron una primero a Ed, que la tomó asintiendo con la cabeza, y luego a Lac y a Hobs.

Hobs la tomó y cubrió con ella sus hombros. Pero Lac dejó que la suya colgara de sus manos, inmóvil, mientras miraba fijamente a Ed.

—Tú... —empezó, y se agachó un poco cuando oyó el siguiente disparo de cañón.

Ed asintió.

—Yo.

—¿Desde cuándo...?

El joven asintió con timidez.

—Desde siempre.

—Pero tú... —se volvió hacia Hobs—, ¿tú también eres uno de ellos?

—¿Un miembro de la realeza? No creo —respondió Hobs, encogiéndose de hombros—. Aunque cosas más raras se han visto.

Haldon Lac soltó un gemido. ¿Había pasado todos estos meses con el Rey Solitario? ¿Todos esos meses de mugre, polvo y carencia de baño? ¡Había olido tan mal! ¡Y frente a un rey! Por unos instantes, hubiera querido desmayarse.

Pero no había tiempo para eso, se dijo. Todavía tenían una batalla por delante.

—Majestad —a pesar del vaivén del barco, se las arregló para hacer una profunda reverencia—, estamos a su servicio.

A su lado, Hobs también se inclinó.

Ahora todo tenía sentido: el porte, la gracia, los modales cortesanos, el desconocimiento total de los quehaceres cotidianos. Ed era un rey. Incluso si hubieran tenido la misma edad, Lac jamás habría tenido la menor oportunidad. No como compañero.

¿Y como amigo?

—Para ustedes, soy Ed —puso las manos en los hombros de ambos, haciendo que se levantaran—. Para ustedes dos, soy sólo Ed.

Lac sonrió radiante. ¡Un rey lo consideraba su amigo!

Luego se llevaron apresuradamente al rey hacia el alcázar, con los oficiales, y Lac y Hobs quedaron al cuidado de soldados de Deliene. El barco que los había recogido se llamaba *Liebre Roja*, y pronto enarboló una segunda bandera, con el blanco y negro de Deliene y una corona dorada.

En medio de la batalla, los ciudadanos de Deliene se agruparon en torno a su rey. Las explosiones hendieron el aire. Los barcos recibieron impactos. La espuma de las olas se tiñó de rojo con la sangre de los soldados heridos que caían al mar. Lac y Hobs se unieron a los fusileros en la proa del *Liebre Roja*, para dispararle al enemigo cuando sus artilleros trataban de cargar los cañones. Por un momento, pareció que la fuerza combinada de los Casacas Rojas rebeldes y los disidentes de Deliene cambiarían el resultado de la batalla contra la Alianza.

Si vencían, Lac podría regresar a la Armada Real. Podría volver a ser el guardiamarina Haldon Lac.

Pero el enemigo seguía teniendo más naves y también los superaban en armamento. Seguían teniendo la ventaja. Poco

365

a poco empezaron a obligar a la Resistencia a replegarse, navegando en círculos a su alrededor, cual tiburones.

—Esto no se ve nada bien, señor —dijo Hobs.

—No me digas así —Lac se esforzó por ver mejor por encima de la barandilla. Un barco rojo con franjas blancas en la proa se aproximaba desde occidente, con una bandera que mostraba a un muchacho con la cabeza inclinada y los brazos cruzados sobre el pecho. No pertenecía a ninguna flota que Lac conociera. ¿Habría venido de la capital? ¿Sería un barco civil? No, no podía ser, no con esos grandes cañones en las cubiertas.

Un barco forajido. ¿De dónde podía haber salido un forajido?

Haldon Lac se levantó por encima de su barricada y disparó al barco de la Alianza más cercano.

—¡Ed! Digo, ¡majestad!... digo... ¡Ed! —gritó, señalando hacia el barco.

En el alcázar, el rey asintió. Habló con el capitán, que le entregó un catalejo para mirar.

El extraño barco forajido se acercaba. En sus cubiertas se veían muchachos agitando los brazos con frenesí hacia el *Liebre Roja* y apuntando después hacia el sur.

Hasta para Lac, el significado era claro: "Síganos".

Querían que la Resistencia se replegara en el sur. ¿Habrían despejado la entrada a la Bahía de Tsumasai en ese punto? ¿Los forajidos? Ésa sería la única vía de escape en estas circunstancias.

El buque forajido rojo navegó para quedar justo detrás de una de las bestias azules de la Alianza y desde allí soltó una ronda de cañonazos que la impactaron de proa a popa, y destrozaron vidrios y maderos. El frente enemigo flaqueó.

El *Liebre Roja* aprovechó la situación. Se desprendió del resto de los barcos de la Resistencia y siguió más allá de las filas de la Alianza. Viró encaminándose al sur de la bahía. Los Casacas Rojas rebeldes y los disidentes de Deliene lo siguieron.

Los barcos enemigos comenzaron la persecución.

Haldon Lac le dedicó una última mirada a la costa de Oxscini que se perdía en la lejanía: los fuertes de piedra, las colinas boscosas, las casas de madera edificadas sobre pilotes en la orilla. Había traicionado sus órdenes. Había traicionado a su reina. Dejaría su amado reino detrás. No sabía si alguna vez volvería... o si merecía hacerlo.

CAPÍTULO 29

Una mujer que cumple sus promesas

Tanin se había convertido en un elemento indispensable para la causa después del asesinato de la reina Heccata. Primero, había sugerido el castigo para Arcadimon Detano: una droga que, al empezar a tomarla, produciría en el cuerpo una dependencia total, y sin ella no podría sobrevivir. Mientras Detano continuara siendo leal a la Guardia, el aprendiz de Administrador le haría entrega de una dosis en Corabel cada mañana, y así viviría un día más. Sin embargo, si se salía del redil y trataba de contactar a su pequeño rey, se le negaría la droga y moriría antes del mediodía del siguiente día.

Luego se convirtió en la sombra del Maestro Asesino. Lo siguió a todas partes en su búsqueda del rey perdido de Detano... peinando la ladera de la colina en busca de pistas, localizando testigos, interrogando a cualquiera que hubiera estado por ahí.

Cuando no estaba haciendo averiguaciones, se dedicaba a entrenar. Soportaba sesiones de combate que dejaban sus manos cubiertas de cortes y su cuerpo lleno de moretones. Se entregaba a horas de tormento mental. Por insistencia del Primero, mataba todo tipo de criaturas... Perros callejeros, crías de roedores tan pequeñas que aún no abrían los ojos, huérfanos de guerra de los campos de refugiados que circundaban la capital... de todas las maneras posibles. Y si su expresión dejaba entrever el menor destello de emoción, fuera consternación, lástima o rabia, recibía una paliza.

Mareah jamás le había hablado de su entrenamiento. Ahora Tanin sabía por qué.

Era una tortura. Pero era eficaz. Al fin y al cabo, los Asesinos no eran humanos. Eran armas vivientes.

Tanin respondía a los nombres de Asesina o Segunda. Esperaba sin hacerse notar, en las sombras, mientras su Maestro deliberaba con Stonegold o con los Soldados. Se contenía para no hablar. Resistía y aguardaba.

Stonegold podía haber olvidado la humillación a la que la había sometido. Pero Tanin había jurado que le daría muerte, y ella cumplía lo que prometía.

Para el momento del asesinato del Primero, ella había perfeccionado el arte de pasar desapercibida, así como el de la paciencia.

Mientras Stonegold se sentaba en uno de los mullidos sofás con la adolorida cabeza entre sus manos, ella examinaba el cuerpo del Primero.

Estricnina. Al haber sido antes Administradora, era capaz de reconocerlos. Encontró el arañazo en la espinilla por el cual había entrado el veneno. La forma del corte concordaba con el anillo de plata de Mareah.

—Hubiera podido ser usted, Director —susurró—. Tal vez pensaron que al matarlo terminaría la guerra.

—Entonces, lo intentarán de nuevo —apuntó hacia ella con un grueso dedo—. La próxima vez, tú los detendrás.

Tanin hizo una venia. Se mantuvo impasible, pero si hubiera sido la misma mujer que cuatro meses atrás, habría sonreído.

Stonegold interrumpió la búsqueda del rey perdido. Necesitaba un perro guardián, y Tanin, que se había convertido en la Maestra Asesina por la muerte del Primero, era la adecuada.

Ahora vestida de negro, con las armas que habían sido de su Maestro envainadas en su costado, acompañaba a Stonegold a todas partes. Dormía en una tarima en el suelo del camarote de él. Lo esperaba fuera de la puerta mientras iba al baño. Estaba presente en las conversaciones con otros guardianes, que escasamente daban señas de notarla entre las sombras y esperaba, en silencio, su momento.

Durante el ataque a Tsumasai, siguió a Stonegold a todos lados. Estaba con él en cubierta cuando lograron romper la línea defensiva de la Armada Real. Estaba a su lado cuando navegaron hacia el castillo de Kelebrandt, cuando entró al salón del trono con sus pisos de piedra y ventanales hasta el techo. Un lado del salón daba hacia el puerto de la capital y la masa de embarcaciones que había más allá. El otro tenía vista hacia el patio, los jardines, más murallas, y la ciudad que se extendía sobre las colinas boscosas.

Fue testigo de la rendición de la joven reina de Oxscini y, minutos después, de la rebelión en la bahía, cuando un grupo creciente de Casacas Rojas se rehusaron a rendirse y docenas de soldados de Deliene desertaron de la Alianza.

El reyecito de Detano debía haber aparecido al fin.

Pero Stonegold no se inmutó. Tanin supuso que era fácil permanecer tranquilo cuando las fuerzas propias superaban tan ampliamente a las contrarias. Le ordenó a la reina de Oxscini que enviara sus naves de reserva a interceder entre los rebeldes y la Alianza, y los candidatos la escoltaron fuera del salón del trono para que pudiera obedecer.

Tanin se quedó a solas con Stonegold.

El Rey se acercó al ventanal para ver las reservas de la Armada Real que dejaban el puerto. No pasaría mucho tiempo antes de que la Alianza sometiera a los que se estaban resistiendo. Ella estaba segura de que él quería ver el momento en que las aguas de la Bahía de Tsumasai se calmaran al fin, con lo que él conseguiría tener a cuatro de las Cinco Islas en la palma de su mano.

Tanin permaneció juntó a la entrada principal del salón, unas puertas dobles que llevaban a una antecámara vacía y al corredor custodiado que había más allá. A diferencia de Stonegold, cuya mirada estaba fija en la batalla, ella podía ver tanto la acción en la bahía como los terrenos del castillo. Eso quiere decir que estaba observando cuando Sefia y Archer aparecieron en las murallas más apartadas.

Ni siquiera en ese momento, Tanin se permitió la satisfacción de una sonrisa. La sonrisa era para los vencedores, y ella ya había visto que le escamoteaban la victoria demasiadas veces para creer que esta vez le resultaría sencillo.

Pero había estado esperando ese momento. Había sabido que Sefia y Archer volverían para culminar con el asesinato del Maestro Político.

Tan sólo tenía que asegurarse de que esta vez tuvieran éxito.

Los dos corrieron por encima de las murallas del castillo y desaparecieron en una torre.

—Director —murmuró Tanin—, ¿podría retirarme un momento?

—¿Justo ahora?

—La reina salió hace ya bastante tiempo. Creo que debería ir a ver qué la retiene.

Stonegold no se molestó en darse vuelta.

372

—Ve, y no demores.

Salió por la antecámara, y pasó frente a los candidatos que custodiaban el corredor.

Si Stonegold moría, el puesto de Director quedaría vacante, y como ella lo había acompañado en cada movimiento desde la muerte del Primero y estaba al tanto de todos sus planes, ella sería la más adecuada para ocupar el hueco.

Ya había tenido oportunidades de matarlo, por supuesto, pero si el resto de la Guardia debía aceptarla como Directora, su inocencia tenía que ser incuestionable y su coartada, perfecta, incluso para quien utilizara la Visión. Si había tan sólo una pizca de duda, la Maestra Soldado, Braca, tomaría el control de la organización y la ejecutaría por traición.

No, debía esperar. Tenía que encontrar a quien culpar. Necesitaba retener la lealtad de todas las divisiones: los Soldados, los Bibliotecarios, los Administradores. Como su líder militar, Braca asumiría el comando de la Alianza.

Ella sería el rostro público de la primera unión de los cinco reinos, y Tanin, Directora de la Guardia, la controlaría desde la sombra.

Todo sería como habría sido antes de que Stonegold usurpara su lugar.

Tanin acechó a los corredores. Se asomó a cámaras vacías. Pasó a hurtadillas por las cocinas, los patios, los salones.

Los oyó antes de verlos, susurrando en una de las escaleras. Hizo una pausa en el rellano que había justo sobre ellos, para escucharlos.

Le llegó la voz de Sefia:

—¿Dónde crees que podamos dar con él?

Él. Stonegold. Tanin había estado en lo cierto, iban a tratar de matarlo de nuevo.

Pero ella había jurado que moriría por su mano.

—¿Estará en el salón del Consejo? —preguntó Archer.

En el tenso silencio, Tanin escudriñó en la curva de la escalera. Con un parche en el ojo para cubrir la herida que había recibido en su pelea con el Primero, Sefia miraba por la ventana la batalla en la bahía. Los rebeldes huían hacia el sur, perseguidos por las rápidas naves de la Alianza.

Archer estaba junto a ella. Al igual que antes, tenía dos armas: un revólver y una espada.

Perfecto. La espada era lo que necesitaba.

—Si conozco bien a Stonegold —dijo ella en voz baja, aprestándose a subir—, y creo que así es, estará en el salón del trono, regodeándose.

El ataque llegó, como era de esperar: un golpe de magia, un cuchillo que atravesó el aire.

Con los reflejos afinados por su entrenamiento con el Primero, Tanin lo esquivó, y desvió el cuchillo hacia la pared curva, donde rebotó contra las piedras y volvió en dirección a Sefia.

Archer trató de alejarla de la trayectoria, y en el movimiento dejó a la vista la empuñadura de su espada.

Eso era lo único que Tanin necesitaba. Se Teletransportó y apareció al otro lado de Archer. Rápidamente, desenvainó su espada y huyó a toda prisa.

Los guio por los pasajes de la servidumbre que se entretejían por todo el castillo, subiendo y bajando por estrechas escaleras, hasta que tuvo la certeza de que estaban lo suficientemente cerca del salón del trono para llegar solos allí.

Entonces, cuando estaban tras una esquina, Tanin abrió sus brazos, para reaparecer en la antecámara desierta. Entre los biombos de papel y las sillas de madera de Oxscini talladas a mano, Tanin se puso un par de guantes y sacó una pequeña lata, no mayor que una caja de pólvora, de su chaleco. Dentro, había una esponja impregnada de un veneno transparente.

Era increíble que esa idea se la hubiera dado Detano. Para salvar a su reyecito, había necesitado fabricar un asesinato y, con ese fin, había requerido un veneno que alterara el cadáver de tal manera que todas las señas que lo pudieran distinguir fueran irreconocibles, incluso para quienes tenían acceso a la Iluminación.

Ella le haría lo mismo a Stonegold.

Tanin pasó la esponja por el filo de la espada y luego la regresó a su estuche. Después se retiró los guantes, los volvió de adentro hacia fuera para evitar el contacto con el veneno, y cerró la lata.

Tomó la espada de Archer de la silla, abrió la doble puerta y se adentró en el salón del trono.

Stonegold no se había movido de su puesto junto al ventanal. Afuera, en la bahía, los rebeldes habían desaparecido a lo lejos. Las embarcaciones que quedaban de la Armada Real estaban siendo abordadas, y sus capitanes eran relevados del comando. A la luz del crepúsculo, el cielo inundado de humo era una neblina rojiza, y su gruesa silueta se recortaba contra ella.

Rey de Everica. Maestro Político. Director de la Guardia.

Pero no por mucho tiempo más.

Sin hacer ruido, Tanin cerró y bloqueó las puertas.

Con el leve rumor, Stonegold se volvió, con expresión irritada.

—Tardaste. ¿Dónde está la reina?

Esa voz perezosa. Ese tono condescendiente.

Jamás tendría que volver a escucharlos.

375

En un instante, se Teletransportó al otro lado del salón. Tanin era rápida, tal como su Maestro le había enseñado. La espada de Archer se hundió hasta la empuñadura en el ancho pecho de Stonegold.

En la ceremonia de toma del poder de Detano, ella se había prometido que así moriría Stonegold. Y no fue poco el gusto que sintió al constatar que era una mujer que cumple sus promesas.

Retrocedió de inmediato y revisó su ropa en busca de manchas de sangre.

Stonegold miró hacia abajo, y abrió desmesuradamente los ojos al ver la espada.

En otros tiempos, Tanin se habría regodeado.

Pero ahora, la nueva Tanin se limitó a ver cómo Stonegold abría la boca para intentar hablar, aunque de aquella boca no brotó palabra alguna. El veneno actuaba con rapidez, corroyendo su ropa, su piel, su grasa, sus músculos y huesos.

Gritó y cayó de espaldas, y la espada de Archer asomaba entre su cadáver que se deterioraba veloz.

Hubo un rumor más allá de la antecámara. Los candidatos habían oído el grito de Stonegold.

Con una sonrisa, Tanin desplegó los brazos y desapareció.

CAPÍTULO 30

Cerca del final

O yeron un grito, seguido de un martilleo... *trac, trac, trac*... como un ariete.

Sefia y Archer corrieron hacia el punto del cual venía el ruido, a través de serpenteantes corredores para la servidumbre, hasta que llegaron a un salón de vidrio y piedra pulida. En un extremo estaba el trono; en el otro, un par de puertas bloqueadas cuyos goznes iban cediendo con cada golpe desde el otro lado.

¡Trac! ¡Trac!

Un lado del ventanal miraba hacia el puerto, donde los soldados de la Alianza estaban desembarcando de sus naves azules, y marchaban por la capital ondeando sus banderas.

Junto al ventanal yacía un cuerpo. Llevaba una corona dorada con cinco gemas azules.

Stonegold. Director de la Guardia.

Al acercarse, Sefia alcanzó a ver que buena parte de su torso había desaparecido, como si un ácido lo hubiera corroído, y percibió el destello de botones de oro aquí y allá entre la carne y los huesos que se deshacían rápidamente, y la espada de Archer asomando fuera del cadáver como un mástil roto.

Archer tomó la espada y examinó la hoja en busca de rastros de veneno.

—Nos tendió una trampa, para inculparnos —dijo Sefia, de rodillas. Pero todavía podían salir de allí con lo que habían venido a buscar. Con cuidado empezó a revisar los bolsillos del Rey, o lo que quedaba de ellos, en busca de la llave de la bóveda.

Sus manos iban tras el cuello de Stonegold, donde una cadena de oro alcanzaba a asomarse bajo la camisa, cuando Tanin irrumpió en el salón del trono con una escuadra de soldados tras de sí.

No, no eran soldados. Tenían cicatrices en el cuello. Eran candidatos.

Los dedos de Sefia se cerraron alrededor de la cadena y le dio un tirón al ponerse en pie. Los eslabones se rompieron y la pequeña llave quedó libre de los restos del estropeado uniforme del Rey. Con rapidez, la ocultó en la palma de su mano, con la esperanza de que Tanin no lo hubiera notado.

Pero Tanin tenía sus ojos grises puestos en la espada que Archer llevaba en la mano.

—Mataste al Director —lo acusó.

Antes de que Sefia o él pudieran protestar, los candidatos se abalanzaron sobre ellos, rápidos y ágiles. Las balas surcaron rápidamente el aire. Tanin desapareció para reaparecer entre ellos en un instante, con la espada de sangre del Primero entre las manos.

La hoja de la espada de Archer chocó con la de Tanin, y Sefia y él fueron separados. Haciendo uso de su magia, Sefia alejó a Tanin de Archer, a la vez que desviaba balas y apartaba a los candidatos.

Al fin, la mujer se volvió hacia Sefia. Mientras los candidatos se arremolinaban hacia Archer, Tanin avanzó, con la espada de sangre extendida.

Sefia esperaba que la mujer hablara… que la provocara, que dijera algo. Pero Tanin permaneció tan silenciosa como su hoja de cobre, teñida de rojo con la última luz del crepúsculo. Atacó y Sefia la esquivó, mientras seguía manteniendo a los candidatos lejos de Archer.

Pero continuaban escapando a su magia y se abalanzaron sobre Archer, con las espadas centelleando. Él retrocedió hacia el trono, donde se agazapó y lanzó contragolpes. Su filo encontró muñecas y piernas expuestas; sus balas, hombros y costados.

Pero no estaba matando.

Una bala le rozó el hombro. Se tambaleó.

Sefia empujó a Tanin hacia un lado y se Teletransportó hacia Archer. Se posó en tierra con paso poco firme, en los escalones hacia el trono, mientras los candidatos se cerraban sobre ambos.

Archer la rodeó con sus brazos.

Podían haber perdido Oxscini. Cuatro reinos podían haber caído ante la Guardia. Pero ahora ella y Archer tenían la llave de la bóveda.

Podían lanzar un contragolpe.

Las corrientes del Mundo Iluminado fluyeron ante ella como una inundación, y con un movimiento de los brazos los Teletransportó a ambos.

Reaparecieron con un leve ruido sordo junto a una estatua de bronce de expresión severa, tras visitar a toda prisa su camarote en el *Hermano* para sacar los explosivos. A su alrededor, Archer podía percibir el olor de la madera barnizada, el cuero curtido, el papel antiguo. Del techo con vitrales, se filtraba una luz crepuscular que bañaba las altas

379

estanterías, y proyectaba sombras semejantes a barrotes de cárcel sobre el piso de patrones muy elaborados.

Así que ésta era la Biblioteca.

Con cautela, Archer extendió el brazo para tocar el lomo de un libro en uno de los anaqueles inferiores. El cuero se sintió tibio y suave al tacto, casi como si estuviera vivo.

Entre los libros distinguió una luz dorada al otro extremo del salón. ¿Quizás una de esas lámparas eléctricas de las que Sefia le había contado?

Se oyó un crujido de madera seguido por el roce suave de terciopelo sobre la piedra.

No se encontraban solos.

"Erastis", dijo Sefia sin hacer oír su voz, señalando.

Archer asintió, ella le había contado que el Maestro Bibliotecario frecuentaba la Biblioteca por las noches. Él había tenido la esperanza de que correrían con la suerte de no encontrarlo.

Sefia se señaló la frente, justo por encima del parche de su ojo: "Tengo una idea". Después lo señaló a él y luego indicó el piso de mármol: "Quédate aquí."

Archer ladeó la cabeza y se tocó la sien, pidiendo detalles del plan.

Sefia movió los brazos. Iba a desaparecer y, cuando regresara, tendría algo para neutralizar al Bibliotecario.

Rápidamente él hizo la mímica para indicarle que instalaría los explosivos que llevaba en su mochila.

Ella asintió, pero poniéndose el dedo sobre los labios.

Archer bajó la mochila mientras Sefia se Teletransportaba, dejando atrás apenas un movimiento de aire. Retrocedió entre las sombras, alejándose de la luz dorada, y en su recorrido por los pasillos encontró rincones oscuros para esconder los explosivos que él y Keon habían fabricado: latas de pólvora y polvo de carbón unidos a mecanismos de detonación que habían tomado de revólveres. Luego de instalar cada bomba, activó los percutores con mucho cuidado y oyó el chasquido de cada uno al quedar en posición.

Con una buena sacudida, todos los percutores detonarían los explosivos para envolver la bóveda en llamas.

Eso era lo que esperaba.

Sólo quedaban dos bombas en su mochila cuando una voz lo hizo detenerse en las sombras:

—¿Quién anda ahí?

Ocultó su mochila entre las estanterías, y se agazapó mientras veía la luz de la linterna. Al acecho, miró a través de una serie de libros encuadernados en azul. Erastis estaba apenas a cinco o seis metros, escudriñando las sombras.

Era viejo, con piel arrugada y del color de una avellana. La mano que sostenía el farol temblaba, con lo cual la luz titilaba y daba saltos sobre su larga túnica de terciopelo.

—¿Eres tú, Tolem? —preguntó el Maestro Bibliotecario—. A tu Maestro no le agradará saber que andas perdiendo aquí tu tiempo.

¿Tolem? El aprendiz de Administrador que los había atacado en el puesto de mensajeros de Jahara. Archer recordaba los lentes redondos y una melena indómita de rizos oscuros.

Erastis siguió aproximándose, con lo cual obligó a Archer a retroceder entre dos estanterías, hacia unas escaleras alfombradas.

Ya no podía ver al Bibliotecario, pero sí oírlo acercarse despacio por los pasillos.

—O tal vez no eres Tolem —dijo Erastis—. Tal vez eres alguien con malévolas intenciones.

381

Sin hacer ruido, Archer retrocedió hacia las escaleras. Incluso allí, las paredes estaban tapizadas de libros. Suficientes para que Sefia leyera durante el resto de su vida y jamás se le agotaran nuevos pasajes por descubrir.

Sintió un golpe de remordimiento.

A través de la baranda de piedra que corría a lo largo de las escaleras, Archer podía ver la luz del farol de Erastis que flotaba a través de la Biblioteca. Necesitaba evitarlo hasta que Sefia regresara.

Pero cuando Archer llegó al final de las escaleras, el Maestro Bibliotecario apareció justo al pie de éstas. Archer trató de agacharse para no ser visto, pero antes de que alcanzara a moverse, una fuerza invisible lo atrapó y lo empujó de lado por encima de la baranda de piedra.

Sintió el aire que lo acariciaba al caer.

Sintió el impacto de su cuerpo contra el piso de mármol.

Con un gesto de dolor, se levantó hasta quedar en cuclillas.

Y entonces quedó inmóvil, paralizado. Erastis lo había atrapado de nuevo.

Archer se resistió mientras se aproximaba el Maestro Bibliotecario, sin prisa, mirándolo con recelo.

—¿Y tú quién eres? —su mirada recorrió la garganta de Archer—. ¿No eres uno de los nuestros?

Cuando Archer permaneció en silencio, Erastis inclinó la cabeza hacia un lado, con curiosidad.

—¿Archer? —hizo una pausa—. Sefia... ¿vino ella también?

Archer siguió sin pronunciar palabra.

El Maestro Bibliotecario avanzó hasta que Archer pudo ver la bruma en sus ojos lechosos.

—¿Dónde está ella? —como Archer no respondía, Erastis suspiró—. No importa.

Como si estuviera muy cansado, el anciano se sentó en una silla de madera, que crujió bajo su peso cuando posó el farol en el suelo a su lado.

—Tenía la esperanza de nunca llegar a conocerte —dijo al fin.

Luego de todo lo que Sefia le había contado del Bibliotecario, Archer debió imaginar que Erastis diría algo inesperado. Sin embargo, sus palabras lo tomaron desprevenido.

—¿Por qué? —preguntó.

—Porque sabía que, si llegábamos a encontrarnos, acabaríamos así, como adversarios —suspiró el Maestro Bibliotecario—. Esperaba que prefirieras huir a pelear.

—Lo intentamos, pero no funcionó.

—Habrían podido desaparecer en cualquier momento de los últimos cuatro meses. Sefia los hubiera podido Teletransportar a Deliene o a cualquiera de los escondites que usó del tiempo que pasó con la Cerrajera. Se habrían quedado solos, pero tú te habrías liberado de tu destino. En lugar de eso, aquí estás. La Guerra Roja está a punto de terminar. Al igual que tu paso por este mundo. Pero supongo que así es como funciona el destino.

Archer tragó saliva.

—No tengo un ejército. Así no puedo liderarlo a la victoria. Y si no puedo hacerlo, no seré el muchacho de las leyendas.

—Estoy seguro de que encontrarás una manera de conseguirlo.

—¿De conseguir escapar de mi destino?

—No, de cumplirlo —Erastis sonrió con tristeza—. ¿Qué estás haciendo aquí, Archer? Debe haber un mejor lugar para ti en este momento, tan cerca del final.

Archer estuvo a punto de decir que no era el final. Pero luego se dio cuenta de que no importaba. Final, medio, principio. Lo que importaba no era el punto donde se encontrara dentro de su propia historia, sino el hecho de que estaba con Sefia.

Erastis buscó una cuerda con borlas en el otro extremo del salón y tiró de ella haciendo uso de su magia. Nada sucedió. ¿Estaría unida a una campana en algún lugar en lo profundo de la montaña? ¿A quién habría llamado con ella?

—Ahora, dime —continuó el Bibliotecario —, ¿qué estaban planeando?

CAPÍTULO 31

Más allá de las estrellas

Implacable, con su mochila en la mano, Sefia apareció a gatas en medio de la oficina del Administrador. Llevaba consigo el Libro, que había sacado del camarote de Aljan justo después de dejar a Archer en la Biblioteca.

Unas luces tenues titilaban a lo largo de las paredes curvas, iluminando dos sillas y una mesa de madera en el centro de la estancia. Se estremeció al sentir el frío de la montaña.

Esperaba que su plan diera resultado. Desde todo punto de vista, Erastis era el más diestro Iluminador de toda la Guardia. En un enfrentamiento, ella no creía que pudiera vencerlo sin lastimarlo primero.

Y no quería hacerlo.

Aferrando las dos tiras de la mochila, se dirigió a los laboratorios. Los helados corredores estaban en silencio mientras ella atravesaba una sala tras otra de especímenes flotando en frascos, mesas de metal y recipientes de vidrio, cajas de instrumental, paredes tapizadas de cajones amplios.

No se veían señales de Dotan, el Maestro Administrador, ni de su aprendiz.

Al final encontró lo que buscaba: el gabinete de herbolaria. En el centro había una mesa que sostenía pesos y una balanza, y a su lado había una gran esfera de hierro, que casi llegaba hasta su cintura, con un extraño artefacto de cristal dentro. Dos de las paredes del gabinete estaban abarrotadas de suelo a techo con diminutas gavetas muy ordenadas: acónito, árnica... manzanilla... En las otras dos paredes había vitrinas con botellas ordenadas, todas mostrando su etiqueta hacia el frente.

Sin hacer ruido, Sefia abrió la puerta de las vitrinas, en busca del compuesto que necesitaba.

Tiniebla: el veneno que Tanin había esparcido en los candados de Frey y Aljan, el que había privado a Sefia de sus poderes durante semanas.

¿Habría terminado Dotan de prepararlo?

Sí. Allí estaba, con una etiqueta nueva, de un blanco reluciente, entre las demás, amarillentas. Tomó la botella del anaquel. Sacó el Libro de su mochila y retrocedió, chocando por accidente con la extraña esfera de hierro que había junto a la mesa del gabinete.

El artilugio de cristal que había en su interior se meció, para luego quebrarse. Los trozos de vidrio cayeron tintineando en el interior de la bola de metal.

Dio un respingo, preguntándose si alguien habría oído el ruido. Era un objeto tan delicado. ¿Qué uso tendría?

Tras dejar el Libro en la mesa, Sefia aquietó la esfera con las manos. Aguardó un momento, atenta a oír pisadas en el corredor.

Nadie venía.

Con un suspiro de alivio, se enderezó y quitó la funda protectora del Libro. No lo había visto en semanas, desde que se lo había entregado a Aljan, y ahora era como reencontrarse con un amigo al que había pensado no volver a ver jamás.

Como si tuvieran autonomía, sus dedos trazaron el símbolo ⊜ de la cubierta.

Respuestas. Redención. Venganza.

Ese símbolo había cambiado su vida por completo... y la de Archer. Era la razón por la cual lo había encontrado, por la que estaban juntos y por la que él estaba destinado a morir.

Con precaución, destapó la botella del veneno y vertió un poco en cubierta y contracubierta. El líquido era translúcido y de consistencia semejante a la de un jarabe, un hilo largo y fino de tiniebla que bajaba del pico de la botella a la superficie del Libro.

Teniendo cuidado de no tocarlo, Sefia usó un cucharón que encontró en la mesa para untar el líquido por toda la cubierta, como si lo estuviera barnizando. Después, volteó el Libro para hacer lo mismo con la contracubierta.

Mientras volvía a meter el Libro en la funda protectora, oyó un ruido en la entrada.

No se detuvo a pensarlo. En la guarida del enemigo, no podía perder tiempo pensando.

Reaccionó.

Se Teletransportó... reapareció en la puerta, y uno de sus cuchillos quedó clavado en el pecho del muchacho.

¿Un muchacho?

Tan sólo un muchacho.

Tolem se tambaleó retrocediendo, con los ojos muy abiertos tras sus anteojos, y su cabello pareció ondear en una brisa inexistente.

Su piel morena fue tornándose cenicienta. Su camisa blanca fue cambiando a carmesí. Abrió la boca, pero de ella no brotó sonido alguno.

387

Luego cayó con el rostro hacia abajo en el piso del gabinete, y no se movió más.

A Sefia le tomó unos instantes darse cuenta de lo que había hecho.

El muchacho no habría representado una amenaza. Hubiera podido someterlo de alguna otra manera. Lo hubiera podido dejar vivir.

Hubiera podido vivir.

Retrocedió y tropezó de nuevo con la esfera de hierro, con lo cual el artilugio de cristal roto se movió y el crujido se extendió hacia adentro. Se estaba agotando su tiempo: mientras más tardara, mayores serían las probabilidades de que la descubrieran... de nuevo. Y sintió un escalofrío al pensar en lo que el Maestro Administrador podría hacerle si la encontraba allí.

Cerró la funda de cuero para guardar el Libro, con cuidado, y con un último vistazo al muchacho que yacía tendido en el suelo, invocó su magia y se Teletransportó de nuevo a la Biblioteca.

La luz había cambiado. Eso fue lo primero que notó. Lo segundo fue el murmullo de voces, que producían un leve eco en el techo abovedado.

—La amas como su madre amó a su padre —decía Erastis—. Su amor era tan grande que ellos destruyeron una institución que se había mantenido firme durante milenios.

Archer había sido atrapado. Sefia levantó el Libro en sus brazos y corrió por los pasillos entre estanterías.

—La Guardia no ha sido destruida —dijo Archer.

Hubo una pausa antes de que el Maestro Bibliotecario respondiera:

—¿No está destruida?

Stonegold. Sefia volvió a enumerar a los muertos. El Primero. El aprendiz de Administrador, inerte en el piso del gabinete de herbolaria. Lo que en otros tiempos había sido una sociedad formada por once lectores, la Guardia, ahora contaba apenas con siete.

—Su amor fue el principio del fin para nosotros —continuó Erastis—. ¿Qué van a destruir Sefia y tú en su mutuo amor?

Antes de que Archer pudiera responder, Sefia fue a su encuentro junto a las escaleras. La mochila de Archer no se veía por ninguna parte. ¿Habría terminado de poner todos los explosivos? Se detuvo bruscamente con el Libro extendido en los brazos.

—Por favor —dijo—, déjalo ir.

El Bibliotecario abrió los ojos desmesuradamente al reconocer la forma del Libro entre los pliegues de su funda protectora.

—Ya sabes quién es —continuó mientras Erastis se ponía en pie, sin despegar la vista del Libro—. Ayúdame a salvarlo. Si hay una manera de hacerlo, de seguro tú la encontrarás. Quédate con el Libro, si quieres, pero ayúdame, por favor.

El Maestro Bibliotecario no se detuvo a pensarlo. Si lo hubiera hecho, se habría preguntado dónde había estado ella mientras él atrapaba a Archer en la Biblioteca. Podría haber pensado que era una trampa. Podría haberse preguntado cuáles eran sus verdaderos motivos.

Pero Erastis no conseguía pensar en otra cosa que no fuera el Libro, el que el padre de Sefia le había arrebatado hacía tantos años.

Lo tomó en un instante, y abrió la funda protectora para acariciar con sus manos temblorosas, viejas y retorcidas la cubierta de cuero, y recorrer las grietas, las espirales de piedras preciosas perdidas tiempo atrás y sus delicados engastes de oro. Su anhelo del Libro era tan grande que no notó la película del veneno. Incluso si lo hubiera hecho, habría sido demasiado tarde, pues ya lo había tocado.

En su fascinación, aflojó la fuerza con la que tenía atrapado a Archer.

Archer se acurrucó entre los estantes mientras el Bibliotecario posaba los labios en el canto dorado de las páginas y abría la cubierta.

Recordó lo que Erastis le había dicho a su padre la primera vez que lo dejó a solas con el Libro:

"Me gusta pensar en el Libro como un viejo amigo, leal y de buen corazón."

Mientras Archer retrocedía hacia los libreros, el Maestro Bibliotecario leía una página. Sus labios se movían.

¿Qué estaba leyendo?

¿Qué le estaba diciendo el Libro?

—El fuego visitará la Biblioteca tres veces —murmuró casi demasiado quedo para alcanzarlo a oír.

Ella sintió un vacío en el estómago. El Libro le estaba avisando lo que pasaría.

—Sefia —cuando levantó la vista, los ojos del anciano estaban acuosos de lágrimas—, ¿cómo pudiste?

Pero al adelantar la mano para atraparla, su magia falló. El veneno había surtido efecto. Se miró los dedos, atónito, y Archer reapareció con las bombas.

—Tiniebla —susurró el Bibliotecario mientras Sefia usaba la funda para quitarle el Libro—. No, Sefia, por favor.

—Tenemos que actuar con rapidez —dijo Archer, atando las manos de Erastis—. Creo que le dio aviso a alguien, pero no sé a quién.

Lo llevaron hasta el centro de la Biblioteca y las mesas curvas en las que Sefia había empezado su estudio de la Transformación.

—Piensa en lo que vas a hacer —dijo Erastis—. Éste es el único bastión de escritura que queda en Kelanna. Aquí vive la historia. Aquí residen la poesía y la literatura y la filosofía. Si nos lo arrebatas, estaremos perdidos.

Siguió suplicando y Sefia sacó de su bolsillo el duplicado que Nin había hecho de la llave del Bibliotecario, y le arrojó la de Stonegold a Archer, que acababa de poner una bomba en una de las mesas del corredor central y había atado a Erastis a una de las sillas.

—Darion —murmuró el Bibliotecario, con la mirada puesta en la pequeña llave que estaba en la mano de Sefia—. ¿Está muerto?

Sefia recorrió la imagen del ave del trueno que rodeaba uno de los agujeros de la cerradura de la bóveda.

—Sí —contestó—, pero no por causa nuestra.

Al menos, ésa era una muerte que no pesaba en su consciencia.

Al mismo tiempo, ella y Archer insertaron las llaves en las cerraduras y empezaron a hacerlas girar. Las marcas talladas en la bóveda eran su guía.

"Halconcito, halconcito, lejos de aquí no te vayas." Archer hizo girar su llave hasta la imagen del águila en vuelo, en la parte superior del ojo de la cerradura.

"Atrapa a tu presa con poderosas garras." Sefia giró su llave hacia las garras del ave del trueno.

Los bulones de ambas cerraduras crujieron cuando los giros apuntaron a la alondra, el pico, la lechuza, las alas izquierda y derecha del ave del trueno…. Hasta que al fin oyeron un pesado clank.

La puerta de la bóveda se abrió.

Sefia titubeó. En el interior estaban las páginas que necesitaba para reescribir el futuro. Adentro estaba la esperanza. Y la esperanza podía desaparecer.

Archer le dirigió un movimiento de cabeza.

—Adelante —dijo.

Sefia tomó aire, y entró en la bóveda llevando la última bomba consigo.

Adentro, el aire se sentía frío y sorprendentemente fresco. En pedestales había objetos deslustrados que tenían inscritos encantamientos: un escudo, un instrumento de plata para escribir, que en lugar de pluma tenía una cuchilla afilada, un frasco de tinta que se había secado hacía tiempo. En las paredes había docenas de páginas colgadas en marcos de vidrio, y en el centro del espacio había una vitrina vacía que debía haber guardado el Libro.

Sefia levantó la tapa, depositó el explosivo en el lecho de terciopelo y activó el percutor. Luego, con su magia, empezó a abrir cofres sellados, destapándolos de golpe y removiendo su contenido, en busca de las páginas que necesitaba, las que le permitirían reescribir el futuro de Archer.

Al final, las encontró. Se arrodilló en el piso para reunirlas en sus brazos.

Cuando levantó la vista, vislumbró el poema enmarcado en la pared... nada monumental, apenas veinticuatro versos. El papel estaba chamuscado, pues tal vez había sufrido uno de los incendios anteriores de la Biblioteca, pero las palabras aún resultaban legibles.

ESTO ES UN LIBRO, Y UN LIBRO ES UN MUNDO,
Y LAS PALABRAS, SEMILLAS QUE ENCIERRAN SIGNIFICADOS.
LAS PÁGINAS, OCÉANOS; LOS MÁRGENES, LA TIERRA,
Y EN LA PALMA DE TU MANO SOSTIENES CIVILIZACIONES ENTERAS.
SI AHORA MIRAS TU MUNDO, TU VIDA PARECE REDUCIRSE
A MARES DE TINTA Y CIUDADES DE PAPEL.
¿SABES QUIÉN ERES O HAS CAÍDO EN UN VIL ENGAÑO?
¿ERES TÚ EL LECTOR O SÓLO EL PERSONAJE DE ALGÚN RELATO?

ESTA PALABRA ES UN CONJURO, AL IGUAL QUE LAS DEMÁS...
UNA PROMESA POR CUMPLIR, UN SECRETO POR CONTAR.
QUIEN CONTROLA LA PALABRA TAMBIÉN DOMINA
LA MANERA EN LA QUE EL MUNDO SE ILUMINA.
¿ERES UN HÉROE O UN VILLANO? ¿UN FISGÓN O UN SALVADOR?
ALGUNOS TÍTULOS SON INTACHABLES, OTROS UN DESHONOR.
AHORA QUE HAS RECOBRADO EL HABLA, PUEDES RECLAMAR TU
DESTINO.
PERO AQUELLOS QUE FUERON ELEGIDOS NO TENDRÁN OPCIÓN.

ESTA HISTORIA ES TAN ANCHA COMO EL MAR,
PERO EN SUS AGUAS JAMÁS LIBRE FLOTARÁS.
NO IMPORTA TU RUMBO, ESTÁ TRAZADO EL FUTURO,
Y EL DESTINO SE BURLA DE QUE TÚ LO VEAS OSCURO.
LAS PALABRAS EN KELANNA SE BORRAN EN EL AIRE,
PERO LO ESCRITO TERMINA POR SUCEDER SIEMPRE.
¿YA SABES QUE SI OBSERVAS CON CUIDADO MEJOR VES?
EL LIBRO ES UN MUNDO Y, AL REVÉS, EL MUNDO UN LIBRO ES.

Mientras lo leía, algo despertó en su interior. Entendió de pronto, como si un rayo de luz hubiera dividido la oscuridad.

La lectura era una interpretación de signos, había dicho

393

su padre, y el mundo estaba lleno de ellos. Cicatrices, arañazos, huellas de pisadas. Si uno tenía acceso al Mundo Iluminado, era capaz de leer cada marca con la misma claridad con la que se leía una oración en un libro.

Eso es.

Recordó la primera vez que había visto el Mundo Iluminado en toda su magnificencia, todas las corrientes doradas, un millón de hebras y un trillón de partículas de luz, todas perfectas y exactas, repletas de significado. Se había sentido como si se hubiera asomado más allá de las estrellas, hacia lo que fuera que había detrás.

Eso es. Eso es. Eso es eso es eso es... Lo había escrito tantas veces antes. ¿Cómo era posible que no hubiera entendido lo que escribía en realidad?

"Todos estamos en el Libro", le había dicho al Capitán Reed alguna vez. "La historia. El conocimiento. Todo."

"Un libro es un mundo..."

Miró las páginas que tenía en la mano, y luego volvió al poema.

"... el mundo un libro es."

El mundo.

"Esto es un libro." Un libro.

Un libro.

Sefia parpadeó, y el Mundo Iluminado apareció ante sus ojos... un mar de luz infinito, tejido con redes radiantes de oro que no podían desenredarse.

Observó con cuidado, no a las corrientes de luz sino a las brillantes partículas que las componían. Aguzó la vista para *observar bien.*

Y lo descubrió.

Las partículas no eran sencillamente briznas de luz.

Eran oraciones.

Frases.

Palabras.

Eran letras y signos de puntuación tan infinitesimalmente pequeños que no era de extrañar que no los hubiera notado antes.

El mundo era un libro. Ella vivía dentro de un libro. Estaba en un libro.

Y todos los libros habían sido escritos por alguien.

Tal vez alguien la estaba leyendo en este preciso momento y, si ella miraba hacia arriba, vería los ojos de ese alguien que la observaba y seguía cada uno de sus movimientos. Quizás alguien estaba leyendo a la lectora.

Sefia levantó la mirada, más allá del techo de la bóveda, a través del aire que envolvía la montaña, entre las estrellas.

Y más allá.

Ahí estaba yo, mirándola, contándote su historia.

CAPÍTULO 32

La narradora

Aunque resulte difícil de comprender, he estado aquí desde el comienzo, observando, narrando la historia a medida que se desenvuelve ante mí, y estaré aquí cuando termine. (Porque ahora sí termina. Cuando Sefia tocó por primera vez el Amuleto de la Resurrección, alteró para siempre el curso de la historia... y ahora termina con triunfo... y pérdida... y oscuridad.)

Ha pasado tanto tiempo desde la última vez que alguien me vio... desde los Escribas, que sabían en qué clase de mundo se encontraban.

Los ojos de Sefia se abren exageradamente, apenas una vez, y sé que sabe que estoy aquí. Sé que sabe lo que soy y, también, que contra mí no puede ganar.

Pero sólo puedo leer lo que está escrito, y lo que está escrito no se puede cambiar... ni siquiera yo puedo hacerlo, pues me limito a narrar esta historia de tinta y oro.

Lo que está escrito es lo que es.

Y hay bombas por detonar. Conflagraciones por provocar. Destrucción que causar.

Hay palabras por incendiar.

Cuando Sefia se apresura para salir de la bóveda, abrazando las preciosas páginas contra su pecho, no mira hacia arriba ni una sola vez. Veo la parte superior de su cabeza y deseo que levante la mirada una vez más, que me vea, que se dé cuenta de que estoy aquí.

De que tengo que estar aquí y observar... todo esto.

Que yo sólo leo, presencio, atestiguo al igual que tú, y que el único poder que tengo está en los detalles... La calidad de la luz en los ojos de Sefia cuando guarda las páginas en su mochila junto al Libro, a salvo en su funda protectora de cuero, la manera en que toma la mano de Archer, las descripciones, los giros del lenguaje, las palabras escogidas con cuidado.

¿Recibiste alguno de mis mensajes?

¿Los recibiría ella?

Traté de advertirle, cuando pude. Antes de que se encontrara con el cantinero en Epidram. Cuando Harison murió en el *Corriente de fe*. Antes de que dejara a Archer en ese acantilado en Deliene. Y después.

Debería hacerle otra advertencia ahora, pero no me puede oír. No puedo hablarle si no es a través del Libro... O en el Mundo Iluminado.

Así que me limito a observar. Observo cuando sacan al Maestro Bibliotecario al invernadero... Lo veo llorar, gemir, como si presenciara la muerte de alguien amado, cosa que precisamente parece estar haciendo... Y quisiera decirle que lo lamento.

Lo lamento. Sabía desde el principio que esto pasaría.

Que el fuego siempre visitaría la Biblioteca tres veces: una en la época de Morgun, y dos en tiempos de Erastis, cuando Mareah incendió los libreros el día en que ella y Lon robaron el Libro... y ahora, cuando Sefia y Archer y el Bibliotecario permanecen en el invernadero.

Afuera, la cercanía de la primavera se nota en las montañas, y las flores asoman sus cabezas a través de lo que resta de la nieve que se ha ido fundiendo.

Sefia parpadea y levanta los dedos, hasta encontrar el percutor en la única bomba que alcanza a ver, en una de las mesas curvas en las que Erastis y June le enseñaron la Transformación.

No desvía la vista cuando baja la mano.

El percutor se mueve.

Golpea el detonante.

La pólvora se enciende, y el polvo de carbón arde... arde... *arde*... Hasta explotar destrozando la lata y formando una docena de remolinos de fuego y calor.

La explosión sacude las bombas más cercanas, dispersas por toda la Biblioteca, y ésas, también, detonan.

Las estanterías estallan en pedazos. La piedra se desmorona. Las estatuas caen. En el interior de la bóveda, el marco de vidrio del poema se destroza, y las páginas son consumidas por las llamas.

El incendio alcanza los Fragmentos, laboriosamente copiados, y los Comentarios, los volúmenes de poesía, las historias, los tratados científicos, lanzándolos hacia un infierno de papel ardiente.

Archer se protege los ojos con una mano. ¿Sentirá algún resentimiento?

Sí, por supuesto que sí.

Las llamas trepan por las escaleras alfombradas, devorando las estanterías, las pastas, la encuadernación de cuero.

El fuego envuelve las mesas curvas, las plumillas. Hace tanto calor que los borradores de goma se derriten. Los tinteros se quiebran.

399

Erastis, en un arranque repentino de desesperación y fortaleza, se zafa de las manos de Archer. Es rápido, más de lo que debería si se tiene en cuenta su avanzada edad, pero está viendo morir algo que él ama, y eso le presta velocidad.

Archer corre tras él, pero cuando el calor lo detiene a la entrada de la Biblioteca, el anciano sigue avanzando hacia las llamas.

Sefia trata de apaciguar las llamaradas, pero son demasiado intensas incluso para ella, y es imposible detener al Maestro Bibliotecario.

Las cuerdas que atan sus muñecas arden.

También su túnica de terciopelo.

Y eso no sirve para detenerlo.

Extiende los brazos hacia la estantería cercana.

El salón ya no huele a libros viejos. Ahora huele a piedra caliente y humo, y los libros que va sacando del fuego forman ampollas en su arrugada piel.

Al fin, el dolor lo alcanza a través del aislamiento de su pena.

Gime mientras estrecha los libros contra su pecho.

Así como lo consumieron en vida, ahora lo consumen en su muerte.

Oh, Erastis.

He pasado casi un siglo con él. Casi un siglo de verlo y conocerlo y amarlo. No era el tipo de persona que tuviera que aprender a amar. Lo quise desde el principio.

Lon habría llorado de haber estado aquí, así como Sefia está llorando.

Mientras el Bibliotecario cae, hay movimiento en el otro extremo de la sala. Sefia lo ve a través de las lágrimas, a través del humo y la neblina del calor.

La ve, es June, su lacio cabello castaño despreocupadamente recogido en un moño, su rostro, con el permanente gesto de disgusto, teñido de cenizas.

June observa morir a su Maestro.

Yo la observo observando a su Maestro morir.

Lo siento, June. Lamento mucho eso, y esto también.

Su mirada detecta a Sefia a través de la Biblioteca, y ella se Teletransporta.

Sefia permite que llegue hasta ella. Ya cobró una vida hoy, no quiere segar otra.

Pero no tiene que hacerlo, ¿cierto?

Archer está allí.

Y alguien viene en busca de la chica que ama.

No alcanza a pensarlo antes de reaccionar. Cuando June se materializa en el invernadero, trayendo consigo una nube de calor y chispas, Archer desenfunda a Relámpago.

Le dispara, y la luz que había en sus ojos se apaga.

Erastis tenía razón. El amor de Lon y Mareah era el principio del fin, y ahora, con la destrucción de la Biblioteca y la muerte de tres guardianes, el amor de Sefia y Archer pronto llevara a la Guardia, y a esta historia, a su final.

Parte de la montaña empieza a derrumbarse.

Dotan, el Maestro Administrador, se encuentra en alguna parte de la Sede Principal, pero no morirá entonces. No, él y los cuatro miembros de la Guardia que restan sobrevivirán esta noche.

Archer se acerca a Sefia, tambaleante. La rodea con su brazo, en parte para consolarse y en parte para consolarla a ella. *Asesino nato*. Las palabras lo rondan.

No podrá escapar de sus pesadillas esta noche.

401

Y Sefia tampoco, aunque sus pesadillas serán de un tipo diferente. Porque no podrá olvidar lo que ha visto, ni ignorar lo que sabe.

—Vamos —le susurra Archer—. Puede ser que los otros nos necesiten.

Ella asiente. No tiene palabras para hablar. No en este momento.

Pero más adelante las tendrá. Conmigo.

Invoca su sentido del Mundo Iluminado, y entre las constantes olas de luz, al fin mira hacia arriba... Me mira.

A pesar de que uno de sus ojos está cubierto por el parche, su mirada es tóxica. Está cargada con tanto resentimiento y odio y malevolencia que podría matar.

Pero a mí nada puede matarme, ni miradas ni armas mortales. He estado aquí desde el principio, y estaré aquí cuando todo termine.

Desaparecen.

En algún lugar hacia el sur de este mundo, reaparecen en la cubierta de un barco rojo con marcas blancas, entre sus amigos.

Pero allí, donde la Biblioteca arde, hay una perturbación en las sombras del invernadero. Una silueta esbelta y bien vestida. Es Dotan, y en sus rasgos casi simétricos se ve la misma expresión de resentimiento y odio y malevolencia.

Oh, Sefia. Cómo desearía que hubieras podido verlo.

Ojalá hubieras podido detenerlo allí mismo.

Pero no estaba escrito.

402

CAPÍTULO 33

Mientras aún lo tienes

A pesar de todo lo que habían hecho, robar el poder de los Escribas y destruir la Biblioteca, Sefia y Archer llegaron demasiado tarde para detener a la Guardia.

Oxscini había caído ante el ataque de la Alianza. La Guardia, con todo y que estaba disminuida, controlaba cuatro de las Cinco Islas y, tan pronto como se recuperara, zarparía hacia Roku, el Reino de los Volcanes.

Pero la Resistencia también había crecido.

De las diecisiete naves que habían partido a romper el cerco de la Bahía de Tsumasai, catorce se habían hecho a la mar de nuevo, incluido del *Hermano*, el *Corriente de fe* y el *Crux*, e iban acompañados por sus aliados, que se habían triplicado: Casacas Rojas rebeldes que habían desobedecido las órdenes de rendición de su reina, y disidentes de Deliene que se habían agrupado alrededor de su rey cuando éste surgió en medio de la batalla para reclamar su trono.

En total, eran cincuenta y ocho embarcaciones que huían de las fuerzas aliadas en Oxscini cuando Sefia y Archer aparecieron en el puente del *Hermano*, apestando a humo.

Sefia permaneció callada mientras Scarza les contaba que la Resistencia se replegaría hacia Roku. Escasamente reaccionó cuando Archer le contó que Stonegold y otros tres guardianes estaban muertos, que la Biblioteca ardía en llamas en esos precisos momentos.

Permitió que Aljan tomara el Libro envenenado de su mochila sin la menor objeción. Porque había visto la verdad de su mundo, y esa verdad la había dejado muda.

Esa noche, mientras Archer dormía agitado, se sentó junto al farol y se enfrascó en la lectura de las páginas que había sacado de la bóveda, a la espera de hallar respuestas.

Todos los miembros de la Guardia sabían que el Libro era un registro del mundo, pero sólo los Escribas habían sabido que el mundo como tal era un libro.

Ella estaba en un libro, y el final de la historia que relataba ya había sido escrito.

No era de extrañar que todos sus planes para engañar al Libro hubieran fracasado. Era imposible alterar la historia cuando uno estaba atrapado en ella.

Para hacer uso de la Alteración, los Escribas habían cortado pasajes del Mundo Iluminado, reacomodando las palabras, modificando la historia, pero incluso su poder tenía límites.

Podían hacer algunos cambios, tal como había hecho Sefia en las montañas de Roku. Podían borrar guijarros de la existencia, y hacer aparecer bosques enteros en laderas desiertas. Podían inventar armas, cambiar el curso de los ríos, masacrar grupos de gente, uno tras otro.

Pero no podían cambiar el resultado de la historia sin destruir el mundo y a todos los que habitaban en él.

La historia siempre terminaría de la misma manera.

Metió las hojas de nuevo en su mochila y salió del camarote sin hacer ruido, rumbo a cubierta, y trepó al bauprés del

404

Hermano, donde el agua corría apresurada bajo ella y el viento frío se cerraba a su alrededor. Allí, invocó su magia.

El mundo, que había estado a oscuras, se encendió a la vida ante sus ojos. Pasado. Presente.

Futuro.

Se adelantó hacia el final... a un mundo sin color, sin forma, sin sombras. Al mundo de los muertos.

Durante años y años sin fin, estarían suspendidos en el vacío, incapaces de decir si se movían o permanecían fijos porque no había hitos que pudieran reconocer. Nada que les indicara dónde habían estado o adónde iban. Estarían solos.

Pero, al fin, oirían el llamado. Alguien convocaba a los muertos desde el negro límite del mundo.

Se levantarían, enderezándose a través de la oscuridad como fogonazos de luz.

Regresarían... al azul profundo, al mundo justo debajo de la superficie, el fondo del cielo, blanco y resplandeciente.

Recordarían. El azul implacable. El viento. El sonido. La gente.

Sefia quedó atónita. Alguien usaría el Amuleto de la Resurrección, se dio cuenta, pero eso no los salvaría. No evitaría la muerte. Convocaría a los muertos.

Mientras los ríos de luz caían en cascadas a su alrededor, Sefia atrapó palabras entre sus manos, las retiró de las oraciones que corrían en torrentes y las juntó.

Y por primera vez en años, en miles de páginas, respondí: **Sí.**

Ella miró hacia arriba.

Y, de nuevo, me encontró.

—¿Quién eres? —susurró.

SOY QUIEN NARRA LA HISTORIA.

405

No tengo una voz como la tienes tú. No tengo lengua ni pulmones ni corazón. Le hablé con luz, tomando las hebras del Mundo Iluminado y retorciéndolas para formar letras, signos de puntuación, explicaciones, disculpas.

—¿Has estado ahí todo el tiempo? —preguntó.

SÍ.

Desde el primer "Érase una vez", he estado ahí.

CONOCÍ A TU PADRE, le dije.

Y A TU MADRE.

Y A LA CERRAJERA.

Los dedos de Sefia se tensaron sobre las hebras que fluían. Sospecho que trataba de contener las lágrimas. Mareah había muerto hacía casi doce años, y el dolor seguía tan presente.

—¿Puedes traerlos de regreso?

NO. De tener voz, se me habría quebrado.

—¿Por qué no?

SUPÓN QUE HAY UN MURO ENTRE EL MUNDO DE LOS VIVOS Y EL MUNDO DE LOS MUERTOS, Y EN ESTE MURO HAY UNA PUERTA.

—El sol —dijo ella—. El Capitán Reed y el *Corriente de fe* la atravesaron.

PARA LOS MUERTOS, QUE TANTO AÑORAN EL REGRESO, LA PUERTA SÓLO SE ABRE EN UNA DIRECCIÓN.

—¿Y qué hay del Amuleto de la Resurrección?

"¿No lo sabes todavía?", hubiera querido preguntarle. "¿No te lo he dicho ya suficientes veces?"

Algunas historias son encantadoras. Otras no son más que mentiras.

Le conté que el Amuleto de la Resurrección jamás se pensó para evitar que una persona muriera, sino que se suponía que traería un alma, y solamente una, de regreso del mundo de los muertos.

406

—"Para atar a su amor al mundo de los vivos" —murmuró Sefia.

El artífice que había creado el Amuleto quería devolverle la vida a alguien que ya había muerto. Cuando lo usara, invocaría su alma desde el reino de los muertos y, para mantenerla consigo, le daría parte de su propia fuerza vital.

Pero lo que el herrero no sabía es que uno no puede regresar de entre los muertos, no enteramente.

Ella sería un espectro, un fantasma, como los que el Capitán Reed encontró más allá del confín del mundo. No podría tocarla sin que ella consumiera su aliento y su tibieza. Ni siquiera sabría si en realidad era ella o una amalgama de los recuerdos que conservaba de ella.

Así que la envió de vuelta al mundo de los muertos, cortando su vínculo, y partió el Amuleto en dos partes, enterrándolo donde esperaba que nadie llegara a encontrarlo, para que así no existiera la tentación de usarlo de nuevo.

Sefia se estremeció.

¿RECUERDAS LO QUE ERASTIS TE CONTÓ QUE HABÍA APRENDIDO DE TUS PADRES?, pregunté.

Cerró los ojos, y dejó de lado su magia... me dejó a mí de lado... y cuando los abrió de nuevo la noche era oscura y el mar estaba negro.

—"Amor es lo que se encuentra ante ti en este momento" —dijo—, "porque lo único que tienes es el ahora": *Ama lo que está ante ti...*

Pero no volvió a su camarote de inmediato. En lugar de eso, se Teletransportó desde el *Hermano* al bauprés del *Corriente de fe*. El barco verde había sufrido en la batalla en la Bahía de Tsumasai... las barandillas rotas, el casco con agujeros de

407

balazos, faltaban partes de la cocina de Cooky y del taller de Horse. Mientras atravesaba las astilladas cubiertas, el primer oficial la encontró en la oscuridad.

—Lo conseguiste —dijo.

Ella asintió.

—¿Qué sucedió aquí?

—Serakeen —sus labios se curvaron con desprecio al pronunciar el nombre—. Tiene armas nuevas.

—¿Están todos bien?

—No.

El viejo Goro había muerto. Otros estaban gravemente heridos. La vida de Horse pendía de un hilo, y la doctora lo cuidaba en la enfermería.

—Lo lamento —Sefia bajó la vista hacia sus pies, donde una mancha de sangre no había sido limpiada del todo.

—¿Hay algo más que te acongoje, niña? —preguntó el primer oficial. Con un grueso dedo, levantó su barbilla.

Las lágrimas asomaron a sus ojos.

Todo estaba mal. El incendio de la Biblioteca. Las muertes de June y Erastis y Tolem y Goro. Y Archer... No, no podía siquiera pensar en eso. El mundo estaba mal. Era injusto... e imposible de derrotar.

Con tosquedad, el primer oficial le dio una palmadita en el hombro con su mano callosa y esperó a que dejara de llorar.

—Ya, ya —dijo, cuando las lágrimas se secaron—, ahora que ya terminaste con el llanto, ve a ver al Capitán —manteniéndola a la distancia de su brazo, le dio un apretoncito animoso en los hombros—. Sospecho que a ambos les vendrá bien hablar.

Luego, cruzó los brazos tras la espalda y se alejó caminando por el averiado barco, hacia la oscuridad.

Sefia encontró al Capitán en la cabina principal. Las ventanas del fondo estaban cubiertas con tablones, y había agujeros de balas en todas las paredes. Las astillas de vidrio de las vitrinas salpicaban el piso, y los tesoros que había en su interior estaban en desorden sobre sus pedestales. Uno de los rubíes estaba quebrado. El Gong del Trueno y el martillo que Dimarion le había obsequiado a Reed estaban juntos, tirados en el piso.

Reed estaba sentado ante la mesa, contando sus tatuajes a la luz del farol.

—¿Conseguiste lo que querías? —preguntó cuando Sefia se dejó caer en la banca que estaba frente a él.

Enjugándose los ojos, le contó cómo Archer había sido incriminado por la muerte de Stonegold, cómo había matado al aprendiz de Administrador, como se había quemado la Biblioteca y los Bibliotecarios con ella. Y le contó del personaje que narraba la historia, el mundo, el Libro.

—Bueno... un verdadero desastre.

Ella rio. O sollozó. O alguna combinación de ambas.

—Así es —dijo.

—Pero ¿sabes una cosa? —Reed se frotó la mandíbula—. Todo eso explica muchas cosas.

—¿Cómo?

Extendió las palmas de sus manos hacia arriba, exponiendo los tatuajes del interior de sus antebrazos.

—He sido muy afortunado, ¿cierto? Por haber podido hacer todo esto. Sólo un protagonista podría haber participado en historias como éstas.

Sefia trató de sonreír, pero la intención se apagó en sus labios. Archer también era importante. Pero no tendría la oportunidad de participar ni en la mitad de las aventuras de Reed.

409

Y eso le recordó la razón por la cual había venido. Para contarle a Reed la verdad sobre el Amuleto.

Mientras hablaba, el Capitán sacó el Amuleto de la Resurrección que mantenía bajo su camisa.

—¿Quieres decir que he estado cargando con este cascote de metal durante meses, y que no sirve para lo que pensé que serviría?

Ella se encogió de hombros.

—¿Por qué mentiría Tan?

—Tal vez ignoraba la verdad.

—¿Recuerdas el alboroto que hiciste por esta cosa? ¿Cómo estabas tan segura de que el destino quería que Archer lo tuviera para poder cumplir su destino?

A la luz del farol, las piedras rojas centellearon como docenas de diminutos ojos.

Sefia extendió el brazo, y las puntas de sus dedos casi rozaron el metal opaco.

—Quizás el destino quería que lo tuviera yo, para que así... —para que así lo pudiera traer de regreso del mundo de los muertos cuando muriera. Pero había tantas otras personas que ella también quería ver.

Su padre.

Su madre.

Nin.

Los extrañaba tanto que haría lo que fuera para verlos de nuevo.

Pero el Amuleto de la Resurrección sólo podía traer un alma del negro mundo que había más allá. No a tres.

—No importa —dijo, retirando la mano—. No puede funcionar porque está incompleto.

Reed se tocó el pecho, en el punto donde la ubicación de la pieza faltante había quedado enterrada bajo años de tinta.

410

—Ya me resigné a no encontrarla.

—¿Por qué?

Empezó a señalar cada uno de sus tatuajes de nuevo, uno tras otro.

—Porque sucederá pronto —las aguas se lo habían dicho, dijo. Pensaba que habría podido ser en la Bahía de Tsumasai, pero como había sobrevivido a la batalla, sospechaba que sería en Roku, cuando la Alianza llegara tras ellos.

—Aún podrían huir, junto con los forajidos —dijo Sefia, aunque le costaba creer que algo así pudiera pasar. Estaban demasiado involucrados en este momento para simplemente marcharse—. Todos podríamos huir.

—Decidimos luchar contra la Alianza el día en que pusimos proa rumbo a Oxscini. No nos queda otro lugar adonde huir, y nadie para oponerse a ellos… a excepción de la resistencia.

Sefia lo observó trazar las líneas de tinta que tapizaban su piel, como las letras que cubren una página.

—Creo —comenzó ella—, creo que podría encontrar la pieza faltante.

Reed se detuvo, en la mitad de su conteo, para mirarla con sus ojos del mismo azul del mar.

—¿Cómo?

—Con magia —lo había hecho antes, ¿cierto? Había limpiado capas de moho de una hoja de papel. Podría retirar rastros de tinta de la carne—. Creo que podría remover todos sus tatuajes, excepto ése. El primero. Aunque… imagino que podría resultar doloroso.

El Capitán Reed miró sus brazos. Dobló los dedos, estudiando las imágenes grabadas en sus nudillos. Todas sus aventuras. Todas las historias que se había esforzado tanto por recolectar.

411

Ella podía quitarlas. Si lo hacía, podrían encontrar la pieza faltante del Amuleto y completarlo, para hacerlo funcionar.

—No quería morir —dijo al fin—, pero si iba a morir, si mi corazón iba a dejar de latir y mi cuerpo se iba a convertir en cenizas, quería que me recordaran, porque ésa era la única manera de perdurar. Y por eso quería una vida tan grandiosa, tan veloz, tan audaz, que nunca pudiera ser olvidada.

Se quitó el Amuleto, y lo depositó en la mesa, entre los dos.

—¿Crees que lo conseguí? ¿Crees que hice lo mejor que pude con el tiempo que tuve?

Ella asintió.

—Mejor que nadie, Capitán.

Con un suspiro, se levantó y atravesó la cabina, guardando el disco metálico en una de las vitrinas rotas.

—Entonces, me quedo con lo que tengo —dijo—. Y tú deberías hacer lo mismo, mientras aún lo tienes.

CAPÍTULO 34

Quien va a morir

Archer estaba soñando de nuevo, y en sus sueños la Biblioteca seguía incendiándose. El humo escapaba por los vitrales rotos y las grietas entre las piedras que se derrumbaban, mientras las páginas revoloteaban hacia el cielo, ardiendo, como pájaros de fuego, chispas fugaces.

Él estaba de nuevo en el invernadero, pero quien lo acompañaba era Kaito, y no Sefia. La piel de su amigo se veía oscura (¿por la ceniza?) y a la luz de las llamas, sus ojos brillaban rojos.

Como si percibiera la mirada de Archer, Kaito se daba vuelta, y su cuello giraba en un ángulo imposible. Bajo sus ojos escarlata, su sonrisa mostraba la boca muy abierta y los dientes extrañamente blancos.

Pero antes de que Archer tuviera oportunidad de retroceder, Kaito se había movido. Era tan rápido como el rayo. Ahora estaba justo frente a él. Se estaba agachando al lado de la aprendiz de Bibliotecario, sacando su cuchillo de su pecho.

Seguía sonriendo.

Archer jadeó. ¿Había hablado? "Era una niña pequeña... Era inocente. ¿Qué es lo que te pasa?"

Kaito sólo se encogió de hombros.

—Matamos personas y hacemos que otras perezcan —dijo, aunque no era su voz—. Más vale que te hagas a la idea de lo que en verdad hacemos, ahora que eres nuestro líder.

Y empezaba a disolverse, sus contornos se fundían con las sombras, la luz roja de sus ojos se apagaba, y sólo quedaba el eco de sus palabras:

... *ahora que eres nuestro líder.*

... *eres nuestro líder.*

... *nuestro líder.*

Archer despertó sobresaltado, sintiendo aún el calor del fuego en el rostro, oliendo el humo.

Pero ya no estaba allí. El amanecer se asomaba por los portillos, reflejado en la cresta de las olas, mientras el *Hermano* y los barcos de la Resistencia navegaban sin pausa rumbo al sur, hacia Roku. Se llevó la mano al cuello, al cuarzo. Estaba a salvo.

Y Sefia se encontraba allí, sentada en el extremo de la litera, con las páginas que había sacado de la bóveda plegadas sobre su regazo.

—Archer —dijo en voz baja—, hay algo que debo contarte.

Él escuchó atentamente la verdad... lo que era su mundo en realidad. Cómo el final ya estaba escrito. E iban marchando hacia él. Mientras Sefia le contaba, él recorría las caras del cuarzo que colgaba de su cuello.

Estás a salvo, trataba de convencerse. *A salvo*.

Pero no lo estaba. Jamás lo había estado.

Todas las cosas que le habían sucedido. Todo lo que había hecho y en lo que se había convertido. Todos los golpes, las peleas, las matanzas, el sufrimiento... todo había sido planeado, orquestado, deliberado.

Todo había sido escrito.

414

No tenía sentido.

¿Alguien le había hecho eso? ¿Alguien quería que todo eso sucediera? ¿Quién?

Las lágrimas brotaron.

¿Cómo podía alguien ser tan cruel?

Si él hubiera escrito esta historia, todos habrían sobrevivido.

Felices.

Para siempre.

—Lo lamento —dijo Sefia.

Archer tragó saliva. Sentía la garganta seca.

—¿Sabes cómo voy a...? —tragó de nuevo.

Ella negó en silencio.

A la Guardia le tomaría algo de tiempo establecer su poder en el Reino del Bosque, pero después, vendrían tras su majestad Ianai y la Armada Negra, vendrían por los forajidos y los Casacas Rojas rebeldes y los desertores de Deliene y, de una forma u otra, la Guerra Roja llegaría a su fin.

¿Acaso Archer alcanzaría el comando de un ejército en ese lapso de tiempo?

¿Saldría victorioso?

No tenía sentido.

¿Se suponía que la Resistencia se impondría? ¿Se suponía que él la encabezaría? ¿O quizá se suponía que los traicionaría y cambiaría de bando en cuestión de unas cuantas semanas, o meses si mucho?

¿Es ése todo el tiempo que me queda?

Sefia empujó los papeles a un lado y atravesó la litera para llegar hasta él cuando empezaba a llorar. Lo abrazó mientras sollozaba, mientras sus hombros se estremecían y sus lágrimas mojaban su camisa.

—No quiero morir —susurró él.

Pero moriría. Pronto. "Después de su última campaña... en soledad."

—No será así —Sefia lo abrazó con fuerza—. No lo voy a permitir. Voy a resistirme y pelear, y tú también.

—¿Cómo?

—¿Sabes quién dijo que sería imposible salvarte? ¿Que deberíamos dejar de intentarlo? —estirando el brazo tomó las páginas arrancadas en su mano—. El Libro. El Libro quiere que tú mueras. ¿Sabes lo que eso significa?

Él se enderezó, sollozando.

Una vez, en lo profundo de las selvas de Oxscini, Sefia le había preguntado qué haría si supiera cómo iba a morir.

Ahora, él tenía que decidirlo. ¿Correría al encuentro de su muerte? ¿Huiría de ella? ¿O haría algo completamente diferente?

—Significa que debemos hacer lo contrario —dijo Archer.

Ella le limpió las mejillas.

—Sí. Debemos hacer lo contrario. Si el poder de los Escribas alteró la geografía del mundo, tiene que servir para salvar la vida de un muchacho —levantó dos dedos, y cruzó uno sobre el otro—. El muchacho que yo amo.

Archer tomó aire y sujetó la mano de Sefia.

Él era un muchacho amado. Y la chica que lo amaba jamás se daría por vencida.

Así que continuaron peleando.

Luego de los funerales, cuando se despidieron del viejo Goro y de los demás caídos en batalla, Archer pidió a Scarza que empezara a trabajar de nuevo con los Sangradores. Durante el trayecto a Roku, hicieron prácticas y entrenamientos en la cubierta del *Hermano*; su aliento formaba neblina en el aire helado.

Archer los instruyó. Los guio. Hacía demostraciones si era necesario, aunque pocas veces tenía que hacerlo, pues luego de que los Sangradores se agruparan bajo el mando de Scarza, se habían vuelto más disciplinados, como el equipo unido que no había llegado a ser con Archer.

La batalla final se avecinaba, y mucha gente moriría.

Archer no podía encabezarlos, pero quería que estuvieran preparados. Quería mantenerlos con vida, tanto como pudiera. De cualquier manera posible.

Y eso quería decir, ponerlos en condiciones de pelear.

Mientras hacían sus prácticas, Sefia estudiaba el poder de los Escribas en la enfermería del *Corriente de fe*. Tenía que darse prisa, pues Horse agonizaba. Su enorme cuerpo estaba demasiado maltrecho para poder curarse sin ayuda, ni siquiera las habilidades de la doctora eran ahora suficientes.

Por primera vez desde que la había conocido, Archer veía que la médica había perdido la calma y la seguridad que siempre había visto en ella, y daba vueltas por la diminuta cabina, acomodando obsesivamente las botellas de ungüentos en las repisas, secando la frente afiebrada de Horse con un trapo húmedo.

Pero incluso tras haber terminado de leer y releer las páginas, Sefia seguía dudando.

—¿Qué tal si cometo los mismos errores que en la Bahía de Brasanegra? —preguntó—. ¿Qué pasará si extirpo sus pulmones en lugar de sanarlos? ¿Y si borro parte del barco, o te desaparezco a ti, o...?

La doctora la tomó con brusquedad por los hombros, y sus dedos fuertes y morenos se aferraron a la camisa de Sefia.

417

—Basta —dijo—. Si Horse pudiera hablar, te diría que cree en ti. De la misma manera que yo lo hago. Aparta las dudas.

Archer observó a Sefia tomar aire para sosegarse. Inclinó la cabeza y retiró el parche de su ojo. Una cicatriz diagonal atravesaba su ceja y su mejilla, pero su ojo se veía tan brillante como siempre, e irradiaba decisión y audacia. Entonces... curó los órganos de Horse, malheridos por las balas. Cerró los agujeros que había en su carne. Él se enderezó, asombrado, y la doctora se arrojó en sus enormes brazos con un suspiro de alivio.

Acunando la cabeza de la doctora con una mano descomunal, Horse miró a los ojos a Sefia, le obsequió una sonrisa conmovida, y eso, más que los parches de piel remendada o la salud que volvía a asomar a su rostro, llevó a Archer a convencerse de que Sefia lo había conseguido. Había logrado dominar el poder de los Escribas. Era la hechicera más poderosa que el mundo hubiera visto en siglos.

Había reescrito el futuro de Horse. ¿Podría hacer lo mismo con el de Archer?

Más tarde, mientras ella recorría con el primer oficial las cubiertas agujereadas por la batalla, catalogando las reparaciones necesarias, Archer caminó hacia la proa, donde el Capitán Reed se encontraba entre las ramas del árbol del mascarón, que se extendían por encima del agua.

—¡Hola, muchacho! —dijo Reed cuando lo vio venir—. ¿Cómo vas con todo?

Archer se trepó al árbol, y cerró los ojos para sentir el rocío de las olas en las mejillas. Sefia ya le había contado todo al Capitán, y le producía alivio no tener que hacerlo de nuevo. No tener que reconocer la verdad.

—A ratos, estoy bien —dijo, recostándose contra una de las ramas—, a ratos, apenas puedo seguir adelante.

418

A la sombra del ala ancha de su sombrero, las comisuras de los labios de Reed se estremecieron.

—Parece normal.

La muerte podía haber estado acechando a toda la Resistencia, pero sólo Archer y el Capitán Reed sabían con certeza absoluta que quería llevárselos a ellos.

Poco después de su última campaña. En soledad.

Archer buscó su cuarzo.

—Sefia me dijo que usted no escapará —dijo.

El Capitán asintió.

—¿Por qué?

—Por la misma razón que tú, supongo. No podría seguir adelante si lo hiciera —con un solo dedo, se levantó un poco el sombrero, para darle a Archer un vistazo franco con su mirada azul y penetrante—. Y porque albergo esperanza.

—¿Esperanza de que logrará seguir con vida?

—Esperanza de que, si sigo por este camino, dejaré un mundo mejor cuando me vaya. No puedo pedir otro legado, ¿cierto?

Bajando la vista, Archer miró un grupo de delfines que se acercaban, dando saltos y retozando entre las olas mientras el *Corriente de fe* cortaba el agua. Chillaban de contento, y sus lomos brillantes y arqueados asomaban entre el agua.

—¿Y cuál es mi legado? —se preguntó en voz alta.

¿Una sarta de asesinatos? ¿Un listado de las víctimas?

¿Los Sangradores?

—¿Cuál quieres que sea tu legado? —preguntó Reed—. Éste es el momento de decidirlo.

¿Qué dejaría tras de sí? Fuera de sus armas, no tenía más posesión.

Pero tenía una familia, en Jocoxa, la pequeña aldea en el extremo noroccidental de Oxscini.

419

Tenía una familia, en el *Corriente de fe*, y en el *Hermano*.
Tenía a Sefia.

El Capitán Reed miraba al agua de nuevo, y no pareció darse cuenta del momento en que Archer abandonó las ramas y subió a la cubierta principal.

Tal vez llegaría vivo al final de la guerra. Pero si no era así... quería tener un legado, por si acaso. Y quería que fuera de papel y tinta.

Al poco tiempo, Sefia ya visitaba todas las embarcaciones para hacer reparaciones, y su dominio de la Alteración mejoraba día a día. Pendiendo por los flancos de los cascos, removía balas, reparaba barandillas rotas, cubría fisuras que habían dejado los cañonazos.

Y adonde quiera que iba ella, Archer la acompañaba.

Encontraron a Haldon Lac y Olly Hobs en la primera embarcación a la que se Teletransportaron. Archer corrió a abrazarlos gritando:

—¡No sabía si habían conseguido salir de Jahara!

Lac rio.

—¡Pues lo logramos! —Archer no lo hubiera creído posible, pero el muchacho se veía aún más apuesto que antes: el cabello más revuelto, su apariencia más curtida, su nariz debía haberse fracturado en los meses previos, pero eso agregaba carácter a sus rasgos tan simétricos.

—¡Y nos ayudó un rey! —añadió Hobs.

—¿Qué?

—Y ésos que están en su barco, ¿son los Sangradores? —preguntó Lac, mirando más allá de Archer hacia el *Hermano*, donde Frey y los muchachos estaban entrenando—. ¿Quién es el buen mozo del cabello plateado?

420

—Es Scarza. Él...

—¿Es cierto que estás dando lecciones de combate? —preguntó Hobs.

Antes de que Archer pudiera terciar palabra, Lac interrumpió:

—¿Lo estás haciendo por la Resistencia? Digo, no es que el entrenamiento que uno recibe en la Armada Real sea poca cosa, pero... bueno, por lo que he oído, nadie es tan bueno en esto como tú.

—¿Puedes enseñarnos? —añadió Hobs—. ¿Por favor?

—¿O tal vez podría hacerlo ese guapetón del cabello plateado? —preguntó Lac—. ¿Scarza?

Con un mínimo esfuerzo de persuasión se las arreglaron para convencer al oficial al mando de que permitiera que Archer entrenara a los Casacas Rojas.

No eran tan diestros como los Sangradores, pero ¿quién podía ser como ellos? Con un entusiasmo que compensaba su escasa habilidad, Lac y Hobs se pusieron al frente de los Casacas Rojas para practicar contraataques y derribos, y sólo interrumpían su entrenamiento para maravillarse con la manera en que Sefia hacía desaparecer astillas y fracturas en las cubiertas y sellaba grietas en el casco.

De alguna forma, el rumor de su identidad corrió hasta otros barcos de la Resistencia. Era el muchacho de las leyendas. Era el asesino nato. Era Archer, el líder de los Sangradores.

Exlíder, los corregía una y otra vez.

Pero no les importaba. Habían oído que estaba entrenando combatientes. Querían que les ayudara.

Y con Scarza y los Sangradores para echarle una mano, Archer no opuso resistencia.

421

¿Será éste mi ejército?, se preguntaba. *¿Lo estaré levantando precisamente en este momento?*

No. Los entrenaría. Esperaba que sobrevivieran. Pero no podía comandarlos. Ni siquiera a sus Sangradores.

Unos días después, Archer y Sefia fueron llamados a audiencia con el rey de Deliene, Eduoar Corabelli II.

Lac y Hobs les habían contado que el rey, a quien ellos se referían simplemenete como "Ed", los había sacado subrepticiamente de Jahara y los había mantenido con vida en el *Exhorto,* para luego ayudar a los refugiados de La Corona Rota, y se había unido a la Armada Real como un joven sin apellido.

—¿Y no tenían ni idea de que era el rey de Deliene? —había preguntado Sefia.

—¡Yo no lo sospechaba, en absoluto! —declaró Lac.

Ella sonrió con picardía.

—Pero qué sorpresa.

Ahora, Archer y ella estaban sentados ante el mismísimo Rey Solitario, en la cabina principal a bordo del *Liebre Roja.* El rey era alto y bien proporcionado. Tenía la piel algo más morena que Sefia, y el cabello negro recogido en un moño en lo alto de su cabeza. Para sorpresa de Archer, no usaba corona.

¿Pero qué sabía él? Quizá los reyes no siempre usaban corona.

Archer notó que tenía ojos tristes, oscuros pero diáfanos, tanto que parecía que si la luz se reflejaba de determinada manera, sería posible ver la tristeza en su interior, como formaciones en una cueva.

El rey agradeció a Archer por entrenar a los soldados de Deliene, y a Sefia, por haber reparado su barco.

Pero, si a ella no le importaba, tenía otra petición. No estaba seguro de si podría hacerlo, pero había oído cosas bas-

422

tante impresionantes sobre ella, sobre ambos, y pensaba que, si había alguien que pudiera hacerlo, sería ella.

Antes de irse del *Liebre Roja* esa tarde, Sefia se descolgó por la borda, en la proa, justo al lado del mascarón. Sacó un cuchillo y, frunciendo el ceño, empezó a tallar algo en los maderos pintados de azul.

Archer no supo qué estaba escribiendo, pero cuando terminó, el casco se tornó blanco. De un blanco resplandeciente. Blanco como la nieve que cubría los picos de los Montes Szythianos.

Les había devuelto sus colores.

Para cuando llegaron a Roku, tres semanas después de huir de la Bahía de Tsumasai, los cincuenta y ocho barcos ya habían sido reparados. Por medio de la Transformación, Sefia había alterado la pintura de todas las naves del rey Corabelli y las había hecho cambiar del azul de la Alianza al blanco de Deliene. Incluso había empezado a mejorar la flota de la Resistencia, comenzando por el *Hermano* y el *Corriente de fe*, al tallar palabras en sus proas para así conferirles más velocidad y resistencia.

Cuando entraron a la Bahía de Brasanegra, con la centelleante expansión de Braska frente a ellos, su majestad Ianai los esperaba en el muelle, junto a Adeline, Isabella y los generales de la Armada Negra.

Había mucho por hacer.

A Archer y a Sefia les ofrecieron su antigua habitación en el castillo, pero ellos prefirieron quedarse anclados en el puerto y dormir en el *Hermano*.

En las mañanas, llevaban a Sefia a fortificar murallas y embarcaciones con su magia, y Archer se ponía a trabajar con Aljan en sus libros.

423

Pero las tardes las reclamaban para ellos. Nadie intentó rehusarse a tal pedido. Los jovenes pasaban las horas caminando en las tierras altas de Roku, asomándose a los géiseres hirvientes cuyos vibrantes colores Archer no había visto antes, y cruzaban arroyos de lodo volcánico, para ver búfalos monteses que pacían en las llanuras.

Pasaban las horas conversando.

Pasaban las horas en la cama.

Pasaban las horas con los Sangradores y la tripulación del *Corriente de fe* y Adeline e Isabella, que habían empezado a dictar sus historias a Meeks, para que figuraran en el libro de sus vidas.

A menudo, sus amigos se encontraban escribiendo en los libros que Keon apenas alcanzaba a fabricar. Aljan estaba dedicado a registrar las hazañas de los Sangradores, aunque tenía poco tiempo para hacerlo porque los demás continuamente se acercaban a él para hacerle preguntas sobre sus encuadernados, y las respondía sin perder la paciencia, a pesar de la frecuencia con la que lo interrumpían. Meeks estaba escribiendo la saga del Capitán Reed y el *Corriente de fe*. Frey estaba añadiendo los manglares a su libro de árboles, pues los había visto en la ruta hacia el cerco de la Bahía de Tsumasai. Griegi seguía ocupado garabateando su libro de recetas.

Y Archer también tenía trabajo. Por cada hora interminable en que Sefia estaba atareada con la Resistencia, Aljan y él se sentaban juntos a la luz de un farol, Archer hablaba y Aljan transcribía, hasta que el primero quedaba ronco y los acalambrados dedos del segundo ya estaban completamente manchados de tinta.

Luego, tras la cena, Archer y Sefia asistían a las reuniones nocturnas del consejo. Respondían preguntas sobre la Guardia. Ayudaban a planear la defensa del reino.

424

Cuando se retiraban a su camarote, a veces ya pasada la medianoche, Sefia proseguía su estudio de la Alteración. Se hacía más fuerte. Y mientras practicaba, Archer la veía el tiempo que le permitían sus ojos a punto de cerrarse, y pensaba en todas las cosas que aún tenía por decirle.

Y entonces, un día, casi tres meses después de la conquista de Oxscini, un barco solitario apareció en el horizonte, con banderas azul, dorado, blanco... y rojo de la Armada Real.

La Alianza había enviado un heraldo.

Su majestad Ianai y Roku debían someterse a la Alianza. El supuesto rey de Deliene debía renunciar a sus pretensiones y declarar a Arcadimon Detano legítimo líder del Reino del Norte. La Alianza impondría consecuencias justas para los desertores de Deliene y los Casacas Rojas que habían desobedecido a su reina. La Alianza prometía ser clemente con el resto.

Sin embargo, si estas condiciones no eran aceptadas, la Alianza atacaría el Reino de los Volcanes con la fuerza combinada de las cuatro grandes islas, y sería una guerra sin cuartel.

Quien no se rindiera, perecería.

El heraldo reportó que las fuerzas de la Alianza se encontraban a seis días de navegación de Roku. La Resistencia tenía esos seis días para enviar una respuesta.

Su Majestad Ianai convocó a una reunión urgente del consejo, y en ella los comandantes de los forajidos, los Sangradores, los capitanes de Deliene, los Casacas Rojas y la Armada Negra sopesaron las opciones a lo largo de todo un día.

Algunos creían que debían someterse.

Otros, como Reed y los forajidos, querían pelear.

425

Alguien sugirió que aprovecharan al muchacho de las leyendas. Que lo pusieran al frente de un ejército, y el destino se encargaría del resto.

Alguien más dijo que más valía hacer uso de armas y barcos que de simples historias. La Alianza tenía cientos de naves guerreras a su disposición. Sin importar quién estuviera al mando de la Resistencia, el hecho era que los superaban en número.

Otro dijo que, leyenda o no, era un despropósito entregar los soldados a un chico.

Otros querían utilizar a Sefia, la poderosa hechicera.

Pero Archer sabía lo que decidirían los líderes de la Resistencia mucho antes de que llegaran a una conclusión unánime.

La Guerra Roja necesitaba una última batalla.

Estaba escrito.

La Resistencia pelearía, se aferraría a una última esperanza.

Al siguiente día, el quinto antes de la llegada de la Alianza, y contrariando la recomendación del consejo de guerra, que advirtió a su majestad evitar contacto con la hechicera cuando ésta estuviera haciendo su magia, Ianai acompañó a Sefia y a Archer al acantilado donde habían estado durante la batalla de la Bahía de Brasanegra, para que allí Sefia pudiera usar la Iluminación y fortificar las defensas de Roku.

Era demasiado arriesgado, dijeron los consejeros reales. "Ya sabe lo que sucedió la última vez que ella intentó utilizar su poderosa magia."

—Es mi reino —espetó Ianai—. Quiero ver esto con mis propios ojos.

Así que su majestad —con una larga capa negra de viaje y una corona de escamas— y Archer fueron los únicos testigos que presenciaron cuando Sefia hizo surgir una cordillera de

426

las profundidades del mar. Al pie del acantilado, las olas rompían con furia. Las rocas gemían. Le tomó mucho más allá de la puesta del sol, en pie allí, sin alimento o agua o descanso; sus manos tejían el aire, tironeando, agarrando, barriendo y entresacando, pero para cuando hubo terminado, una larga línea pétrea bloqueaba la entrada norte de la bahía.

La oscura mirada de Ianai brillaba de admiración.

—Es una pena que no hayas nacido de sangre real, Sefia. Habrías sido una reina formidable.

A la luz de las estrellas, las laderas de la sierra se veían resbaladizas y negras, de contornos irregulares y filosos. Parecía sin acabar de pulir... a medio terminar. Nueva y en bruto. Pero cumpliría su función. No sólo bloquearía el ingreso de la flota invasora, sino que también detendría su infantería. Ningún soldado podría cruzar esas cuestas tan empinadas.

Sefia se derrumbó, exhausta, y Archer se apresuró a sostenerla.

—Lo conseguiste —dijo.

Al igual que los Escribas que la habían precedido, había modificado la geografía de las Cinco Islas. Ahora, a la Alianza sólo le quedaban dos maneras de atacar Braska: desde occidente, y a través de un canal mucho más estrecho, al oriente.

Sefia durmió todo el día, cuatro jornadas antes del ataque enemigo.

Archer pasó el tiempo trabajando con Aljan en su libro.

Al siguiente día, mientras Sefia se ocupaba tallando encantamientos en las naves de la Armada Negra, el rey Eduoar Corabelli II llegó a visitar a Archer, a bordo del *Hermano*.

Al ver al Rey Solitario, Archer hizo una reverencia.

—Su Majestad.

Eduoar suspiró.

—No era necesario que hicieras eso.

—Pero usted es un rey.

—Lo soy —sonrió fugazmente—, pero ya no soy sólo un rey.

Afuera, en la bahía, los barcos de la Resistencia estaban fondeados en una franja multicolor... el alabastro de las naves de Deliene, los Casacas Rojas rebeldes de Oxscini, la Armada Negra de Roku, los catorce navíos de forajidos comandados por el *Corriente de fe*, que era verde, y el *Crux*, dorado.

—Quería que habláramos de maldiciones —dijo Eduoar, tocando distraído su dedo medio—. Supongo que conoces de la mía.

Archer asintió. Todos en Kelanna habían oído hablar de la maldición de los Corabelli, que había cobrado la vida no sólo de todos en la familia real, sino también de aquellos a quienes su familia había llegado a amar.

—Pero las maldiciones no siempre obran de la manera en que uno cree que lo harán.

—A mí no me han echado ninguna maldición —dijo Archer.

El Rey Solitario inclinó la cabeza a un lado.

—¿Y no es por eso que no estás peleando con nosotros?

Una maldición. Una profecía. Archer supuso que no había tanta diferencia entre una y otra.

—Siempre pensé que para romper esa maldición —continuó Eduoar—, tendría que perderlo todo... mi reino, mi castillo, mi vida, y eso fue lo que hice, al final... sólo que no de la manera en que imaginaba que podría ocurrir.

Archer llevó la mano a su cuarzo.

—Usted quiere que esté a su lado cuando la Alianza llegue. Quiere que pelee.

428

Los tristes ojos del rey centellearon.

—Sí, tanto los forajidos como los Sangradores no tienen igual a la hora de combatir. Y podría venirnos muy bien algo excepcional en el campo de batalla.

—Pero si peleo, moriré —estaba escrito. Haría lo que pudiera con tal de evitarlo, aunque podía ser que sucediera, de cualquier forma.

—¿Y podrías quedarte allí inmóvil y ver cómo mueren todos los demás? —preguntó Eduoar.

Archer guardó silencio.

—Puede ser que tu maldición no se rompa de la manera en que pensabas que lo haría —dijo el rey—. Así sucedió con la mía.

—Pero usted es un rey —dijo Archer—, yo no soy más que un muchacho de una insignificante aldea en Oxscini.

Eduoar lo tomó por los hombros.

—Me parece que ambos sabemos que eres mucho más.

CAPÍTULO 35

¿Quién controla la historia?

A medida que transcurrían los días que faltaban para la llegada de la Alianza, Sefia se sentía cada vez más desesperada. Su destreza en la Alteración aumentaba, pero no lo suficientemente rápido para alcanzar a reescribir el destino de Archer. De hecho, mientras más comprendía del Mundo Iluminado, más frustrada se sentía.

No conseguía extirparle las cicatrices. No podía resucitar a sus víctimas. No había podido mantenerse a su lado aquel día en el acantilado, cuando se separaron y ella se fue con la Guardia y él, a Oxscini.

"Si quieres salvarlo" le había dicho el Libro, "tienes que dejarlo".

En el colmo de la desesperación, trató incluso de eliminar el día en que se habían conocido. Removió el símbolo ⊜ del cajón donde él estaba metido. Los inscriptores pasarían por debajo de ella, mientras estaba tumbada en su hamaca, estudiando el Libro. Nunca llegaría a rescatarlo. Archer terminaría como candidato, pero no estaría destinado a morir.

Sólo que sí lo estaba.

Las hebras que constituían la vida de Archer eran demasiado brillantes para borrarlas sin desaparecer también el resto del mundo.

431

Ni siquiera con el poder de los Escribas podía alterar su mundo desde dentro.

De manera que, mientras la Resistencia se apertrechaba de municiones para sus cañones y fusiles, mientras los buques mercantes y los pesqueros de Roku se convertían en navíos de rescate, mientras las milicias voluntarias se unían a los centinelas de la ciudad en las murallas de Braska, Sefia se volvió hacia la narradora.

Se Teletransportó a las altas llanuras en las que se había entrenado para la primera batalla de la Bahía de Brasanegra y allí, a solas en el viento, trató de imaginar otras maneras de salvar al muchacho que amaba.

—Cuéntame del final —dijo una sola vez, caminando por las laderas occidentales de la isla principal de Roku.

SUCEDERÁ PRONTO, le dije. EN 98 PÁGINAS.

—Pero ¿cómo termina todo?

EN MEDIO DE LA OSCURIDAD. MÁS ALLÁ, NO PUEDO CONTARTE.

—¿No puedes contarme o no quieres?

NO PUEDO NARRAR LO QUE NO VEO.

—Miré hacia el futuro —dijo Sefia, pateando un guijarro—, la noche en que destruimos la Biblioteca, y vi a los muertos regresar. ¿Será a causa del Amuleto de la Resurrección?

SÍ.

—Pero dijiste que sólo servía para traer de vuelta a una sola alma del mundo de los muertos.

SÍ.

Sefia levantó la mirada.

—Entonces, ¿puedo usarlo para salvar a Archer? ¿Habrá una manera de transformar el Amuleto para que él no se convierta en una de esas... cosas?

432

ES EL ÚNICO OBJETO QUE CONTROLA LAS LEYES DE LOS MUERTOS.

—Ésa no es una respuesta —espetó ella.

Pero esta otra tampoco lo era:

PUEDO VERLOS... EN LA OSCURIDAD QUE HAY MÁS ALLÁ DEL CONFÍN DEL MUNDO, YENDO Y VINIENDO SOBRE LA BARRERA QUE HAY ENTRE LOS VIVOS Y LOS MUERTOS, COMO UNA OLA QUE ROMPE CONTRA UN GLOBO DE CRISTAL.

—¿Por qué no puedes decirme, y ya? ¿Qué se supone que debo hacer?

PORQUE SE SUPONE QUE DEBES ELEGIR, dije. CANNEK REED YA TE DIJO QUE ÉL NO QUIERE LA PIEZA FALTANTE DEL AMULETO. ¿LO OBLIGARÁS A DARTE LA UBICACIÓN DEL LUGAR DONDE SE ENCUENTRA, AUNQUE TENGA QUE RENUNCIAR ASÍ A TODAS ESAS HISTORIAS QUE TANTO HA LUCHADO POR ACUMULAR?, ¿LO HARÁS PARA INTENTAR SALVAR A ARCHER?

—Sólo ¿intentar? —preguntó.

"INTENTAR", confirmé.

Pero ella no confiaba en mí. ¿Por qué lo haría? Todos en su familia y ella misma habían sido manipulados para llegar a este punto. Ella sólo podía confiar en sus poderes, sus instintos y su inteligencia.

Ansiaba leer el Libro, pero Aljan lo tenía guardado y custodiado, y sabía que, si lo abría ahora, sólo serviría para acercarla más a su destino.

Deseaba poder pedirle consejo a Nin o a sus padres.

Pero incluso con el Libro, ellos no estarían con ella, no de la manera que ella anhelaba. Podría ver pasajes de sus vidas, pero eso no sería lo mismo que tenerlos a su lado, que la escucharan y le ofrecieran consejos, que la abrazaran.

Los muertos se habían ido, y no importaba lo mucho que quisieras tenerlos a tu lado.

433

● ● ●

Dos días antes de la llegada de la Alianza, Sefia vino a verme al amanecer. Se Teletransportó a una caleta de guijarros que ella y Archer habían visto en sus exploraciones de la isla principal, con acantilados distantes y agujas pétreas envueltas en la niebla, que brotaban del agua, y allí me pidió que salvara a Archer.

No puedo, dije.

—¿Por qué no? —me preguntó. Sus ansias de luchar eran tan ardientes que hubiera podido estallar en llamas y no me habría sorprendido—. Tienes el control de todo esto, ¿cierto? —abrió los brazos como si pretendiera abarcar los guijarros grises bajo sus pies, las montañas humeantes hacia el oriente, el mundo entero.

No, no lo tengo.

Manoteó hacia el frente, y atrapó un tronco blanqueado por el sol, que estaba entre la gravilla, para arrojarlo a las olas. Allí se partió en dos. Sefia estaba desesperada y asustada y furiosa, y no sabía cómo compaginar las tres cosas.

—Tú eres quien cuenta esta historia, ¿cierto? ¿No eres quien la escribe? ¿El grandioso destino de Archer? ¿Su muerte?

Hay momentos en los que quisiera tener brazos, y éste fue uno de ellos. Hubiera querido abrazarla. Hubiera querido decirle que todo estaba bien. Hubiera querido darle… algo.

Pero lo único que tenía… que tengo… lo único que soy… son palabras.

Narro el paso de las estaciones, cada movimiento que se produce en Kelanna, los grandes y los mínimos, pero no escribí esta historia. No controlo los acontecimientos de este mundo ni las acciones de su gente. Observo. Narro. Eso es todo.

434

—Alguien planeó todo esto.

PERO ELLA YA NO ESTÁ.

Sefia cayó de rodillas, sus piernas trazaban una W y sus brazos caían flojos a sus costados.

—¿Por qué? —farfulló. Había empezado a llorar, pero parecía no notarlo—. ¿Cómo pudo hacernos esto?

Porque estaba herida y confundida y se sentía deshecha. Porque las personas mueren y no vuelven. Porque nadie recibe mensajes de los muertos.

La verdad es que yo no lo sabía, así que no respondí.

Hay preguntas que no tienen respuesta.

Sefia metió las manos entre los guijarros. Parecía como si algo le hubiera sido cortado por dentro, y nunca fuera a sanar.

—Entonces, ¿no hay esperanza? —preguntó en voz baja.

LA HAY, respondí. HAY ELECCIÓN.

—¿Elección? —preguntó ella con amargura. Y eso fue lo último que me dijo antes de desaparecer.

El día previo a la llegada de la Alianza, Sefia y Archer se reportaron en la atalaya donde estarían durante la última batalla. Desde este punto en la cima de un acantilado, podrían ver la capital amurallada de Braska, hacia el oriente, la totalidad de la Resistencia organizada en la Bahía de Brasanegra, y la Alianza que se acercaba desde occidente. Ellos, junto con un pequeño escuadrón de soldados, estarían a cargo de enarbolar y arriar las banderas de señales para permitir que las distintas facciones de la Resistencia se comunicaran entre sí.

Hicieron otro recorrido por la atalaya... la puerta estrecha en la base, la escalera de caracol que ascendía, la azotea

435

cuadrada de piedra en la cual se encontraban asignados los soldados de la Armada Negra.

Y entonces, se tomaron de la mano y desaparecieron.

Sefia los llevó de vuelta a Oxscini, a la cueva desde la cual se veía la cascada. La selva estaba llena del zumbido de los insectos y el gorjeo de los pájaros que revoloteaban bajo el dosel de las ramas, pero para Sefia parecía la primera vez que habían estado a solas en meses.

—¿Recuerdas este lugar? —le preguntó ella, mirando hacia el árbol que ocultaba la entrada.

Archer respondió con una sonrisa.

Había sido en su cumpleaños. Él le había dado una pluma verde. Y ella le había mostrado el Libro y le había preguntado si seguiría con ella.

Ya había pasado casi un año. En una semana, ella cumpliría diecisiete años.

Treparon por los pilares de piedra medio derrumbados hasta la cueva, que les pareció más pequeña ahora, tumbados uno al lado del otro, mirando la cascada.

Y la cascada también parecía más pequeña, corriendo a través de la selva que había abajo hasta un pozo de un azul vívido.

Eran tantas las cosas que habían cambiado en ese año... La pluma había quedado atrás. El Libro la había traicionado. Había aprendido más de lo que hubiera querido llegar a saber sobre sus padres y sus enemigos y la verdad sobre el mundo.

Pero Archer seguía con ella.

De todas las maneras en que importaba que estuvieran juntos.

—Ven conmigo —dijo, recostándose de lado—. Podemos desaparecer. Iremos a alguna parte adonde nadie nos pueda seguir.

436

Bastaba con huir, correr.

Si corrían, él seguiría con vida.

En el rostro de Archer se pintó una sonrisa triste, que se esfumó y luego volvió a aparecer. Acarició su hombro con la nariz.

—Sabes que no puedo hacerlo... y tú tampoco.

Sus amigos los necesitaban. El mundo los necesitaba.

Sefia asintió y empezó a llorar.

Lo sabía.

Archer se inclinó para besar las lágrimas que resbalaban de sus ojos, y las lamió como si fueran gotas de vino dulce.

En el interior de Sefia, floreció un dolor profundo, oscuro, húmedo y apremiante, y tomó por la nuca a Archer, pegando su boca a la de él. Se desnudaron con torpeza, chocando cabezas y codos en el espacio reducido, riendo y acercándose de nuevo, las lenguas y las manos. Y entonces...

Se entregaron.

El calor sofocante que les ponía la piel brillante de sudor.

El cabello que se adhería al cuello. Palabras, apenas comprensibles, a medio camino entre el susurro y el anhelo. Las espaldas que se curvaban. Y el repentino fogonazo del cielo por la entrada de la cueva... azul. Un azul vasto, asombroso, embriagador... Sefia parpadeó, abriendo ojos y labios... era el azul más azul que hubiera visto... el azul del mar, el de las olas coronadas de espuma, el de las mareas que vienen y van, una y otra y otra vez más.

Más tarde se bañaron en el pozo que había al final de la cascada. Lavaron el sudor de la piel y el cabello, con las piedras resbalosas bajo sus pies descalzos. Se secaron y se vistieron. Archer acomodó el cabello de Sefia detrás de su oreja, y lo sujetó con el broche de esmeraldas.

—¿Lista para irnos? —preguntó él.

—¿Adónde?

Su sonrisa estaba llena de secretos:

—Al *Corriente de fe*.

Era una fiesta.

Le había organizado una fiesta. Todos habían participado: los Sangradores y la tripulación del *Corriente de fe*, Adeline e Isabella, Lac y Hobs. Guirnaldas de flores colgaban de los aparejos entre relucientes faroles en forma de globo, y flotaban sobre mesas donde se apilaban tantas delicias que era como si Cooky y Griegi se hubieran propuesto rivalizar en una competencia y superarse uno a otro: pavo laqueado, ensaladas de verduras veraniegas salpicadas con flores rosas y moradas, tartaletas de bayas, tazones de chocolate con crema que formaban espirales tentadoras, cuatro tipos diferentes de mantequilla con hierbas para untar en el pan y exquisitos cortes de carne, brochetas de cerdo especiado con cebollas dulces y, lo que más le gustaba, panecillos blancos con decoraciones azucaradas y relleno de jalea ácida de limón.

Theo, cuya pierna malherida había sido reemplazada por una de madera, tocaba alegres tonadas en su violín, y su loro colorado cantaba dulcemente al compás. A su lado, Marmalade rasgueaba la vieja mandolina de Jules, y sus dedos expertos encontraban sin dificultad el lugar adecuado en los trastes.

—¡Sorpresa! —declaró Lac, abrazándola. Estaba muy apuesto con su uniforme de Casaca Roja, tanto que resultaba difícil quitarle la vista de encima—. ¡Es una fiesta de cumpleaños!

—Pero falta una semana para mi cumpleaños —dijo ella, volviéndose hacia Archer, que sonreía sin el menor asomo de disculpa.

438

—Por eso es una sorpresa —explicó Hobs, que también se había presentado en uniforme pues, como le diría más tarde, la ocasión lo ameritaba.

—Sí, lo entiendo. Sólo que... —tomó aire agitada— nunca me habían hecho una fiesta como ésta.

Archer la tomó de la mano y la besó en la cabeza.

Se abrieron paso entre los invitados, deteniéndose a menudo para tomar un bocado de pichón asado o una cereza envinada y para rellenar sus copas del licor que el primer oficial había sacado de sus reservas especiales. Griegi perseguía a Cooky por todo el puente, para preguntarle si esa sopa tenía caldo de cangrejo o de langosta, si aquella salsa de chocolate tenía canela verdadera o casia, y anotaba cada una de sus secas respuestas en su libreta.

Cada tanto, alguien se aclaraba la voz y levantaba su copa, pidiendo silencio a gritos o golpeando la cubierta con un pie, para luego contar una historia.

El primero fue el Capitán Reed, que saltó para pararse en una de las barandillas.

—La primera vez que vi a esta muchachita, era una lagartija escuálida e insignificante que apestaba a sentina. Pero en el tiempo que llevo de conocerla, ella... bueno, sigue siendo escuálida, pero al menos ya no apesta a sentina.

Se oyó un coro de carcajadas y Sefia se sonrojó.

Reed sacudió la cabeza con una sonrisa.

—No, en verdad... esta muchachita... esta jovencita me ha traído aventuras que jamás pensé que llegaría a vivir —y entonces relató con todo detalle el enfrentamiento con los Administradores en Jahara... la magia, los vigilantes, el pequeño frasco de veneno volando por el aire, la manera en que ella los había puesto a salvo Teletransportándolos—. Siempre pensé que el mundo era ancho y estaba lleno de maravillas, y estaba más que contento de seguir mi propio rumbo, teniendo en cuenta sólo a mi tripulación y a mí. Pero esta jovencita me ha mostrado que el mundo tiene más maravillas que las que hubiera podido soñar, y no es tan ancho para que no necesitemos unos de otros para sobrevivir —se llevó la mano al sombrero para saludarla—. Feliz cumpleaños, Sefia. Eres mi tripulación, ahora y siempre.

Los otros vitorearon gozosos mientras él bajaba de la barandilla y Sefia corría hacia él para darle un abrazo.

Después, Meeks contó la historia de cómo habían descubierto el Tesoro del Rey.

Frey habló de la primera vez que encontró a Archer durmiendo con Sefia. Hubo un coro de chiflidos y silbatinas. Sefia sintió el rostro ardiendo. Archer hizo una profunda reverencia.

Aljan describió la manera en que Sefia le enseñó a escribir, dándole así una voz para expresarse luego de lo que los inscriptores le habían hecho.

Archer contó la última historia, con voz tranquila y queda, sobre la noche en que Sefia lo rescató de los inscriptores, el sonido de su voz, la manera en que lo había salvado una y otra vez, de tantas maneras.

Empujándose sobre las puntas de sus pies, Sefia lo besó.

—Y con ésa, ¡tenemos diecisiete! —declaró Reed—. Diecisiete historias por diecisiete años en este mundo...

—¡Y que sean muchos más! —corearon todos.

Sefia se volteó hacia ellos, con una sonrisa tan radiante que estaba segura de que vendría acompañada de lágrimas de nuevo.

—Gracias —dijo, abrazándose como si corriera el peligro de explotar de dicha—. Siempre quise tener una familia numerosa, y ustedes me han concedido la más grande y variada que pudiera imaginar. Los quiero a todos.

Hubo una ronda de aplausos y después Marmalade y Theo, con el loro rojo de Harison trepado en su hombro, volvieron a tocar su música, y las notas se oyeron tan alegres que parecían vibrar en el aire.

Keon tomó las manos de Griegi y lo arrastró al centro de la cubierta para bailar, seguidos al momento por Frey y Aljan que se mecieron, frente contra frente, como si las canciones fueran lentas y dulces, de amor. Al mismo tiempo, Killian y Horse y la doctora, Archer y Sefia, que llevaba también a Scarza, giraron a su alrededor como pétalos en un viento repentino. Desde sus sillas, Adeline e Isabella reían y batían las palmas al compás de la música.

Incluso Jaunty, por lo general tan taciturno, se lanzó a la pista, saltando y brincando y entrechocando sus talones, mientras los demás lo animaban y vitoreaban.

Haldon Lac quería bailar con todos, turnándose con Frey y Keon y Scarza y la doctora. Incluso trató de bailar con el primer oficial, que se cruzó de brazos y permaneció inmóvil en el borde de la pista mientras Lac giraba y levantaba los pies, con total despreocupación y sin darse cuenta del poco caso que le prestaban.

Hasta bien entrada la noche, bailaron, conversaron, cantaron y, por último, se agolparon en las barandillas, donde Keon, que había puesto una corona de flores en su cabello dorado por el sol, había dispuesto cajas de fuegos artificiales para que lanzaran al aire. Éstos explotaron en forma de crisantemos y estrellas, y las chispas llovieron sobre el agua de la Bahía de Brasanegra en resplandecientes chaparrones de luz.

Pero la mañana se acercaba, y ya pronto tenían que retirarse a descansar. La tripulación del *Corriente de fe* empezó a limpiar los restos de la fiesta mientras los demás bajaban por la pasarela tambaleándose, algunos llevando los restos de las guirnaldas de flores como bufandas, y murmurando despedidas adormiladas.

De regreso en el *Hermano*, Sefia y Archer se derrumbaron en un confuso montón humano en su litera, y allí, sin ganas, se sacaron los zapatos y la ropa, para meterse bajo las cobijas y permitir que la oscuridad los abrigara suavemente.

Sefia ya estaba medio dormida cuando sintió que Archer se acurrucaba a su lado.

—Quédate conmigo —murmuró, apoyando su cabeza sobre el pecho de la muchacha.

Sefia rodeó su cabeza con el brazo, como protegiéndolo:

—Siempre.

Al amanecer, se reportaron en la atalaya. En oriente, el sol se levantaba sobre Braska y su luz bajaba por la negra cuesta volcánica, relumbrando en las ventanas del castillo, los tejados inclinados, las murallas, los soldados en el puerto. Abajo, la Resistencia estaba desplegada en el agua: los Casacas Rojas rebeldes, con Lac y Hobs entre ellos, junto a la Armada Blanca del Rey Solitario, los negros navíos de Roku, y los forajidos, de todos los colores del arcoíris, desde el rojo del *Hermano* hasta el dorado del *Crux*.

Y por occidente, en el horizonte, la Alianza. Navío tras navío, allí venía. Y parecía una flota interminable.

Sefia apretó la mano de Archer. A pesar de todos los preparativos que había hecho la Resistencia, ella no veía cómo podrían contrarrestar la fuerza combinada de los cuatro reinos.

442

En el asta que había en el centro de la Torre, los soldados de la Armada Negra izaron una bandera. La Alianza viene.

Bajo ésta, izaron otras dos para transmitir el número de embarcaciones azules y su distancia de la costa.

A través de toda la Bahía de Brasanegra, la resistencia respondió con señales, dando a entender que habían comprendido el mensaje.

Que los superaban ampliamente en número.

Que bien podían morir.

Sefia se estremeció en el viento de la mañana. Tal vez ella fuera hija de una asesina y del hechicero más poderoso que el mundo hubiera visto en años. Tal vez fuera una amenaza mortífera. Tal vez fuera formidable.

Pero también era una simple chica que amaba a un muchacho, y que sentía miedo.

Tras la muerte de Nin, se había cerrado al mundo exterior. Se decía que lo había hecho para proteger a los demás, pero ahora sabía que lo había hecho para protegerse a sí misma.

Si uno no ama de verdad, no siente dolor cuando pierde a sus seres queridos.

Pero Archer la había cambiado. Archer había roto esa armadura y ahora ella amaba a mucha, mucha gente.

Quería al Capitán Reed, al primer oficial, a Meeks y a la tripulación del *Corriente de fe*.

Quería a Scarza y a los Sangradores.

Quería a Adeline y a Isabella.

Algunos de ellos morirían ese día, y ella no estaba segura de poder soportarlo.

Así que miró hacia arriba, hacia ti, lector o lectora, y suplicó.

Por favor, pensó, *deja de leer. Si te detienes ahora, la batalla no va a comenzar. Si te detienes ahora, la guerra no terminará. Si te detienes ahora, su destino no lo alcanzará.*

443

Él vivirá, si tú se lo permites.

Mira, incluso te daré un final para la historia, justo ahora.

Quien estaba leyendo cerró el Libro con suavidad, y todos vivieron su vida juntos, miles de momentos de dicha y rabia y tristeza. Tuvieron años... no, decenios de discusiones, comidas, canciones y aventuras bajo el firmamento en su perpetuo giro. No fueron felices para siempre porque ¿quién lo es? Tuvieron sus problemas, como todos los demás. Pero se amaron, y tuvieron toda una vida para aprender lo que eso significaba.

No ves el final, porque no hay final. La historia sigue y sigue y sigue, por siempre, y todos viven. Viven.

Siempre y cuando no des vuelta a la página.

CAPÍTULO 36

Las tormentas navegamos

El Capitán Reed despertó antes de que se levantara el sol. En el puente, Jaunty ya estaba en su puesto, al timón, mientras que Cooky y Aly se afanaban en la cocina, entrechocando cazuelas y alimentando la estufa de hierro. En el taller, la doctora y Horse se apoyaban contra la mesa de trabajo, y las grandes manos de él sostenían el rostro de ella, que lo besaba.

Reed trepó al bauprés. Permaneció allí unos momentos, escuchando las olas que golpeaban suavemente el verde casco del *Corriente de fe*.

Estarían en el frente de batalla, la primera línea de defensa de la Resistencia, desplegada en la entrada occidental de la Bahía de Brasanegra con una curiosa combinación de aliados: blancos barcos de Deliene, Casacas Rojas rebeldes, la armada de Roku y variopintos forajidos.

Tras él, a lo lejos, por oriente, el sol brotaba del mar como un cáliz de oro fundido. A la luz del amanecer, las laderas volcánicas de Roku estaban salpicadas de blanco.

Era el final de la temporada de los dientes de león.

"Hoy", murmuraron las aguas. "Será hoy, hoy, hoy…"

Se mordió los labios, y parpadeó para frenar las lágrimas.

445

Entonces, había llegado... El último día que verían sus ojos, la última batalla que pelearía, la última aventura de Cannek Reed. Estaba dispuesto a hacerlo en nombre de la libertad y del modo de vida de los forajidos. Por su tripulación. Por Archer. Y por la promesa de las aventuras por venir... para alguien más, ya que no sería para él.

La tripulación comenzó a levantarse, y fueron con Cooky y Aly por sus platos de desayuno y tazas de café. Sentada sobre la porqueriza vacía, Marmalade tocó una tonada en la mandolina de Jules. Era una antigua melodía que resultaba conocida para los forajidos de cualquier lugar, aunque ahora ella la estaba tocando muy despacio, en un tono menor, y sonaba como un lamento de amor no correspondido. A su lado, Theo se ajustó los lentes y empezó a tararear con su bella y estremecedora voz de barítono. Uno a uno, los demás empezaron a unirse a la canción.

Reed conocía la letra, aunque nadie la estuviera cantando, y sentía cada una de sus palabras en los huesos.

De las reglas nos libramos, pues la vida nos negaban.
Nuestro camino trazamos, contra el viento y sobre el mar.
El respeto lo debemos todo al mar.
Sólo, sólo al mar.

Ni tierra ni rey, ésa es nuestra ley.
Respeto debemos al mar.
Sólo, sólo al mar.

Sé leal a tu rey, y a salvo estarás.
Entra en la fila, y a salvo estarás.
Pero fila y rey nos ataban. Huimos.
Forajidos nos hicimos.

446

Ni tierra ni rey, ésa es nuestra ley.
Respeto debemos al mar.
Sólo, sólo al mar.

Cada ola cabalgamos.
Las tormentas navegamos.
Por la aventura vivimos.
 pues ésa es nuestra ley,
 pues ésa es nuestra ley.

—¿Sobrevivirán? —preguntó el Capitán.

Y las aguas respondieron: "Sobrevivirán, sobrevivirán…"

—¿Todos ellos?

Las aguas callaron.

—Era demasiado pedir, lo reconozco —suspiró—. ¿Puedo pedirte un favor? ¿Te encargarás de protegerlos, cuando ya no esté?

El mar batió el casco del *Corriente de fe* y lo roció con diminutas gotas; débilmente, oyó la respuesta: "Lo haré".

El Capitán Reed saludó las aguas llevándose la mano al sombrero, esas aguas que habían sido su hogar, su guardia y su amor. Luego, bajó del bauprés de un salto.

Se reunió con el primer oficial que se encontraba a solas, palmoteando a gusto la barandilla.

Los grises ojos inertes del primer oficial se volvieron hacia él.

—¿Será hoy? —preguntó.

Reed asintió.

Apenas un fugaz gesto en los rasgos cortados a cincel del primer oficial dejó traslucir su tristeza. Ambos lo sabían: Reed moriría con el Verdugo en la mano mientras su barco explotaba bajo sus pies.

447

—¿Quiere que me mantenga lejos del *Corriente de fe*? —preguntó Reed.

El rostro del primer oficial continuó impasible.

—No diga tonterías —tras darle una última palmada a la barandilla tomó la mano de Reed—. Pero no nos arrastre con usted.

—No lo haré.

El oficial le devolvió una sonrisa brusca.

—Lo sé.

Cuando se separaron, se oyó un grito desde una de las cofas de combate:

—¡Banderas en la atalaya!

Reed miró hacia arriba. En el acantilado más cercano, donde Sefia y Archer estarían contemplando la batalla, los soldados habían izado tres banderas.

Una para comunicarles que la Alianza estaba a la vista.

Otra para transmitirles con cuántos barcos contaba el enemigo.

La tercera para indicarles qué tan lejos se encontraban.

Al oír las órdenes del Capitán, la tripulación entró en acción, preparando el *Corriente de fe* para la guerra. El primer oficial se mantuvo inmóvil como una columna en el centro del barco, mientras los demás se arremolinaban a su alrededor como las corrientes de un *maelstrom*. Meeks estaba en movimiento constante, corriendo de aquí para allá, gritando, fijando un cañón antes de levantarse a contar una broma. De las cubiertas inferiores llegó el martillar de Horse y sus asistentes, que reforzaban los postigos a lo largo de la borda. Cooky y Aly revisaban los soportes para los fusiles, mientras que Theo y Marmalade, con sus potentes voces, dirigían a los marineros encargados de levar anclas.

La Alianza se acercaba. El sol ascendía en el cielo. Y el agua empezaba a dibujarse de ese fiero tono de azul que Reed tanto adoraba.

Era un buen día para morir.

En la atalaya, izaron otra bandera: verde esmeralda, para el *Corriente de fe*.

"Zarpen."

"Ahora."

Al ver la señal, la tripulación del *Corriente de fe*, su tripulación, se volvió hacia él. De haber sido otro capitán, tal vez habría pronunciado algún discurso. Pero él era Cannek Reed, y su fuerza estaba en sus hazañas, no en sus palabras. Así que miró de uno a otro, el primer oficial y Meeks y Horse y la doctora y Jaunty, Cooky y Aly y Theo y Marmalade y Killian, y todos los demás marineros bajo su mando y a su cuidado.

Y dijo:

—No todos alcanzaremos el atardecer, así que aquellos que sigan con vida, tienen la tarea de recordar a los que no. Y a los que van a morir… hagan de éste, su último día, algo digno de recuerdo.

Todos soltaron un rugido. Un último grito:

—Aquí estuvimos.

Tras lo cual, el *Corriente de fe* partió, una hoja verde y solitaria en el mar azul, dejando al resto del frente de la Resistencia atrás. Las embarcaciones multicolores se empequeñecían cada vez más a medida que el muro de la flota de la Alianza se cernía cada vez más grande ante ellos.

Cuando estaban a punto de entrar en el rango de tiro de su oponente, Jaunty gritó:

—¡Viento a favor!

El primer oficial le hizo un gesto a Aly, quien corrió a toda prisa a la cabina principal, para reaparecer con el Gong del Trueno en una mano y el martillo de Dimarion en la otra. Frenó frente a Reed y sus trenzas cayeron por encima de sus hombros.

El plan era provocar una tormenta. Los vientos y las aguas turbulentas detendrían a parte de la flota de la Alianza antes de que llegaran a Roku, con lo que se reduciría su número, y la Resistencia tuviera mejores probabilidades.

O eso esperaban.

—¿Cree que resulte, Capitán? —preguntó Aly cuando él recibió el antiguo instrumento.

Al frente, el Capitán pudo ver a los artilleros de la Alianza cargando sus cañones.

—Tal vez debimos hacer una prueba primero, ¿cierto? —dijo, con una risita nerviosa—. En fin, ya es demasiado tarde para arrepentirse.

—¡Todo a estribor! —gritó Jaunty de pronto. Cuando lo indicó, Killian y él se inclinaron sobre el timón.

El Capitán empezó a contar:

—Uno, dos, tres, cuatro...

El barco crujió. Los mástiles se inclinaron.

—... cinco, seis, siete...

El *Corriente de fe* había virado para huir.

—Ocho —murmuró Reed. Levantó el Gong del Trueno, su mirada recorrió la herrumbre, áspera bajo sus manos... y lo golpeó con el martillo que Dimarion había sacado de ese *maelstrom* hacía seis años.

El sonido fue un rugido, un redoble de guerra.

Mientras el *Corriente de fe* empezaba su carrera para volver a la seguridad del frente de la Resistencia, una tormenta se formó en las alturas.

450

El aire se enfrió y todo se oscureció.

Sin soltar el timón, Jaunty miró hacia atrás, entre frenéticas carcajadas, mientras las nubes se enredaban en el cielo como nudos negros que se retorcían, bordeados por un encaje de relámpagos.

Los truenos rompieron en lo alto.

—¡Fue un gusto conocerlos! —gritó Reed divertido a la vez que la tormenta se cerraba a su alrededor como el telón al final de una función.

El viento azotó las barandillas. Las olas crecieron, agitadas. Torrentes de agua caían del cielo y los empaparon en un instante. Los relámpagos estallaban una y otra vez, iluminando al barco verde, el mar enfurecido, la flota de guerra detrás.

El resto de la Resistencia no era más que un borrón frente a ellos, mientras la tripulación del *Corriente de fe* luchaba contra la tormenta… con Jaunty al timón y los marineros en los aparejos, atando y arriando, en un intento por apresar el viento indomable.

Tras ellos, un rayo hirió un buque de la Alianza y lo quebró como si fuera un huevo. Otros relámpagos cayeron sobre dos barcos más, y las llamas devoraron su arboladura y las velas empapadas.

Reed se aferró a la barandilla, entre carcajadas, mientras escapaban de la tormenta para dejarla atronando a sus espaldas y unirse de nuevo a la Resistencia. Oponiendo toda la fuerza de sus nervios y tendones, Jaunty hizo virar el barco una vez más, para quedar de frente a las nubes lejanas que flotaban ahora fuera de su alcance, una muralla negra que se encrespaba mientras los rayos relampagueaban en su interior.

Pero aquí afuera, apenas les llegaban una leve brisa y el rumor de los truenos.

—¡Funcionó! —rugió Dimarion desde el puente del *Crux*—. ¡Tantos años de enemistad, y mira los estragos que habríamos podido armar juntos!

Riendo, Reed agitó su sombrero en respuesta. La tripulación del *Corriente de fe* vitoreó.

Después se oyó el bramido de un trueno, como una advertencia, y las bestias azules de la Alianza empezaron a emerger de la tormenta, arrastrando a su paso nubes negras, como humo.

Había brechas en el frente enemigo. Como habían planeado, la tormenta los había diezmado.

Pero no lo suficiente.

Comenzó a llover plomo alrededor del *Corriente de fe*. Las balas de cañón silbaron en el aire, formando géiseres al caer en el agua.

Encabezando el ataque estaba el buque insignia de Serakeen, el *Amalthea*, con sus tres fusiles giratorios, rápidos e implacables.

Las balas perforaron el *Corriente de fe* mientras Reed y su tripulación se refugiaban detrás de mamparas reforzadas. Llovían astillas sobre ellos, pero las defensas resistieron.

Protegiéndose la vista, Reed encontró a su camarera agazapada detrás de la borda.

—¡Aly! —la llamó—. ¿Crees que puedas atinarle a la manivela de una de esas armas?

Ella miró al cocinero a su lado. Los dos entrechocaron sus puños, en su saludo especial.

—Por supuesto, señor —se oyó el chasquido de un fusil aprestándose para disparar.

Un momento de pausa, aunque la artillería de Serakeen continuaba su asedio.

452

Entonces, Cooky se levantó por encima de la barandilla y abrió fuego para cubrir a Aly.

Con impresionante precisión, ella se puso en pie, afinó el ojo y disparó.

A bordo del *Amalthea*, una de sus armas giratorias se sacudió y dejó de funcionar.

—¡Buen tiro, Aly! —graznó Cooky y ambos se agazaparon de nuevo.

—¡Artilleros, preparados! —gritó Reed.

Y todos corrieron a sus puestos.

—¡Apunten!

Pero se vieron obligados a ponerse a cubierto de nuevo cuando la segunda arma giratoria del *Amalthea* hizo lo propio.

Rechinando los dientes, Cooky se asomó por encima de la mampara y soltó dos tiros que impactaron a los soldados a cargo de ese fusil. La luz centelleó en sus pendientes. Sonrió.

Los grupos de artillería del *Corriente de fe* entraron en acción de nuevo.

Sin embargo, antes de que Reed pudiera dar la orden de que abrieran fuego, se oyó un crujido agudo.

Cooky se desplomó, con su fusil atrapado bajo su cuerpo.

Labios ensangrentados, ojos que ya no veían.

Con un grito, Aly cayó de rodillas a su lado y sus dedos buscaron afanosamente el pulso.

Reed los observó un momento, luego miró hacia el frente, al *Amalthea*, que venía hacia ellos, y sintió una rabia ardiente.

—Fuego —dijo.

—¡Fuego! —gritó Meeks.

El puente se estremeció con el rugido de los cañones. Entre el humo, Reed se arrodilló junto a Aly y cerró los ojos del cocinero.

453

Y mientras las armas giratorias del *Amalthea* recomenzaban el ataque, el resto de la flota de la Alianza fue apareciendo poco a poco en el borde de la tormenta.

CAPÍTULO 37

La historia del traidor

Con mano temblorosa, Arcadimon Detano se llevó la botella de veneno a los labios. El diminuto frasco contenía poco más de un dedal de un líquido claro de color índigo, y lo esperaba todas las mañanas sobre el escritorio de ébano laqueado en la oficina de la Guardia, en los túneles bajo Corabel.

—Es un garante —le había explicado su Maestro, el Rey Darion Stonegold, hacía unos cuatro meses, mientras esperaba que Arcadimon tomara la primera dosis—. De ahora en adelante, necesitarás beber esta droga una vez al día, cada día, al amanecer, o la abstinencia te matará antes del mediodía del siguiente día.

En su interior, Arc se estremeció, pero no permitió que ese sentimiento se trasluciera.

—¿Y supongo que la única manera en que conseguiré las dosis será a través de usted?

—Tolem te entregara la dosis cada mañana en la sede de Corabel. Pero si vuelves a apartarte del camino, la historia del traidor… —la voz de Darion se interrumpió: no necesitaba terminar la amenaza.

Cada mañana, el aprendiz de Administrador había entregado la droga.

Después de que Tolem fue asesinado, el Maestro Administrador la había entregado en persona, y a veces esperaba hasta que Arc la bebiera antes de volver a la ruinosa Sede Principal.

Cada mañana, Arcadimon tomaba su dosis.

Se le había prohibido salir de Deliene hasta que la Resistencia de Gorman en el norte fuera sofocada.

—Mata a sus niños, si es que tienes que hacerlo —había ordenado su Maestro—, pero acaba con esa resistencia antes de que nosotros terminemos en Kelebrandt, o cancelaré tu entrega diaria.

Durante un tiempo, Arc obedeció. La Resistencia de Gorman había menguado.

Pero en el fondo de su ser, sabía que tarde o temprano, y sin remedio, se enfrentaría a la muerte. Al fin y al cabo, Darion se lo había advertido una vez: "Los sentimientos podrían poner en riesgo la misión, y eso podría ocasionar tu muerte, ya sea a manos de tus rivales o a las mías".

Al haber permitido que Ed siguiera con vida, Arcadimon Detano ya había demostrado su falta de lealtad. Una vez que la Guardia encontrara una manera de reemplazarlo en Deliene, se desharían de él.

Así que, cuando Eduoar Corabelli II se descubrió ante todos el último día del sitio de Oxscini, Arc supo lo que debía hacer después. Con la reaparición de su rey, la Resistencia de Gorman había conseguido renovar su fuerza, pero Arcadimon les había prestado escasa atención. Ahora lo que le importaba era ver a Ed, una vez más.

Debía haberlo hecho en cuanto el Primero informó que seguía vivo.

Arc era un traidor.

456

Había traicionado a la Guardia por permitir que el Rey Solitario escapara.

Había traicionado a Eduoar una y otra vez, al matar a su primo, al apoderarse de su reino, al enviar a su pueblo a pelear y morir en una guerra de la cual habrían podido librarse.

Se había traicionado a sí mismo al preferir cumplir su misión antes que seguir a su corazón. Desde el momento en que se había quedado contemplando a Ed alejarse en el atardecer, no había hecho más que arrepentirse.

Debía haber escapado junto con su rey.

Debía haber seguido a su amigo.

Debía haber creído en ambos.

Y ahora, aunque fuera demasiado tarde, su oportunidad había llegado.

Hoy comenzaría la última batalla de la Guerra Roja. Eduoar estaría allí, y Arcadimon tenía una última posibilidad de verlo antes del final.

Tragó la droga sin problemas, como todos los días.

Listo.

Incluso si moría al día siguiente, sin la droga, todavía tenía un día completo. Era lo único que necesitaba.

Un día más para seguir a su corazón.

Un día más para enmendar una vida entera de errores.

Ya se lo había dicho a sus mensajeros y a los pregoneros, quienes se encargarían de difundir el anuncio en todo el Reino del Norte: Arcadimon Detano renunciaba a su título de regente. Hacía entrega de Deliene al Rey Solitario, a quien nunca debió usurpar.

Al salir de la oficina de la Guardia debajo de Corabel, Arc revisó el contenido del bolsillo de su saco azul, en busca del anillo del sello de Eduoar, que él mismo había tomado de la galería de retratos del castillo, donde se había guardado en una vitrina durante seis meses. No había podido conseguir un uniforme de la Alianza, pues no tenía acceso a él, pero en el fragor de la batalla esperaba que nadie lo notara.

Aunque estaba asustado, su corazón dio un pequeño salto de contento al abrir la puerta hacia la habitación del portal. Por ser un Político, cuyo entrenamiento se centraba en asuntos de gobierno más que en magia, no era un Iluminador lo suficientemente diestro para Teletransportarse: apenas era capaz de hacer algo de Manipulación. Pero los guardianes habían estado usando los portales de espejo para trasladarse por Kelanna durante años, y ahora los tenía a su disposición.

Se escabulló a través del portal hacia la Sede Principal, al salón de mármol negro y verde iluminado por lámparas eléctricas.

Cuatro espejos de cuerpo entero cubrían las paredes. El que estaba enmarcado con olas plateadas llevaba al *Azabache*, el barco de Tanin, la Directora. El que tenía las banderas metálicas ondeando desde parapetos profusamente tallados conducía a los antiguos cuarteles de Darion, en la capital de Everica. El que Arc acababa de pasar mostraba los faros de Corabel. Y el último estaba bordeado con grandes olas de oro, que parecían inundar la superficie reflejante del portal.

Ése llevaba al buque insignia de Braca, el *Bárbaro*, al lugar de la última batalla.

Arcadimon vería a Ed de nuevo.

Mi rey y señor.

Mi amigo.

Mi amado.

Arc atravesó el piso de mármol de colores y se internó en el portal de oro con apenas un estremecimiento.

458

Al otro lado, la luz del verano entraba brillante por los portillos y el ruido era ensordecedor: las rápidas ráfagas de artillería, las explosiones de los cañones, las órdenes que ladraban y gritaban con claridad en medio de la cacofonía de la batalla.

Se encontró en una cabina en el barco, más espaciosa que muchas y un dechado de orden y limpieza: las camas perfectamente tendidas, cada pieza de ropa guardada en baúles y armarios empotrados. De hecho, no había el menor indicio de que una persona viviera allí, a no ser por las vitrinas con medallas y cintas que estaban atornilladas en las paredes. Los logros de la Maestra Soldado.

Estaba en el camarote de Braca.

Como acto reflejo, Arcadimon llevó sus manos a los bolsillos, en los que había metido tres ampolletas de polvos somníferos además del anillo del sello. Era un Iluminador deficiente y un terrible espadachín, además de tener pésima puntería, así que esos polvos eran toda su defensa si llegaban a descubrirlo.

En la puerta de la cabina, se detuvo un momento para ajustarse el saco.

—Aquí vamos —murmuró.

Mientras la batalla rugía en pleno fragor, se adentró por los pasillos del *Bárbaro* hasta llegar a una escotilla, por donde se asomó con cuidado, de manera que su cabeza apenas se viera por encima del borde de la cubierta.

Se encontraba justo debajo del alcázar, cerca del mástil. Y podía ver a Braca, líder de las fuerzas de la Alianza.

Estaba sentada frente a una mesa con sus lugartenientes, baja pero feroz, con su cabello provocadoramente corto y su mirada fría e inclemente, acentuada por su casaca de gamuza azul. A ambos costados pendían sus pistolas de puntas de oro.

Cuando ella daba una orden, ésta era ejecutada sin dilación y al pie de la letra. Sus lugartenientes la obedecían cual si fueran extensiones de su cuerpo, y los soldados de éstos los acataban con el mismo apremio. Las banderas que se izaban en sus mástiles dirigían cada movimiento de la invasión de los Aliados.

Braca había sido entrenada para esto.

No. Había sido forjada para esto. Era una Maestra Soldado en su elemento.

Más allá de las barandillas, la batalla estaba en su apogeo. Los barcos de los Casacas Rojas rebeldes y de la Armada Negra caían y se iban a pique en medio de grandes explosiones de fuego y madera. Desde las baterías de la costa, las defensas de Roku disparaban cañonazos contra el frente aliado. En las atalayas de los acantilados, las banderas ondeaban señales al viento, controlando la comunicación entre Braska y las naves de la Resistencia en la bahía. Los forajidos se lanzaban en picada en medio del caos, pero no eran rival para la artillería pesada de la Alianza, que los acosaba con fuego cada vez que se acercaban demasiado.

Bajo la dirección de Braca, la Alianza iba derribando a los combatientes de la Resistencia, destrozando velámenes, quebrando mástiles, perforando sus cascos y enviando lluvias de balas de sus armas giratorias.

La Resistencia estaba cediendo. El frente de vanguardia ya había colapsado, y la multitud de navíos iban retrocediendo a posiciones secundarias a medida que el *Bárbaro* ingresaba como conquistador por la entrada occidental de la bahía.

Arcadimon no era muy ducho en táctica militar, pero casi diez años dedicados al estudio de los juegos de poder le habían concedido una mente aguda, y era capaz de ver que no impor-

460

taba qué tanto peleara la Resistencia ni con cuánta valentía combatieran, lo cierto era que sumaban demasiado pocos.

La Alianza los aplastaría.

La Resistencia debía haber sabido incluso desde antes de empezar que ésta sería una batalla perdida. No podía ser que hubieran tenido esperanzas de triunfar.

Por unos instantes, Arc admiró su ingenua bravura.

Él no había sido valiente en su vida. Pero quizás eso cambiaría hoy.

Mientras se esforzaba por alcanzar a ver la Armada Blanca de Deliene, alguien lo tomó por el cuello del saco y prácticamente lo lanzó por la escotilla.

—¡A tu puesto! —ladró un soldado, con aliento apestoso a pescado. Los ojos del hombre se abrieron desmedidamente mientras Arcadimon buscaba una ampolleta en su bolsillo y le quitaba el tapón—. ¡Hey!, tú no eres de la Alian…

Arc arrojó los polvos directamente a su rostro y contuvo la respiración mientras el hombre se derrumbaba sobre la escotilla, inconsciente.

Eso dejó a Arcadimon con dos ampolletas de polvos somníferos y una respuesta a un problema diferente.

Le quitó el uniforme al soldado, lo ató y amordazó, y luego lo metió en uno de los armarios de Braca. El hombre dormiría la mitad del día, si Arc corría con suerte.

Tiempo suficiente para encontrar a Ed, confiaba.

Miró su reflejo en el portal de espejo. El uniforme azul le ceñía un poco flojo, pero le pareció que igual era la viva imagen de un soldado de la Alianza.

Salió hacia la cubierta principal de nuevo, y se agazapó en medio de un grupo de soldados que atravesaban el barco, en busca de los navíos de Eduoar.

461

Allí, hacia el suroriente. Los habían pintado de blanco de nuevo y tenían enarboladas las banderas con la amapola de Deliene.

Sintió que su corazón se encogía. Estaban tan lejos. No sería capaz de nadar, ni siquiera de remar, con las aguas cubiertas de cadáveres, restos de barcos y navíos de rescate. ¿Podría cortar la cadena del timón del *Bárbaro* y confiar en que el barco del rey llegara hasta allí en el caos? ¿O podría hacer algo con el velamen?

Arc tomó aire.

Te encontraré, Ed.

De una forma u otra.

CAPÍTULO 38

La cuarta aventura de Haldon Lac

Quizá suene exagerado decir que Haldon Lac había sido asignado al buque de guerra más grande que hubiera visto, pero él nunca había temido a incurrir en alguna hipérbole. El *Furia de la Reina* era inmenso. Alguna vez había sido el orgullo de la Armada Real, con sus tres cubiertas de artillería erizadas de cañones, sus cuatro altísimos palos que sostenían las blancas velas, su complemento de Casacas Rojas bien entrenados, sedientos de batalla.

Bueno, admitió, no eran Casacas Rojas. Seguían usando los uniformes, pero ya no eran miembros de la Armada Real de Oxscini. Él no sabía si todavía existía la Armada Real de Oxscini, o si ahora era únicamente parte de la Alianza.

La Resistencia necesitaba una última línea de defensa entre la batalla en la Bahía de Brasanegra y la capital, donde los civiles se apretujaban en refugios, de manera que muchos de los navíos más grandes, como el *Furia de la Reina*, estaban anclados en la entrada del puerto de Braska, formando una cadena de fortalezas flotantes para proteger las costas de Roku.

Si todo salía bien, y el resto de la Resistencia rechazaba a la Alianza, este frente defensivo ni siquiera tendría que combatir.

Pero no todo estaba saliendo bien.

La mañana de la batalla final, Lac y Hobs treparon por el palo mayor hasta la cofa de combate, desde donde observaron junto con otros compañeros la tormenta del Capitán Reed que se extendió por toda la parte occidental del horizonte, como fogonazos de relámpagos. Lanzaron vítores cuando los navíos de la Resistencia zarparon, ondeando sus banderas multicolores, para enfrentar a las bestias azules de la Alianza más allá de la entrada a la Bahía de Brasanegra.

Pero a medida que pasaban las horas, la Alianza fue bloqueándoles el avance y la defensa de la Resistencia se vio obligada a retroceder.

El *Furia de la Reina* no podía moverse de la entrada del puerto sin poner en peligro la seguridad de la ciudad, así que Lac y Hobs no podían hacer mucho más que contemplar el ataque enemigo a las islas de la parte norte de la bahía, con el que habían capturado fuertes y atalayas, y se habían apropiado de las torretas de artillería que utilizaban ahora para disparar contra la misma Resistencia.

Los navíos en llamas quedaban a la deriva en las olas, arrastrando densas nubes de humo que oscurecían porciones del cielo de verano. A pesar de los refuerzos mágicos de Sefia, los barcos de la Resistencia eran básicamente madera y brea. Bajo el fuego enemigo, no podían sino romperse. No podían sino arder.

Los hombres de Haldon Lac estaban nerviosos. Podía sentir que su miedo aumentaba al ver a los marineros que habían sido arrojados al mar y que nadaban en busca de desechos flotantes. Pero no sabía cómo ayudarlos. Ni siquiera sabía cómo ayudarse él mismo.

—Iban cuatro caracoles—murmuró— paseando entre las flores. Se encontraron de pronto con un campo de coles. Se

464

adentraron en el campo y cara a cara fueron a dar con otros dos caracoles. Y siguieron juntos hasta el último surco, donde las coles terminaban entre flores, y se volvían coliflores.

—¿Qué es lo que estás murmurando? —preguntó una de sus compañeras, aferrada al tambor de su arma.

—Es un acertijo —contestó Lac.

—He estado ideándolo desde hace meses —agregó Hobs orgulloso.

Las embarcaciones de rescate, que no tenían armas, salían veloces del puerto para adentrarse en la confusión, navegando por encima de cadáveres de enemigos y de aliados sin hacer diferencia. Pero también estaban a merced de la batalla. Los médicos caían bajo perdigones perdidos. Las balas de cañón erraban el tiro y en lugar de hacer blanco en los combatientes de la Resistencia hundían los pequeños botes de rescate.

—Pues sigue con eso —dijo otro de sus hombres—. ¿Cómo es el resto del acertijo?

Hobs sonrió radiante.

—Muy bien, entonces, el primer caracol se había quedado mordisqueando una col. El segundo y el tercero se arrastraron con paciencia hasta el final, y llegaron a comerse una coliflor por la mitad —continuó dándole vueltas a su acertijo mientras que el resto de su cuadrilla se acercaba a oírlo, necesitados de distracción—. El número cuatro, indeciso, se quedó pasmado un rato, con su cara y sin su col. El quinto caracol, con cara de col arrugada, suspiró anhelando una col que fuera morada. Y el sexto probó coles, flores, coliflores y quedó caracoleando, sin saber muy bien qué prefería...

Afuera, en el mar, se oyó un terrible estruendo cuando un buque de la Alianza chocó con un pequeño barco de rescate,

465

y lo destrozó en mil pedazos. A Lac le pareció haber visto cuerpos aplastados bajo la enorme quilla azul.

—Sigue, no te detengas —dijo otro.

Lac se volvió de nuevo hacia ellos, tragando saliva.

—¿Entonces, cuál caracol terminó en cuál col? —preguntó.

El grupo se puso a discutir.

—El primer caracol fue el único que comió col...

—¿Las flores cuentan como coles o sólo las coliflores?

—No, el primero sí comió col, pero el cuarto no comió ni una cosa ni otra...

En la Bahía de Brasanegra la cresta de las olas se tiñó de rojo.

La Alianza siguió avanzando. La Resistencia continuó replegándose.

Desde la entrada del puerto, Haldon Lac ya no podía ver el *Liebre Roja*, el navío de la Armada Blanca a bordo del cual Ed, el rey, viajaba, o el *Corriente de fe*, perdido en alguna parte de ese caos. Pero aquí y allá se aparecían una y otra vez el *Bárbaro* y el *Amalthea*, como si estuvieran en todas partes, disparando sus grandes cañones, y derribando todo a su paso, fueran forajidos o rebeldes Casacas Rojas.

En el acantilado occidental, por encima de la ciudad, la atalaya de Sefia y Archer seguía izando banderas de señales. No parecía que la Alianza hubiera atacado todavía ninguna fortificación de la isla principal. Lac esperaba que las cosas siguieran así.

Fue a mediodía que la Alianza entró al rango de alcance de los cañones del *Furia de la Reina*. Era como una serpiente azul, coronada de púas negras, un enorme buque de guerra seguido de otro en una larga línea sinuosa.

¿Sería alguno de ellos una antigua nave de la Armada Real? Bajo la nueva capa de pintura resultaba difícil asegurarlo.

466

En la cofa, los compañeros de Lac se habían puesto de acuerdo en que el primer caracol se había comido entera su col, pero no sabían si la media coliflor contaba también como col ni recordaban bien a los demás caracoles.

Y ya no tendrían tiempo de hacerlo, pues la Alianza los había alcanzado.

Debajo de ellos, los rebeldes abrieron fuego con toda la artillería pesada, haciendo llover plomo sobre el enemigo. Flores de fuego brotaron de las bocas de los cañones. El humo negro envolvió las cofas de combate.

El frente de la Resistencia fue cobrando a los invasores, uno por uno. Rompieron cascos, demolieron mástiles, hirieron soldados y oficiales.

Pero la Alianza, implacable en su llegada desde el noroccidente, disparaba rondas de cañonazos y retrocedía de nuevo. En medio del humo aparecían destellos rojos y naranjas que despedazaban las cubiertas del *Furia de la Reina*. Desde lo alto, Lac podía ver a sus compañeros cayendo. Muriendo. Uno de los otros guardiamarinas, apostado en el puente, cayó cuando un palo atravesó su cuello.

Las azules bestias de la Alianza se iban acercando... hasta que al fin quedaron al alcance de Lac, Hobs y sus compañeros.

Dispararon por encima del agua y derribaron a soldados enemigos en las cofas de combate.

¿Habría gente de Oxscini bajo esos uniformes azules? ¿Antiguos camaradas? ¿Amigos?

Pero no conseguían detener a la Alianza. Eran demasiados.

Un barco enemigo, más pequeño que el *Furia de la Reina*, se aproximó desde el noroccidente, pero en lugar de abrir fuego y retirarse de nuevo, atacó de frente la línea defensiva de la Resistencia.

467

—¡Intentan abordarnos! —gritó el capitán del *Furia de la Reina*, y su voz llegó hasta las cofas.

Abajo, los artilleros soltaron una última descarga de cañonazos. Una bala impactó el mástil de la Alianza. Otra arrancó un trozó de la popa. Pero el enemigo seguía avanzando.

Con gestos, Lac les indicó a sus hombres que se prepararan para el abordaje. Tomaron baúles con granadas y se treparon a los penoles, aprestándose para dejar caer barriles de pólvora sobre los enemigos que los abordaran.

Hobs tocó el codo de Lac.

—¿Tienes miedo, Lac?

Lac tragó saliva.

—Sí.

Miedo de morir, de ser capturado, de ahogarse. De que la metralla lo perforara. De caer. De pelear contra los suyos. De que sus amigos no llegaran vivos al final del día.

En las cubiertas de artillería, los hombres cargaron los cañones con metralla, y cuando el barco de la Alianza los alcanzó y se puso a un lado, el *Furia de la Reina* disparó una última ronda. Alambre de púas, clavos y otros trozos afilados de metal salieron volando por la boca de los cañones para incrustarse en el casco enemigo. Soldados de uniforme azul cayeron con cientos de minúsculas heridas.

Pero eso no los frenó.

Hubo un fuerte estruendo cuando la proa del navío azul se estrelló con el *Furia de la Reina*. En los penoles, los hombres encendieron los barriles de pólvora y los dejaron caer sobre la cubierta enemiga, donde explotaron e hicieron arder a los soldados que blandían revólveres y hachas.

Lac y Hobs empezaron a lanzar granadas a medida que los soldados de la Alianza saltaban de su barco al *Furia de la Reina*.

Algunos no consiguieron llegar. Uno de los hombres no supo medir la distancia y golpeó la barandilla de los Casacas Rojas con su quijada.

Mientras la oleada de enemigos invadía la cubierta del *Furia de la Reina*, los rebeldes Casacas Rojas hacían volar cajas de pólvora que habían atado a los barraganetes de las barandillas, con lo cual se formaban ráfagas de fuego. Los soldados que iban a la delantera eran derribados, pero otros los reemplazaban enseguida, saltando entre las llamas y disparando las armas que llevaban al cinto mientras se introducían entre los hombres de la Resistencia.

Era una carnicería. Soldados de ambos bandos resultaban con cortes y cuchilladas, con los rostros destrozados, las vísceras expuestas. Debajo de las cofas, las cubiertas se tiñeron de rojo.

En la cofa de combate, Lac se tumbó sobre su vientre para abrir fuego con su fusil. *Bang. Bang. Bang.* A su lado, Hobs y los demás hicieron lo propio.

Pero pronto oyó el *clic* hueco del percutor.

—¡No tengo municiones!

—¡Aquí hay! —Hobs se levantó hasta quedar de rodillas. Pero antes de que alcanzara a moverse hacia la caja que contenía las balas, todo su cuerpo se sacudió hacia atrás.

La sangre salpicó a Lac cuando se volvió para ver a Hobs que, agarrándose el hombro, caía de la cofa.

—¡Hobs!

Y de pronto vio a Fox tratando de saltar hacia el puente de la *Tragafuegos*. La caída aterradora. Siguió viendo a Fox colgada lánguidamente de sus brazos.

No, ¿también Hobs? No.

Las balas impactaron la cofa mientras Lac se acercaba a gatas al borde de la plataforma, buscando a su amigo.

469

Hobs colgaba suspendido unos cinco metros más abajo, atrapado en el aparejo. Volteó el rostro hacia arriba, con una sonrisa amplia.

Fox también había sonreído, justo antes de que le dispararan.

Y Hobs era un blanco fácil, pendiendo sobre el caos que había abajo. Los disparos cortaban las cuerdas a su alrededor. En el puente principal, el enemigo prendió fuego al aparejo.

En la popa, un soldado de uniforme azul se apoderó de uno de los falconetes y lo viró hacia la cofa. Una bala del tamaño de un puño golpeó la plataforma, y dispersó a los Casacas Rojas.

Sin hacer caso de la altura, Lac se bajó de la plataforma para ir en busca de Hobs, que luchaba con las cuerdas mientras las llamas ascendían veloces hacia él. Lac casi había llegado a su lado cuando el aparejo cedió.

El guardiamarina Haldon Lac sintió que el estómago subía hasta su garganta cuando Hobs y él se desplomaron sobre la cubierta.

Un dolor intenso penetró su tobillo cuando llegaron abajo. Un soldado de la Alianza corrió hacia él con un hacha en la mano.

Lac buscó la pistola que cargaba al cinto.

Pero era muy lento. Muy torpe. Jamás lograría apuntar a tiempo.

Cuando el enemigo los alcanzó, Hobs fue quien le disparó en el pecho.

El invasor se derrumbó sobre Lac, que soltó un grito. Trató de moverse para salir de debajo del cuerpo, pero la cubierta estaba caliente y resbaladiza. ¡Y había tanto ruido! ¡Tenía un

470

cadáver sobre el pecho! A su alrededor todos peleaban y gritaban, y morían.

Presionando el hombro herido, Hobs ayudó a mover el cuerpo del soldado que aplastaba a Lac y, apoyados el uno en el otro, se levantaron, abrieron fuego y se defendieron con cuchillos.

Lanzaron tajos. Tiraron golpes y puños y esquivaron otros muchos, siempre juntos en la batalla, repeliendo a los soldados de la Alianza que los atacaban, balanceándose hacia todos lados.

Aturdido, Haldon Lac se preguntó si todo ese entrenamiento con Archer los había convertido en mejores combatientes. Lo cierto es que no lo estaban haciendo nada mal, con todo y que estaban heridos.

Pero los empujaban hacia la barandilla. El enemigo estaba desbordando el *Furia de la Reina*.

A Lac se le terminaron las municiones primero. Golpeó a alguien con la empuñadura de la pistola cuando oyó el chasquido hueco de la de Hobs.

Estaban arrinconados contra la borda, con sólo sus sables para defenderse. No tenían hacia dónde retroceder.

Los soldados de azul los cercaron con las armas levantadas.

Humo y llamaradas brotaron de la boca de las armas de la Alianza.

—¡Hobs! —Lac se arrojó contra su amigo y lo empujó por encima de la borda, mientras las balas surcaban el aire.

Las tres cubiertas de artillería pasaron veloces a su lado, y Lac se abrazó a Hobs, quien lo abrazó a su vez, y luego cayeron juntos a las frías aguas.

CAPÍTULO 39

Los pocos o los muchos

Desde la atalaya, Sefia podía ver toda la franja de mar y ser testigo de la carnicería completa de la batalla. La Alianza había capturado la mayoría de las baterías en la parte norte de la costa de la bahía. El *Bárbaro* encabezaba el ataque al puerto de Braska, mientras que Serakeen y su *Amalthea* arrinconaban a lo que quedaba de los forajidos y de la Armada Negra por el oriente.

Entre el humo y el fuego, había perdido el rastro del *Hermano* y el *Corriente de fe*. El barco de Tanin, el *Azabache*, no se veía por ninguna parte.

Todo terminaría en unas cuantas horas.

—Tenemos que llegar allá abajo —dijo Archer, revisando los tambores de su Relámpago mientras se acercaba a las escaleras de la Torre.

Sefia lo tomó por el brazo, para tirar de él y alejarlo de las escaleras.

—Morirás.

—Nuestros amigos están muriendo —sus ojos dorados se veían muy abiertos, asustados.

—Nada hay que podamos hacer. Necesitaríamos un ejército para...

473

Por un momento, una idea llameó en su mente.

No sólo necesitaban un ejército. Necesitaban uno que fuera incontenible. Necesitaban...

—¿Y qué hay del poder de los Escribas? —interrumpió Archer.

Ella vaciló. La última vez que había tratado de alterar el resultado de una batalla, ahí, en la Bahía de Brasanegra, había mutilado a cientos de personas. Las había masacrado.

—No creo que...

—Ahora sabes más que en ese entonces. No cometerás los mismos errores. Vamos. Tenemos que hacer algo.

Tenía razón.

Ella era mucho mejor ahora que en aquel momento. Era más diestra y más fuerte. No podía quedarse al margen, cruzada de brazos.

Con un suspiro, invocó la Visión, y el Mundo Iluminado inundó la bahía. Cascadas de oro anegaron las islas, los navíos, las llamas.

Pero ella supo que no había esperanzas incluso antes de que la marea dorada terminara de hacerse presente.

Los lazos de luz que conectaban a los barcos con los soldados en combate eran demasiado brillantes. Conectaban a la Alianza, la Resistencia, la ciudad, subían por el negro acantilado hasta la atalaya como una enredadera, para ir a terminar en su corazón y en el de Archer.

—No puedo —dijo ella, y parpadeó porque sus ojos se anegaron de lágrimas desesperadas, de frustración—. Incluso si lo intentara, todo está demasiado conectado. Terminaría eliminando a amigos junto a enemigos. Acabaría aniquilándote a ti también. Todos nosotros seríamos borrados o desapareceríamos a medias.

474

Archer soltó una maldición e hizo un lance con su espada, tajando una de las astas de bandera en los muros de la atalaya.

—Es demasiado tarde —susurró Sefia.

Demasiado tarde para intervenir.

Demasiado tarde para salvar a alguien distinto que a ellos mismos.

Habían escogido a unos pocos en lugar de a muchos, y ya presenciaban el precio.

¿Habría sido diferente si Archer hubiera aceptado pelear? ¿Qué se suponía que debían haber hecho? ¿Por qué la narradora la había empujado hacia el Amuleto de la Resurrección si éste no ayudaría de cualquier manera?

"El Amuleto de la Resurrección jamás se pensó para evitar que una persona muriera, sino que se suponía que traería un alma, y solamente una, de regreso del mundo de los muertos."

"La sombra de la persona que uno había conocido en vida."

"Un espectro, privado de la tibieza y el aliento y los recuerdos, incapaz de obtenerlos si no era a través de consumir a los vivos".

"Nadie podía quebrantar las leyes de los muertos".

"Kelanna podía ser un mundo en el que reinaba la magia, *las inconsistencias, las excepciones."*

Sefia levantó la vista súbitamente. Tal vez sí había una manera de ayudar a sus amigos. Quizás había una manera de salvarlos a todos.

Y además, dijo una pequeña voz en su interior, *tal vez pueda ver de nuevo a mi familia.*

—Tengo que irme —dijo.

—¿Adónde? ¿Por qué?

—El Amuleto. Creo que puedo *cambiarlo*. Me parece que puede conseguirnos el ejército que necesitamos.

475

Costaría un alto precio, ella lo sabía. Podría ser que se tratara de su propia vida, si quien invocaba a los espectros era también quien moría al final de la guerra.

Pero, con todo, abrigaba una esperanza. Estaba reescribiendo el mundo, cambiando el destino. Cualquier cosa podría suceder.

Abrazó a Archer para plantarle un beso abrupto y torpe, y sintió los labios de él, suaves y atónitos, contra los de ella.

—Creo que puedo salvarte —murmuró, y sin darle tiempo de responder, se Teletransportó de ese abrazo a la cubierta del *Corriente de fe.*

A su alrededor se oían los sonidos de cañones, armas y gritos. El piso de las cubiertas estaba resbaloso por la sangre que lo cubría y erizado de fragmentos de metralla.

El Capitán Reed pareció sorprendido de verla. Estaba agazapado detrás de la borda, con el brazo y el muslo recién vendados. En su rostro tiznado por el humo, los ojos azules chispearon.

—¡Hey, Sefia! —gritó, alegre—. ¿Qué te trae…?

Pero antes de que pudiera terminar la frase, ella lo sujetó, y en un abrir y cerrar de ojos, se esfumaron.

Reaparecieron en la cabina principal, donde Reed se apartó rápidamente de ella.

—En caso de que no lo hayas notado, estamos en medio de una… —su voz se apagó al ver la expresión sombría de ella—. ¿Sefia?

—Necesito el Amuleto —dijo, casi atragantándose con las palabras—. El Amuleto completo.

La mano del Capitán voló hacia su pecho. Sus tatuajes. Ella tendría que retirarlos todos, menos uno. El primero.

—Creí que habíamos acordado…

476

—Así fue, pero las cosas cambiaron —ella hizo una pausa cuando él retrocedió, llevando su mano a la pistola—. Los arrancaré, si es necesario.

—No te atrevas a intentarlo.

Por unos momentos, se miraron fijamente, y Sefia vio su amistad, tendida como un puente: la historia que ella le contó para ganarse un lugar en el barco, el nombre que garabateó para él en un retazo de lona, las batallas que habían peleado juntos, los tesoros que habían encontrado, el hogar que él le había brindado luego de años de errancia.

Sefia extendió su mano.

Él aprestó su revólver.

Si no hubiera titubeado, habría podido dispararle. Pero eran amigos, ¿cierto? No quería lastimarla, y Sefia había contado con eso.

Lo inmovilizó contra las vitrinas, cerró la puerta y la trancó con la pesada mesa de roble en la que la doctora había suturado a Archer en aquella primera noche a bordo del barco.

El Capitán Reed se resistió, pero no consiguió liberarse.

—De esta manera, los salvamos a todos —dijo ella.

Al quitarle sus historias.

Al traicionarlo.

Al fracturar su amistad.

Ella esperaba que él la perdonara, algún día, quizá. Pero no creía que llegara a hacerlo. No después de esto.

Con un movimiento rápido, le arrancó la camisa, dejando a la vista el brazo herido, que empezó a sangrar profusamente, hasta que la sangre goteó desde su codo, y descubriendo también los tatuajes que Reed había pasado una vida acumulando.

—Sefia —dijo él con una voz que ella jamás le había oído, una voz teñida de miedo—. No lo hagas, Sefia. No.

Ella enfocó su Visión en los tatuajes, hasta encontrar cada capa de tinta en su piel, como los múltiples estratos de color en la piedra caliza.

—No me los quites, niña. Hoy no.

Ella retiró la otra mano, percibiendo las redes de luz que cosquilleaban en sus dedos.

—Lo siento —dijo—. Va a doler.

Y retiró los tatuajes: los monstruos marinos, el pez con alas, el hombre con la pistola negra. Extrajo la tinta de los poros de su piel como si estuviera retirando el moho de una hoja de papel.

Él trato de oponer resistencia. Se retorció para liberarse.

Pero mientras ella removía las historias de la Ama y Señora de la Misericordia, el rescate en la Roca del Muerto, su amorío con Lady Delune, el Capitán empezó a suplicar.

—No. Detente. Por favor, Sefia. No, ¡no!

Cada palabra era una herida, un corte, un puñetazo en el pecho.

—¿Capitán? —alguien empezó a golpear a la puerta, pero ésta se mantuvo cerrada—. ¡Capitán!

Sefia extrajo a la capitán Cat y su tripulación caníbal. Removió la isla flotante. Arrancó historias más recientes, sobre ella y Archer y el Tesoro del Rey.

Hasta que al final quedaron al descubierto los primeros tatuajes que había tenido, los que le habían hecho los padres de ella, los que le decían dónde encontrar la pieza faltante del Amuleto de la Resurrección. ¿Acaso ellos habían sabido que ella los necesitaría? ¿O lo habían hecho sólo porque era lo que el Libro les decía?

Memorizó ese tatuaje rápidamente y dejó caer al Capitán, jadeando, al piso. Por el rabillo de sus ojos brotaron las lágrimas.

Estuvo a punto de pedirle perdón, pero sabía que no merecía ser perdonada.

Rompió una de las vitrinas, y atrajo el Amuleto, que voló por la estancia antes de ir a dar, gélido, a su mano.

—Largo de mi barco —gruñó Reed.

Sefia se encogió al oír sus palabras. Por un momento, quiso despedirse, quiso decirle cuánto le agradecía todo lo que había hecho por ella, cuánto lo quería. Por si acaso el destino se interponía.

—¡Largo! —desenfundó el Verdugo.

Sefia sabía que el día que él apuntara de nueva cuenta esa arma frente a ella, sería para matarla.

Tras mirarlo una última vez, levantó los brazos… y se Teletransportó.

Luego del fragor de la batalla, el silencio en el claro del bosque era tal que casi llegó a ensordecerla.

Había tanta calma y paz que parecía casi muerto.

Temblando, Sefia miró a través de las copas de los árboles. Estaba en la cima de una montaña, y se veía un canal azul y una masa de tierra grande hacia el norte, con laderas tapizadas de selva muy verde.

Se encontraba en Oxscini, en alguna parte del archipiélago que había en el sur, que habían visto de camino hacia la Bahía de Tsumasai.

¡Había estado tan cerca de la última pieza del Amuleto sin saberlo!

Volviéndose, se enfrentó a cinco rocas en el otro extremo del claro, acomodadas para formar una especie de área para sentarse cómodamente y admirar la vista.

479

La más clara de las rocas estaba justo a la izquierda del centro, y en su base habían crecido musgo y helechos. Al mirarla de cerca, no parecía para nada una roca: era perfectamente redonda, como si fuera obra de manos humanas.

Invocó su magia, y la quebró justo por el centro con un crujido rápido.

En su interior se hallaba un anillo de un metal extraño. Sefia lo levantó y lo ajustó en el interior del Amuleto, donde encajó con un chasquido.

Ahora que el Amuleto de la Resurrección estaba completo, podía leer las marcas:

Pero no podía usarlo todavía. Si se ponía el Amuleto ahora, sólo podría convocar a una sola alma del mundo de los muertos.

Y necesitaba más.

Necesitaba un ejército.

Estiró los dedos de las manos, y se dejó caer en la visión más profunda de los Escribas. Jamás habría podido modificar el Amuleto sólo por obra de la Transformación. Necesitaba la Alteración para borrar unas palabras del hechizo y agregar otras, con lo cual cambiaría su propósito... y reescribiría el futuro.

Así controlaría la historia.

Y salvaría a Archer.

Al terminar, parpadeó. La mayor parte de la inscripción había quedado intacta, pero no toda. No las partes más importantes.

Lograría conseguir su ejército. La Alianza caería. Archer viviría.

Esperaba que las primeras almas que viera fueran las de sus padres y Nin. Luego de tanto tiempo, los vería de nuevo. Les diría que lo lamentaba. Que los amaba. Que esperaba que estuvieran orgullosos de ella.

Guardó el Amuleto de la Resurrección en su bolsillo, abrió los brazos y se Teletransportó a la atalaya.

No había terminado de aparecer cuando Archer ya la estaba envolviendo en un abrazo.

Durante un momento, cerró los ojos y disfrutó el sonido de su corazón bajo su mejilla... fuerte, sólido, maravillosamente vivo.

Voy a salvarte, pensó. *Voy a salvarlos a todos.*

Pero cuando la soltó del abrazo, ella vislumbró algo plateado en la mano de él... no... por encima de su cabeza.

Revisó su bolsillo.

El Amuleto de la Resurrección no estaba allí.

Se encontraba al cuello de Archer, colgando justo sobre su corazón. Él le obsequió una sonrisa pequeña y triste.

—Lo siento, pero no podía permitir que lo hicieras —dijo.

Y sus ojos, sus hermosos ojos dorados, se tornaron rojos.

CAPÍTULO 40

Estábamos muertos, pero ahora hemos resurgido

Sefia intentó arrancarle el Amuleto de la Resurrección, pero Archer retrocedió tambaleándose y sacudiendo la cabeza. No sabía cómo ni por qué, pero en el momento en que ella había mencionado el Amuleto, supo que Sefia trataría de usarlo.

Ahora, el frío disco de metal ardió, como hielo, y traspasó su camisa hasta su piel, donde se afianzó, con una docena de garfios que se incrustaron en su pecho.

Del metal brotó un zumbido bajo, oscuro como el océano y profundo como el cielo. El sonido llenó los espacios entre sus huesos hasta que lo sintió como una vibración en la médula (¿o era un lamento?, ¿un gemido?).

Le pareció oír voces tenues, o glaciares que se rajaban, acantilados desmoronándose, con murmullos o parloteos enloquecidos.

Jadeos.

El último jadeo de Oriyah, antes de que Hatchet metiera una bala en su cráneo; el de Argo. El de muchísimos otros... el de Kaito... sonidos que acosaban a Archer en las noches cuando la oscuridad se cerraba sobre él y el frío se colaba por las grietas.

Entonces, llegó hasta él la voz de Sefia, como una brisa tibia, olorosa a sal y a hierbasanta:

—Archer, el Amuleto.

Miró hacia su pecho. Las piedras del Amuleto, cada una en su lugar, empezaron a brillar, no, a pulsar en realidad, encendiéndose y apagándose para encenderse de nuevo, como la luz de un faro.

Cuando miró de nuevo hacia arriba, había lágrimas en los ojos de Sefia.

—Yo quería hacerlo —susurró ella—, para que no fueras tú.

—Lo sé —Archer tocó el Amuleto—. Pero quien quiera que lo use podría morir. Y yo no quería que fueras tú.

Sefia se mordió los labios.

—Esto significa que tendrás que matar de nuevo.

Archer sintió que el corazón pesaba en su pecho.

—Y si yo... cuando yo... cuando todo esto termine, tendré que ver cómo seguiré viviendo con ello.

Ella trató de evitar las lágrimas, y él acarició la cicatriz de su ceja.

—Ya lo averiguaremos juntos. Luego de que ayudes a nuestros amigos y devuelvas a los muertos al lugar donde pertenecen.

—Tengo miedo, Sefia.

—Estaré todo el tiempo a tu lado.

Él la besó, y fue un beso tan dulce como el primero, con el viento y las negras aguas y las estrellas girando por encima, y como todos los demás desde entonces, como cada caricia, cada mirada, cada palabra.

—Dime que me amas —susurró él.

—Te amo —ella apoyó su mejilla en la mano de su amado.

484

Archer ya conocía las palabras de memoria, las tenía atadas a su corazón. Pero oírlas de nuevo le quitaba el aliento y lo embriagaba de deseo.

La deseaba a ella, a la vida, a todo.

—Dime que lo conseguiremos —dijo.

Sefia tenía las pestañas perladas de lágrimas.

—Lo conseguiremos —susurró.

Y Archer decidió creer, incluso si el temor que veía en los ojos de ella le comunicaba desesperanza.

La besó de nuevo. Como si fuera la última vez.

Como si fuera la primera vez.

Por el occidente, en el horizonte, apareció la oscuridad y se extendió en el agua como tinta derramada. Archer la sintió aproximarse, atraída hacia él por el Amuleto de la Resurrección.

Le pareció ver luces rojas parpadeando en la lejanía.

Y entonces la oscuridad llegó al pie de los acantilados y subió en espirales por el aire como volutas de humo. Los soldados en la atalaya gritaron de terror.

Por obra del instinto, Archer hizo a Sefia a un lado cuando la oscuridad lo alcanzó, y ésta lo atravesó directamente por el Amuleto incrustado en su pecho.

Ahogó un grito.

—¡Archer! —exclamo Sefia. Pero él la oyó remotamente, como si estuviera al final de un largo túnel oscuro. Le parecía que no estaba del todo en su cuerpo, que apenas podía ver, aunque sus ojos estaban abiertos, y que no sentía bien las piedras bajo sus pies.

En cambio, los percibía a todos, todos los muertos, todos y cada uno, que pasaban a través de él como balas, cada uno arrebatando un poco de su tibieza, un poco de su vida, un poco de lo que fuera esa esencia que lo hacía ser Archer, el muchacho del faro, el chico del cajón, la víctima, el asesino, el líder, el amigo, el amante, el...

—Hermano —dijo alguien, con una voz que se parecía a la suya, con una voz que sonaba casi como la de...

Archer se volvió.

—Kaito —murmuró.

El muchacho, o su sombra, se detuvo al lado de Archer, como lo había hecho tantas veces antes.

Y tras él se encontraba Versil, alto y grácil, casi idéntico a su gemelo, Aljan, sin esas manchas blancas en el extremo de los ojos y la boca que había tenido cuando vivía. A su alrededor, en el techo de la atalaya, estaban los muertos que Archer había conocido: Hatchet, su compañero de barba roja, Oriyah, Gregor y Haku de la Jaula (había sospechado que estaban muertos, sí, pero ahora tenía la certeza de que así era), el Primer Asesino, Erastis, una muchachita enfermiza de sus tiempos en Jocoxa, personas que había visto apenas un par de veces en la calle, su padre... de la misma edad que tenía cuando murió, aunque para Archer ya habían transcurrido trece años.

Todos los muertos que había conocido estaban allí.

—Te dije que huyeras, niña —dijo una, que se abrió paso entre los demás. Era baja y maciza, como una pequeña montaña. La mayoría de sus rasgos se veían borrosos, pero sus manos estaban bien definidas, llenas de arrugas y cicatrices, fuertes—. Me siento orgullosa de que no me hicieras caso.

Ahogando un sollozo, Sefia se adelantó.

—Tía Nin.

El espectro levantó una mano para detenerla.

—No llores. Tienes mucho que hacer.

Sefia asintió.

486

—Sí, señora.

Sólo que no era Nin, no en realidad. Y no era su padre el que le sonreía desde las escaleras. No era Kaito, el del norte. Eran sombras, menos que carne, pero más que humo, y eran también parte de Archer.

Podía sentir cada una de sus extremidades espectrales, podía verse a través de sus ojos escarlata.

—Estamos contigo, hermano —y Archer no supo bien si era Kaito el que hablaba o su recuerdo de Kaito, pues la voz se fundía con otras docenas de voces y con la suya propia.

—Literalmente —agregó Versil con la misma voz mezclada—, creo que somos tú. O quizá tú eres nosotros...

—Ambas cosas, creo —dijo Sefia—, hasta que Archer los envíe de regreso.

—Hola, hechicera —el rostro espectral de Versil se estremeció, desdibujando sus rasgos, y luego sonrió.

Ella se las arregló para sonreír.

—Hola.

—¿Y ese hermano mío sigue con Frey?

—Así es —murmuró Sefia.

—No se la merece —rio—, pero me alegro.

—Estamos aquí para salvarlos, ¿cierto? —preguntó Kaito, mirando hacia la bahía, donde la batalla seguía en pleno apogeo—. ¿Estamos aquí para una batalla más?

Archer asintió.

—Sólo una.

—Muy bien, hermano. Entonces, condúcenos allá.

Archer quería abrazarlo, pero no estaba seguro de si podría hacerlo.

—Lo siento mucho —dijo en voz baja.

487

La expresión de Kaito se hizo difusa por unos momentos, pero luego se definió, con una sonrisa triste.

—Lo sé —contestó con una voz que no era la suya—. Yo también lo siento.

Dispersos por el techo de la atalaya y el acantilado, los muertos miraron a Archer. Se veía tan pequeño a través de sus ojos brillantes, pero en esta batalla obedecerían cada uno de sus pensamientos.

Eran suyos.

Su ejército.

—Cuídalo, hechicera —dijo Kaito.

Sefia tragó saliva con dificultad.

—Lo haré.

Archer la miró, y la vio no sólo a través de sus ojos sino también a través de los de todos los muertos. Siempre había sabido que era hermosa, pero, por alguna razón, con la brisa soplando en su cabello y el último botón de su blusa desabotonado y el brillo en sus ojos oscuros, no podía recordarla más hermosa que en este momento.

¡Qué tonto!, se dijo. Era así de bella la primera vez que la vio, una silueta esbelta contra la fogata cuando salió a gatas de su cajón. Era así de hermosa en la búsqueda del tesoro, dormida contra su brazo. En cualquier momento en que la hubiera recordado, era así de hermosa.

—Te amo —dijo—. Vamos a conseguirlo.

Ella asintió.

Cuando los espectros emprendieron la marcha para bajar del acantilado, Archer supo que ahora él era más ellos y menos él mismo. Era más consciente de sus extremidades de humo que de su propio cuerpo, percibía las olas que batían contra sus muchos tobillos, la brisa que bajaba por sus muchos hombros.

Ante ellos, ante él, la batalla aguardaba. El *Bárbaro* y el grueso de la flota de la Alianza atacaban el puerto. Serakeen y su *Amalthea* arrinconaban al resto hacia el nororiente.

Muy remotamente sintió que Sefia ocupaba un lugar a su lado, cuidándolo, protegiéndolo. De esa manera en que siempre lo había hecho.

CAPÍTULO 41

Una fisura

Mientras la Resistencia se desmorona...

Y los muertos caminan por la superficie de las aguas de la Bahía de Brasanegra...

Y Archer y Sefia vigilan desde la atalaya...

En alguna parte al otro lado del mar, en el confín occidental del mundo, allá donde se encuentran el lugar de los descarnados y la tierra de los vivos, sucede algo que yo no esperaba.

Se suponía que el Amuleto de la Resurrección sólo serviría para traer a un alma de regreso del mundo de los muertos.

Cuando Archer se lo puso, convocó a cientos.

Centenares de espectros se agolparon en la barrera invisible entre los vivos y los muertos, para reaparecer de nuevo en este mundo hermoso y terrible, este mundo en el que reinan las contradicciones y las inconsistencias y la magia, y en ese punto por el cual regresan, se forma una fisura en la barrera.

Es una fisura delgada, como cuando no hace falta enyesar un hueso fracturado; como la cortada producida por un filo de papel, que al principio ni siquiera sangra.

Pero es una grieta y, poco a poco, las almas de todos los que han muerto, todos y cada uno, empiezan a volver a Kelanna.

Se cuelan por la fisura como se esparce la tinta en el agua. Como el humo por un cielo claro.

Se dispersan por las páginas de este mundo... cada vez más, cada vez más rápido. La grieta se extiende, formando otras, como sucedería en un vidrio o en una capa de hielo.

A diferencia de los espectros de Archer, que han recibido la vida y la forma de su corazón, de su cuerpo viviente, estos otros espectros se juntan y se separan como volutas de humo... están y no están, aquí y allá.

Es una figura delgada la que finalmente destroza la barrera entre el mundo de los muertos y el de los vivos. Es fuerte y decidida, y está desesperada, luchando por colarse por la fisura hasta que la barrera se rompe en millones de fragmentos y los muertos forman un torrente que se precipita desde ese lugar más allá del confín del mundo.

Se detiene mientras el torrente lo inunda todo a su lado. Mira por encima del hombro, y su cabellera de sombras se ve recogida en un moño en la nuca.

¿Acaso es Mareah?

Y allí, tras ella, ¿será Lon, con la oscuridad que fluye a su alrededor como la ropa demasiado holgada que solía usar?

Se toman de la mano, hasta donde pueden hacerlo con sus dedos espectrales.

Y dejan atrás el lugar de los descarnados.

Llegan al azul profundo, donde las ballenas cantan sus tristes canciones y los hambrientos tiburones recorren largas distancias en busca de presas. Nadan junto a calamares, tortugas marinas, cardúmenes de peces resplandecientes, y entran al mundo azul turquesa encendido que existe justo bajo la superficie. La deslumbrante blancura del cielo y del sol se proyecta sobre el agua.

Como lanzas emergen en el aire. Recuerdan lo brillante que es el mundo, cómo chispean las olas, y el inolvidable azul del cielo.

Al esfumarse, evaporándose como neblina al sol, recuerdan.

Este mundo.

Este lugar maravilloso y terrible, de agua, barcos y magia.

Y su hija.

Han vuelto.

CAPÍTULO 42

De héroes y reyes

La Resistencia siempre había tenido pocas esperanzas de salir victoriosa, pero ahora que sus defensas se agotaban, Eduoar no podía evitar preguntarse si deberían haberse rendido. Muchos habrían muerto... los rebeldes por amotinamiento, los de Deliene por deserción, y él mismo habría perdido el derecho a seguir con vida... pero tantos otros seguirían con vida.

Cuando el *Bárbaro* y la flota de la Alianza comenzaron a atacar las defensas del puerto, Eduoar y el *Liebre Roja* comandaron al resto de la Armada Blanca para apoyarlos. Pero no eran rival para las bestias azules de la Alianza. Muchos de los buques de guerra de la Resistencia habían sido hundidos. Otros habían sido abordados y capturados.

Lac y Hobs estaban en uno de esos barcos. Ed todavía no sabía si habían logrado salir con vida.

Ahora, los miembros de la Resistencia se encontraban dispersos. Algunos habían sido acorralados por Serakeen y el *Amalthea* en el oriente. Otros, como Eduoar y el *Liebre Roja*, se mantenían firmes en el puerto mientras los soldados de azul atacaban las murallas de la ciudad. En los terraplenes, Ed alcanzaba a distinguir a Adeline, la Ama y Señora de la

Misericordia, disparando contra las filas aliadas, derribando un enemigo tras otro con esos tiros limpios que la habían convertido en leyenda. A su lado, otra mujer mayor, con cabello ensortijado y canoso, recargaba las armas más rápido que cualquiera que Ed hubiera visto antes, y se las arrojaba a Adeline, que las atrapaba en el aire y seguía disparando.

Pero todos estaban desbordados. Un soldado de la Alianza llegó al tope de las murallas, y golpeó a la segunda mujer con la empuñadura de su espada. Ésta se derrumbó. La Ama y Señora de la Misericordia se volvió hacia él, pero también fue derribada.

El *Bárbaro* arrinconó al *Liebre Roja* contra el dique oriental, y lo asedió con una ronda tras otra de cañonazos, llenando el aire de humo y gritos de soldados.

Era el final. De héroes y reyes por igual.

Por instinto, Ed miró hacia el norte. Hacia Corabel. Arc. Su hogar.

Habría querido verlo todo una última vez.

Pero cuando se volvió para enfrentar al enemigo, vio hombres… no, no eran hombres, sino sombras, cientos de ellas… marchando a través de la bahía. Sus pasos se hundían apenas unos centímetros en el agua antes de que ésta los sacara a flote de nuevo.

Cuando llegaron a los navíos de la Alianza más cercanos, empezaron a trepar por los cascos azules e irrumpieron en sus cubiertas. A lo lejos, Eduoar no alcanzaba a distinguir lo que pasaba, pero por encima del tronar de los cañones, podía oír chillidos.

Y el silencio que venía después.

De pronto, el asalto del *Bárbaro* se interrumpió. Los cañones callaron.

Junto a Ed, el capitán del *Liebre Roja* se llevó el catalejo a un ojo.

—¿Qué demonios está sucediendo?

Los espectros dejaban de lado a los miembros de la Resistencia, y se movían hacia otros barcos de la Alianza. Los soldados de azul empezaron a tirarse al agua para huir de ellos.

Eduoar sacudió la cabeza.

—No lo sé, pero sean lo que sean esas cosas, están de nuestra parte.

El capitán palmeó su espalda.

—Aprovechemos la ventaja. Vamos, majestad, ¡es el momento de que haga su primer abordaje! —y rugió a su tripulación—. ¡Apresten los garfios! ¡Grupos de abordaje, a las armas!

Se vio una oleada de actividad cuando el timonel hizo virar el barco. Los soldados de Deliene metieron hachas en sus cintos y municiones adicionales. El viento hinchó las velas con el viraje, y los dejó al lado del buque insignia de la general Terezina.

Al otro lado del puerto, los espectros invadían otro navío de la Alianza.

El *Bárbaro* soltó una andanada de cañonazos que hicieron explotar partes del *Liebre Roja*. Trozos de madera volaron por los aires y golpearon a los de Deliene, que huyeron en busca de protección.

Los soldados del ejército de sombras podían ser una sorpresa nada bienvenida, pero la general Terezina no se sometería así de fácil. Desde las cofas de combate, los fusileros rociaron a los de la Resistencia con disparos. Dejaron caer barriles de pólvora que explotaron en esferas ardientes. Ed y la tripulación de su barco estaban detenidos en su propia cubierta. Ninguno podía acercarse al navío aliado.

Hasta que los espectros aparecieron por encima de las barandillas del *Bárbaro*.

Balas, espadas, cañonazos, todo los atravesaba como si fueran niebla. Con sus brazos de humo, atrapaban a los soldados enemigos que chillaban y forcejeaban, mientras sus caras se pintaban de terror y conmoción, hasta que sus voces se convertían en murmullos amortiguados y sus cuerpos quedaban inertes, sin vida.

Con un rugido, los de Deliene se lanzaron por encima de las barandillas. Ed se arrojó a la cubierta del *Bárbaro*, blandiendo un hacha, al igual que los demás. Era un caos total. Los soldados del ejército de sombras eran implacables... se movían y esquivaban golpes como si la batalla fuera un baile complicado y mortífero.

Ed parpadeó. Él conocía esos movimientos, ¿cierto? Los había aprendido junto con el resto de la Resistencia cuando habían huido de Oxscini dos meses antes.

Los espectros atrapaban a los soldados aliados, que no podían defenderse de un enemigo imposible de tocar o matar.

Un ejército incontenible.

Ésos eran los soldados de Archer.

¿Dónde estaba él?

Al examinar el tumulto, a Eduoar le pareció ver a alguien que verdaderamente era la última persona que esperaba encontrar allí.

¿Arc?

Ed tuvo que mirar de nuevo.

¿Arcadimon Detano en un navío de guerra? ¿Vestido con el uniforme azul de la Alianza, el rostro tiznado de humo, el cabello revuelto, sangre y grasa en las manos?

Pero Eduoar lo hubiera reconocido en cualquier parte, sin importar el disfraz que llevara encima, sin importar cuántos días o décadas hubieran pasado.

Como si hubiera percibido la mirada de Eduoar, Arc levantó la vista. Sus labios perfectos se abrieron con asombro, alivio y alegría que invadieron sus rasgos como el aroma del mar a través de una ventana recién abierta.

Ed prácticamente se atragantó con su propia risa.

Arc. *Aquí.*

Eduoar se adelantó. Mientras Arcadimon lo miraba, concentrado, uno de los espectros se acercó por detrás y lo atrapó por el cuello.

Ed se abalanzó hacia él antes de siquiera pensar en lo que estaba haciendo, esquivando espadas y golpeando enemigos, evitando soldados del ejército de sombras que recorrían la cubierta matando a los de uniforme azul.

El rostro de Arc estaba cediendo su color, sus ojos de un azul intenso perdían brillo.

Los fantasmales dedos del espectro apretaron más.

Eduoar consiguió liberar a Arcadimon y de inmediato sintió que las manos de humo pasaban a través de él.

Sofocó un grito.

Conocía esa sensación. Le estaban quitando la vida.

Por un momento, recordó el salón blanco en el castillo de Corabel, donde había encontrado el cadáver de su padre, el mismo salón blanco en el que él había tratado de suicidarse.

Entonces, el espectro lo soltó y dijo:

—¿Majestad?

Conocía esa voz, aunque se oía distorsionada... Era la voz de Archer, entretejida con cientos de otras voces que él jamás había oído antes.

—Lo lograste —dijo Eduoar en voz baja —. ¿Pero cómo?

—Sefia —el rostro del soldado del ejército de sombras se hizo borroso—. Usted tenía razón. No podíamos quedarnos ahí inmóviles y ver cómo morían los demás.

Mientras hablaban, se oyó una explosión en el nororiente, donde Serakeen y el *Amalthea* estaban dando caza a los forajidos que aún seguían en combate.

El espectro pareció desvanecerse.

—Ve —dijo Eduoar—, y gracias.

A su alrededor, los soldados del ejército de sombras empezaron a treparse a las barandillas para bajar de nuevo al agua, dejando lo poco de batalla que quedaba en el *Bárbaro* para los de Deliene.

Cuando Ed se agachó, Arcadimon tomo su mano, encallecida por los meses de trabajo duro, y deslizó el anillo del sello en su dedo.

—Mi rey —murmuró Arc.

Pero a Eduoar le importaba muy poco el anillo en este momento. Levantó a Arcadimon hasta ponerlo en pie.

—¿Qué estás haciendo aquí? —la mirada de Ed exploró el rostro de Arc como si la respuesta estuviera allí, en sus cejas, sus mejillas, sus hoyuelos.

—Tenía que encontrarte —la voz de Arcadimon temblaba como nunca antes—. Tenía que decírtelo…

Pero Eduoar no quería oír lo que Arc tuviera que decir… y la verdad es que tampoco sabía si podía confiar en él. Así que antes de que Arcadimon terminara de hablar, lo tomó por la nuca, sin hacer caso de la sorpresa pintada en los bellos rasgos de éste —encantado de producirla, además—, y lo atrajo para besarlo. Labios hambrientos y lenguas inquietas.

Arc soltó un suave gemido cargado de anhelo.

A pesar de sí, Eduoar sintió que su corazón se henchía de emoción.

Un disparo los separó, rozando el hombro de Ed en el momento en que ambos se apartaron.

Sobre ellos, en la cofa de combate, se encontraba Braca Terezina III, la comandante más temida de toda la Alianza. Debía haberse refugiado allí cuando el ejército fantasma de Archer llegó, pero ahora se descolgaba hacia la cubierta, con su casaca de gamuza azul ondeando tras ella y una de sus pistolas de punta de oro en la mano. Tenía las botas y las mangas salpicadas de sangre, al igual que el rostro plagado de cicatrices, pero no era ella quien sangraba.

—Traidor —le espetó a Arcadimon.

Ed habría esperado una respuesta ingeniosa de parte de Arc.

No esperaba que hiciera un gesto con la mano para enviar una onda de fuerza invisible contra la general.

Arc era un hechicero en realidad, pensó desconcertado.

Aunque no muy bueno. Braca apenas se tambaleó sobre los talones al sentir la onda y sacó el alfanje de su funda.

Arcadimon tomó a Ed de la mano:

—¡Corre!

Juntos, se apresuraron entre cañones y cuerpos caídos. Las balas rebotaban en las barandillas a su alrededor, disparadas por la general de la Alianza, que pretendía hostigarlos.

Cuando llegaron a las escaleras del alcázar, Ed miró atrás. Braca avanzaba despacio, casi sin prisa, acechando en medio del caos, derribando soldados de Deliene con gracia despreocupada, atinando al blanco casi sin necesidad de apuntar.

—¡Vamos! —Arc empujó a Ed hacia arriba, y allí colapsaron en el alcázar.

Acababan de llegar arriba cuando la general Terezina se materializó ante ellos.

Era capaz de Teletransportarse, como Sefia. Ed y Arc podían correr hasta el otro extremo del barco y lanzarse al mar, y jamás conseguirían escapar de ella. A menos que...

—Arc, ¿tú también puedes Teletransportarte?

—Ojalá pudiera —Arc lo empujó hacia un lado mientras Braca les disparaba. Con un giro de su muñeca, pretendió empujarla para que retrocediera.

Ella lo esquivó con facilidad, y uno de los faroles de la proa se quebró.

—¿Qué esperabas hacer aquí, aprendiz? —preguntó—. No creo que pretendieras enfrentarte a mí.

—Vine a verla caer —dijo Arcadimon, y situó a Eduoar detrás de él para luego retroceder en la dirección de la cual habían venido.

—Eres uno de nosotros —repuso Braca—, ¿o creías que tu reyecito lo olvidaría, incluso si consigues vivir más allá de mañana al mediodía?

Sus crueles palabras hicieron que Ed se detuviera.

—¿De qué está hablando?

—Es una de las cosas que quería contarte... —comenzó Arc, pero un proyectil lo interrumpió. Una de sus piernas cedió.

Eduoar trató de sostenerlo, pero ambos cayeron al pie de las escaleras.

—Está envenenado —rio Braca—. Al venir aquí, renunció a su derecho a la única cura posible.

Arcadimon luchó por ponerse en pie. Incluso en ese uniforme azul que no le ajustaba bien, sangrando por una rodilla, seguía pareciendo un héroe.

502

—Prefiero morir al lado de Ed que seguir viviendo a la sombra de ustedes —dijo.

Vaya comentario tan noble. Eduoar estuvo a punto de sonreír al pararse a su lado.

Pero la general no estaba ni un poco divertida.

—Así lo quisiste —respondió, y desenfundó la segunda de sus pistolas con punta de oro. Los tambores relumbraron.

En ese instante, justo antes de morir, Ed miró a Arcadimon.

El muchacho que lo había traicionado.

El muchacho que lo había salvado.

El muchacho del cual había estado enamorado desde que tenía edad para entender sus sentimientos.

Mientras Braca amartillaba su arma, Arc le ofreció una de esas sonrisas irresistibles.

Ed no cerró los ojos. Quería ver hasta el final.

Pero en lugar de un disparo se oyó una explosión. Los ojos de la general parecieron salir de sus órbitas. Su boca se torció. Y cayó de frente, con la casaca azul desgarrada por detrás, dejando a la vista carne, metralla y huesos fracturados.

Eduoar jadeó.

Buscó la mano de Arc.

—¡Ed! —gritó una voz.

En la popa del barco, junto al farol roto, Lac y Hobs estaban trepados, y sus uniformes rojos chorreaban agua de mar. En medio de los dos había un pequeño cañón humeante.

El combate en el buque insignia de Braca había terminado. En el puente, los soldados de la Alianza, al ver a su comandante caer, se rendían.

Ed arrastró a Arcadimon consigo, y corrió hacia sus amigos.

—¡Creí que habían capturado su barco!

503

—Lo capturaron —dijo Hobs, bajando de la barandilla de un salto. Sus pies chapoteaban dentro de sus botas. Pero no a nosotros.

Haldon Lac miraba boquiabierto a Arc. Eduoar no podía reprochárselo. Desde cualquier punto de vista, Arcadimon Detano era deslumbrante.

—¿Qué sucede? —preguntó Arc, palmoteando el hombro del Casaca Roja, con la misma desenvoltura aquí en el *Bárbaro*, en medio de una guerra, que en el salón del consejo de Deliene—. ¿Nunca antes habían salvado a un rey?

—Oh, no —respondió Hobs—, pero él nos ha salvado muchísimas veces.

—De hecho —interrumpió Ed, rodeando a cada uno de los Casacas Rojas con un brazo—, estos muchachos son unos héroes. Jamás habría llegado hasta aquí sin ellos.

Los verdes ojos de Lac se llenaron de lágrimas.

—Héroes —murmuró.

CAPÍTULO 43

Capitán Cannek Reed

No había quién o qué detuviera a los muertos, que podían colarse a través de troneras cerradas, atravesar los cascos de las naves, salir desde las cubiertas inferiores y agarrar a los soldados de la Alianza por los tobillos para luego succionarles la vida.

Sin embargo, la Alianza seguía luchando. Un disparo tras otro. Y sus balas de cañón silbaban entre las formas espectrales para impactar en medio de los dispersos barcos de la Resistencia. Durante todo ese rato, el *Corriente de fe* navegó yendo y viniendo por el frente enemigo, soltando una descarga devastadora tras otra.

En otro punto de la bahía, el *Crux* disparó una ronda de cañonazos que conmovió al *Corriente de fe* hasta las cuadernas. Las llamas florecieron en uno de los navíos de la Alianza, para luego trepar por los mástiles y devorar las velas, que cayeron como andrajos ardientes sobre sus cubiertas con brea.

Mientras el ejército de sombras avanzaba hacia el norte, acabando con cualquier enemigo que se interpusiera en su camino, el barco de la Alianza en llamas fue a dar detrás del *Corriente de fe*, y allí chocó con otra embarcación enemiga e incendió su aparejo. Los dos barcos ardiendo quedaron dete-

505

nidos, inmóviles en el agua, y sus soldados se arrojaron por la borda para escapar de la conflagración.

En el alcázar del *Corriente de fe*, el Capitán Reed podía sentir el calor en la espalda mientras contemplaba los espectros a través del humo.

Los muertos estaban cambiando el rumbo de la batalla.

Llevó la palma de su mano al pecho que le escocía. Sefia le había arrebatado sus tatuajes, pero al hacerlo también los había salvado a todos.

Si se le presentaba la oportunidad, le diría que lo sentía. Que lamentaba haberse mostrado tan egoísta.

Cuando había llegado la hora, Sefia había estado a la altura de las circunstancias, él no.

Mientras los barcos en llamas chisporroteaban al frente, abrió la boca para ordenar a Jaunty que enfilara proa con rumbo al norte, hacia donde estaban los últimos vestigios de la batalla.

Pero antes de que pudiera hablar, el *Amalthea* surgió de entre el humo, como un dragón azul que escupiera fuego.

—¡Cúbranse! —exclamó el Capitán Reed cuando las armas giratorias empezaron a arrojar balas. Se lanzó a cubierta, y arrastró a Meeks a su lado mientras ambos se cubrían la cabeza.

Un cañonazo los hizo mecerse, y de paso desprendió trozos de la borda y el casco.

Por encima del estruendo, el primer oficial vociferaba maldiciones. Reed miró a su alrededor en busca de un escape.

Pero el *Corriente de fe* estaba inmovilizado entre los restos de los barcos incendiados y el buque insignia de Serakeen. Podía ser que el suyo fuera el barco más rápido de todo occidente, pero aquí no tenían adónde huir, y con los espectros

506

aplastando a los enemigos en el norte, tampoco había quien pudiera rescatarlos.

Con la mente buscando desesperadamente una salida, Reed miró por encima de la mampara. Su barco y su tripulación podían acabar convertidos en mil pedazos si él no hacía algo al respecto.

Entre los colmillos de hierro de la artillería de Serakeen, alcanzó a distinguir una pila de barriles de pólvora y cajas de municiones, rebosantes de cartuchos para las armas giratorias, dispuestos al borde de la escotilla principal del barco, a la espera de ser distribuidos entre los artilleros.

Y entonces, lo supo.

A lo largo de las barandillas, contó los barriles de pólvora… trampas explosivas listas para ser detonadas ante los desprevenidos que llegaran al abordaje. Si conseguía abrirlos, entonces… pensó en el relato de Lac sobre el naufragio de la *Tragafuegos*: "una explosión tan deslumbrante que fue como si las aguas mismas se incendiaran".

Supo cómo sucedería.

Un revólver negro. Un diente de león blanco.

Podía salvar al *Corriente de fe*.

En medio de los disparos, Reed tomó la mano de Meeks.

—El barco es tuyo —dijo—. Si consigo hacerlo, llévate al *Corriente de fe* tan lejos como puedas.

El segundo oficial, no, el nuevo capitán, parpadeó mirándolo:

—¿Capitán, qué…?

De pronto, Reed deseó tener más tiempo a su disposición. Había tantas cosas que hubiera querido decir sobre el legado del *Corriente de fe*, sobre la bondad, la libertad, la curiosidad, la maravilla y la lealtad hacia la propia tripulación. Pero elevó las únicas palabras que pudo encontrar:

—Pon la vista en el horizonte. Allí es donde están las aventuras.

Dejó a Meeks junto a la mampara, corrió hacia el puente, esquivó por poco una ráfaga que pasó junto a su cabeza, y tomó un hacha de un cofre de armas. Se agachó y metió un puñado de balas en su bolsillo.

—¿Capitán? —la áspera voz de Jaunty llegó desde el timón.

Reed embutió el hacha en su cinto.

—¿Puedes llevarme hacia el *Amalthea*, pero evitando que destruya nuestro barco?

El timonel entrecerró los ojos, y la duda se pintó claramente en su curtido rostro sin afeitar. ¿Podía leer el plan de Reed en sus ojos de la misma manera que podía hacerlo con el clima y el mar?

Como era costumbre en él, Jaunty no cuestionó la orden de su Capitán, no protestó y tampoco se despidió. Tan sólo asintió, una sola vez, y movió el timón.

Mientras el *Corriente de fe* viraba, Reed trepó por los aparejos, hasta quedar por encima del implacable cañoneo del *Amalthea*.

Tomó una cuerda que colgaba, y se apostó en un penol.

Uno.

Abajo, Meeks y el primer oficial estaban organizando a los grupos de artillería en sus posiciones mientras los fusileros empezaban a asomar desde sus puestos para dispararles a los soldados de Serakeen.

Dos.

La doctora corría apresurada entre los heridos, con su maletín negro en mano y su ropa manchada de sangre.

Tres.

508

Horse debía estar en alguna de las cubiertas inferiores, reparando agujeros. Reed deseó haber podido ver la sonrisa resplandeciente del gigantesco carpintero una última vez. Le habría infundido valor ahora, cuando más lo necesitaba.

Cuatro.

Las aguas golpeteaban debajo de él. Lo llevaban hacia el *Amalthea*, cada vez más cerca.

Cinco.

La profunda voz de barítono de Theo le llegó, gritando:

—¡Fuego! —los cañones del *Corriente de fe* escupieron truenos.

Seis.

Las olas tiraban del barco y lo regresaban sobre sus crestas.

Siete.

El buque insignia de Serakeen se veía enorme y amenazador ante él... un monstruo guerrero.

Ocho.

Reed saltó del penol, balanceándose hacia el puente del *Corriente de fe* para columpiarse hacia afuera, sin aliento, por encima del agua, por encima de las armas giratorias, hasta que estuvo justo arriba de la proa del *Amalthea*.

Pero cuando estaba a punto de dejarse caer, un disparo. Un proyectil atravesó su costado cuando su mano aflojaba la tensión sobre la cuerda. Su mirada veloz encontró al enemigo, junto a los falconetes de proa.

Cayó con un golpe sobre la cubierta del *Amalthea*, y allí rodó una vuelta y se levantó disparando. El soldado de azul colapsó con una bala entre los ojos.

Empuñando el hacha, Reed corrió hacia el otro extremo del barco, esquivó, rodeó, disparó bala tras bala con tiros certeros, abriendo de tajo a cualquier enemigo que se acercara más de la cuenta.

Tenía que ser rápido, antes de que Serakeen descubriera su plan y viniera a detenerlo.

Llegó hasta un par de barriles de pólvora, que pateó para volcar y ponerlos a rodar por la cubierta, donde se abrieron y derramaron su contenido.

Perfecto.

Trató de deslizarse por la cubierta tras los barriles, pero una descarga de artillería lo hizo retroceder. Una bala rozó su mejilla.

Uno de los artilleros le estaba disparando y lo mantenía arrinconado detrás de un cañón.

Trás él estaban los barriles de pólvora, junto a la escotilla principal, sin vigilancia, mientras el resto de los artilleros disparaban carga tras carga de fuego y plomo al *Corriente de fe*.

Reed recargó a Cantor y se deshizo de los casquillos vacíos. La herida en su mejilla hacía chorrear la sangre hasta su barbilla, y la del costado le dificultaba la respiración. Debía haber alcanzado un órgano importante.

Volvió a poner el tambor de su revólver en su lugar y se enderezó, listo para correr hasta la otra punta del barco, cuando oyó el disparo de un fusil.

Uno de los soldados de la Alianza cayó. Y otro. Los demás se apresuraron a ponerse a cubierto.

Reed volvió la mirada hacia el *Corriente de fe*. Aly estaba sobre la barandilla, con el fusil en posición y las trenzas sueltas. Luego, un relámpago de cabello cobrizo, Marmalade, se levantó de un brinco a su lado y derribó a otro pirata para luego hacer una fugaz pausa para saludar a su Capitán.

—¡Al ataque, Capitán!

Canek Reed sonrió.

Y entonces corrió por el puente hasta las cajas de pólvora en las barandillas. Al llegar a la primera, la abrió con su hacha, interrumpió su labor para disparar a Cantor en la cara de un soldado de la Alianza, y luego vació la pólvora hacia la escotilla principal.

Alguien lanzó un tajo a su pantorrilla.

Lo pagó con su vida.

Pero su pierna no respondía como él quería. Tuvo que moverse medio saltando, medio arrastrándose, hasta las siguientes trampas explosivas, y luego abrirlas. Se escondía tras los cañones mientras el enemigo trataba de impedir su avance.

Una y otra vez, sus tiros dieron en el blanco.

Quedaban diez, nueve, ocho…

Respirar era cada vez más difícil. Se agazapó cuando el fuego amigo del *Corriente de fe* pasó sobre su cabeza. Sangraba por más sitios de los que podía enumerar.

Pero estaba a punto de lograrlo.

Enfundó a Cantor, ya con el tambor vacío. Pasó el hacha a la otra mano, y sacó el Verdugo.

Casi había llegado hasta la pila de barriles y cajas de municiones cuando asestaron un golpe en un costado de su cabeza.

El dolor estalló en su cráneo. Sintió que daba vueltas. Se tambaleó y lanzó un hachazo mientras se desplomaba.

Alguien chasqueó la lengua. Sostenido en manos y rodillas, Reed alcanzó a distinguir un abrigo color púrpura y una mano metálica que centelleaba.

Serakeen.

Reed disparó.

Y erró el tiro.

Quedan cinco balas.

511

Serakeen lo pateó en el vientre, y lo envió rodando hasta el montón de pólvora y municiones.

La sangre nubló los ojos de Reed cuando éste se levantó con dificultad.

—Capitán Reed —dijo Serakeen. Tenía los ojos azules, como Reed, pero de un tono pálido, como el hielo—. ¿Qué hace usted aquí? ¿Creía poder matarme sin ayuda?

Reed sintió mareos. Había perdido mucha sangre.

—Soy Cannek Reed —respondió, encogiéndose de hombros—. He hecho cosas más descabelladas que ésta.

—Pero no las hará más, después de hoy —contestó Serakeen, y levantó una mano. Una onda de magia golpeó a Reed en el pecho y lo hizo estrellarse contra los barriles de pólvora.

Los barriles se abrieron al volcarse. El polvo negro se derramó sobre él y por la escotilla, como un listón centelleante.

Reed sonrió mientras se levantaba para quedar de rodillas. El Verdugo escupió fuego.

Serakeen se agachó, pero el tiro lo alcanzó entre las costillas.

Quedan cuatro balas.

Reed se fue baileoteando hacia la última caja de pólvora que había en la barandilla.

Tres. Dos. Derribó a un par de soldados de la Alianza contra la mampara, y empezó a golpear el tonel de madera con su hacha, para abrirlo.

Se sentía lento, torpe. Las heridas lo frenaban.

La pólvora se derramó por la cubierta mientras Serakeen se enderezó, con la mano en el costado herido, y mandó su magia contra Reed como un martillo.

Reed se apartó y esquivó por muy poco el ataque.

Girando sobre sí mismo, apuntó el Verdugo a la pila de barriles despedazados junto a la escotilla principal.

Sintió que un nudo se formaba en su estómago.

La mayor parte de la pólvora y las municiones no habían caído por la escotilla, y formaba un montículo sobre la cubierta, entre las duelas y los aros metálicos de los barriles.

Tenía que volver allá. Tenía que arrojarlo hacia abajo, hacia el polvorín del barco.

Pero Serakeen se interponía entre él y la escotilla. Le lanzó el hacha. Le disparó con el revólver.

Sin problemas el pirata esquivó ambos ataques.

Queda una bala.

Reed sintió que su cabeza daba vueltas. Quizás había caído suficiente pólvora por la escotilla. Tal vez el plan todavía funcionaría.

O quizá no. Y si no funcionaba, el *Corriente de fe* y toda su tripulación podían darse por perdidos.

Tendría que llegar más allá de Serakeen y arrojar la pólvora hacia abajo. No requería más que un buen salto.

Pero estaba herido.

Y Serakeen tenía su magia.

Reed se aprestó para saltar.

Pero antes de que alcanzara a moverse, oyó que el agua le decía: "Espera… Espera…"

Aguardó.

"Ahora."

Una ola los golpeó. El *Amalthea* se levantó. Las municiones dispersas resbalaron hacia la popa cuando la cubierta se inclinó, y el montón de pólvora se deslizó al interior de la escotilla, dejando afuera sólo unos trozos de madera y hierro.

513

Reed levantó una comisura de sus labios. Inhaló profundamente una última bocanada de aire marino y salado.

—Gracias —murmuró.

Con un último vistazo al *Corriente de fe*, a su casco verde, al árbol que constituía su mascarón de proa, a sus curvas y cañones y maltrechas mamparas, levantó el revólver negro.

Serakeen cerró su mano. Reed sintió que la magia caía sobre él como una red.

Pero él era el gatillo más rápido de todo el Mar Central.

Tiró del gatillo antes de que la magia lo paralizara.

La bala se apresuró por encima del barco, más allá de Serakeen, de los artilleros y sus cañones, para llegar directamente a uno de los aros de hierro rotos de los barriles de pólvora.

Se vio una chispa resplandeciente, como un diente de león blanco, sobre la cubierta.

La pólvora se encendió.

Y los maderos del *Amalthea* se desprendieron estallando en un relámpago de calor y luz que consumió el abrigo púrpura de Serakeen, su mano extendida, los cañones, todas las armas giratorias y los soldados, e hizo saltar a Reed lejos de la cubierta.

Las esquirlas perforaron a través del único tatuaje en su pecho.

El *Corriente de fe* estaba a salvo. Su tripulación viviría. Reed sonrió.

Y al caer en el agua, el Verdugo voló lejos de sus dedos. Se hundió en las profundidades, jamás volvería a ejecutar sentencia a otra alma. El mar se cerró alrededor del cuerpo sangrante de Reed y lo acunó en sus fríos brazos mientras él cerraba los ojos… entonces dejó que las aguas lo recibieran.

• • •

Mucho tiempo después de la batalla, cuando los cadáveres comenzaban a encallar en las playas de la costa de Roku, los forajidos supervivientes lo buscaron. Peinaron los rompeolas y la arena, con la esperanza de incinerarlo como merecía, para enviarlo de vuelta al mar con los cantos y las historias que su leyenda ameritaba.

Pero no lo encontraron.

Algunos dijeron que la marea lo había arrastrado mar adentro, con el resto de los cuerpos que seguían sin encontrar.

Pero otros, como Meeks, que había visto a Reed caer entre las olas, dijeron que el mar lo había reclamado, que esas aguas que él tanto amaba le habían concedido lo que había deseado.

Se había hecho uno con el mar, y el mar no tenía principio ni final. El mar había estado, y siempre estaría.

Y ahora, eso pasaría también con el Capitán Cannek Reed.

Decenios y siglos después, siguieron contándose historias de un hombre con ojos tan azules como el mar en un día soleado. Hablaban de su valentía, de la dedicación a su tripulación, de sus aventuras en pos del viento.

Algunos marineros sostenían que los había rescatado de huracanes para llevarlos hasta alguna playa.

Otros decían que ahogaba a quienes no merecían llamarse forajidos.

Otros contaban que había enviado sus navíos hacia islas flotantes y criaturas marinas mágicas que surgían desde las profundidades, que los empujaban a corrientes que los llevarían a milagrosos lugares sin descubrir y aventuras que superaban los sueños más desbocados.

515

—Fue el Capitán Reed —decían los supervivientes, decían los buscadores de tesoros y los aventureros cuando se reunían alrededor de las mesas de una taberna, para hablar en voz baja y respetuosa—. Las leyendas son ciertas.

El Capitán Reed vive.

CAPÍTULO 44

Destino

Afuera, en la bahía, la batalla casi había terminado, y Sefia estudiaba uno por uno los navíos de guerra de la Alianza que habían caído ante el ejército de los muertos. En el puerto, podía divisar al *Liebre Roja*, el barco del Rey Solitario, a través del humo, pero el *Corriente de fe* estaba en algún lugar hacia el nororiente, y no había visto al *Hermano* en más de una hora.

¿Se encontrarían bien?

¿Archer y ella habrían actuado a tiempo para salvarlos?

Archer estaba a su lado, inmóvil, salvo por sus espectrales ojos rojos. Aunque no se tocaban, ella podía percibir el frío que irradiaba de él, como si los espectros hubieran traído el invierno y la oscuridad con ellos desde el confín del mundo.

—Hechicera —la llamó uno de los soldados de la atalaya—. Mire.

Sefia se volvió. Hacia el sur, en la cuesta de la colina que llevaba a la atalaya, estaba Tanin. Se había quitado su uniforme de Asesina para vestir un chaleco negro y una blusa blanca, y su cabello oscuro ondeaba tras ella al viento. A su alrededor, una multitud de candidatos marchaba por el acantilado... con uniformes azules, cuellos marcados por la cicatriz, mirada radiante de sed de combate.

No era simple casualidad que Sefia no hubiera visto el *Azabache* en el mar. Tanin debía haberse escabullido rodeando el lado sur de la península mientras Sefia y Archer miraban hacia la bahía.

¿Acaso Tanin sabía que ya estaba derrotada?

—¿Saben por qué Archer tiene esa cicatriz alrededor del cuello? —les preguntó Sefia a los soldados de Roku, que asintieron—. Esos muchachos son como él, sólo que ellos no escaparon, y ahora pelean por el enemigo. Ella. Su hechicera.

—¿Y ella puede hacer lo que usted hace? —preguntó uno.

Sefia asintió.

—Yo me ocupo de ella. No permitan que los otros se acerquen a Archer.

Los soldados de la Armada Negra se apostaron en los muros. Alistaron sus cañones. Aguardaron a que Tanin y los candidatos quedaran a su alcance.

—Archer —dijo Sefia, con la esperanza de que él aún pudiera oírla, aunque su mente estuviera con los espectros en la bahía—, Tanin se aproxima con los candidatos. En unos minutos estarán al alcance de nuestras armas.

Por unos momentos, nada sucedió.

Luego, despacio, Archer volvió la cabeza. Sus labios se abrieron.

—¿Sefia? —su voz se oyó débil, como si viniera desde una distancia remota.

Ella soltó un suspiro de alivio.

—Pídeles a algunos que regresen —dijo, señalando a los muertos que se agolpaban en los navíos de la Alianza hacia el nororiente—. Los guardias de la atalaya pelearán, pero me temo que no estarán a la altura de los candidatos. Y me temo que yo no soy rival para Tanin.

518

Archer sacudió la cabeza.

—Los muertos están muy lejos —su voz se quebró—. No llegarían a tiempo.

—Envíalos de vuelta al confín del mundo, para que así puedas pelear.

Cerró los ojos. Se llevó las manos al Amuleto de la Resurrección que tenía todavía incrustado en el pecho. Pero cuando levantó la vista de nuevo pareció afligido.

—No puedo —dijo—. Me parece que tienen que venir a mí primero.

Tendrían que cruzar toda la bahía. ¿Serían capaces de llegar a la atalaya antes que Tanin y sus candidatos?

Tras el brillo rojo de sus ojos, Archer lucía asustado, como el muchacho que Sefia había encontrado en el cajón hacía un año, agazapado a la luz de la luna.

A su alrededor, los cañones de la torre abrieron fuego. Los candidatos debían estar ya al alcance.

Ella tomó las frías manos de él y besó sus helados labios. Cuando se separaron, el aliento de ella formó vaho en el aire.

—Hemos hecho cosas imposibles antes —dijo ella—. Podemos intentarlo de nuevo.

Él sonrió, y su sonrisa le partió el corazón.

—Juntos podemos lograrlo.

Las primeras balas rebotaron en las piedras cuando ella corrió hacia las almenas, invocando su magia. Con una mano, desvió todos los disparos de vuelta hacia los candidatos, que buscaron cubrirse detrás de pedruscos escarpados, y su avance se detuvo. Con la otra mano, levantó el suelo bajo los pies de Tanin, formando una especie de ola de tierra y hierba. La Directora se esfumó y apareció de nuevo al final de la cuesta, extendiendo su mano.

519

Un trozo del parapeto se desprendió y salió disparado hacia atrás. Sefia se hizo a un lado de un salto y el trozo se estrelló contra uno de los cañones.

Incluso a esa distancia, podía percibir la sonrisa malévola de Tanin.

—Espera a ver lo que Archer le ha hecho a tu Alianza —murmuró Sefia.

Arrojó piedras, desvió balas, esquivó ataques y arrancó fusiles de las manos de los candidatos. Tanin inutilizó el segundo cañón de la atalaya con un golpe de magia. Junto a Sefia, los soldados de la Armada Negra disparaban y caían ante balazos certeros, mientras Tanin y los candidatos avanzaban.

Una bala perdida rozó el brazo de Archer.

Él ni siquiera pareció notarlo. Sus soldados de humo estaban a la mitad de la bahía ahora, e iban convergiendo en el acantilado.

Pero no alcanzarían a llegar a tiempo. Los candidatos estaban demasiado cerca.

Desesperada, Sefia trató de encontrar una manera, cualquiera, de detenerlos.

Y mientras barría el inhóspito terreno con la mirada, lo vio: Scarza, con su cabello plateado relumbrando al sol, avanzaba cuesta arriba. Tras él venían Frey, Aljan, Griegi, Keon, todos. ¡Los Sangradores! Atacaban la retaguardia de los candidatos, con golpes, espada, pólvora y acero.

Debían haber seguido al *Azabache*.

Al instante, los candidatos se replegaron en filas y empezaron el contrataque.

Era un espectáculo bello y doloroso de contemplar: balas, espadas, y muchachos que arremetían y retrocedían con sed de sangre.

520

Parpadeando para salir de la Visión, Sefia corrió hacia Archer, que seguía en pie contemplando la bahía. La herida en su brazo había dejado de sangrar.

Estaba bien.

Sefia se permitió una sonrisa.

Archer estaba bien.

—Los Sangradores llegaron —dijo—. Tus Sangradores.

Se oyó un grito desde abajo, y ella se apresuró al borde de la muralla. Griegi estaba de rodillas frente a la puerta de la atalaya, con los rizos empapados de sangre, y Keon se mantenía valientemente sobre él, rechazando a los candidatos. Las espadas giraban tan rápido que parecían dos discos resplandeciendo a la luz.

Otros candidatos lanzaban garfios a los parapetos, y los soldados que quedaban en la atalaya se apresuraban a cortar las cuerdas antes de que los enemigos las utilizaran para trepar.

Sefia parpadeó, preparándose para derribar a los atacantes, pero en cuanto el Mundo Iluminado inundó su Visión, las corrientes se torcieron y enredaron de pronto, y estallaron en una explosión de luz.

Tanin apareció en las murallas.

Sus ojos plateados se abrieron desmesuradamente al ver su derrota en la bahía. Y luego adoptaron su tamaño normal cuando vio a Archer, que se encontraba de espaldas a ella.

Con un movimiento, envió una onda de magia en su dirección.

Sefia se apresuró a interponerse y recibió todo el impacto del golpe de Tanin, que la derribó al suelo.

Limpiándose el polvo de la mejilla, Sefia atacó de nuevo, atrapó a Tanin por las piernas, y le lanzó un cuchillo de los que guardaba en su manga.

Tanin se retorció cuando el cuchillo pasó rozando su muslo y le arrojó un puño de tierra a la cara.

El campo visual de Sefia se tornó blanco. No podía utilizar la Iluminación si era incapaz de ver. A su alrededor, podía oír a los soldados de la atalaya gruñendo y cayendo. Vacilante, tanteó hasta encontrar a Archer.

Seguía en pie. Todavía podía sentir el frío a través de su ropa cuando tropezó con él.

—¿Dónde está? —la áspera voz de Tanin provenía de alguna parte a la izquierda de Sefia.

¿Dónde estaba qué? *¿El Libro?* Estaba a salvo y seguro en el camarote de Aljan, en el *Hermano*. ¿Después de todo esto, todavía anhelaba el Libro? Sefia giró sobre sí misma, tratando de mantener su cuerpo entre Archer y Tanin.

—Se acabó —dijo—. La Alianza ya no existe. Tienes apenas un puñado de guardianes. Deberías darte por vencida. Ríndete y déjanos en paz.

Pero cuando la Guardia perdió el Libro, Tanin había perseguido a los padres de Sefia durante quince años. Incluso ahora, al borde de la derrota total, todavía lo quería. Cuando perdió su puesto, ella había esperado, haciendo planes, y cuando llegó el momento, había matado a uno de los suyos para poder volver a ser Directora.

¿Cuándo se había dado Tanin por vencida?

—Tal vez no me alcance la vida para verlo —dijo—, pero es posible reconstruir la Guardia. ¿Cómo crees que hemos sobrevivido todas estas generaciones? Reconstruyéndonos, incluso cuando no éramos más que una ruina.

Sefia giró de nuevo ahora que su vista empezaba a despejarse. Hizo un ademán hacia una silueta borrosa a su izquierda, pero percibió una corriente de aire y Tanin le habló de nuevo desde la derecha:

522

—Y para eso, necesito el Libro.

La vista de Sefia recuperó su agudeza cuando Tanin levantó su brazo. Vio las hebras del Mundo Iluminado que se tensaban.

—¡No! —gritó.

Entonces un estallido de sangre en la muñeca de Tanin.

Ella profirió unas cuantas maldiciones y llevó su brazo herido al pecho, mientras sacaba la navaja que tenía clavada en la carne.

Frey subió a saltos las escaleras, disparando sus pistolas.

Sefia estuvo a punto de soltar una risotada de alivio cuando la chica corrió al lado de Archer.

—¡Les tomó bastante tiempo llegar hasta aquí!

—Lo siento —Frey hizo una mueca—, no todos podemos abrir los brazos y esfumarnos en el aire, como tú.

Sefia rio en verdad.

Aljan y Scarza corrieron hacia ellas y, juntos los cuatro, se enfrentaron a Tanin, quien se defendió Teletransportándose aquí y allá, haciéndolos retroceder, inmovilizándolos en un sitio y desviando sus disparos. Pero a pesar de lo diestra que era, su habilidad no bastaba para derrotarlos a todos.

Desapareció cuando los candidatos llegaron por la escalera de la torre. Los Sangradores se apresuraron a bloquearles el paso.

Sefia corrió al lado de Archer.

—Ya casi terminamos —dijo, mientras enviaba a un candidato a volar por encima de las murallas con un movimiento de muñeca.

Él se las arregló para esbozar una sonrisa débil.

—Casi somos libres.

Ganarían.

523

Vivirían.

Burlarían el destino.

Sefia contempló los humeantes restos de la batalla en la bahía, el puerto convertido en ruinas, el humo que se levantaba desde las incendiadas murallas de Braska, y divisó movimiento en un acantilado cercano, por encima de la ciudad. Una silueta delgada estaba agazapada junto a una gran esfera de hierro, y vertía en su interior el contenido de ampolletas de vidrio y recipientes de cerámica.

No.

—Dotan —susurró. El Maestro en venenos de la Guardia. Esa esfera estaba en el gabinete de herbolaria la noche en que ella y Archer habían destruido la Biblioteca. En ese momento se preguntó para qué serviría, pero ahora… Volutas de humo empezaron a colarse por aberturas en el metal, extendiéndose sobre el suelo, en busca de las partes bajas del terreno.

¿Se proponía envenenar a toda la ciudad de Braska? ¿A todos los niños, los enfermos, los ancianos? Adeline e Isabella estaban allá abajo, en las murallas. Su majestad Ianai también, dirigiendo la batalla desde el castillo.

Y nadie fuera de Sefia podría llegar hasta Dotan a tiempo.

—¿Qué sucede? —preguntó Archer. En la bahía, los muertos casi habían alcanzado el pie del acantilado.

Ella le explicó rápidamente lo que el Maestro Administrador estaba haciendo, y vio la manera en que la esperanza huía de la expresión de Archer.

—Ve allá, antes de que sea demasiado tarde —tragó con dificultad—, estaré aquí cuando regreses.

Sefia asintió y retrocedió tambaleándose. Al invocar su magia, vio que Archer cruzaba dos dedos uno sobre otro. El

524

oro trepó por el dorso de su mano, hacia sus nudillos, y, a la luz del Mundo Iluminado, esa señal brilló como un millón de estrellas.

Estoy contigo.

Una declaración. Una promesa.

—Siempre —susurró ella.

Y con eso abrió los brazos… y desapareció, para llegar al cerro donde el veneno del Maestro Administrador comenzaba a rodar cuesta abajo con giros lentos.

Dotan la miró con sus ojos desiguales.

—Tus padres me quitaron a mi primer aprendiz. Ahora tú me quitaste otro.

—Entonces, desquítate conmigo. Castígame a mí. No a las personas que están allá abajo.

La sombra de una sonrisa cruzó por su oscuro rostro.

—Eso es lo que hago.

Sintió un escalofrío cuando se volvió hacia la atalaya.

En medio de la refriega, Tanin había aparecido a espaldas de Archer.

Lo hizo voltearse.

Levantó una mano hacia su pecho.

Con un chasquido de sus dedos, Sefia quebró el cuello de Dotan. Pateó la esfera de hierro para que no siguiera su camino por la ladera hacia la ciudad, allá abajo. Oyó su traqueteo al rodar hacia el otro lado, difundiendo la neblina tóxica. Se Teletransportó de nuevo con Archer.

525

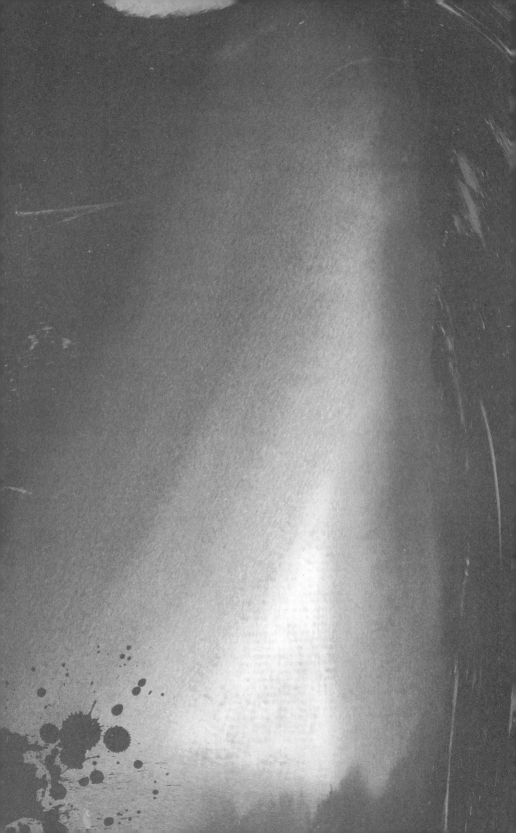

CAPÍTULO 45

El Amuleto de la Resurrección

Cuando Tanin apretó entre sus dedos el Amuleto de la Resurrección, sintió una sombría satisfacción.

Desde que se había enterado de la muerte de Mareah, había querido tener el Amuleto. Era por eso que había enviado a Reed y a Dimarion a buscarlo desde un principio.

Quería preguntarle a Mareah por qué... por qué sus juramentos habían significado tan poco para ella. Por qué ella había significado tan poco para Mareah que había sido capaz de darle la espalda y marcharse.

Pero ahora que había visto lo que el Amuleto podía llegar a hacer, cuando reconstruyera la Guardia, sería más fácil controlar Kelanna con un ejército incontenible bajo sus órdenes. Con un ejército incontenible, ni siquiera Sefia podría evitar que ella retuviera el Libro.

Los ojos rojos de Archer se posaron en ella, que se encontraba frente a él, sujetando el Amuleto.

—Por favor —dijo, con una voz que no era sólo suya.

Y durante menos de una fracción de segundo, Tanin titubeó.

Podía dejarlo ir.

Podía aceptar la derrota con gracia.

Podía permitirle a Sefia el final feliz que Lon y Mareah siempre habían querido para ella. Pero ¿por qué le dejaría a Sefia algo que ella nunca había tenido?

Los soldados de sombras de Archer estaban trepando por las murallas de la atalaya, con rostros hambrientos… Y algunos de ellos eran conocidos… El Primero, Stonegold, Erastis, la Cerrajera.

Empezó a tirar del Amuleto.

Al desprender los garfios metálicos de la piel del muchacho, Tanin sintió un dolor penetrante y caliente, como un disparo, que le abría el pecho. Se dio vuelta, y vio al muchacho del cabello plateado en las escaleras con un fusil humeante sobre su hombro. En el cuello tenía una cicatriz manchada. En los labios, la sombra de una sonrisa.

Tanin hizo un movimiento con la mano para enviarle una onda de magia. La cabeza de él chocó con la piedra, el fusil resbaló de su mano y se desplomó en el suelo como un muñeco de trapo.

Archer estaba colapsando, el brillo rojo de sus ojos se desvanecía. Los muertos de las murallas estaban esfumándose como plumas de humo de cientos de velas que de pronto alguien hubiera soplado.

Tanin jadeó. Sintió el regusto a sangre en la garganta.

Estaba sangrando.

No.

Estaba agonizando. El Sangrador la había matado. El Amuleto de la Resurrección se deslizó de entre sus dedos y cayó en el suelo de piedra con un crujido. Sus rodillas cedieron, y lo último que vio antes de que el mundo se oscureciera ante sus ojos fue a Sefia que llegaba Teletransportada para sostener a Archer justo antes de que cayera al suelo.

CAPÍTULO 46

Vuelve

Sefia apareció justo cuando los soldados de sombras se evaporaban.

—¡No! —la palabra brotó de sus labios incluso antes de que pudiera registrar lo que estaba viendo—. No, no, no...

El cuerpo de Archer se sentía más flácido, sus brazos y piernas cedían bajo su peso, las heridas eran visibles en el punto de su pecho donde había estado el Amuleto.

Llegó para sostenerlo entre sus brazos.

—No, no, no, no.

La cabeza, las manos que caían de nuevo mientras ella intentaba acunarlo contra su pecho, sostenerlo, traerlo de regreso con la fuerza de su negativa.

—No, no, no...

Hasta que, al final, se quedó sin palabras.

Hasta que su tristeza en ebullición brotó de ella como una fuente caliente y sin fin, para derramarse desde su barbilla hasta el rostro de Archer que miraba hacia arriba.

Sus lágrimas cayeron sobre las mejillas de él, y cada una era una letra, una palabra, una súplica.

Te amo.

Te necesito.

Vuelve.

El lenguaje sin respuesta del dolor.

Besó su frente, sus cejas, sus labios, con la esperanza desesperada de que alguna de tantas historias fuera verdad, de que su amor pudiera hacerlo volver.

Pero no resultó.

—Sefia —susurró Frey, tocando su hombro—. Se fue. Ya no está.

A su alrededor, los candidatos se estaban rindiendo ante los Sangradores. Tanin estaba muerta, con una bala en el pecho y sus ojos grises ahora ciegos.

Pero Archer también estaba muerto.

En las aguas, se escucharon unos cuantos cañonazos, que se fueron extinguiendo rápidamente, como las últimas gotas de un chaparrón repentino.

Se ha ido. Lentamente las palabras le llegaron a Sefia. *Ya no está… se ha ido… se ha ido…*

—El Amuleto —dijo, buscando con la vista el disco metálico. El Amuleto de la Resurrección lo traería de regreso. Ella aceptaría una sombra de él. Aceptaría cualquier cosa.

Cualquiera.

Pero Aljan se arrodilló a su lado, negando con la cabeza. En sus manos, sostenía las piezas rotas del Amuleto.

Ya no está.

Sefia abrazó con más fuerza el cuerpo de Archer.

—Vuelve —susurró—. No me dejes. No mueras. Vuelve. Regresa. Por favor, Archer, vuelve.

Pero no.

Habían ganado la guerra.

Su última campaña había terminado.

Y, como estaba escrito, Archer había muerto solo.

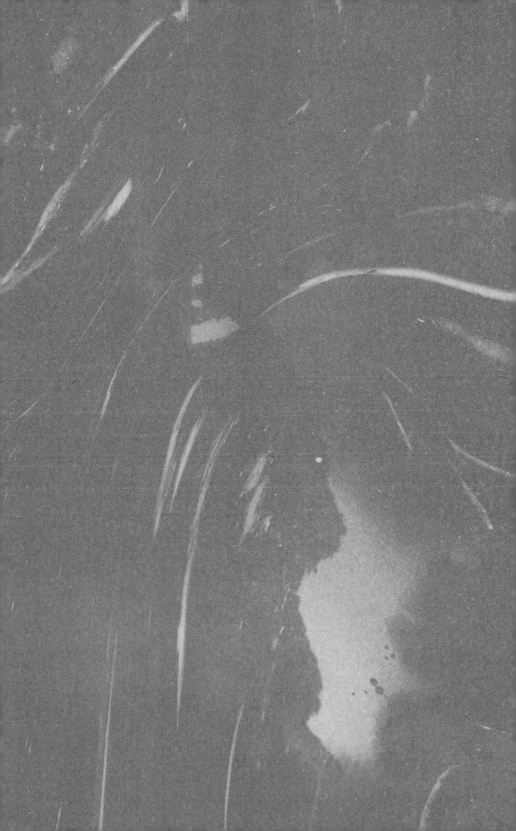

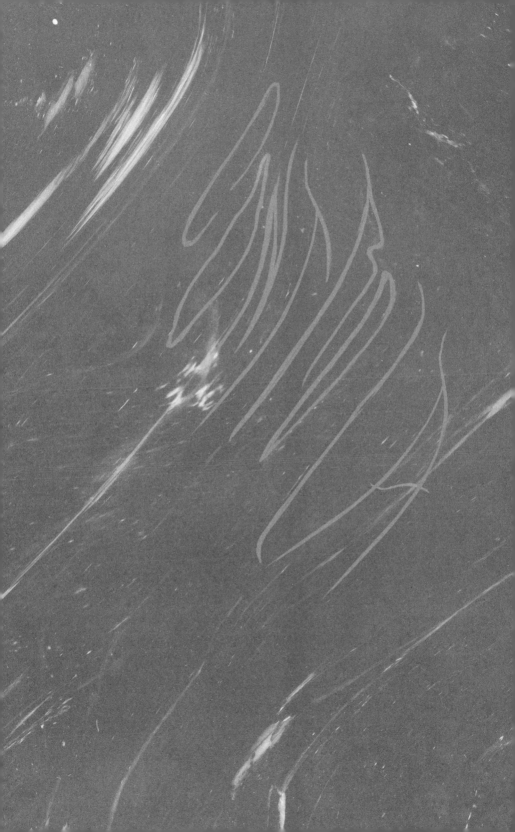

¿El fin?

No, un principio.

Siempre pensé que terminaría en la oscuridad. Pensé que terminaría entre la tristeza y las preguntas sin respuesta y el insoportable vacío de mirar hacia abajo por el resto de mis días, sabiendo que tendría que vivirlos sin la persona que debía estar allí, conmigo.

Pero debí haber sabido que hay personas demasiado fuertes, demasiado resistentes, demasiado listas y decididas para que algo tan trivial como el destino las limite. Sus historias son cambiantes y caprichosas, como los nuevos ríos que van labrando su camino hasta el mar, alterando la geografía misma de la cual nacieron.

Sefia y Archer no derrotaron al Libro.

Rompieron el mundo.

Quebraron la barrera entre la vida y la muerte, y ahora Kelanna está habitada por las almas de los que ya partieron, llena de espectros y de espíritus que nos tranquilizan y consuelan al caminar a nuestro lado cuando muere un amigo, una hermana, un padre.

Los vivos no lo saben aún, pero lo sabrán, a su tiempo. Los muertos están por todas partes... en el aire y en el agua;

en los reflejos que apenas vislumbramos a la luz de las velas. Frecuentan los lugares que antes amaron, acosan a las personas que les hicieron mal, susurran entre los árboles y la hierba, llevan buena suerte, o mala, a los que dejaron atrás.

Cuando los habitantes de Kelanna lo descubran al fin, sospecho que las costumbres cambiarán. Tal vez algún día, cuando tú mueras, marcarán el lugar de tu entierro con una piedra. Quizá todos los años, en el aniversario de tu muerte, te visitarán allí, cargados con enormes ramos de flores blancas, y le hablarán a tu sepulcro, creyéndose escuchados.

Tal vez algún día, para dejarte descansar, quemarán pilas de papel donde habrán escrito con tinta los recuerdos emotivos que tienen de ti, como una verdadera historia para antes de dormir.

Quizás algún día recibirán mensajes de los muertos.

¿Quién sabe? Es un mundo nuevo, con nuevas reglas.

Érase una vez un mundo llamado Kelanna, un lugar maravilloso y terrible, de espectros, de magia y de pena...

Todas las cosas que no alcanzó a decir

Sefia no supo cuánto tiempo había permanecido en la atalaya, abrazando el cadáver de Archer, pero cuando por fin levantó la mirada, en el cielo había una cinta de fuego, escarlata, mandarina y dorada a la luz del atardecer.

La torre se había quedado casi vacía. Las banderas ya no ondeaban.

Los candidatos, vencidos, se habían retirado. Tanin se había ido, y sólo quedaba una mancha de sangre marcando el lugar donde había muerto. Los soldados de la Armada Negra que habían defendido las murallas ya no estaban.

Sólo quedaban Sefia y los Sangradores.

Scarza estaba allí, sentado junto a Sefia, con la barbilla apoyada en las rodillas, sin despegar la mirada del cuerpo de Archer. Frey y Aljan estaban allí, trepados en las almenas, la cabeza de ella apoyada en el hombro de él. Muchos de los demás estaban allí, en la atalaya, conversando o llorando en silencio.

Pero no todos habían llegado hasta ese momento. Habían sido diecinueve. Ahora Sefia contaba sólo catorce.

Entre los caídos estaba Keon.

Recordaba haberlo visto junto a la puerta de la atalaya, protegiendo a Griegi, encogiéndose ante el ataque de los candidatos como un pequeño árbol bajo una avalancha.

No preguntó qué le había sucedido. No sintió que fuera capaz de soportar la historia.

No ahora.

No después de esto.

No después de lo de Archer.

Con las horas que habían transcurrido desde su muerte, se había puesto rígido y frío entre sus brazos, así que ya ni siquiera se sentía como Archer. Pero si ella lo soltaba, si se desprendía de él, sabía que ya nunca tendría oportunidad de abrazarlo.

Scarza tocó su hombro.

—¿Estás lista, hechicera? Tenemos que llevarnos su cuerpo pronto, antes de que se haga de noche.

Al oírlo, la pena la doblegó de nuevo, dolorosamente fresca. Su cabello, que se había soltado de su broche en el fragor de la batalla, caía sobre su rostro. Las lágrimas escurrían en sus mejillas.

—Nunca voy a estar lista —dijo.

Scarza no contestó.

En el silencio, un golpe de viento, con aroma a polvo y tormenta, sopló sobre un mechón de su cabello suelto para despejar su frente.

El movimiento resultó tan familiar que la hizo estremecerse.

Levantó la cabeza en busca de alguien que sabía que no estaba allí.

Porque lo tenía entre sus brazos.

Porque estaba muerto.

Pero mientras miraba atenta las estropeadas almenas, los rostros compungidos de los Sangradores, los colores que se iban desvaneciendo del cielo, percibió algo más.

540

Un beso, tierno e intenso, con regusto de aquel primer beso, bajo el cielo tachonado de nubes, con la luz de la luna rozando las olas.

Un beso por todas las cosas que él sentía por ella.

Por todas las cosas que no alcanzó a decir.

—¿Archer? —murmuró.

No obtuvo respuesta.

Pero de alguna manera él *estaba* allí, contra todo lo que ella sabía que era verdad, contra todas las leyes de la vida y la muerte. Jamás volvería a tocarlo, no en realidad, ni vería la luz en sus ojos dorados ni lo escucharía pronunciar su nombre. Pero, de alguna forma, estaba allí.

Con ella.

De la única manera en que podía estarlo.

Secó sus lágrimas, besó la frente de Archer una última vez y, cruzando dos dedos, uno sobre otro, posó su mano cálida sobre la de él:

—Siempre.

Como si respondieran a alguna señal muda, los Sangradores, los que habían sobrevivido, se reunieron alrededor. Se hincaron, bajaron la cabeza y cruzaron los antebrazos sobre el pecho para murmurar, con un nudo en la garganta:

—Estábamos muertos, pero ahora hemos resurgido.

El Rey que vivió

Cuando los soldados del ejército de sombras se retiraron y la Alianza finalmente se rindió, hubo mucho trabajo por hacer.

La tormenta del Capitán Reed aún rugía frente a la costa de Roku, y había que desvanecerla con el Gong del Trueno. Había que organizar a los prisioneros. Ed ató las manos de Arcadimon y lo escoltó para dejarlo bajo custodia de la Armada Negra.

—Lo siento mucho —dijo Eduoar—, tengo que hacerlo.

Arc se estrujó los dedos e intentó esbozar una de sus sonrisas triunfales mientras los soldados de Roku lo conducían hacia las mazmorras del castillo.

—Lo sé.

Había que asistir a los heridos, como Lac y Hobs, que parecían disfrutar de exhibir sus heridas y contar una vez más su heroico rescate del rey de Deliene.

Y había que contar las bajas mientras los muertos eran recogidos de las negras playas y sacados de las olas. Fueron voluntarios los que se encargaron de recuperar un cuerpo tras otro, soldados de Everica, Oxscini, Deliene, Roku, Liccaro, o forajidos, y los llevaron por las serpenteantes calles de Braska

543

hacia las criptas bajo los acantilados, donde se prepararían los cadáveres para incinerarlos.

Aunque la pesadumbre lo oprimía, Eduoar se movía con más confianza de la que había sentido nunca antes en su vida, y deliberaba con los líderes de la Resistencia, dirigía los esfuerzos de rescate, planeaba los funerales que tendrían lugar tres días después. Poco a poco, fue enterándose de historias de la batalla... la destrucción del *Amalthea* a manos del Capitán Reed, Archer convocando a los espectros, el asalto a la atalaya encabezado por la Directora de la Guardia y una multitud de muchachos marcados, que habían sido raptados y entrenados por los inscriptores.

Alguien dijo que los Sangradores habían regresado a la atalaya para pelear junto a Archer. Habían eclipsado a la Directora y tomado cautivos a sus soldados. Pero no habían sido capaces de salvar a su antiguo líder.

Ed enjugó las lágrimas de sus ojos. Había estado equivocado. A veces una maldición era sencillamente una maldición. A veces la muerte era nada más que la muerte, fría y permanente.

Esa noche, en una celda en las mazmorras de su majestad Ianai, Eduoar y dos oficiales de la corte oyeron la confesión de Arcadimon. Sentado tras los barrotes de hierro, enfundado en su arrugado uniforme azul de la Alianza, Arc contó su historia, tras insistir en empezar desde el principio: desde su inducción a los catorce años hasta su conocimiento de los planes de la Guardia, y todos los grandes ideales de ésta para crear una Kelanna más "estable", las cosas que él había hecho en pos de esos ideales —soborno, chantaje, amenazas, asesinatos—, y el orgullo que había sentido al participar en todo aquello.

Porque le gustaba formar parte de algo más grande que él mismo.

Porque lo hacía bien.

—Pero... —respiró hondo, sus ojos azules no se despegaban de los de Ed—, todo eso cambió cuando maté a Roco. No lo hice yo directamente, con mis propias manos, pero fui yo quien ordenó que se envenenara su bebida.

A través de los barrotes, Eduoar lo miraba con tristeza. A medida que pasaba más tiempo lejos de Deliene, y fuera de la presencia embriagadora de Arc, había empezado a sospechar cada vez más que el joven al que amaba era el responsable de la muerte de su primo, de su compañero de infancia, que solía seguirlos pegado a sus talones, corriendo y brincando por los terrenos del castillo.

Y ahora lo sabía con certeza.

No debía amar a un traidor y asesino.

Pero lo amaba, y eso le parecía una traición en sí... una traición a la Resistencia, a todos los que habían caído en la batalla contra la Alianza, a Archer y a Sefia, a Roco.

¿Cómo era posible que Ed llevara dentro todos esos sentimientos al mismo tiempo? ¿Remordimiento, amor, odio, sentido del deber? El deseo de besar a Arcadimon a través de los barrotes, de liberarlo, de verlo prisionero por el resto de sus días.

Pronto se enteró de que eso no sería un problema. Había transcurrido buena parte de la noche cuando Arc por fin reveló la naturaleza del veneno que la general Terezina había mencionado. Sólo los Administradores sabían exactamente qué era y cómo usarlo, dijo, y ahora ambos estaban muertos... la abstinencia lo mataría para mediodía.

Y eso, en última instancia, sería el final de la Guardia.

545

—Lo siento —dijo Arcadimon. Estaba llorando—. Lo lamento tanto. No aspiro a que me perdones. Pero quería contártelo. Te he ocultado la mitad de mi vida, a ti, a quien amo más que a nadie, y al final, quería que no hubiera más secretos entre nosotros.

Eduoar se levantó antes de que Arc terminara.

Puso las manos en los barrotes.

No quería que Arcadimon muriera. No así, en un calabozo en Roku, tan lejos de Deliene. No así, cuando acababan de reencontrarse.

—Todavía hay una persona que tal vez pueda salvarte —dijo Ed.

Eduoard encontró a Sefia a bordo del *Hermano*, que había sido llevado al puerto junto a otros navíos de forajidos que habían sufrido graves daños en la batalla. Scarza, líder de los Sangradores, estaba de guardia, y a pesar de saber quién era Ed, le bloqueó el paso hasta escuchar sus motivos.

Mientras Eduoar le contaba de Arcadimon, Scarza lo miraba muy serio con sus ojos grises. Después, intervino y, con voz grave, que no toleraba interrupciones ni siquiera de su propio rey, dijo:

—Más vale que sea la última cosa que su majestad le pide. Ella renunció a todo para salvar a la Resistencia. No tenemos derecho a exigirle más.

—Y si intenta alguna treta —agregó una centinela de los Sangradores, que parecía como si fuera hermana de Sefia, pero más alta que ella—, se las verá con nosotros.

Eduoar aguardó en el puente, haciendo girar el anillo del sello en su dedo. Lo había llevado durante cada hora de cada día a lo largo de doce años después de la muerte de su padre,

546

pero ésta era la primera vez que sentía que en verdad le quedaba.

Le pareció que Sefia tardaba horas en aparecer, pues el cielo pasó a ser gris pizarra y los segundos que le quedaban a Arcadimon se le escapaban a Ed como granos de arena entre los dedos.

Cuando por fin la vio aparecer en la escotilla, las estrellas empezaban a apagarse. En silencio, Sefia acompañó a Eduoar a las mazmorras y allí se plantó frente a la celda de Arcadimon, jugueteando con el cristal de cuarzo que llevaba al cuello.

—Entonces, tú eres el aprendiz de Político —dijo con voz monótona.

—Ya no lo soy —la mirada de Arc se cruzó con la de Eduoar—, y no volveré a serlo.

Sefia apuntó a Ed con un movimiento de la cabeza.

—Él quiere que te salve.

—¿Puedes hacerlo?

—Tal vez —ella hizo una pausa—, pero no sé si molestarme en hacer el intento.

Eduoar se adelantó un paso hacia ella.

—Sefia, por favor...

—¿Y por qué debes vivir? ¿Por qué *tú*, cuando tantos otros tuvieron que morir? ¿Sólo porque lo amas? —señaló a Eduoar—. ¿Porque él te ama? Eso no basta. El amor no es suficiente. Yo lo amaba, y él a mí, y a pesar de todo murió.

Sus hombros se estremecían. Rígidos, a los lados, sus puños temblaban.

—Lo amo —murmuró Ed—, pero ésa no es la única razón por la cual quiero que viva. Quiero que sea juzgado en Deliene. No quiero que sea el veneno de la Guardia su castigo. Es mi pueblo el que merece castigarlo.

Sefia lo fulminó con la mirada mientras las lágrimas corrían por sus mejillas.

Entonces, se volvió.

—Guarda silencio —dijo—, y déjame trabajar.

Se paró frente a Arc, mirándolo todo el tiempo; a través de la ventana alta y estrecha, la luz del día tocó la pared del fondo de la celda.

Amanecía.

Si Sefia no podía curarlo, sólo le quedaban unas horas de vida.

Pero ella se limitó a mirarlo. A leerlo, examinando los acontecimientos de su vida como las escenas de una obra de teatro.

Lo está juzgando, pensó Ed.

Entonces, Arcadimon empezó a sudar y estremecerse, respirando cada vez más agitadamente, como si no pudiera inhalar suficiente aire, sin importar lo mucho que se esforzaran sus pulmones. Ed miró a Sefia.

Sus pupilas eran puntos minúsculos de oscuridad en el centro de sus iris.

Sus manos se movían en el aire, y sus dedos torcían y tejían la sustancia invisible que ella y Arc llamaban el Mundo Iluminado.

Arcadimon se resbaló de la silla, con los ojos en blanco.

—¡Arc! —gritó Eduoar, corriendo apresurado hacia los barrotes. Se afanó con las llaves. No sabía lo que Arcadimon significaba para él, si alguna vez podría llegar a perdonarlo o si alguna vez podrían estar juntos, después de todo lo que había pasado entre ellos. Pero sabía que quería estar con él, si es que había llegado el final.

Sin embargo, antes de que pudiera meterse a la celda, Sefia bajó las manos. Arcadimon dejó de temblar. Su respiración se hizo profunda y uniforme.

548

—Por nada —dijo ella.

Ed abrió la puerta de la celda, y corrió junto a Arc, para recostar la cabeza en su regazo:

—Gracias.

—Archer habría querido que lo salvara —dijo Sefia, sin la menor emoción.

En los siguientes dos días, Ed estuvo más ocupado de lo que lo había estado en toda su vida. La estructura política de Kelanna estaba hecha añicos. Los reinos de Everica y Liccaro no tenían líder. Con la resistencia en Gorman, Deliene había atravesado una guerra civil. Había tanto que hacer, tanto que reparar y reconstruir, mientras él y los demás líderes de la Resistencia empezaban a imaginar cómo podría ser el mundo sin la Guardia, sin la Alianza, sin guerra.

Había reuniones de consejo a las que tenía que asistir, mensajeros por despachar, barcos por reparar, muros defensivos por derribar.

Y, para su sorpresa, eran cosas que hacía bien. Aún más, con las caballerizas que podía ir a barrer cuando necesitaba aclarar su mente, y una nueva camada de cachorros en las perreras reales para visitar cuando la melancolía amenazaba con desbordarlo, se sentía energizado. ¿Era éste el rey que habría sido de no tener la maldición pesando sobre sí? ¿Sin el veneno de Arcadimon inhibiéndolo durante todos estos años?

No. Era una pregunta injusta, injusta con él y con Arc.

Éste era el rey que podía ser ahora. Y a pesar de que sentía temor de transformarse en el Rey Solitario de nuevo cuando volviera a Corabel, se había alejado tanto de eso tras su partida, que no permitiría que un pequeño temor le im-

549

pidiera ser el rey que Deliene se merecía. El que sabía que podía ser. El Rey que vivió.

Para llenar los vacíos que habían dejado los caídos en combate, nombraron ascensos. Se entregaron medallas. Haldon Lac y Olly Hobs se convirtieron en tenientes de la Armada Real.

Por haber salvado su vida, Eduoar los condecoró a cada uno con la Estrella Blanca al Valor, el honor más alto que podía otorgarse a quienes no eran súbditos de su corona.

Fiel a su costumbre, Lac tuvo la audacia y el descaro de quejarse de que la Estrella Blanca interfería con la barra dorada de su nuevo rango.

—Puedo retirártela, si lo prefieres —dijo Eduoar, tratando de alcanzar la condecoración.

—¡No fue eso lo que quise dar a entender! —gritó Lac, manoteando para evitarlo.

Hobs rio.

Pasaban todo el tiempo posible juntos, cuando Lac y Hobs no estaban ayudando en la construcción del puerto y Ed no tenía que asistir a una reunión.

Le contaban historias que habían oído en los muelles. La gente decía que sentían escalofríos u oleadas de paz cuando recordaban a los que habían perdido. Los objetos con cierto valor sentimental se extraviaban y luego aparecían en lugares inesperados. Desde que Archer había convocado a los muertos, había algo diferente en el mundo, y la gente de Kelanna apenas estaba empezando a aprender de qué se trataba.

—¿Alguien ha visto a Sefia? —preguntó Hobs un día—. ¿Estará bien?

Desde lo alto de la muralla, Eduoar miró hacia la ciudad,

550

los jirones de salvia que se quemaba en todas las esquinas, las puertas envueltas en cortinas blancas.

—No —dijo—, no lo creo.

Se le extraña tanto

Cuando Sefia regresó al *Hermano* después de salvar la vida del aprendiz de Político, encontró un libro en su litera. Era un tomo delgado, negro, con detalles grabados en oro, y reconoció el trabajo de Keon. Había una nota sujeta a la primera página.

Hechicera:

Empezamos a trabajar en esto después de que regresaron de la Biblioteca. Archer esperaba no tener que recurrir a él, pero conocía lo mucho que deseabas saber de Nin y de tus padres, y en caso de que él no quería que te quedaras con la duda.

Aljan

Sus ojos se llenaron de lágrimas al pasar la página. Preciosas letras cubrían el papel con sus espirales y volutas: caligrafía de Aljan, palabras de Archer.

Recuerdos de su infancia en Jocoxa.

Listas con sus colores preferidos, su comida favorita, los festivales que le divertían.

Aventuras que esperaba vivir.

Catálogos de cosas que lamentaba o de las cuales se arrepentía.

Cartas a su madre, a su abuelo, a sus tíos, a su pequeña prima Riki, a Annabel, a Scarza y Griegi, a Aljan y los Sangradores.

Pero, sobre todo, cartas a Sefia.

Reflexiones, cavilaciones, ocurrencias. Cosas que podía haberle comentado mientras lavaban las ollas, o conversaciones que podían haber sostenido en los turnos de guardia en las madrugadas, oteando el mar.

Sefia:

¿Sabes en qué momento supe que te amaba?

Fue aquel día en el Corriente de fe, después de que Meeks nos contó de la Guerra Roja. Tú estabas sentada en el borde del alcázar, leyendo, y el viento hacía que revoloteara tu cabello.

Te veías tan hermosa.

554

Y entonces un mechón quedó sobre tu rostro y quise retirarlo. Me sentí tan valiente y tan asustado, tan seguro de que me rechazarías.

Pero no lo hiciste.

Y cuando pasé el mechón detrás de tu oreja, sonreíste.

En ese momento no podía recordar algo que hubiera anhelado tanto como besarte. Fue como si hasta entonces jamás hubiera deseado nada, y ahora ese apetito ardía en mi interior como una llama, brillante como un faro.

En ese momento lo supe.

Te amo.

Archer

Hojeó las páginas, tratando de evitar empaparlas con sus lágrimas. En esto había estado trabajando mientras ella reparaba barcos y fortificaba torretas. Ella habría podido pasar el tiempo con él. Habría podido tener más tiempo con él. Pero lo había derrochado. Siempre supuso que tendrían más oportunidades.

Pero Archer lo había sabido. Uno solo tiene una breve temporada en el mundo, tan breve, antes de partir, y él había querido dejarle algo antes de marcharse.

Mensajes de los muertos.

Cuando finalmente empezaron los funerales, la mañana era gris, y el mar parecía un escudo martillado, brillando tenuemente bajo el frágil sol.

Los dolientes se situaron a lo largo de la carretera que llevaba de la cripta hasta la playa, y arrojaron ramos de diminutas flores blancas, quebradizas como fósforos, bajo las ruedas de los carros fúnebres.

Los cuerpos llegaron uno a uno a la playa, y allí se cargaron en barcazas para enviarlos en llamas al mar.

Cada quien les rindió honores a su manera. Los de Deliene encendieron varas de incienso, que perfumaron el aire salino con enredaderas de humo. Los de Oxscini llevaron ofrendas de papel plegado en forma de flores y fantásticas criaturas marinas. Los de Everica dejaron en la playa unas piedras tan grandes como una mano, una por cada difunto, que crearon una especie de centinelas pétreos a la orilla del mar. Los forajidos que se encontraban en la playa dispararon sus revólveres. Los que estaban en el mar, sus cañones.

Pero fueron los de Roku los que les dieron el adiós de la manera más espectacular.

Después de las historias...

Después de las canciones...

Después de las listas de nombres...

Luego de que se les prendió fuego a las barcazas y la marea se las llevó lejos, los de Roku alzaron fuegos artificiales que se podían sostener en las manos y soltaban largos cho-

556

rros de llamas en el cielo. Las chispas cayeron como si fueran lluvia.

En alguna parte de esas barcazas estaban Tanin, Dotan y Braca. El cuerpo de Serakeen no había sido encontrado todavía.

Los candidatos que habían caído en batalla fueron echados al mar por los Sangradores, que los despidieron como hermanos, con la cabeza baja y los antebrazos cruzados sobre el pecho.

Desde los acantilados sobre la playa, Sefia observaba y escuchaba las frases de tristeza.

"Se le extraña tanto."

No las repitió.

Ella era un espectro, una sombra, estaba sin estar, con la brisa enredando su cabello y tironeando su ropa.

Y con el libro de Archer entre sus brazos.

Al día siguiente, los funerales continuaron... enemigos, aliados, amigos. El cielo estaba turbio de ceniza.

Los Sangradores despidieron a Keon y a los demás muchachos que habían muerto en la atalaya. Con el rostro arrasado por las lágrimas, Griegi depositó junto a su cadáver en la barcaza un paquete con sus comidas preferidas.

La tripulación del *Corriente de fe* dijo adiós a Cooky y a Killian y a otros cuantos marineros.

Con el loro rojo al hombro, que era la única nota de color en medio del blanco luctuoso, Theo cantó con su voz de barítono apesadumbrada, y Marmalade rasgueó unas cuantas notas lastimeras en la vieja mandolina de Jules.

Sefia debía haber ido con ellos, lo sabía. Debía haberse unido a la tripulación en su dolor.

Pero no lo hizo. No podía hacerlo.

Y eso no quería decir que no fuera a arrepentirse después.

No hubo pira funeraria flotante para Cannek Reed, pero el capitán Meeks recitó su nombre entre los caídos del *Corriente de fe*.

Sefia apretó las mandíbulas y se aferró al libro de Archer con tal fuerza que clavó las esquinas de la cubierta en las palmas de sus manos.

Escuchó un golpeteo, y se volvió para ver al primer oficial, ayudado por Aly, que venía por el sendero hacia la cima de la colina.

Tenía la cabeza vendada y un brazo en un cabestrillo.

Pero estaba ahí, en tierra, con un bastón para poder moverse mejor sobre terreno irregular, con la puntera de metal que sonaba al tocar piedras y baches en el camino.

Había dejado el barco.

¿Por Reed?, se preguntó ella.

Pero sabía la respuesta: *Por mí*.

Permaneció callada cuando Aly llegó frente a ella, y vio un brillo plateado en la curva de su oreja: los aretes de Cooky. La camarera del barco soltó el brazo del primer oficial, le dio una palmadita en la mano, y abrazó a Sefia un momento antes de retroceder un breve trecho por el camino, para dejarlos a solas en la colina.

Se mantuvieron un momento frente a frente, mientras Sefia pensaba en qué querría decirle el primer oficial para recorrer todo este camino hacia ella.

¿Querría acusarla? ¿Culparla? ¿Decirle que se había equivocado al despojar a Reed de sus tatuajes?

¿Decirle que había hecho lo correcto?

Pero nada dijo, y tras unos momentos tiró de ella en un abrazo tan rápido y tan brusco que por un instante Sefia no supo bien si era un golpe, un abrazo o una combinación de ambos.

Se puso tensa.

Pero cuando él no la soltó, ella sintió que se derretía, y percibió su pena y su rabia y su remordimiento bullendo dentro.

Abajo, en la playa, Meeks estaba contando la historia del asalto que Reed había hecho al *Amalthea,* sin la ayuda de nadie más.

El rostro de Sefia se bañó en lágrimas.

—Lo siento —logró decir—, siento mucho haberlo traicionado.

El primer oficial acarició su brazo con brusquedad.

—No lo hiciste.

—Él me odió por eso.

—No, jovencita —el oficial chasqueó la lengua, reprendiéndola con inesperada dulzura—. Te quería como si fueras carne de su carne.

—Debí haberle dicho cuánto lo sentía.

—Él lo sabía, y al final también lo lamentaba.

Con un sollozo, Sefia ocultó el rostro en la curva de su hombro, y él la abrazó mientras ella lloraba, y los cadáveres de sus amigos flotaban mar adentro.

Al tercer día hubo sólo un funeral: el de Archer.

La capital permaneció en silencio. No se oía martillar ni aserrar en el puerto. No había conversaciones en el mercado desierto. Sobre las puertas cerradas y los jardines vacíos, los estandartes blancos azotaban y chasqueaban al viento.

El camino desde la cripta estaba tan lleno de flores que, a lo lejos, parecía cubierto de nieve.

559

Nubes de dolientes salían de la ciudad... los de Oxscini, los de Deliene, los de Roku, los forajidos... para instalarse en las laderas que miraban hacia el camino, en los cerros y acantilados frente al que ocupaba Sefia, en la playa pedregosa de la orilla. Todos se habían reunido para ofrecer sus respetos al muchacho de la cicatriz.

El muchacho que los había salvado.

El muchacho al que ella amaba.

Pero dejaron a Sefia a solas en su acantilado, como si en su dolor fuera intocable.

Abajo, los Sangradores que quedaban y la escasa tripulación del *Corriente de fe* se agruparon alrededor de la balsa funeraria.

Quizás hubo una o dos canciones, alguno de esos cantos de batalla del helado norte.

...Cabalgamos a través de las olas.
Viajamos para encontrar nuestra muerte.
Nuestros enemigos no olvidarán nuestro coraje...

Quizá se narró alguna historia.

—Con las historias sucede lo mismo que con las personas: con los años mejoran. Pero no todas las historias se recuerdan, y no todas las personas llegan a viejas.

Tal vez hubo más cosas, pero ella no podía recordarlas.

Lo que sí recordaba era el tamaño del cuerpo de Archer, amortajado en capa tras capa de tela blanca. Pequeño. Demasiado pequeño para el muchacho que había salido victorioso del ruedo de pelea en la Jaula. Para el muchacho que la había recostado en un catre mientras la nieve caía afuera. Para el muchacho cuya silueta se recortaba contra las estrellas con toda la extensión del desierto rojo ante él.

560

Lo que recordaba eran sus manos envueltas en blanco. Inmóviles. Demasiado quietas para el muchacho que salía de la selva, rompiendo cuellos y arrojando espadas. Para el muchacho que había cabalgado a través de la comarca del Centro de Deliene a lomos de un caballo zaino.

Cada tanto, los otros, Scarza y Frey y Aljan, Meeks y Horse y Marmalade, miraban hacia arriba, hacia donde ella estaba parada, al borde del acantilado, como ofreciéndole la ocasión de hablar.

¿Pero qué podía decir ella?

Lo abandoné.

Lo abandoné a su muerte.

Lo maté.

Uno a uno, alejaban la vista otra vez.

Hubo ofrendas de rubíes y piedras de río, flores de papel y varas de incienso. Aljan escondió una carta entre las astillas de la pira. Frey dejó una de sus navajas. Scarza depositó su fusil. Todos los que querían hacer una ofrenda para el muchacho que se había sacrificado por ellos dejaban sus regalos en la orilla del agua, junto a la balsa.

Sefia siguió pensando que recibiría algún anuncio de él, una señal de que estaba allí, de que estaba con ella. El olor a lluvia y relámpagos. Una caricia fantasmal en el codo. Su nombre en un susurro al viento.

Pero nada hubo. Durante horas, mientras los dolientes se acercaban para luego retirarse de nuevo, como una marea, nada hubo.

Y al fin, llegó el momento de entregarlo de regreso a las aguas.

Aly y la doctora soltaron las amarras.

Scarza levantó la antorcha, y la luz jugueteó sobre sus bellas facciones arrasadas por la tristeza. Su mano tembló y

561

Jaunty, el taciturno timonel que había compartido largas horas de silencio con Archer antes de que éste volviera a hablar, se acercó para sostenerlo.

Y entonces, abriendo los brazos, Sefia se presentó abajo Teletransportándose, para gritar:

—No. No. Todavía no.

Subió a la balsa con Archer, y hundió su cara entre sus brazos amortajados.

—Lo siento —murmuró—. Lamento mucho no haber estado allí. Siento mucho haber desperdiciado el tiempo que tuvimos. Cada día, cada hora, cada instante, debí haberte mostrado lo mucho que te quise. Te amo, Archer. Te quise tanto, tanto.

Se atragantó con sus palabras.

—¿Cómo voy a seguir viviendo sin ti? —preguntó, frotando su mejilla contra el lienzo áspero, humedecido por sus lágrimas—. ¿Cómo volverá todo a ser como antes? ¿Cómo podré sobrevivir a esto?

De alguna forma, los demás la ayudaron a bajar de la balsa, mientras ella se aferraba al libro de Archer, apretándolo contra su pecho. Después recordaría haberse derrumbado en brazos de alguien mientras prendían fuego al cadáver de Archer y lo enviaban en llamas hacia las olas.

Las velas y la pólvora de Roku centellearon.

Los cañones del *Crux* y de todos los barcos forajidos que aún quedaban dispararon un saludo.

Sefia buscó en su cuello el cristal de cuarzo y lo apretó con tal fuerza que la punta se clavó en la palma de su mano y la hizo sangrar.

En el mar, Archer ardía.

Senderos bordeados de oro

Las semanas pasaron. En Braska, continuó el trabajo. La Resistencia reparó sus estropeados navíos, uno a uno y partió: las armadas cada una a su reino, y los forajidos, en busca de nuevas aventuras. En su lugar, arribaron delegaciones de cada reino y provincia de Kelanna: desde las islas Gorman en Deliene hasta Umlaan en el desierto de Liccaro, desde los pantanos de Vesper en Oxscini hasta Chaigon, la isla frente a la escondida costa de Everica. Los forajidos también enviaron a sus representantes: el capitán Meeks, Adeline e Isabella, y el capitán Dimarion, que estaba dedicando su vida al legado de Reed de hazañas increíbles y buenas obras.

La gente llamó a esta época la Reconstrucción. Todos habían perdido tanto a causa de la Guardia que se necesitaría un esfuerzo de cooperación para compensarlo.

Las Cinco Islas se unieron en pro de un mismo propósito: tender las bases de la estabilidad y la paz para todos los ciudadanos de Kelanna. La guerra los había unido en verdad, aunque no de la manera en que hubiera podido esperarse.

Por supuesto, Sefia había sido invitada a participar, pero ella despedía a los mensajeros que le llevaban mensajes. Asistía a pocas reuniones y se ausentaba de la mayoría.

Y cuando estaba presente, por lo general callaba y frotaba el cuarzo en su cuello con aire distraído.

Era más frecuente encontrarla en la playa de los funerales, mirando hacia el mar o leyendo. Ahora llevaba siempre dos libros consigo: el Libro, que le había pedido a Aljan de vuelta, y el de los mensajes de Archer. A veces hojeaba el Libro. Había llegado hasta el final de la historia, ya nada tenía que temer. Leyó sobre Nin y sus padres. A veces, sin la menor explicación, sentía como si Lon y Mareah estuvieran mirando por encima de su hombro, leyendo cada renglón al mismo tiempo que ella.

Leyó los mensajes de Archer. Los leyó tantas veces que los memorizó.

Había días en que, en su camino de regreso de la playa, visitaba a Aljan en sus clases en el castillo, y se sentaba en la parte de atrás de su salón mientras él escribía letras con una tiza sobre una gran pared de pizarra. A pedido de su majestad Ianai, había empezado a enseñar a leer y escribir a las delegaciones, a sus funcionarios e historiadores.

Frey quería volver a Deliene, para viajar hasta la provincia de Shinjai y entregar a sus hermanos la primera edición de su libro sobre los árboles antes de partir de viaje otra vez para crear una taxonomía ilustrada de todas las plantas de Kelanna y sus diversos usos.

El Rey Solitario había ofrecido a ella y a Aljan puestos permanentes en la Ciudadela de los Historiadores, donde vivían y trabajaban cientos de funcionarios y oficiales. Era el lugar al que habría ido el gemelo de Aljan, Versil, si su temporada con los inscriptores no le hubiera afectado la memoria.

Si hubiera vivido.

—Versil se habría sentido orgulloso —le dijo Sefia a Aljan.

564

—Lo está —dijo Frey, convencida de que habían oído las carcajadas de Versil en el viento una o dos veces.

En Corabel, Aljan y Frey devolverían la palabra escrita a Kelanna. A los mensajeros, arquitectos e ingenieros, tenderos, herreros, pregoneros y bardos viajeros. Su idea era que todos debían tener la oportunidad de aprender, para recuperar lo que la Guardia les había robado siglos atrás.

Construirían una biblioteca allí, y los primeros volúmenes serían *Las crónicas del Capitán Reed y su* Corriente de fe, recopiladas por el capitán Meeks, y *Muerte y resurrección: la historia de los Sangradores*, de Aljan Ferramo y Archer Aurontas.

Eduoar también le ofreció un trabajo a Sefia, si lo quería. Tarde o temprano, empezarían a aparecer hechiceros. Y necesitarían programas de capacitación, leyes, nuevas ocupaciones. Le serviría tener a alguien poderoso, como ella, para ayudarles.

Sefia no contestó. No era capaz de hacerlo cuando pensar en algo más allá del día siguiente era una agonía, una repentina espiral de dolor, que amenazaba con absorberla, jadeando, hasta el fondo.

Cuando los consejos de la Reconstrucción por fin se dispersaron hacia sus distintos rincones del mundo, y la delegación de cada reino cargó con uno de los antiguos portales de la Guardia para facilitar el acceso y la comunicación entre las islas, el Rey Solitario y Arcadimon partieron hacia el reino del norte, donde el último miembro de la Guardia sería juzgado por sus crímenes.

De todos, Deliene era el reino más afectado por su actuar, y por eso sería allí donde enfrentaría juicio.

El *Corriente de fe*, con Sefia a bordo, fue uno de los últimos barcos en dejar el puerto.

565

Muchos de los Sangradores se unieron a su tripulación, para llenar los vacíos de los que habían caído en batalla. Griegi tomó el lugar de Cooky. Scarza pasó a ser el nuevo segundo oficial. Eran como huesos rotos que se articulaban de nuevo, para soldarse tras la fractura.

Pusieron rumbo hacia la Bahía de Zhuelin, en la costa sur de Everica. Cien años antes, esa bahía había sido un bullicioso centro de comercio, artes y política del Reino de las Piedras, pero durante una de sus guerras, Oxscini había utilizado el Gong del Trueno en un ataque, y había creado una tormenta que perduraría hasta que el mismo Gong la disolviera.

Ahora, como gesto de buena voluntad, el *Corriente de fe* se internó en la mar agitada, entre las lluvias y los vientos, e hizo sonar el Gong una vez más.

El diluvio cesó. Las nubes desaparecieron y revelaron las inundadas ruinas a lo largo de la orilla, pantanos donde antes había habido desiertos, grandes franjas de tierra expuesta en las que laderas enteras se habían deslavado bajo la tormenta de cien años.

El paisaje se veía igual que el interior de Sefia, arrasado, tan transformado por el desastre que cualquier hito que hubiera podido servir para indicarle dónde estaba o adónde ir era del todo irreconocible.

Pero el desastre había pasado.

Y ahora, podían reconstruirlo. Ella podía reconstruirse.

El *Corriente de fe* viró hacia occidente, para proseguir a Oxscini, con destino a Jocoxa, el pueblo de Archer, para contarles lo que había hecho, quién había llegado a ser.

Y para entregar sus mensajes.

• • •

Agazapada en la cubierta del *Corriente de fe*, Sefia contempló el sol que se hundía entre las olas. La noche se extendía a través del cielo como tinta derramada que goteara sobre el mar dorado.

Las canciones y conversaciones de la tripulación llegaban desde las cubiertas inferiores, cuando el capitán Meeks apareció a su lado.

—Pon la vista en el horizonte, ¿lo recuerdas? —le preguntó—. Allí es donde están las aventuras.

La alegró la compañía, pero no despegó los ojos de las aguas.

—Ya he tenido suficientes aventuras para toda la vida. No necesito más.

Meeks meneó la cabeza haciendo que las conchas y cuentas en sus trenzas entrechocaran con un ruido semejante a la lluvia.

—Hay aventuras de todo tipo, Sefia —dijo él.

La luz en el agua se desvaneció, todo el oro opacado por la negrura. Al oriente, la constelación de la gran ballena empezó a salir por encima de la línea del mar, tachonando el cielo de estrellas.

—No tuviste más opción que dejarlo marchar —dijo Meeks.

—¿Eso crees? —respondió y se le quebró la voz.

Le puso la mano en el hombro.

—Se supone que es lo que iba a pasar desde el principio, ¿no? —sus cálidos ojos marrones buscaron los de Sefia en la oscuridad—. Porque estaba escrito, ¿no?

—Pensé que podría reescribir su futuro —susurró Sefia, y las palabras se sintieron extrañas en sus labios, como si hubiera querido decir algo más, aunque no podía imaginar algo más que decir—. Pensé que podría salvarlo.

567

Con un suspiro, Meeks retiró la mano. Se inclinó, plantando los codos en la baranda y apoyó la barbilla en sus puños.

—Él siempre dijo que tú lo habías salvado… que lo habías salvado de todas las maneras que importaban.

—Lo sentí. Juraría que sentí que estaba conmigo en esa atalaya, después de que murió.

Meeks asintió.

—Te creo. Al igual que yo creo que el Capitán Reed está todavía por ahí, cuidándonos. Algo ha cambiado en Kelanna, Sefia. Algo tan grande que todavía no conseguimos imaginar…

El dorado brillo del sol desapareció, y pronto quedaron inmersos en la luz fría de las estrellas, que titilaban allá arriba, a lo lejos.

Durante largo tiempo, Meeks permaneció a su lado, extrañamente silencioso, contemplando el horizonte.

Más tarde, esa misma noche, Sefia se trepó al árbol que el barco tenía en el bauprés. Algunas de las ramas se habían quebrado, pero las que resistían, parecieron acunarla. Se sintió casi como si estuviera de regreso en la bóveda de los bosques de Oxscini, a excepción del ruido del agua que venía de abajo.

El Libro se encontraba entre sus brazos, más manchado y maltrecho de lo que había estado cuando ella lo encontró, las cubiertas con marcas de medialuna y melladuras provocadas por sus uñas, los marcapáginas que asomaban por el canto dorado de las páginas, como si fueran persianas.

¿Qué haría ahora con el Libro, cuando ya no había más respuestas por encontrar, redención por alcanzar, ni venganza por buscar?

El capitán Meeks le había ofrecido una de las vitrinas en la cabina principal, donde podría guardarlo y sacarlo si su

568

añoranza de todas las personas que había perdido crecía tanto que necesitara internarse de nuevo en las infinitas páginas, cual buceador en naufragio, hasta encontrar los pasajes que eran como reliquias de sus seres amados.

Aljan había sugerido que lo llevara a la Ciudadela de los Historiadores y lo usara allí para enseñar.

En el pasado, el Libro había provocado tanto dolor, tanto derramamiento de sangre. Si el mundo sabía dónde encontrarlo, ¿lo buscarían por esas cosas que podía enseñarles sobre historia y magia y poder?

Gotas de agua de mar salpicaron la cubierta, dejando marcas húmedas sobre el cuero.

El Libro era tan vulnerable...

Al fuego.

A la humedad.

Al paso del tiempo.

Y al robo.

Sería fácil destruirlo. Arrojarlo a las olas y dejar que el agua destiñera toda la tinta de sus páginas. Ponerlo en una pira de carbón y dejar que las llamas consumieran hasta la última letra. Proteger al mundo de su contenido de una manera que la Guardia no había tenido el valor de llevar a cabo.

Al mirar el Libro, sintió la presencia de Archer, casi como si estuviera a su lado, acurrucado entre las ramas del árbol del mascarón de proa. Sefia cerró los ojos cuando las lágrimas humedecieron sus pestañas. Debía sentirse agradecida de que estuviera allí, con ella, pero se sentía culpable por desear más. Por quererlo de regreso. Por desear que no estuviera muerto.

Pero se había ido.

Y ella seguía allí.

Y tenía una decisión por tomar.

569

Cuando abrió los ojos de nuevo, pudo ver sus opciones ante sí en el Mundo Iluminado, casi como si fueran senderos bordeados de oro, de los cuales no habría regreso.

Guardarlo, compartirlo o destruirlo.

Sefia suspiró mientras trazaba el símbolo ⊜ en la cubierta. Sabía lo que tenía que hacer.

Algún día

¿Qué viene después del final de un libro?

La esperanza. Y las posibilidades.

Durante miles de años, los habitantes de Kelanna estuvieron atados al destino, todos sus nacimientos y muertes y amores y fracasos, escritos, en forma indeleble, en delicada tinta negra. A lo largo de miles de años, estuve al tanto de cada adiós, de cada punto, de cada final.

Pero gracias a Sefia y Archer, todos los finales llegaron y pasaron, y ahora, por primera vez en mi existencia, miro al frente, a la amplia y desierta extensión de papel frente a mí, sin saber qué pasará después.

Es emocionante esto de no saber qué viene, ¿cierto?

Porque el nuevo mundo es una página en blanco y las palabras están a la espera de ser escritas. Y la gente de Kelanna va a llenarlo con millones de historias. Historias que ellos mismos construirán. Con menos sufrimiento y más dicha.

Con final feliz, o sin final.

He estado aquí desde el principio, y seguiré aquí más allá del final, recopilando las historias de este mundo maravilloso y terrible de agua y barcos y magia y espectros.

Y si quieres oír otra historia, un día tendré muchas para contarte... algún día.

Agradecimientos

¿Qué viene después del final de un libro? *Gratitud.*

Sefia, Archer, y Reed han habitado en mi mente desde 2008. Ahora, diez años después, con un billón de borradores trabajados y tres libros publicados, su historia existe en el mundo. ¡Y es todo un regalo! Es un regalo estar aquí, en este punto, luego del esfuerzo y las dudas y las lágrimas y los increíbles momentos de dicha, con toda la gente que trabajó para llevar a esta serie a la vida. Me siento honrada por haber contado con la compañía de quienes emprendieron este viaje a mi lado, y llena de gratitud hacia ellos.

Gracias a Barbara Poelle, extraordinaria agente guerrera, por su entusiasmo, su respaldo y su fiereza. Me dijo en nuestra primera conversación que uno debe ir cada lunes a trabajar con el corazón lleno de alegría porque nuestro trabajo es hacer libros. ¡Gracias por hacerlos conmigo! Ha sido un verdadero deleite. Mi agradecimiento también para Maggie Kane y el equipo de I.G.L.A. Me siento afortunada de contarme entre sus autores.

Agradezco también a Stacey Barney, mi inimitable editora, por todo lo que hace, tanto sobre el papel como tras bambalinas. Ella representa un reto para mí. También me apoya.

573

Me hace ser una mejor escritora. Trabajar con ella en estos tres años ha sido un placer y también un privilegio. Mi gratitud desde el fondo de mi corazón por cada instante de ese tiempo.

A Cindy Howle y Chandra Wohleber, que han recorrido estos libros tantas veces y con tal minucia, les agradezco todas las preguntas relacionadas con la cantidad de barcos, los colores de cada bandera, el uso adecuado de cada coma y cada pronombre. Gracias por cuidar que yo no tropezara en el acto de equilibrismo que implica escribir una trilogía.

Por conseguir que el sueño de estos libros se hiciera realidad, guardaré mi admiración y gratitud a Cecilia Yung, Marikka Tamura y David Kopka. Su labor de diseño ha insuflado vida a la historia de maneras que yo jamás habría podido imaginar, desde cada huella dactilar y marcador de páginas hasta cada frase a medio desvanecer y cada mensaje oculto. Gracias por entregar tanto de su talento y su tiempo.

A Deborah Kaplan, Kristin Smith, y Yohey Horishita, les agradezco su visión. Jamás hubiera imaginado lo increíbles que podían verse los libros en un estante. Son bellísimos, atractivos, perfectos, ¡y ahora ya está la trilogía completa!

Gracias a todos los que forman parte del absurdamente excelente equipo de Putnam y Penguin: Jen Loja, Jen Klonsky, David Briggs, Emily Rodriguez, Elizabeth Lunn, Wendy Pitts, Carmela Iaria, Alexis Watts, Venessa Carson, Rachel Wease, Bri Lockhart, Kara Brammer, Felicity Vallence, Elora Sullivan, Christina Colangelo, Caitlin Whalen, Courtney Gilfillian, Marisa Russell, y el resto del grupo que ha hecho que la familia Penguin sea un lugar tan acogedor a lo largo de los últimos tres años. Mis agradecimientos adicionales al esforzado equipo de Listening Library y PRH Audio por narrar esta historia de la manera en que lo harían en Kelanna.

574

Gracias a Heather Baror-Shapiro por difundir *La lectora*, *La oradora* y *La narradora* en tan diversos lugares, y gracias a mis editores internacionales por llevar esta trilogía a tantos nuevos lectores.

Agradezco a mis compañeras de crítica y lectoras, sin las cuales este libro jamás habría despegado del suelo. A Emily Skrutskie y Jessica Cluess, gracias por ayudarme a darle forma al primer acto. Algún día encontraré la manera de poner en marcha una trama por mí misma, pero, hasta entonces, les estaré muy agradecida por su experiencia. A Christian McKay Heidicker y Parker Peevyhouse, gracias por ayudarme con todo tipo de acrobacias mentales que se salían del molde en cuanto a narradores y páginas desaparecidas. Sin ustedes no habría podido encontrar el camino en las partes más enrevesadas del laberinto. Gracias también a Ben "Books" Schwartz, Mark O'Brien, Mey Valdivia Rude, y K. A. Reynolds por acudir al rescate con su increíble velocidad y perspicacia. Es un honor poder seguir aprendiendo de todos ustedes.

A mi familia y amigos, más gratitud de la que soy capaz de expresar. Gracias a Tara Sim, que ha estado conmigo desde que me aventuré a buscar una agencia. Es probable que alguna vez haya estado a punto de matarla con unas nueces, pero es una amiga muy querida y algún día se lo demostraré al mirarla a los ojos durante un largo e incómodo minuto. Gracias a Meg RK por ocuparse de los acertijos y los mensajes ocultos con más atención que yo. Es la lectora ideal, y siempre me recuerda que debo creer en mí. Gracias también a Kerri Maniscalco por compartir su sabiduría, sus experiencias y sus risas (y la deliciosa comida para llevar). Atesoro su amistad y no veo la hora de compartir muchas más historias y aventuras gastronómicas con ella. Gracias a mamá, a mi tía

Kats, a la comunidad de mi pueblo y a la del área de la bahía de San Francisco: ustedes nutren mi creatividad y fomentan mis sueños. Me inspiran con sus logros, su ética de trabajo, su bondad, su desprendimiento. Gracias a todos, muchas gracias, por su amor y su apoyo. A Cole, mi agradecimiento por cocinar, por la coreografía de las peleas, por pasar la aspiradora, por el incomparable talento para encontrar grietas en las tramas y, sobre todo, por el amor que tienes para dar.

Por último, por fin, mi eterno agradecimiento contigo que me estás leyendo, por seguirme hasta aquí, hasta el final. Gracias por hablar de estos libros en internet, por venderlos, por regalarlos a tus amigos y familiares, por pedirlos en préstamo en la biblioteca, por usarlos de inspiración para dibujar y por asistir a mis presentaciones, por enamorarte de esta serie, de estos personajes, de este mundo, tanto como yo. Gracias, gracias, mil veces gracias por compartir esto conmigo.

Esta obra se imprimió y encuadernó
en el mes de julio de 2019, en los talleres
de Impregráfica Digital, S.A. de C.V.
Av. Coyoacán 100-D, Col. Del Valle Norte,
C.P. 03103, Benito Juárez, Ciudad de México.

31901066035298